ESCRITO NAS ESTRELAS

Obras do autor publicadas pela Editora Record

As areias do tempo
Um capricho dos deuses
O céu está caindo
Escrito nas estrelas
Um estranho no espelho
A herdeira
A ira dos anjos
Juízo final
Lembranças da meia-noite
Manhã, tarde & noite
Nada dura para sempre
A outra face
O outro lado da meia-noite
O plano perfeito
Quem tem medo de escuro?
O reverso da medalha
Se houver amanhã

INFANTOJUVENIS
Conte-me seus sonhos
Corrida pela herança
O ditador
Os doze mandamentos
O estrangulador
O fantasma da meia-noite
A perseguição

MEMÓRIAS
O outro lado de mim

COM TILLY BAGSHAWE
Um amanhã de vingança (sequência de Em busca de um novo amanhã)
Anjo da escuridão
Depois da escuridão
Em busca de um novo amanhã (sequência de Se houver amanhã)
Sombras de um verão
A senhora do jogo (sequência de O reverso da medalha)
A viúva silenciosa
A fênix

Sidney Sheldon

ESCRITO NAS ESTRELAS

34ª EDIÇÃO

tradução de **A.B. PINHEIRO DE LEMOS**

EDITORA RECORD
RIO DE JANEIRO • SÃO PAULO

2025

CIP-BRASIL. CATALOGAÇÃO NA FONTE
SINDICATO NACIONAL DOS EDITORES DE LIVROS, RJ

Sheldon, Sidney, 1917-2007
S548e Escrito nas estrelas / Sidney Sheldon; tradução de A. B. Pinheiro de
34ª ed. Lemos. – 34ª ed. – Rio de Janeiro: Record, 2025.

Tradução de: The stars shine down
ISBN 978-85-01-09434-6

1. Romance americano. I. Lemos, A. B. Pinheiro de (Alfredo Barcellos Pinheiro de), 1938-. II. Título.

CDD: 813
11-1717 CDU: 821.111(73)-3

TÍTULO ORIGINAL EM INGLÊS:
The stars shine down

Texto revisado segundo o Acordo Ortográfico da Língua Portuguesa de 1990.

Impresso no Brasil

ISBN: 978-85-01-09434-6

Este livro é dedicado a Morton Janklow,
um homem para todas as situações

Agradecimentos

TENHO UMA DÍVIDA de gratidão com as pessoas que foram tão generosas com seu tempo e conhecimentos:

Larry Russo, que me levou pelo labirinto misterioso dos maiores de todos os jogadores — os incorporadores imobiliários.

Os peritos em música que me convidaram a ingressar em seu mundo particular — Mona Gollabeck, John Lill, Zubin Mehta, Dudley Moore, André Previn, e os curadores do Espólio Leonard Bernstein.

Desejo também expressar meus agradecimentos aos cidadãos de Glace Bay por sua afetuosa hospitalidade. Espero que me perdoem pelas poucas licenças dramáticas que julguei necessário tomar.

Os conhecimentos neste livro pertencem às pessoas relacionadas acima. Quaisquer erros são meus.

As estrelas brilham
E nos contemplam a viver
Nossas vidas insignificantes
E choram por nós.

— Monet Nodlehs

LIVRO PRIMEIRO

Capítulo 1

QUINTA-FEIRA, 10 DE SETEMBRO DE 1992, 20 HORAS

O 727 SE ENCONTRAVA perdido num mar de cúmulos, que o sacudiam como se fosse uma enorme pluma prateada. A voz preocupada do piloto saiu pelo alto-falante:

— Seu cinto de segurança está afivelado, Srta. Cameron?

Não houve resposta.

— Srta. Cameron... Srta. Cameron...

Ela foi arrancada de um devaneio profundo.

— Pois não?

Seus pensamentos haviam vagueado para tempos mais felizes, lugares mais felizes.

— Você está bem? Devemos deixar essa tempestade em breve.

— Estou ótima, Roger.

Talvez tenhamos sorte e o avião caia, pensou Lara Cameron. Seria um fim apropriado. Em algum lugar, de alguma forma, tudo saíra errado. *É o Destino*, refletiu Lara. *Não se pode lutar contra o Destino.* No ano passado, sua vida escapara abruptamente ao controle. Corria o perigo de perder tudo. *Pelo menos nada mais pode sair errado*, pensou ela, irônica. *Não resta mais nada.*

A porta da cabine de comando foi aberta e o piloto apareceu. Parou por um instante, admirando sua passageira. A mulher era linda, com cabelos pretos lustrosos presos no alto da cabeça, uma pele impecável, olhos cinza inteligentes. Trocara de roupa depois que haviam decolado de Reno, e usava agora um vestido branco Scaasi, com os ombros à mostra, acentuando o corpo esbelto e sedutor. Exibia um colar de diamantes e rubis. *Como ela pode se mostrar tão calma, quando todo o seu mundo está desabando?*, especulou o piloto. Os jornais haviam-na atacado de forma implacável durante o último mês.

— O telefone ainda funciona, Roger?

— Infelizmente, não, Srta. Cameron. Há muita interferência por causa da tempestade. Chegaremos ao La Guardia com cerca de uma hora de atraso. Sinto muito.

Vou me atrasar para minha festa de aniversário, pensou Lara. *Todos estarão presentes. Duzentos convidados, inclusive o vice-presidente dos Estados Unidos, o governador do estado de Nova York, o prefeito da cidade, celebridades de Hollywood, atletas famosos e financistas de meia dúzia de países.* Aprovara pessoalmente a lista de convidados.

Podia visualizar o salão de baile do Cameron Plaza, onde se realizaria a festa. Lustres de cristal Baccarat pendendo do teto, os prismas de luz refletindo um brilho deslumbrante, como o de diamantes. Haveria lugares marcados para duzentos convidados, em vinte mesas. As melhores toalhas de linho, porcelanas, pratarias e cristais adornariam cada lugar, e no centro da mesa estaria um arranjo floral de orquídeas brancas, misturadas com frésias também brancas.

O serviço de bar seria instalado nas duas extremidades do enorme *hall* de recepção lá fora. No meio do *hall* haveria um bufê comprido, com uma escultura em gelo de um cisne, cercado por caviar Beluga, salmão defumado, camarão, lagosta e siri, enquanto o champanhe gelava em baldes. Um bolo de aniversário de dez camadas aguardaria na cozinha. Garçons, *maîtres* e seguranças já estariam a postos agora.

No salão de baile, uma orquestra ficaria no tablado, pronta para tentar os convidados a dançarem pela noite afora, em comemoração aos seus quarenta anos. Tudo estaria preparado.

O jantar seria delicioso. Ela própria escolhera o cardápio. *Foie gras* para começar, seguido por uma sopa de creme de cogumelo sob uma tênue crosta, filé de peixe-de-são-pedro e, depois, o prato principal: cordeiro com alecrim, *pomme soufflé* com feijão-fradinho. Queijos e uvas viriam em seguida, encerrando com o bolo de aniversário e café.

Seria uma festa espetacular. Manteria a cabeça erguida e confrontaria os convidados como se não houvesse nada errado. Era Lara Cameron.

Quando o jato particular finalmente pousou no La Guardia, o atraso já era de uma hora e meia. Lara virou-se para o piloto.

— Voaremos de volta para Reno ainda esta noite, Roger.

— Ficarei esperando, Srta. Cameron.

Sua limusine e o motorista a aguardavam na rampa.

— Já começava a me preocupar, Srta. Cameron.

— Encontramos mau tempo no caminho, Max. Vamos para o Plaza, o mais depressa possível.

— Claro, madame.

Lara pegou o telefone do carro e ligou para Jerry Townsend. Ele tomara todas as providências para a festa. Lara queria se certificar de que os convidados estavam sendo bem-tratados. Ninguém atendeu. *Ele deve estar no salão de baile*, concluiu Lara.

— Depressa, Max.

— Pois não, madame.

A visão do vasto Cameron Plaza Hotel nunca deixava de proporcionar a Lara um sentimento de satisfação pelo que criara, mas naquela noite estava com pressa demais para pensar a respeito. Todos a esperavam no salão de baile.

Ela empurrou a porta giratória e atravessou o saguão magnífico. Carlos, o gerente-assistente, avistou-a e se aproximou correndo.

— Srta. Cameron...

— Mais tarde.

Lara continuou a andar. Alcançou a porta fechada do salão de baile, parou ali, respirou fundo. *Estou pronta para enfrentá-los*, pensou ela. Abriu a porta, com um sorriso afixado no rosto, e ficou imóvel no instante seguinte, aturdida. O salão se encontrava na mais completa escuridão. Planejavam alguma surpresa? Ela estendeu a mão para o interruptor por trás da porta, apertou-o. O salão foi inundado pela luz incandescente. Não havia ninguém ali. Nem uma única pessoa. Lara permaneceu imóvel, chocada.

O que poderia ter acontecido com os duzentos convidados? Os convites marcavam oito horas. Já eram quase dez. Como tantas pessoas podiam desaparecer em pleno ar? Era incrível. Lara correu os olhos pelo vasto salão, estremeceu. No ano passado, em sua festa de aniversário, aquele mesmo salão estivera repleto com seus amigos, cheio de música e riso. Lembrava tão bem daquele dia...

Capítulo 2

UM ANO ANTES, a agenda de Lara Cameron para o dia era rotineira.

10 de setembro de 1991

5h Ginástica com professor

7h Participação no *Bom-dia, América*

7h Reunião com banqueiros japoneses

9h Jerry Townsend

10h30 Comitê Executivo de Planejamento

11h Fax, ligações internacionais, correspondência

11h30 Reunião sobre construção

12h30 Reunião com S&L

13h Almoço — Entrevista para a revista *Fortune* — Hugh Thompson

14h30 Banqueiros do Metropolitan Union

16h Comissão de Planejamento Urbano

17h Reunião com o prefeito — Gracie Mansion

18h15 Reunião com arquitetos

18h30 Departamento de Habitação

19h30 Coquetéis com grupo de investimento de Dallas

20h Festa de aniversário no salão de baile do Cameron Plaza

Ela já vestira a roupa de ginástica e aguardava, impaciente, quando chegou seu professor de ginástica, Ken.

— Está atrasado.

— Desculpe, Srta. Cameron. Meu despertador não tocou e...

— Tenho um dia movimentado. Vamos começar logo. — Certo.

Fizeram alongamentos por meia hora e depois passaram para vigorosos exercícios aeróbicos.

Ela tem um corpo de uma jovem de *vinte* e *um anos*, pensou Ken. *Adoraria levá-la para minha cama.* Ele gostava de comparecer ali todas as manhãs, só para contemplá-la, ficar perto dela. As pessoas sempre lhe perguntavam como era Lara Cameron e ele respondia:

— Ela é sensacional.

Lara fez os exercícios puxados com toda facilidade, mas sua mente não se concentrava na ginástica naquela manhã. Ao final da sessão, Ken comentou:

— Vou vê-la no *Bom-dia, América.*

— Como?

Por um momento, Lara esquecera. Estivera pensando na reunião com os banqueiros japoneses.

— Até amanhã, Srta. Cameron.

— Não se atrase de novo, Ken.

Lara tomou um banho de chuveiro, vestiu-se, comeu o desjejum sozinha no terraço da cobertura: toranja, cereal e chá verde. Foi para seu estúdio assim que terminou. Chamou a secretária.

— Farei as ligações internacionais do escritório. Preciso estar na ABC às sete horas. Mande Max trazer o carro.

Correu tudo bem no segmento do *Bom-dia, América*. Joan Lunden conduziu a entrevista, e foi cortês, como sempre.

— Na última vez em que esteve neste programa — disse Joan Lunden —, você acabara de iniciar as obras do edifício mais alto do mundo. Isso foi há quase quatro anos.

Lara acenou com a cabeça.

— É isso mesmo. O Cameron Towers estará pronto no próximo ano.

— Qual é a sensação de se encontrar em sua posição... ter realizado tantas coisas excepcionais e ainda ser jovem e bonita? É um modelo para muitas mulheres.

— É muito lisonjeira — Lara riu. — Não tenho tempo para pensar em mim como modelo para outras pessoas. Vivo ocupada demais.

— É uma das mais bem-sucedidas incorporadoras, numa atividade que em geral é considerada um domínio dos homens. Como opera? Como decide, por exemplo, onde vai construir um edifício?

— Não escolho o local — respondeu Lara. — O local é que me escolhe. Estou andando de carro, passo por um terreno... mas não é isso o que vejo. Imagino um prédio de escritórios, ou um atraente prédio de apartamentos, ocupado por pessoas vivendo no conforto, num clima agradável. Eu sonho.

— E faz com que os sonhos se convertam em realidade. Voltaremos logo depois dos comerciais.

Os banqueiros japoneses deveriam estar no escritório às 7h45. Haviam chegado de Tóquio na noite anterior, e Lara marcara a reunião tão cedo para que ainda se sentissem cansados depois de doze horas e dez minutos de voo. Quando eles protestaram, Lara dissera:

— Desculpem, mas é meu único horário disponível. Partirei para a América do Sul logo depois de nossa reunião.

E eles concordaram, embora relutantes. Eram quatro, pequenos e polidos, com mentes tão aguçadas quanto uma espada de samurai. Numa década anterior, a comunidade financeira subestimara os japoneses. Não mais cometia esse erro.

A reunião foi realizada no Cameron Center, na Avenida das Américas. Os japoneses vinham investir cem milhões de dólares num novo complexo hoteleiro que Lara estava lançando. Foram introduzidos na enorme sala de reuniões. Cada um trazia um presente. Lara agradeceu, e também lhes deu um presente. Instruíra sua secretária para que os presentes fossem embrulhados em papel pardo ou cinza. O branco, para os japoneses, representava a morte, e um papel vistoso e colorido seria inaceitável.

A assistente de Lara, Tricia, serviu chá para os japoneses e café para Lara. Os japoneses teriam preferido café, mas eram educados demais para dizê-lo. Quando terminaram de tomar o chá, Lara providenciou para que as xícaras fossem reabastecidas.

Howard Keller, o sócio de Lara, entrou na sala. Era um homem na casa dos cinquenta anos, pálido e magro, ruivo, usando um terno amarrotado e dando a impressão de que acabara de sair da cama. Lara fez as apresentações. Keller distribuiu cópias da proposta de investimento.

— Como podem verificar, senhores — disse Lara —, já temos um primeiro compromisso de hipoteca. O complexo terá setecentas e vinte unidades para hóspedes, cerca de três mil metros quadrados de área de reunião e uma garagem com mil vagas...

A voz de Lara estava impregnada de energia. Os banqueiros japoneses estudavam a proposta de investimento, lutando para permanecerem acordados.

A reunião acabou em menos de duas horas e foi um sucesso total. Lara aprendera, há muito tempo, que era mais fácil realizar uma transação de cem milhões de dólares do que tentar tomar emprestado cinquenta mil dólares.

Assim que a delegação japonesa se retirou, Lara teve uma reunião com Jerry Townsend. O ex-agente de publicidade de Hollywood, alto e dinâmico, era o encarregado de relações públicas da Cameron Enterprises.

— Foi uma excelente entrevista no *Bom-dia, América*. Recebi uma porção de telefonemas.

— Qual é a posição com a *Forbes*?

— Tudo acertado. Sairá na capa da *People* na próxima semana. Viu o artigo da *The New Yorker* a seu respeito? Não foi sensacional?

Lara foi até sua mesa.

— Nada mal.

— A entrevista com a *Fortune* está marcada para esta tarde.

— Mudei o esquema.

Townsend ficou surpreso.

— Por quê?

— Receberei o repórter para almoçar aqui.

Lara apertou o botão do interfone.

— Dê um pulo até aqui, Kathy.

Uma voz desencarnada respondeu:

— Pois não, Srta. Cameron.

Lara Cameron levantou os olhos.

— Isso é tudo, Jerry. Quero que você e sua equipe se concentrem no Cameron Towers.

— Já estamos fazendo...

— Vamos fazer mais. Quero que apareça em todos os jornais e revistas. Afinal, vai ser o edifício mais alto do mundo. *Do mundo!* Quero as pessoas falando a respeito. Ao final da obra, quero as pessoas *suplicando* para entrar naqueles apartamentos e lojas.

Jerry Townsend levantou-se.

— Certo.

Kathy, a assistente executiva de Lara, entrou na sala. Era uma negra atraente, impecavelmente vestida, com trinta e poucos anos.

— Descobriu o que ele gosta de comer?

— O homem é um *gourmet.* Aprecia a cozinha francesa. Liguei para o Le Cirque e pedi a Sirio que providencie um almoço aqui para duas pessoas.

— Ótimo. Vamos comer na minha sala de jantar particular.

— Sabe quanto tempo a entrevista vai demorar? Tem um encontro às duas e meia com os banqueiros do Metropolitan, no centro.

— Adie para três horas, e peça a eles que venham até aqui.

Kathy fez uma anotação.

— Quer que eu leia os recados?

— Pode começar.

— A Fundação das Crianças quer que seja a convidada de honra no dia 28.

— Não. Diga-lhes que me sinto lisonjeada. Mande um cheque.

— Sua reunião em Tulsa foi marcada para terça-feira às...

— Cancele.

— Foi convidada para um banquete na próxima sexta-feira, promovido pelo Grupo de Mulheres de Manhattan.

— Não. Se pedirem dinheiro, mande um cheque.

— A Coalizão pela Educação gostaria que falasse num banquete no dia 4.

— Verifique se podemos dar um jeito.

— Há um convite para ser a convidada de honra numa reunião de levantamento de fundos para a distrofia muscular, mas temos um conflito de datas. Estará em San Francisco na ocasião.

— Mande um cheque.

— Os Srb vão oferecer um jantar no próximo sábado.

— Tentarei dar um jeito de comparecer — disse Lara.

Kristian e Deborah Srb eram divertidos, bons amigos, e ela gostava da companhia deles.

— Kathy, quantas de mim você vê?

— Como?

— Dê uma boa olhada.

Kathy fitou-a atentamente.

— Uma só, Srta. Cameron.

— É isso mesmo. Sou uma só. Como esperava que eu me reunisse com os banqueiros do Metropolitan às duas e meia de hoje, com a comissão de planejamento urbano às quatro, depois com o prefeito às cinco, os arquitetos às seis e quinze, o departamento de habitação às seis e meia, um coquetel às sete e meia, e meu jantar de aniversário às oito? Na próxima vez em que organizar minha agenda, tente usar o cérebro.

— Desculpe. Quer que eu...

— Quero que você *pense*. Não preciso de pessoas estúpidas ao meu redor. Transfira as reuniões com os arquitetos e com o departamento de habitação.

— Certo.

— Como está o menino?

A pergunta pegou a assessora de surpresa.

— David? Ele... está muito bem.

— Já deve estar bem crescido agora.

— Tem quase dois anos.

— Já pensou numa escola para ele?

— Ainda não. É muito cedo para...

— Aí é que você se engana. Se quer matriculá-lo numa escola decente em Nova York, deve começar a providenciar antes mesmo do nascimento.

Lara fez uma anotação no bloco em cima da mesa.

— Conheço o diretor da Dalton. Cuidarei para que David seja matriculado ali.

— Eu... obrigada.

Lara não se deu ao trabalho de levantar os olhos.

— Isso é tudo.

— Pois não, Srta. Cameron.

Kathy saiu da sala sem saber se amava ou odiava a patroa. Quando fora trabalhar na Cameron Enterprises, ela ouvira uma advertência sobre Lara Cameron:

— A Borboleta de Ferro é uma vaca sobre rodas. Suas secretárias não contam o tempo de emprego pelo calendário... usam cronômetros. Ela vai esfolá-la viva.

Kathy recordou sua primeira entrevista. Já vira fotografias de Lara Cameron em meia dúzia de revistas, mas nenhuma lhe fizera justiça. Em pessoa, a mulher era de uma beleza fascinante.

Lara Cameron estava lendo o currículo de Kathy. Levantara os olhos e dissera:

— Sente-se, Kathy.

Sua voz era rouca e vibrante. Havia nela uma energia que era quase irresistível.

— É um currículo e tanto.

— Obrigada.

— Quanto disso é genuíno?

— Como?

— A maioria dos que passam por minha mesa é apenas ficção. É competente no que faz?

— Sou muito boa no que faço, Srta. Cameron.

— Duas de minhas secretárias acabam de ir embora. Tudo por aqui se encontra na maior confusão. É capaz de aguentar a pressão?

— Acho que sim.

— Isso não é um concurso de adivinhação. Pode ou não aguentar a pressão?

Naquele momento, Kathy não tivera certeza se queria o emprego.

— Posso, sim.

— Ótimo. Fará uma experiência de uma semana. Terá de assinar uma declaração de que em nenhum momento falará com terceiros sobre a minha pessoa ou seu trabalho aqui na Cameron Enterprises. Ou seja, nada de entrevistas, nada de livros, absolutamente nada. Tudo o que acontece aqui é confidencial.

— Eu compreendo.

— Ótimo.

Fora assim que começara, cinco anos antes. Durante esse período, Kathy aprendera a amar, odiar, admirar e desprezar Lara Cameron. No início, o marido de Kathy perguntara:

— Como é a lenda viva?

Era uma pergunta difícil.

— Ela é maior do que a vida — respondera Kathy. — É muito bonita. Trabalha mais do que qualquer outra pessoa que já conheci. Só Deus sabe quando ela dorme. É uma perfeccionista, e por isso torna um inferno a vida de todas as pessoas que a cercam. À sua maneira, é genial. Pode ser mesquinha e vingativa, mas também incrivelmente generosa.

O marido sorrira.

— Em outras palavras, ela é uma mulher.

Kathy o fitara nos olhos e comentara, sem sorrir:

— Não sei o que ela é. E às vezes ela me assusta.

— Ora, meu bem, está exagerando.

— Não, não estou. Acredito sinceramente que se alguma pessoa se interpusesse no caminho de Lara Cameron... ela a mataria.

Quando terminou com o fax e as ligações internacionais, Lara chamou Charlie Hunter, um jovem ambicioso no comando da contabilidade.

— Venha até aqui, Charlie.

— Pois não, Srta. Cameron.

Um minuto depois, ele entrou na sala.

— O que deseja, Srta. Cameron?

— Li esta manhã a entrevista que você concedeu a *The New York Times.*

Ele se mostrou animado.

— Ainda não vi. Como saiu?

— Falou sobre a Cameron Enterprises e sobre alguns dos problemas que temos enfrentado.

Hunter franziu o rosto.

— A verdade é que o repórter citou erradas algumas das minhas declarações...

— Está despedido.

— Como? Mas... por quê? Eu...

— Ao ser contratado, assinou um documento declarando que não concederia entrevistas. Espero que saia daqui ainda esta manhã.

— Eu... Não pode fazer isso. Quem ocuparia meu lugar?

— Já providenciei isso.

O ALMOÇO CHEGAVA ao fim. O repórter da *Fortune*, Hugh Thompson, era um homem sisudo, com aparência de intelectual, olhos castanhos penetrantes por trás de óculos de aros de chifre.

— Foi um almoço maravilhoso — disse ele. — Todos os meus pratos prediletos. Obrigado.

— Fico contente que tenha gostado.

— Mas não precisava se dar a todo esse trabalho por mim.

— Não foi nada — Lara sorriu. — Meu pai sempre me disse que o caminho para o coração de um homem passava pelo estômago.

— E queria conquistar meu coração antes de começarmos a entrevista?

Lara tornou a sorrir.

— Exatamente.

— Até que ponto sua empresa está mergulhada em dificuldades?

O sorriso de Lara se desvaneceu.

— Como?

— Ora, pare com isso. Não pode manter uma coisa assim em segredo. A notícia que corre por aí é a de que algumas de suas propriedades se encontram à beira do colapso por causa dos pagamentos principais devidos aos títulos que emitiu. Recorreu demais ao financiamento e, com o mercado em baixa, a Cameron Enterprises está com problemas financeiros.

Lara riu.

— É o que dizem por aí? Pois pode ter certeza, Sr. Thompson, que seria mais sensato não dar ouvidos a rumores absurdos. Vou lhe dizer o que farei. Mandarei para você uma cópia de meu balanço financeiro, a fim de esclarecer tudo. Está bom assim?

— Está ótimo. Por falar nisso, não vi seu marido na noite de inauguração do novo hotel.

Lara suspirou.

— Philip queria muito comparecer, mas infelizmente teve de viajar para uma série de concertos.

— Fui a um dos seus recitais, há cerca de três anos. Ele é excepcional. Estão casados há um ano, não é?

— O ano mais feliz de minha vida. Sou uma mulher afortunada. Viajo muito, e Philip também, mas quando estou longe dele, sempre posso escutar suas gravações, em qualquer lugar.

Thompson sorriu.

— E ele também pode ver seus prédios, onde quer que esteja.

Lara riu.

— Não me lisonjeie.

— Não é a pura verdade? Construiu prédios por todo este nosso belo país. Possui prédios de apartamentos, de escritórios, uma rede de hotéis... Como consegue isso?

Ela sorriu.

— Com espelhos.

— Você é um enigma.

— Sou mesmo? Por quê?

— Neste momento, é sem dúvida a construtora mais bem-sucedida de Nova York. Seu nome está gravado em placas na metade dos imóveis da cidade. Constrói agora o edifício mais alto do mundo. Seus concorrentes a chamam de Borboleta de Ferro. Alcançou o sucesso num ramo tradicionalmente dominado pelos homens.

— E isso o incomoda, Sr. Thompson?

— Não. O que me incomoda, Srta. Cameron, é que não consigo definir quem é. Quando interrogo duas pessoas a seu respeito, obtenho três opiniões. Todos admitem que é uma executiva brilhante. Ou seja... não se tornou um sucesso por acaso. Conheço alguma coisa sobre os trabalhadores na construção civil... um bando de homens rudes e duros. Como uma mulher igual a você os mantém na linha?

Lara sorriu.

— Não há mulheres como eu. Falando sério, apenas contrato as melhores pessoas para o trabalho, e pago bem.

Muito simplista, pensou Thompson. *Simplista até demais. A verdadeira história é a que ela não está me contando.* Ele decidiu mudar o rumo da entrevista.

— Todas as revistas têm escrito sobre o seu sucesso nos negócios. Eu gostaria de fazer uma história mais pessoal. Bem pouco foi publicado sobre suas origens.

— Sinto o maior orgulho de minhas origens.

— Ótimo. Vamos conversar sobre isso. Como começou nos negócios imobiliários?

Lara sorriu, e o repórter percebeu que era um sorriso genuíno. Ela parecia de repente com uma garotinha.

— Genes.

— Seus genes?

— Os de meu pai.

Ela apontou para um retrato na parede por trás. Mostrava um homem bonito, com uma cabeça leonina, cabelos prateados.

— Esse é meu pai... James Hugh Cameron. — A voz de Lara era mais suave agora. — Ele é o responsável pelo meu sucesso. Sou filha única. Minha mãe morreu quando eu era bem pequena, e fui criada por meu pai. Minha família deixou a Escócia há muito tempo, Sr. Thompson, e emigrou para a Nova Escócia... mais precisamente, para Glace Bay.

— Glace Bay?

— É uma aldeia de pescadores na parte nordeste de Cape Breton, na costa do Atlântico. Recebeu esse nome de seus primeiros exploradores franceses. Significa "baía do gelo". Mais café?

— Não, obrigado.

— Meu avô possuía muita terra na Escócia e meu pai adquiriu ainda mais. Era um homem muito rico. Ainda temos nosso castelo em Loch Morlich. Aos oito anos, eu tinha meu próprio cavalo, meus vestidos eram comprados em Londres, morávamos numa casa enorme, com uma porção de criados. Era uma vida de conto de fadas para uma menina.

A voz de Lara vibrava com os ecos de antigas recordações.

— Saíamos para patinar no gelo durante o inverno, assistíamos a partidas de hóquei e nadávamos no lago Big Glace Bay quando chegava o verão. E havia bailes no Forum e nos Jardins Venezianos.

O repórter escrevia anotações rapidamente.

— Meu pai construiu prédios em Edmonton, Calgary e Ontário. O negócio imobiliário era como um jogo para ele, um jogo que adorava. Quando eu ainda era muito jovem, ele me ensinou o jogo, e aprendi a amá-lo também.

A voz se tornara impregnada de paixão.

— Deve compreender uma coisa, Sr. Thompson. O que eu faço nada tem a ver com dinheiro, tijolos ou aço com os quais se constrói um prédio. São as pessoas que importam. Sou capaz de lhes oferecer um lugar confortável para viver ou trabalhar, um lugar em que podem criar sua família e levar uma vida decente. Isso é que era importante para meu pai e tornou-se para mim também.

Hugh Thompson levantou os olhos para fitá-la.

— Lembra qual foi seu primeiro empreendimento imobiliário?

Lara inclinou-se para a frente.

— Claro. Quando fiz dezoito anos, meu pai me perguntou o que gostaria de ganhar como presente de aniversário. Havia muitas pessoas se mudando para Glace Bay e a cidade estava apinhada. Achei que os habitantes precisavam de mais lugar para morar. Disse a meu pai que queria construir um pequeno prédio de apartamentos. Ele me deu o dinheiro como um presente, mas dois anos mais tarde pude lhe pagar tudo. Depois, tomei dinheiro emprestado de um banco para construir um segundo prédio. Ao completar vinte e um anos, eu já possuía três prédios, e todos eram empreendimentos vitoriosos.

— Seu pai deve ter sentido o maior orgulho de você.

Ela tornou a exibir o sorriso afetuoso.

— Tem toda razão. Ele deu-me o nome de Lara. É um antigo nome escocês, que vem do latim. Significa “muito conhecida” ou “famosa”. Desde que eu era pequena, meu pai sempre dizia que um dia me tornaria famosa.

O sorriso desapareceu.

— Ele morreu de um ataque cardíaco, jovem demais. — Lara fez uma pausa. — Vou todos os anos à Escócia para visitar seu túmulo. Achei... muito difícil continuar na casa sem ele. Resolvi me mudar para Chicago. Tive uma ideia para construir hotéis exclusivos, e persuadi um banqueiro ali a me financiar. Os hotéis foram um sucesso.

Lara deu de ombros.

— E o resto, como diz o clichê, é história. Imagino que um psiquiatra diria que não criei este império só por mim. De certa forma, é um tributo a meu pai. James Cameron foi o homem mais maravilhoso que já conheci.

— Devia amá-lo muito.

— E amava. E ele também me amava muito. — Um sorriso se insinuou nos lábios de Lara. — Contaram-me que no dia de meu nascimento meu pai pagou um trago a todos os homens de Glace Bay.

— Portanto, tudo começou em Glace Bay — comentou Thompson.

— É verdade... tudo começou em Glace Bay. Foi o princípio de tudo, há quase quarenta anos...

Capítulo 3

GLACE BAY, NOVA ESCÓCIA, 10 DE SETEMBRO DE 1952

JAMES CAMERON ESTAVA num bordel, bêbado, na noite em que sua filha e seu filho nasceram. Espremia-se na cama, entre as gêmeas escandinavas, quando Kirstie, a cafetina, bateu na porta.

— James!

Ela abriu a porta e entrou.

— *Och, ye auld hen!* — berrou James, indignado. — Será que um homem não pode ter privacidade nem aqui?

— Desculpe interromper seu prazer, James. É sua esposa.

— Foda-se ela!

— Você a fodeu, James, e agora ela está tendo seu filho.

— E daí? Que ela tenha! Não é para isso que as mulheres servem?

— O médico acaba de telefonar. Vem tentando desesperadamente encontrá-lo. Sua esposa está mal. É melhor você se apressar.

James Cameron sentou, deslizou para a beira da cama, os olhos injetados, tentando desanuviar a cabeça.

— A porra daquela mulher. Ela nunca me deixa em paz. — Ele olhou para a cafetina. — Muito bem, vou até lá. — Olhou para as duas mulheres nuas na cama. — Mas também não vou pagar por essas duas.

— Não se preocupe com isso agora. É melhor você voltar à pensão. — Kirstie virou-se para as gêmeas. — E vocês duas venham comigo.

James Cameron fora outrora bonito, mas o rosto refletia agora os pecados consumados. Parecia ter cinquenta e poucos anos, mas na verdade tinha apenas trinta e era o gerente de uma das pensões de propriedade de Sean MacAllister, o banqueiro da cidade. Durante os últimos cinco anos, James Cameron e a esposa Peggy dividiam as tarefas: Peggy limpava e cozinhava para as duas dúzias de pensionistas e James se encarregava de beber. Todas as sextas-feiras ele tinha a responsabilidade de cobrar os aluguéis das quatro outras pensões em Glace Bay pertencentes a MacAllister. Era outro motivo, se é que ele precisava de algum, para se embriagar.

James Cameron era um homem amargurado, que se espojava em sua amargura. Era um fracassado e estava convencido de que todos os outros tinham a culpa por isso. Ao longo dos anos, passara a se deleitar com seu fracasso. Fazia com que se sentisse um mártir. Quando James tinha um ano de idade, sua família emigrara da Escócia para Glace Bay, levando apenas os poucos bens que podia carregar, e lutara para sobreviver. O pai pusera James para trabalhar nas minas de carvão quando ele completara quatorze anos. James sofrera uma pequena lesão nas costas num acidente na mina, aos dezesseis anos, e prontamente saíra de lá. Um ano depois, os pais morreram num desastre de trem. Fora assim que James Cameron concluíra que não era o responsável por sua adversidade — era o Destino que agia contra ele. Mas contava com dois trunfos: era de uma beleza extraordinária e podia ser encantador, quando desejava. Num fim de semana em Sydney, uma cidade perto de Glace

Bay, ele conheceu uma jovem americana impressionável, chamada Peggy Maxwell, que passava férias ali com a família. Não era uma moça atraente, mas os Maxwell eram muito ricos e James Cameron muito pobre. Despertou uma intensa paixão em Peggy Maxwell, que acabou casando com ele, contra os conselhos de seu pai.

— Darei a Peggy um dote de cinco mil dólares — declarou o pai a James. — Esse dinheiro lhe dará a oportunidade de fazer alguma coisa com a sua vida. Pode investir em imóveis e terá o dobro em cinco anos. Eu o ajudarei.

Mas James não estava interessado em esperar cinco anos. Sem consultar ninguém, investiu o dinheiro numa operação de pesquisa de poços de petróleo, junto com um amigo, e sessenta dias depois não tinha mais nada. O sogro, furioso, recusara-se a lhe conceder qualquer ajuda adicional.

— Você é um tolo, James, e não vou desperdiçar meu dinheiro.

O casamento que deveria ser a salvação de James Cameron se transformou num desastre, pois ele agora tinha uma esposa para sustentar e nenhum emprego.

Fora Sean MacAllister quem viera em seu socorro. O banqueiro da cidade tinha cinquenta e poucos anos, um homem atarracado e pomposo, a um quilo de ser obeso, propenso a usar coletes enfeitados com uma grossa corrente de ouro de relógio. Chegara a Glace Bay vinte anos antes e percebera no mesmo instante as possibilidades que ali existiam. Os mineiros e lenhadores vinham se instalar na cidade e não conseguiam encontrar alojamentos adequados. MacAllister poderia financiar casas para eles, mas tinha um plano melhor. Concluíra que sairia mais barato agrupar os homens em pensões. Em dois anos construíra um hotel e cinco pensões, que viviam lotados.

Encontrar gerentes era uma coisa difícil, pois o trabalho era extenuante. A função do gerente era manter todos os quartos alugados, supervisionar a cozinha, distribuir as refeições e providenciar para que as instalações ficassem razoavelmente limpas. Em matéria de salários, porém, Sean MacAllister não era um homem de desperdiçar seu dinheiro.

O gerente de uma das pensões acabara de pedir demissão e MacAllister decidira que James Cameron era um candidato provável ao cargo. Cameron tomava emprestado pequenas quantias do banco de vez em quando, e o pagamento de um dos empréstimos estava bastante atrasado. MacAllister mandara chamá-lo e anunciara:

— Tenho um emprego para você.

— Tem?

— Está com sorte. Tenho um esplêndido cargo que acaba de vagar.

— Um trabalho no banco?

A perspectiva de trabalho no banco era atraente para James Cameron. Onde havia muito dinheiro, sempre havia a possibilidade de que algum grudasse em seus dedos.

— Não no banco. É um jovem muito simpático, James, e acho que seria muito bom para lidar com as pessoas. Gostaria que dirigisse minha pensão na Cablehead Avenue.

— Uma pensão?

Havia desdém na voz de Cameron.

— Precisa de um teto sobre sua cabeça — ressaltara MacAllister. — Você e sua esposa terão quarto e comida de graça, além de um pequeno salário.

— Pequeno até que ponto?

— Serei generoso com você, James. Vinte e cinco dólares por semana.

— Vinte e...?

— É pegar ou largar. Tenho outros esperando.

Ao final, James Cameron não tivera opção.

— Eu aceito.

— Ótimo. Ah, outra coisa. Toda sexta-feira também espero que cobre os aluguéis em minhas outras pensões e me entregue o dinheiro no sábado.

Peggy ficara consternada quando o marido lhe dera a notícia.

— Não sabemos nada sobre dirigir uma pensão, James.

— Aprenderemos. E vamos partilhar o trabalho.

E ela acreditara.

— Está certo, James. Daremos um jeito.

E, à sua maneira, haviam conseguido.

Ao longo dos anos, surgiram várias oportunidades de James Cameron obter melhores empregos, que lhe dariam dignidade e mais dinheiro, mas ele gostava demais de seu fracasso para abandoná-lo.

— Por que me incomodar? — resmungava ele. — Quando o Destino está contra a gente, nada de bom pode acontecer.

E agora, naquela noite de setembro, ele pensou: *Nem mesmo me deixam desfrutar minhas putas em paz. Ah, a porra da minha mulher!*

Um vento frio de setembro soprava quando ele saiu do bordel de Madame Kirstie.

É melhor eu me fortalecer para os problemas que vou enfrentar, decidiu James Cameron. Ele parou no Ancient Mariner.

Uma hora depois seguiu para a pensão em New Aberdeen, o bairro mais pobre de Glace Bay.

Ao chegar, meia dúzia de pensionistas o aguardava na maior ansiedade.

— O médico está com Peggy — avisou um dos homens. — É melhor você se apressar.

James cambaleou para o quarto pequeno e miserável nos fundos da pensão, que partilhava com a esposa. Podia ouvir em outro quarto o choro de um bebê recém-nascido. Peggy estava estendida na cama, imóvel. O Dr. Patrick Duncan inclinava-se sobre ela. Virou-se ao ouvir James entrar no quarto.

— O que está acontecendo aqui? — perguntou James.

O médico empertigou-se, fitou-o com repulsa.

— Deveria ter levado sua esposa para me ver.

— E jogar fora um bom dinheiro? Ela só ia ter um bebê. Qual é o problema?

— Peggy morreu. Fiz tudo o que podia. Ela teve gêmeos. Não consegui salvar o menino.

— Oh, Deus! — balbuciou James Cameron. — É o Destino outra vez.

— Como?

— O Destino. Está sempre contra mim. Agora, tirou minha esposa. Eu não...

Uma enfermeira entrou no quarto, carregando um bebê envolto por uma manta.

— Aqui está sua filha, Sr. Cameron.

— Uma *filha*? Mas o que vou fazer com uma filha?

Sua voz se tornava mais e mais engrolada.

— Você me repugna, homem — murmurou o Dr. Duncan.

A enfermeira virou-se para James.

— Ficarei aqui até amanhã e lhe ensinarei como cuidar dela.

James Cameron olhou para a criança toda enrugada na manta e pensou, esperançoso: *Talvez ela morra também.*

DURANTE AS TRÊS primeiras semanas, ninguém teve certeza se a criança viveria ou não. Uma ama de leite ia cuidar dela. Ao final, chegou o dia em que o médico pôde dizer:

— Sua filha vai sobreviver.

Ele fitou James Cameron e acrescentou baixinho:

— Deus tenha misericórdia da pobre criança.

A ama de leite disse:

— Sr. Cameron, deve dar um nome à criança.

— Pode chamá-la como quiser. *Você* escolhe o nome.

— Por que não a chamar de Lara? É um nome tão bonito...

— Tudo bem.

E, assim, a menina foi batizada como Lara.

NÃO HAVIA NINGUÉM na vida de Lara para cuidar dela ou acalentá-la. A pensão era cheia de homens, ocupados demais com suas vidas para prestar qualquer atenção à menina. A única mulher era Bertha, a enorme sueca contratada para cozinhar e fazer as outras tarefas domésticas.

James Cameron estava determinado a não ter qualquer relacionamento com a filha. O implacável Destino o traíra mais uma vez, ao deixá-la viver. À noite, ele sentava na sala de estar, com sua garrafa de uísque, e se queixava:

— A menina assassinou minha esposa e meu filho.

— Não deveria dizer isso, James.

— Mas é verdade. Meu filho teria crescido para ser um grande homem. Teria sido inteligente e rico, e cuidaria bem do pai na velhice.

E os pensionistas deixavam-no resmungar.

James Cameron tentou várias vezes entrar em contato com Maxwell, seu sogro, na esperança de que ele tirasse a criança de suas mãos, mas o velho desaparecera. *Seria típico de minha sorte se o velho idiota tivesse morrido*, pensou ele.

GLACE BAY ERA uma cidade de pessoas em trânsito, que entravam e saíam das pensões. Vinham da França, China e Ucrânia. Eram italianos, irlandeses e gregos, carpinteiros, alfaiates, encanadores e sapateiros. Enxameavam pela parte inferior da Main Street, na Bell Street, North Street e Water Street, perto do cais. Iam trabalhar nas minas, cortavam madeira e tiravam peixe do mar. Glace Bay era uma cidade de fronteira, primitiva e rude. O clima era uma abominação. Os invernos eram rigorosos, com pesadas nevascas que se prolongavam até abril; e, por causa da camada de gelo na enseada, até mesmo abril e maio eram frios e ventosos, e chovia de julho a outubro.

Havia dezoito pensões na cidade, algumas abrigando até setenta e dois hóspedes. Na pensão administrada por James Cameron havia vinte e quatro pensionistas, quase todos escoceses.

Lara era faminta por afeição, sem saber o que era essa fome. Não tinha brinquedos nem bonecas para acalentar, nenhum companheiro de brincadeiras. Não tinha ninguém, exceto o pai. Oferecia-lhe pequenos presentes infantis, ansiosa por agradá-lo, mas ele ignorava ou escarnecia.

Quando tinha cinco anos, Lara ouviu o pai dizer a um dos pensionistas:

— A criança errada morreu. Meu filho é que deveria ter vivido.

Naquela noite, Lara chorou até dormir. Amava demais o pai. E também o odiava.

Aos seis anos, Lara parecia um retrato de Keane, com olhos enormes num rosto pálido e fino. Um novo hóspede se instalou na pensão nesse ano. Seu nome era Mungo McSween, e era imenso. Sentiu uma afeição instantânea pela menina.

— Como é seu nome, garotinha?

— Lara.

— Ah, um belo nome para uma bela garotinha. Está na escola?

— Escola? Não.

— E por que não?

— Não sei.

— Vamos descobrir.

E ele foi procurar James Cameron.

— Soube que sua filha não está na escola.

— E por que deveria estar? É apenas uma menina. Não precisa de escola.

— Está enganado, homem. Ela deve receber uma instrução. Merece uma chance na vida.

— Esqueça — protestou James. — Seria um desperdício.

Mas McSween se mostrou insistente, e James Cameron acabou concordando, só para fazê-lo se calar. Pelo menos manteria a pirralha fora de sua vista por umas poucas horas.

Lara ficou apavorada com a perspectiva de ir para a escola. Vivera num mundo de adultos durante toda a sua curta vida e quase não tivera contato com outras crianças.

Na segunda-feira seguinte, Big Bertha largou-a na escola primária St. Anne, e Lara foi levada ao gabinete da diretora.

— Esta é Lara Cameron.

A diretora, Sra. Cummings, era uma viúva de meia-idade, grisalha, com três filhos. Estudou a menina andrajosa de pé à sua frente.

— Lara... um nome bonito — comentou ela, sorrindo. — Quantos anos você tem, minha querida?

— Seis.

Lara fazia o maior esforço para conter as lágrimas. *A menina está assustada*, pensou a Sra. Cummings.

— Estamos muito contentes em tê-la aqui, Lara. Vai se divertir e aprender uma porção de coisas.

— Não posso ficar — balbuciou Lara.

— É mesmo? E por que não?

— Papai sente muita saudade de mim.

Ela tinha a determinação firme de não chorar.

— Ora, só vamos mantê-la durante umas poucas horas por dia.

Lara permitiu que a levassem a uma sala de aula, repleta de crianças, e foi instalada numa carteira perto do fundo.

A Srta. Terkel, a professora, estava ocupada a escrever letras no quadro-negro.

— *A* é para abacate — disse ela. — *B* é para bonito. Alguém sabe para que é o *C*?

Uma mãozinha levantou.

— Cachorro.

— Muito bem! E *D*?

— Dona.

— E *E*?

— Esquilo.

— Excelente. Alguém pode pensar numa palavra começando com *F*?

Lara respondeu:

— Foder.

LARA ERA A MENOR em sua turma, mas a Srta. Terkel tinha a impressão de que, sob muitos aspectos, era a mais velha. Havia nela uma inquietante maturidade.

— Ela é uma pequena adulta, esperando para se tornar mais alta — disse a professora à Sra. Cummings.

No primeiro dia, na hora do almoço, as outras crianças pegaram suas merendeiras coloridas, tiraram maçãs, bolos e sanduíches embrulhados em papel parafinado.

Ninguém se lembrara de preparar um lanche para Lara.

— Onde está seu lanche, Lara? — perguntou a Srta. Terkel.

— Não estou com fome — respondeu Lara, obstinada. — Comi muito antes de sair de casa.

A maioria das meninas da escola vestia-se muito bem, com saias e blusas limpas. Lara se tornara maior do que seus poucos vestidos axadrezados e blusas puídas. Foi procurar o pai.

— Preciso de roupas para a escola.

— Precisa? Ora, não sou feito de dinheiro. Vá pedir alguma coisa ao Exército da Salvação.

— Isso é caridade, papai.

E o pai lhe deu um tapa na cara com toda força.

As crianças na escola conheciam brincadeiras de que Lara nunca ouvira falar. As meninas tinham bonecas e brinquedos diversos, algumas se mostraram dispostas a partilhá-los com Lara, mas ela sentia-se angustiosamente consciente de que nada lhe pertencia. E havia algo mais. Ao longo dos anos subsequentes, Lara teve um vislumbre de um mundo diferente, um mundo em que as crianças tinham mães e pais que lhes davam presentes e festas de aniversário, e as amavam, abraçavam e beijavam. E, pela primeira vez, Lara começou a perceber o quanto faltava em sua vida. O que só contribuiu para que se sentisse ainda mais solitária.

A pensão era um tipo diferente de escola. Era um microcosmo internacional. Lara aprendeu a determinar de onde vinham os pensionistas por seus nomes. Mac era da Escócia... Hodder e Pyke eram da Terra Nova... Chiasson e Aucoin eram da França... Dudash e Kosick da Polônia. Os pensionistas eram lenhadores, pescadores, mineiros e caixeiros-viajantes. Reuniam-se na enorme sala de jantar pela manhã, para o desjejum, e à noite, para o jantar, e Lara ficava fascinada pela conversa. Cada grupo parecia ter sua própria linguagem misteriosa.

Havia milhares de lenhadores na Nova Escócia, espalhados por toda a península. Os lenhadores na pensão cheiravam a serragem e casca de árvore queimada, e falavam de coisas estranhas, como lascas, aparas e poda.

— Devemos ter quase duzentos milhões de pés cortados este ano — anunciou um deles ao jantar.

— Para que vão cortar os pés de tanta gente? — indagou Lara.

Houve uma explosão de risadas.

— Criança, estou falando de um pé de madeira, que é uma tábua com um metro quadrado e dois centímetros de espessura. Quando crescer e casar, se quiser construir uma casa de cinco cômodos, toda de madeira, vai precisar de doze mil pés.

— Não vou me casar — garantiu Lara.

Os PESCADORES ERAM de outra raça. Voltavam à pensão fedendo a mar, conversavam sobre a nova experiência de criação de ostras no lago de Bras d'Or e se gabavam uns para os outros de suas colheitas de bacalhau, arenque, cavala e hadoque.

Mas os pensionistas que mais fascinavam Lara eram os mineiros. Havia 3.500 mineiros em Cape Breton, trabalhando nas minas de carvão de Lingan, Prince e Phalen. Lara adorava os nomes das minas. Havia a Jubileu, Última Chance, Diamante Negro e Dama da Sorte.

Sentia-se encantada com as discussões sobre os trabalhos do dia.

— Que história é essa que ouvi sobre Mike?

— É verdade. O pobre coitado entrava num carrinho, e um vagonete saltou dos trilhos e esmagou sua perna. O filho da puta do capataz disse que a culpa era de Mike, por não ter saído do caminho a tempo, e ele vai ter seu lampião apagado.

Lara ficou aturdida.

— O que isso significa?

Um dos mineiros explicou:

— Significa que Mike ia começar o trabalho e descia para a galeria de trabalho. Um vagonete... um vagão pequeno para transportar carvão... saltou dos trilhos e o acertou.

— E apagou seu lampião? — indagou Lara.

O mineiro riu.

— Ter seu lampião apagado significa que você foi suspenso do trabalho.

AOS QUINZE ANOS, Lara ingressou na escola secundária St. Michael. Era alta, magra e desengonçada, com pernas compridas, cabelos pretos escorridos e olhos cinza inteligentes, ainda muito grandes para o rosto pálido e fino. Ninguém sabia direito o que lhe aconteceria. Estava prestes a se tornar uma mulher e sua aparência se encontrava num estágio de metamorfose. Poderia ficar feia ou bonita. Para James Cameron, a filha era horrível.

— É melhor você casar logo com o primeiro idiota que pedir sua mão — disse ele à filha. — Não vai ter a aparência para conseguir um bom partido.

Lara permaneceu imóvel, sem dizer nada.

— E diga ao pobre coitado que não espere nenhum dote de minha parte.

Mungo McSween entrou na sala. Parou ali, ficou escutando, furioso.

— Isso é tudo, garota — acrescentou James Cameron. — Volte para a cozinha.

Lara saiu quase correndo.

— Por que faz isso com sua filha? — perguntou McSween.

James Cameron levantou os olhos injetados.

— Não é da sua conta.

— Está de porre.

— É isso mesmo. E o que mais se pode fazer? Se não são as mulheres, é o uísque, não acha?

McSween foi para a cozinha, onde Lara lavava pratos na pia. Os olhos dela ardiam com lágrimas. McSween enlaçou-a.

— Não fique triste, mocinha. Ele não falou a sério.

— Ele me odeia.

— Não, não odeia.

— Nunca me disse uma palavra gentil. Nem uma única vez!

Não havia nada que McSween pudesse dizer.

NO VERÃO, OS TURISTAS chegavam a Glace Bay. Vinham em seus carros de luxo, usando lindas roupas, faziam compras na Castle Street, jantavam no Cedar House e no Jasper's, visitavam Ingonish Beach, Cabe Smokey e Bird Island. Eram seres superiores de outro mundo e Lara os invejava, ansiava por escapar com eles quando fossem embora ao final do verão. Mas como?

Lara já ouvira histórias sobre vovô Maxwell.

— O velho desgraçado tentou me impedir de casar com sua filha — queixava-se James Cameron a qualquer pensionista que quisesse escutá-lo. — Era podre de rico, mas pensa que me deu alguma coisa? Nada. Mas cuidei muito bem de sua Peggy, apesar disso...

E Lara fantasiava que um dia o avô viria buscá-la e a levaria para as cidades deslumbrantes sobre as quais lia: Londres, Roma e Paris. *E terei lindas roupas para usar. Centenas de vestidos e sapatos novos.*

Mas à medida que os meses e anos foram passando, e não houve qualquer notícia, Lara acabou chegando à conclusão de que nunca veria o avô. Estava condenada a passar o resto de sua vida em Glace Bay.

Capítulo 4

HAVIA UMA MIRÍADE de atividades para uma adolescente crescendo em Glace Bay. Havia jogos de futebol e hóquei, rinques de patinação e pistas de boliche, além de lugares para nadar e pescar no verão. Uma loja chamada Carl's era o ponto de encontro predileto depois da escola. Havia dois cinemas, e os Jardins Venezianos para se dançar.

Lara não tinha nenhuma oportunidade de desfrutar qualquer dessas coisas. Levantava às cinco horas da manhã para ajudar Bertha a preparar o desjejum para os pensionistas e arrumava as camas antes de sair para a escola. À tarde, voltava apressada para casa, a fim de começar a preparar o jantar. Ajudava Bertha a servir e depois do jantar Lara tirava a mesa, lavava e enxugava a louça.

A PENSÃO SERVIA alguns pratos escoceses muito apreciados: *howtowdie* e *hairst bree*, *cabbieclaw* e *skirlie*. Outra iguaria era *Black Bun*, uma mistura bem temperada envolta por uma massa de farinha de trigo.

A CONVERSA DOS escoceses ao jantar fazia com que as terras altas da Escócia adquirissem vida para Lara. Seus ancestrais tinham vindo das Terras Altas, e as histórias sobre eles proporcionavam a Lara o único senso de pertencimento que possuía. Os pensionistas falavam do vasto vale em que ficavam os lagos Ness, Lochy e Linnhe e das ilhas escarpadas da costa.

Havia um piano velho na sala de estar e às vezes, à noite, depois do jantar, meia dúzia de pensionistas se reunia ali e cantava as canções da pátria: *Annie Laurie, Comin' Through the Rye, The Hills of Home* e *The Bonnie Banks O'Loch Lomond.*

UMA VEZ POR ANO, havia um desfile na cidade, e todos os escoceses de Glace Bay vestiam orgulhosos seus *kilts* ou *tartans*, e marchavam pelas ruas, sob o acompanhamento estridente das gaitas de foles.

— Por que os homens usam saias? — perguntou Lara a McSween.

Ele franziu o rosto.

— Não é uma saia, mocinha. É um *kilt.* Nossos ancestrais o inventaram, há muito e muito tempo. Nas terras altas, um *kilt* cobria o corpo de um homem contra o frio intenso, mas mantinha suas pernas livres para que pudesse correr através das urzes e turfas, e escapar de seus inimigos. E à noite, se ele estivesse ao desabrigo, o tamanho do *kilt* lhe permitia usá-lo como cama e tenda.

Os nomes das aldeias escocesas eram como poesia para Lara. Havia Breadalbane, Glenfinnan e Kilbride, Kilninver e Kilmichael. Lara aprendeu que "*kil*" era o nome da cela dos monges nos tempos medievais. Se um nome começava com "*inver*" ou "*aber*", significava que a aldeia ficava na foz de um rio. Se começava com "*strath*", era num vale. "*Bad*" significava que a aldeia ficava num bosque.

Havia discussões acirradas todas as noites à mesa do jantar. Os escoceses discutiam sobre tudo. Seus ancestrais haviam pertencido a clãs orgulhosos e eles ainda defendiam com vigor a sua história.

— A Casa de Bruce produziu covardes. Submeteram-se aos ingleses como cães rastejando.

— Você não sabe do que está falando, Ian, como sempre. Foi o grande Bruce em pessoa quem enfrentou os ingleses. Foi a Casa de Stuart que se submeteu.

— Ora, você é um tolo e seu clã vem de uma longa linhagem de tolos.

A discussão se tornava ainda mais veemente.

— Sabe de que a Escócia precisava? De mais líderes como Roberto II. Esse foi um grande homem. E teve vinte e um filhos.

— E a metade era de bastardos!

E outra discussão começava.

Lara não podia acreditar que eles brigassem por causa de eventos que haviam ocorrido mais de seiscentos anos antes. Mungo McSween lhe disse:

— Não deixe que isso a perturbe, mocinha. Um escocês é capaz de iniciar uma briga numa casa vazia.

Foi um poema de Sir Walter Scott que ateou fogo à imaginação de Lara.

O jovem Lochinvar veio do oeste:
Por toda a fronteira, seu corcel era o melhor;
E além de sua espada não tinha outra arma;
Desarmado cavalgava, e sempre ia sozinho.
Era fiel no amor, e na guerra destemido,
Nunca houve cavaleiro como o jovem Lochinvar.

E o poema glorioso continuava, contando como Lochinvar arriscara a vida para salvar sua amada, que estava sendo obrigada a casar com outro homem.

Tão ousado no amor, tão destemido na guerra,
Alguém já ouviu falar de outro tão bravo
quanto o jovem Lochinvar?

Algum dia, pensou Lara, *um belo Lochinvar virá me salvar.*

Um dia ela trabalhava na cozinha, quando viu um anúncio numa revista, e seu coração subiu pela garganta. Mostrava um homem alto, bonito, louro, elegantemente vestido, de fraque e gravata branca. Tinha olhos azuis e um sorriso radiante, parecia um príncipe, da cabeça aos pés. *É assim que meu Lochinvar vai parecer,* pensou Lara. *Ele está em algum lugar por aí, à minha procura. Virá me salvar. Estarei na pia, lavando pratos, ele vai se aproximar por trás, envolver-me em seus braços e sussurrar: "Posso ajudá-la?" E eu vou me virar, fitá-lo nos olhos. E direi: "Quer enxugar a louça?"*

A voz de Bertha interrompeu o devaneio:

— Quer que eu faça o quê?

Lara virou-se. Bertha se encontrava atrás dela. Lara não percebera que falara em voz alta.

— Nada — murmurou ela, corando.

PARA LARA, AS conversas mais fascinantes ao jantar giravam sobre as histórias dos notórios conflitos das Terras Altas. Já as ouvira muitas vezes, mas nunca se cansava.

— Conte de novo — pedia ela.

E Mungo McSween atendia, com a maior ansiedade...

— Tudo começou no ano de 1792, e se prolongou por mais de sessenta anos. A princípio, chamaram-no de *Bliadhna nan Coarach*... o Ano da Ovelha. Os proprietários das Terras Altas decidiram que suas terras seriam mais lucrativas com ovelhas do que com camponeses rendeiros, por isso levaram rebanhos para as Terras Altas e descobriram que podiam sobreviver aos frios invernos. Foi assim que começaram os conflitos.

"O clamor tornou-se *Mo thruaighe ort a thir, tha'n caoraich mhor a' teachd!* Ai de ti, ó terra, a grande ovelha está chegando! Primeiro, vieram cem ovelhas, depois mil, depois dez mil. Era uma terrível invasão.

"Os lordes viam riquezas além de seus sonhos, mas precisavam antes se livrar dos rendeiros, que trabalhavam suas pequenas plantações. Eles já tinham muito pouco, Deus sabe. Moravam em casinhas de pedra, sem chaminé e sem janelas. Mas os lordes os obrigaram a sair."

A jovem ficava com os olhos arregalados.

— Como?

— O governo ordenou a seus regimentos que atacassem as aldeias e expulsassem os rendeiros. Os soldados cercavam uma pequena aldeia, davam seis horas aos rendeiros para pegarem seu gado e móveis e irem embora. Tinham de deixar suas colheitas para trás. Depois, os soldados incendiavam e arrasavam a aldeia. Mais de 250 mil homens, mulheres e crianças foram forçados a deixar seus pertences, tangidos para o litoral.

— Mas como podiam ser expulsos de sua própria terra?

— Deve entender que eles nunca foram donos da terra. Arrendavam um ou dois hectares de um lorde, mas a terra não lhes pertencia. Pagavam uma taxa em produtos ou trabalho para cultivar a terra, criar algum gado.

— O que acontecia se os homens não fossem embora? — indagava Lara, angustiada.

— As famílias que não saíam a tempo eram queimadas em suas cabanas. O governo era impiedoso. Ah, foi um tempo horrível. As pessoas nada tinham para comer. A cólera atacou, muitas doenças se espalharam como fogo no mato seco.

— Que coisa pavorosa!

— É verdade, minha jovem. Nosso povo vivia de batatas, pão e mingau, quando conseguia. Mas há uma coisa que o governo nunca foi capaz de tirar dos homens das Terras Altas... seu orgulho. Reagiam da melhor forma possível. Por dias, depois de queimada uma aldeia, as pessoas desabrigadas permaneciam no vale, tentavam salvar o que podiam das ruínas. Estendiam uma lona sobre suas cabeças como proteção contra a chuva da noite. Meu tataravô e minha tataravó estavam lá, sofreram tudo isso. É parte de nossa história, e ficou gravada em nossas almas.

Lara podia visualizar os milhares de pessoas desesperadas e desamparadas, roubadas de tudo o que possuíam, atordoadas pelo que lhes acontecera. Podia ouvir o choro das pessoas enlutadas e os gritos das crianças aterrorizadas.

— Mas o que aconteceu com as pessoas? — perguntava Lara.

— Partiram para outras terras, em navios que eram verdadeiras armadilhas mortais. Os passageiros espremidos morriam de febre ou disenteria. Às vezes os navios enfrentavam tempestades que prolongavam a viagem por semanas, e por isso ficavam sem comida. Só os mais fortes ainda estavam vivos quando os navios alcançavam o Canadá. Mas, ao desembarcarem aqui, podiam ver algo que nunca tinham visto antes.

— Sua própria terra.

— É isso mesmo, minha jovem.

Algum dia, pensava Lara, *terei minha própria terra, e ninguém, absolutamente ninguém, a tirará de mim.*

NUMA NOITE, no início de julho, James Cameron estava na cama com uma das prostitutas do bordel de Kirstie quando sofreu um ataque do coração. Seu estado era de embriaguez total e a mulher presumiu, quando ele arriou por cima dela, que simplesmente adormecera.

— Essa não! Tenho outros fregueses me esperando. Acorde, James! Acorde!

Ele ofegava para respirar e apertava o peito.

— Pelo amor de Deus, chame um médico — conseguiu balbuciar.

Uma ambulância levou-o para o pequeno hospital na Quarry Street. O Dr. Duncan mandou chamar Lara. Ela seguiu a pé para o hospital, o coração disparado. Duncan a esperava.

— O que aconteceu? — indagou Lara, angustiada. — Meu pai morreu?

— Não, Lara, mas sofreu um ataque cardíaco.

Ela ficou paralisada por um momento.

— Ele... vai sobreviver?

— Não sei. Estamos fazendo tudo o que podemos para salvá-lo.

— Posso vê-lo?

— Seria melhor se voltasse amanhã de manhã.

Lara foi para casa, entorpecida pelo medo. *Por favor, Deus, não deixe que meu pai morra. Ele é tudo o que tenho.*

Quando Lara chegou à pensão, Bertha a aguardava, e foi logo perguntando:

— O que aconteceu?

Lara contou.

— Oh, Deus! — exclamou Bertha. — E hoje é sexta-feira!

— Como?

— Sexta-feira. O dia em que os aluguéis devem ser cobrados. Se bem conheço Sean MacAllister, ele usará isso como um pretexto para nos mandar para a rua.

Pelo menos uma dúzia de vezes no passado, quando se encontrava embriagado demais para cuidar de tudo pessoalmente, James Cameron mandara Lara receber os aluguéis das outras pensões que Sean MacAllister possuía. Lara entregara o dinheiro ao pai, que no dia seguinte o levara ao banqueiro.

— O que vamos fazer? — lamuriou-se Bertha.

E, de repente, Lara percebeu o que tinha de ser feito.

— Não se preocupe — disse ela. — Cuidarei de tudo.

Naquela noite, no meio do jantar, Lara disse:

— Senhores, poderiam me escutar, por favor?

As conversas cessaram. Todos a fitaram e ela explicou:

— Meu pai teve... uma pequena vertigem. Está no hospital. Querem mantê-lo sob observação por algum tempo. Assim, até ele voltar, eu receberei os aluguéis. Depois do jantar, ficarei à espera na sala de estar.

— Ele vai ficar bom? — perguntou um dos pensionistas.

— Vai, sim — respondeu Lara, com um sorriso forçado. — Não é nada grave.

Terminado o jantar, os homens foram à sala de estar e pagaram a Lara o aluguel da semana.

— Espero que seu pai se recupere logo, criança...

— Se houver alguma coisa que eu possa fazer, basta me avisar...

— É uma mocinha corajosa para fazer isso por seu pai...

— E as outras pensões? — perguntou Bertha a Lara. — Ele tem de cobrar os aluguéis de mais quatro.

— Sei disso. Se você cuidar da louça, eu irei receber os aluguéis.

Bertha fitou-a com uma expressão de dúvida.

— Eu lhe desejo boa sorte.

Foi mais fácil do que Lara imaginara. A maioria dos pensionistas se mostrou compreensiva e feliz em ajudar a jovem.

No início da manhã seguinte, Lara pegou os envelopes com os aluguéis e foi falar com Sean MacAllister. O banqueiro estava sentado à sua escrivaninha quando Lara entrou na sala.

— Minha secretária disse que queria me falar.

— Sim, senhor.

MacAllister estudou a jovem magra e descuidada parada à sua frente.

— É a filha de James Cameron, não é?

— Sou, sim, senhor.

— Sarah?

— Lara.

— Lamento o que aconteceu com seu pai. — Não havia qualquer simpatia na voz de MacAllister. — Terei de tomar as providências necessárias, é claro, agora que seu pai está muito doente para fazer o trabalho. Eu...

— Oh, não, senhor! — interrompeu-o Lara. — Ele me pediu que cuidasse de tudo em seu lugar.

— Você?

— Sim, senhor.

— Receio que não vai...

Lara pôs os envelopes em cima da mesa.

— Aqui estão os aluguéis da semana.

MacAllister fitou-a, surpreso.

— Todos?

Lara acenou com a cabeça.

— E foi você quem cobrou?

— Sim, senhor. E continuarei a fazer isso todas as semanas, até que papai fique bom.

— Hum...

Ele abriu os envelopes, contou o dinheiro com o maior cuidado. Lara observou-o registrar a quantia num enorme livro-caixa de capa verde.

Há algum tempo que MacAllister tencionava substituir James Cameron, por causa de sua embriaguez e trabalho irregular, e agora deparava com a oportunidade de se livrar de toda a família. Tinha certeza de que a jovem à sua frente não seria capaz de cumprir todos os deveres do pai, mas ao mesmo tempo sabia qual seria a reação da cidade se expulsasse James Cameron e a filha da pensão. Tomou sua decisão.

— Vou experimentá-la por um mês. Ao final desse prazo, veremos qual é a situação.

— Obrigada, Sr. MacAllister. Muito obrigada.

— Espere. — Ele entregou vinte e cinco dólares a Lara. — Isto é seu.

Lara pegou o dinheiro, e foi como um gosto de liberdade. Era a primeira vez que alguém lhe pagava pelo que fizera.

LARA SEGUIU do banco para o hospital. O Dr. Duncan saía do quarto de seu pai quando chegou lá. Lara sentiu um súbito pânico.

— Ele não está...?

— Não... não... ele vai ficar bom, Lara. — O médico hesitou. — Quando digo "bom", significa que não vai morrer... pelo menos ainda não... mas terá de permanecer na cama por algumas semanas. E será preciso alguém para cuidar dele.

— Eu farei isso — garantiu Lara.

O Dr. Duncan fitou-a e murmurou:

— Seu pai não sabe disso, minha cara, mas é um homem de muita sorte.

— Posso entrar para vê-lo agora?

— Pode.

Lara entrou no quarto do pai, ficou parada a contemplá-lo. James Cameron estava na cama, pálido e desamparado, parecia subitamente muito velho. Lara foi envolvida por uma onda de ternura. Poderia agora fazer alguma coisa pelo pai, algo que o levaria a apreciá-la e amá-la. Aproximou-se da cama.

— Papai...

Ele levantou os olhos e murmurou:

— Mas o que veio fazer aqui? Tem seu trabalho na pensão.

Lara sentiu um calafrio.

— Eu... eu sei, papai. Apenas queria lhe dizer que falei com o Sr. MacAllister. Disse a ele que cobraria os aluguéis até que você melhorasse e...

— *Você* cobrar os aluguéis? Não me faça rir.

Ele foi sacudido por um súbito espasmo. A voz era fraca quando voltou a falar:

— É o Destino. Serei despejado.

O pai nem mesmo pensava no que aconteceria com ela. Lara fitou-o, imóvel, em silêncio, por um longo tempo. Depois virou-se e saiu.

JAMES CAMERON foi levado para a pensão três dias depois, direto para a cama.

— Não deve se levantar por duas semanas — avisou o Dr. Duncan. — Voltarei para examiná-lo dentro de um ou dois dias.

— Não posso ficar na cama — protestou James Cameron. — Sou um homem ocupado. Tenho muita coisa para fazer.

O médico respondeu calmamente:

— A escolha é sua. Pode ficar na cama e viver ou se levantar e morrer.

OS PENSIONISTAS de MacAllister mostraram-se a princípio deliciados por terem uma jovem inocente cobrando os aluguéis. Mas assim que a novidade acabou, passaram a encontrar incontáveis desculpas:

— Estive doente esta semana e as contas médicas...

— Meu filho me manda dinheiro todas as semanas, mas o correio atrasou...

— Tive de comprar alguns equipamentos...

— Terei o dinheiro todo na próxima semana, com certeza...

Mas a jovem lutava por sua vida. Escutava educadamente e depois declarava:

— Sinto muito, mas o Sr. MacAllister disse que o dinheiro tem de ser pago hoje. Se não tem, deve desocupar o quarto imediatamente.

E, de alguma forma, todos davam um jeito de arrumar o dinheiro.

Lara era inflexível.

— Era mais fácil lidar com seu pai — resmungou um dos inquilinos. — Ele sempre estava disposto a esperar por alguns dias.

Mas, ao final, todos passaram a admirar a coragem da moça.

SE LARA PENSARA que a doença do pai os aproximaria, estava tristemente enganada. Tentava antecipar todas as necessidades do pai, mas quanto mais solícita se mostrava pior ele se comportava.

Levava-lhe flores todos os dias e pequenas iguarias.

— Pelo amor de Deus! — gritava ele. — Pare de ficar me rondando! Não tem trabalho a fazer?

— Apenas pensei que gostaria...

— Saia!

E James Cameron virava o rosto para a parede.

Eu o odeio, pensou Lara. *Eu o odeio.*

AO FINAL DO MÊS, quando Lara entrou na sala de Sean MacAllister, com os envelopes contendo o dinheiro dos aluguéis, ele disse, depois de contar tudo:

— Não me importo de admitir, minha jovem, que tem sido uma surpresa e tanto para mim. Vem fazendo um trabalho melhor que o de seu pai.

As palavras a deixaram emocionada.

— Obrigada.

— Para ser franco, este é o primeiro mês em que todos pagaram tudo e dentro do prazo.

— Nesse caso, meu pai e eu podemos continuar na pensão? — indagou Lara, na maior ansiedade.

MacAllister estudou-a por um momento.

— Acho que sim. Você deve amar muito seu pai.

— Tornarei a vê-lo no próximo sábado, Sr. MacAllister.

Capítulo 5

AOS DEZESSETE ANOS, a menina magra e desengonçada se transformara numa mulher. O rosto exibia as características dos antepassados escoceses: a pele brilhante, as sobrancelhas finas e arqueadas, os olhos cinza, como as nuvens de tempestade, os cabelos de um preto intenso. E, além disso, uma certa melancolia parecia envolvê-la, a angústia da história trágica de um povo. Era difícil desviar os olhos do rosto de Lara Cameron.

A maioria dos inquilinos não tinha mulher, exceto pelas companheiras por cujos serviços pagavam, na casa de Madame Kirstie e em outros bordéis. Assim, a bela jovem era um alvo natural para eles. Um dos homens a encurralava na cozinha ou em seu quarto, quando ela fazia a limpeza, e dizia:

— Por que não é boazinha para mim, Lara? Eu poderia fazer muita coisa por você.

Ou então:

— Não tem namorado, não é? Pois deixe-me mostrar como é um homem.

Ou então:

— Não gostaria de ir para Kansas City? Partirei na próxima semana, e teria o maior prazer em levá-la comigo.

Depois que algum pensionista tentava persuadi-la a ir para a cama com ele, Lara entrava no quartinho em que seu pai permanecia deitado, impotente, e declarava:

— Estava enganado, papai. Todos os homens me querem.

E saía, deixando o pai a olhá-la.

James Cameron morreu ao amanhecer, na primavera, e Lara enterrou-o no cemitério de Greenwood, na área de Passiondale. A única outra pessoa no funeral foi Bertha. Não houve lágrimas.

Um novo inquilino entrou na pensão, um americano chamado Bill Rogers. Estava na casa dos setenta anos, calvo e gordo, um homem afável, que gostava de falar. Depois do jantar, ele sentava com Lara para conversar.

— Você é bonita demais para ficar presa numa cidadezinha de matutos como esta. Deveria ir para Chicago ou Nova York, onde poderia se divertir.

— É o que farei um dia — respondeu Lara.

— Tem toda a sua vida pela frente. Já sabe o que quer fazer com ela?

— Quero possuir coisas.

— Já sei, roupas bonitas e...

— Não. Terras. Quero possuir terras. Meu pai nunca possuiu coisa alguma. Teve de viver dos favores de outras pessoas durante toda a sua vida.

O rosto de Bill Rogers se iluminou.

— Os negócios imobiliários eram a minha atividade.

— É mesmo?

— Tive prédios por todo o Meio-Oeste. Possuí até uma rede de hotéis.

Seu tom era de saudade.

— O que aconteceu?

Ele deu de ombros.

— Fiquei ganancioso. E perdi tudo. Mas sem dúvida foi divertido, enquanto durou.

Depois disso, eles passaram a conversar sobre os negócios imobiliários quase todas as noites.

— A primeira regra nos negócios imobiliários é a do DOP — disse Rogers. — Nunca se esqueça disso.

— O que é DOP?

— Dinheiro de outras pessoas. O que torna o mercado imobiliário um grande negócio é que o governo permite que você faça deduções sobre os juros e depreciação, enquanto seu patrimônio continua a crescer. As três coisas mais importantes no ramo imobiliário são o local, o local e o local. Um lindo prédio numa colina é uma perda de tempo. Um prédio feio no centro da cidade a tornará rica.

Rogers ensinou a Lara coisas como hipotecas e refinanciamento, a melhor maneira de usar empréstimos bancários. Lara escutava, aprendia e lembrava. Era como uma esponja, absorvendo cada informação com a maior ansiedade. A coisa mais significativa que Rogers lhe disse foi a seguinte:

— Glace Bay tem um déficit habitacional. É uma grande oportunidade para alguém. Se eu fosse vinte anos mais jovem...

Desse momento em diante, Lara passou a contemplar Glace Bay com olhos diferentes, visualizando prédios de escritórios e residências nos terrenos baldios. Era excitante e ao mesmo tempo frustrante. Seus sonhos ali estavam, mas não tinha dinheiro para realizá-los. No dia em que deixou a cidade, Bill Rogers lhe disse:

— Lembre-se... o dinheiro de outras pessoas. Boa sorte, menina.

UMA SEMANA DEPOIS, Charles Cohn instalou-se na pensão. Era um homem pequeno, na casa dos sessenta anos, empertigado e impecável, sempre bem-vestido. Sentava à mesa para jantar com os outros pensionistas, mas quase não falava. Parecia encasulado em seu mundo particular.

Observava Lara trabalhar na pensão, sorrindo, sem jamais reclamar.

— Quanto tempo planeja ficar conosco? — perguntou-lhe Lara.

— Não sei ainda. Pode ser uma semana, talvez um ou dois meses...

Charles Cohn era um enigma para Lara. Não combinava de jeito nenhum com os outros pensionistas. Lara tentou imaginar o que ele fazia. Não era um mineiro, com toda certeza, nem um pescador, e não falava como um caixeiro-viajante. Parecia superior aos outros, mais educado. Disse a Lara que tentara se hospedar num hotel da cidade, mas estava lotado. Lara notou que ele quase nada comia às refeições.

— Se tiver uma fruta — dizia ele, contrafeito — ou um legume...

— Faz alguma dieta especial? — perguntou Lara um dia.

— De certa forma. Só como comida *kosher* e receio que não haja nenhuma em Glace Bay.

NA NOITE SEGUINTE, quando Charles Cohn sentou para jantar, um prato de costeletas de carneiro foi posto à sua frente. Ele olhou para Lara, surpreso.

— Desculpe, mas não posso comer isto. Pensei que tinha explicado...

Lara sorriu.

— E explicou. Essa comida é *kosher*.

— Como?

— Descobri um açougue *kosher* em Sydney. O *shochet* me vendeu isto. Pode comer. Seu aluguel inclui duas refeições por dia. E amanhã terá um bife.

Desse dia em diante, sempre que Lara tinha um momento de folga, Cohn fazia questão de conversar com ela. Ficou impressionado com sua inteligência ágil e espírito independente.

Um dia Charles Cohn confidenciou a Lara o que estava fazendo em Glace Bay:

— Sou um executivo da Continental Supplies. — Era uma famosa rede nacional de lojas. — Estou aqui à procura de um local para nossa nova loja.

— Isso é maravilhoso! — *Eu sabia que ele veio a Glace Bay por alguma razão importante*, pensou Lara. — Vão construir um prédio?

— Não. Encontraremos outra pessoa para fazer isso. Apenas arrendamos os nossos prédios.

Às três horas da madrugada Lara despertou de um sono profundo e sentou na cama, o coração disparado. Fora um sonho? Não. Sua mente funcionava a mil. Sentia-se excitada demais para voltar a dormir.

Quando Charles Cohn saiu de seu quarto para o desjejum, encontrou Lara à sua espera.

— Sr. Cohn... tenho um lugar excelente!

Ele ficou perplexo.

— Como?

— O terreno que está procurando.

— É mesmo? Onde?

Lara esquivou-se de uma resposta.

— Gostaria de lhe perguntar uma coisa. Se eu possuísse um terreno de que gostasse, e construísse um prédio ali, concordaria em arrendá-lo de mim por cinco anos?

Ele balançou a cabeça.

— Não acha a questão um tanto hipotética?

— Arrendaria? — insistiu Lara.

— O que você sabe de construção de um prédio, Lara?

— Eu não o construiria. Contrataria um arquiteto e uma boa empresa construtora.

Charles Cohn a observava atentamente.

— Entendo. E onde fica esse terreno maravilhoso?

— Vou mostrar. Tenho certeza de que vai adorar. É perfeito.

Depois do desjejum, Lara levou Charles Cohn ao centro da cidade. Na esquina das ruas Main e Commercial, no centro de Glace Bay, havia um quarteirão vazio. Era um terreno que Charles Cohn examinara dois dias antes.

— É este o local que pensei — anunciou Lara.

Cohn ficou parado ali, fingindo estudar o terreno.

— Você tem um *ahf...* um bom nariz. É de fato uma localização excelente.

Ele já fizera algumas indagações discretas e descobrira que o terreno pertencia a um banqueiro, Sean MacAllister. A missão de Cohn era encontrar um local, providenciar para que alguém construísse o prédio e depois arrendá-lo. Não tinha importância para a companhia quem construísse o prédio, desde que as especificações fossem atendidas.

Cohn estudava Lara. *Ela é jovem demais*, pensou ele. *É uma ideia absurda. E, no entanto... "Descobri um açougue* kosher *em Sydney. Amanhã terá um bife."* Ela tinha muita *rachmones* — compaixão. Lara estava dizendo, no maior excitamento:

— Se eu pudesse adquirir este terreno e construísse um prédio, de acordo com suas especificações, poderia me dar um arrendamento de cinco anos?

Ele fez uma pausa, antes de responder:

— Não, Lara. Teria de ser um arrendamento de dez anos.

Naquela tarde, Lara foi procurar Sean MacAllister. O banqueiro levantou os olhos, surpreso, quando ela entrou na sala.

— Veio antes do prazo, Lara. Hoje ainda é quarta-feira.

— Sei disso. Quero lhe pedir um favor, Sr. MacAllister.

Sean MacAllister observou-a. *Ela se tornara sem dúvida uma jovem atraente. Não, não uma jovem, uma mulher.* Podia perceber a curva dos seios contra a blusa de algodão que ela usava.

— Sente-se, minha cara. Em que posso ajudá-la?

Lara sentia-se excitada demais para sentar.

— Quero fazer um empréstimo.

A declaração pegou-o de surpresa.

— Como?

— Gostaria de tomar algum dinheiro emprestado.

Ele sorriu, indulgente.

— Não vejo por que não. Se precisa de um vestido novo ou algo assim, terei o maior prazer em adiantar...

— Quero tomar emprestado duzentos mil dólares.

O sorriso de MacAllister desapareceu.

— Isso é alguma piada?

— Não, senhor. — Lara inclinou-se para a frente, na maior ansiedade. — Quero comprar um terreno para construir um prédio. Tenho um inquilino importante que está disposto a me conceder um arrendamento de dez anos. Isso garantirá o custo do terreno e da construção.

MacAllister a fitava com o rosto franzido.

— Já discutiu o assunto com o proprietário do terreno?

— Estou discutindo com ele agora.

O banqueiro levou um momento para absorver.

— Espere um instante. Está querendo dizer que esse terreno me pertence?

— Isso mesmo. É o terreno na esquina da Main com a Commercial.

— Veio aqui para me pedir dinheiro emprestado a fim de comprar *meu* terreno?

— Aquele terreno não vale mais que vinte mil dólares. Já verifiquei. Estou lhe oferecendo trinta. Terá um lucro de dez mil dólares no terreno, mais os juros sobre os duzentos mil dólares que vai me emprestar para construir o prédio.

MacAllister sacudiu a cabeça.

— Está me pedindo que lhe empreste duzentos mil dólares sem qualquer garantia. Não há a menor possibilidade.

Lara tornou a se inclinar para a frente.

— Há uma garantia. Terá a hipoteca sobre o prédio e o terreno. Não pode perder.

MacAllister continuou a fitá-la, avaliando a proposta. Depois de um momento, sorriu e disse:

— Sabe, você tem muita coragem. Mas eu nunca poderia justificar um empréstimo nessas condições para minha diretoria.

— É a própria diretoria — protestou Lara.

O sorriso se aprofundou.

— É verdade.

Lara inclinou-se para a frente mais uma vez e o banqueiro observou os seios roçando na beira da mesa.

— Se concordar, Sr. MacAllister, nunca vai se arrepender. Prometo.

Ele não conseguia desviar os olhos dos seios.

— Você não é nada parecida com seu pai, hein?

— Não, senhor.

Isso mesmo, não sou nada parecida com ele, pensou Lara, com veemência.

— Vamos supor, apenas como uma hipótese, que eu estivesse interessado. Quem é esse seu locatário?

— Seu nome é Charles Cohn. É um executivo da Continental Supplies.

— A rede de lojas?

— Exatamente.

MacAllister tornou-se subitamente muito interessado. Lara acrescentou:

— Querem ter uma loja grande aqui, para fornecer equipamentos aos mineiros e lenhadores.

Para MacAllister, isso tinha o cheiro de sucesso instantâneo.

— Onde conheceu esse homem?

— Ele está na pensão.

— Hum... Deixe-me pensar a respeito, Lara. Voltaremos a conversar amanhã.

Lara quase tremia de excitamento.

— Obrigada, Sr. MacAllister. Garanto que não vai se arrepender.

Ele sorriu.

— Também acho que não.

NAQUELA TARDE, Sean MacAllister foi à pensão para conhecer Charles Cohn.

— Passei apenas para lhe dar as boas-vindas a Glace Bay. Sou Sean MacAllister, o proprietário do banco local. Fui informado de que estava na cidade. Mas não deveria se hospedar numa pensão, e sim no meu hotel. É muito mais confortável.

— Estava lotado — explicou o Sr. Cohn.

— É porque não sabíamos quem era você.

O Sr. Cohn indagou, muito amável:

— Quem sou eu?

Sean MacAllister sorriu.

— Vamos ser francos e objetivos, Sr. Cohn. As notícias se espalham. Soube que está interessado em arrendar um prédio a ser construído num terreno que me pertence.

— E que terreno seria esse?

— O que fica na esquina da Main com a Commercial. Não acha que é uma excelente localização? Creio que não teremos qualquer dificuldade para fechar o negócio.

— Já fechei negócio com outra pessoa.

Sean MacAllister soltou uma risada.

— Lara? Ela é uma coisinha linda, não é? Por que não vamos para o banco agora e preparamos o contrato?

— Parece que não está entendendo, Sr. MacAllister. Eu disse que já fechei o negócio com outra pessoa.

— Acho que é *você* que não está entendendo. Lara não possui aquele terreno. O dono sou eu.

— E ela não está tentando lhe comprar?

— Está, sim. Mas não preciso vender para ela.

— E eu não preciso usar aquele terreno. Vi três outros que também me servirão muito bem. Obrigado pela visita.

Sean MacAllister fitou Charles Cohn em silêncio por um longo momento.

— Quer dizer... que fala sério?

— Claro. Nunca entro num negócio que não seja *kosher*, e nunca quebro a palavra empenhada.

— Mas Lara não sabe nada de construção. Ela...

— Ela planeja encontrar pessoas que saibam. E teremos de dar a aprovação final.

O banqueiro pensou um pouco.

— É verdade que a Continental Supplies está disposta a assinar um arrendamento de dez anos?

— Correto.

— Bom, nas circunstâncias... deixe-me pensar a respeito.

QUANDO LARA CHEGOU à pensão, Charles Cohn relatou-lhe a conversa com o banqueiro. Lara ficou transtornada.

— Quer dizer que o Sr. MacAllister o procurou pelas minhas costas e...?

— Não se preocupe — disse Cohn. — Ele fechará o negócio com você.

— Acha mesmo?

— Ele é um banqueiro. Está nos negócios para obter lucros.

— E qual é o seu interesse? Por que decidiu fazer isso por mim?

Charles Cohn já se fizera a mesma pergunta. *Porque você é angustiosamente jovem*, pensou ele. *Porque não pertence a esta cidade. E porque eu gostaria de ter uma filha como você.*

Mas ele não disse nenhuma dessas coisas.

— Não tenho nada a perder, Lara. Encontrei outros terrenos que também serviriam. Se você conseguir adquirir esse terreno, eu gostaria de ajudá-la. Para minha companhia, não faz diferença com quem eu fecho o negócio. Se obtiver o empréstimo, e eu aprovar o construtor, podemos assinar o contrato.

Um sentimento de exultação dominou Lara.

— Eu... eu não sei como lhe agradecer. Vou procurar o Sr. MacAllister e...

— Eu não faria isso, se fosse você — aconselhou Cohn. — Deixe que ele a procure.

Lara parecia preocupada.

— E se ele não...?

Cohn sorriu.

— Pode deixar que ele virá.

Ele entregou a Lara um contrato de arrendamento impresso e acrescentou:

— Aqui está o contrato que discutimos. Deve compreender que está condicionado ao atendimento de todas as nossas exigências para o prédio. — Ele entregou um jogo de plantas. — E aqui estão as especificações.

Lara passou a noite estudando as plantas e instruções.

Na manhã seguinte, Sean MacAllister lhe telefonou.

— Pode vir até aqui para falar comigo, Lara?

O coração dela batia forte.

— Estarei aí dentro de quinze minutos.

Ele a esperava.

— Estive pensando a respeito de nossa conversa, Lara. Eu precisaria de um acordo por escrito do Sr. Cohn para o arrendamento por dez anos.

— Já o tenho.

Lara abriu a bolsa e tirou o contrato. Sean MacAllister examinou-o com todo o cuidado.

— Parece que está tudo em ordem.

— Então vamos fechar o negócio?

Ela prendeu a respiração. MacAllister sacudiu a cabeça.

— Não.

— Mas pensei...

O banqueiro tamborilava com os dedos sobre a mesa, irrequieto.

— Para dizer a verdade, não estou com tanta pressa assim em vender aquele terreno, Lara. Quanto mais tempo eu o conservar, mais valioso vai se tornar.

Ela fitou-o, aturdida.

— Mas disse...

— Seu pedido é completamente heterodoxo. Não tem qualquer experiência. Eu precisaria de um motivo muito forte para lhe conceder esse empréstimo.

— Eu não com... que tipo de motivo?

— Digamos... uma pequena bonificação. Já teve um amante, Lara?

A pergunta pegou-a desprevenida.

— Eu... não. — Ela podia sentir a transação lhe escapulindo entre os dedos. — Mas o que isso tem...?

MacAllister inclinou-se para a frente.

— Serei franco com você, Lara. Acho-a muito atraente. E gostaria de ir para a cama com você. *Quid pro quo.* Isso significa...

— Sei o que significa.

O rosto de Lara se transformara em pedra.

— Veja as coisas da seguinte maneira. Esta é a sua oportunidade de fazer algo de si mesma, não é? De possuir alguma coisa, ser alguém. Provar para si mesma que não é como seu pai.

A mente de Lara girava vertiginosamente.

— Provavelmente nunca mais terá outra chance como esta, Lara. Talvez queira pensar um pouco a respeito, e...

— Não. — A voz soava abafada em seus próprios ouvidos. — Posso dar a resposta agora.

Ela comprimiu os braços com toda força contra os flancos, a fim de impedir que o corpo tremesse. Todo o seu futuro, a sua própria vida, dependia das palavras seguintes.

— Irei para a cama com você.

Sorrindo, MacAllister levantou-se e avançou em sua direção, com os braços roliços estendidos.

— Não agora — declarou Lara. — Depois que vir o contrato.

NO DIA SEGUINTE, Sean MacAllister entregou a Lara um contrato para o empréstimo bancário.

— É um contrato muito simples, minha cara. Um empréstimo de duzentos mil dólares, pelo prazo de dez anos, juros de oito por cento. — Ele estendeu uma caneta. — Pode assinar aqui, na última página.

— Se não se importa, eu gostaria de ler primeiro. — Lara olhou para o relógio. — Mas não tenho tempo agora. Posso levá-lo comigo? Eu o trarei de volta amanhã.

Sean MacAllister deu de ombros.

— Está certo. — Ele baixou a voz para acrescentar: — Sobre o nosso encontro... terei de ir a Halifax no próximo sábado. Pensei que poderíamos ir juntos.

Lara contemplou seu rosto de depravado e sentiu a náusea lhe revirar o estômago.

— Combinado.

A voz era um sussurro.

— Ótimo. Assine o contrato, traga-o de volta e o negócio estará fechado. — Ele pensou por um momento. — Vai precisar de uma boa construtora. Conhece a Companhia Construtora da Nova Escócia?

O rosto de Lara se iluminou.

— Claro. Conheço seu gerente, Buzz Steele.

Ele construíra alguns dos maiores prédios de Glace Bay.

— É uma boa empresa. Eu a recomendo.

— Falarei com Buzz amanhã.

NAQUELA NOITE, Lara mostrou o contrato a Charles Cohn. Não teve coragem de lhe falar sobre o acordo particular que fizera com MacAllister. Sentia-se envergonhada demais. Cohn leu o contrato com todo o cuidado. Quando terminou, devolveu-o a Lara e disse:

— Acho que não deve assinar isto.

Ela ficou consternada.

— Por quê?

— Há uma cláusula estipulando que o prédio deve ser concluído até o dia 31 de dezembro, ou a propriedade reverte ao banco. Em outras palavras, o prédio pertencerá a MacAllister e minha companhia se tornará sua arrendatária. Você perde o negócio e ainda continua obrigada a pagar o empréstimo com juros. Peça a ele que mude isso.

As palavras do banqueiro ressoaram nos ouvidos de Lara: *Não estou com tanta pressa assim de vender aquele terreno. Quanto mais tempo eu o conservar, mais valioso vai se tornar.* Ela sacudiu a cabeça.

— Ele não vai querer mudar.

— Neste caso, Lara, você assumirá um grande risco. Pode acabar sem nada, e ainda por cima com uma dívida de duzentos mil dólares, mais os juros.

— Mas se eu concluir o prédio a tempo...

— É um "se" muito grande. Quando se constrói um prédio, fica-se à mercê de uma porção de outras pessoas. Ficaria surpresa pela quantidade de coisas que podem sair erradas.

— Há uma companhia construtora muito boa em Sydney. Construiu uma porção de prédios por aqui. Conheço o gerente. Se disser que o prédio pode ficar pronto no prazo, quero fazer o negócio.

Foi a ansiedade desesperada na voz de Lara que levou Cohn a pôr de lado suas dúvidas.

— Muito bem, fale com ele.

LARA ENCONTROU Buzz Steele andando pelas vigas de um prédio de cinco andares que estava construindo em Sydney. Steele era um homem grisalho, curtido pelo tempo, na casa dos quarenta anos. Cumprimentou Lara afetuosamente.

— Mas que surpresa agradável! Como deixaram que uma moça bonita como você saísse de Glace Bay?

— Eu me esgueirei sem que ninguém visse — disse Lara. — Tenho um trabalho a lhe oferecer, Sr. Steele.

Ele sorriu.

— É mesmo? E o que vamos construir... uma casa de bonecas?

— Não. — Ela pegou as plantas que Charles Cohn lhe dera. — Este é o prédio.

Buzz Steele estudou as plantas por um momento. Levantou os olhos para fitá-la, surpreso.

— É um trabalho bastante grande. O que isso tem a ver com você?

— Fui eu que promovi a transação — explicou Lara, orgulhosa. — Serei a proprietária do prédio.

Steele assoviou baixinho.

— Ótimo para você, meu bem.

— Só há dois problemas.

— Quais são?

— O prédio deve ficar pronto até 31 de dezembro, ou a propriedade reverte ao banco, e o prédio não pode custar mais de 170 mil dólares. Pode ser feito?

Steele tornou a examinar as plantas. Lara observou-o a fazer seus cálculos silenciosos.

— Pode ser feito.

Lara teve de fazer um esforço para não gritar de alegria.

— Negócio fechado.

Trocaram um aperto de mão e Buzz Steele comentou:

— Você é a chefe mais linda que já conheci.

— Obrigada. Quando pode começar?

— Irei a Glace Bay amanhã para dar uma olhada no terreno. E lhe darei um prédio de que vai se orgulhar.

Ao partir, Lara sentia que tinha asas.

Ela voltou a Glace Bay e deu a notícia a Charles Cohn.

— Tem certeza que essa companhia é de absoluta confiança, Lara?

— Sei que é. Já construíram prédios aqui, em Sydney, Halifax...

O entusiasmo de Lara era contagiante. Cohn sorriu.

— Muito bem, parece que temos um negócio em andamento.

— E temos mesmo, não é?

Lara estava radiante. Mas depois se lembrou do acordo que fizera com Sean MacAllister, e o sorriso se desvaneceu. *Terei de ir a Halifax no próximo sábado. Pensei que poderíamos ir juntos.* Faltavam apenas dois dias para o sábado.

LARA ASSINOU os contratos na manhã seguinte. Sean MacAllister sentia-se muito satisfeito consigo mesmo ao observá-la se retirar. Não tinha a menor intenção de deixar que ela ficasse com o prédio novo. Quase riu alto da ingenuidade de Lara. Emprestaria o dinheiro a ela, mas na verdade seria um empréstimo para si mesmo. Ele pensou em fazer amor com aquele corpo jovem maravilhoso e começou a ter uma ereção.

Lara já estivera duas vezes em Halifax. Em comparação com Glace Bay, era uma cidade movimentada, cheia de pedestres e automóveis, lojas atulhadas com mercadorias. Sean MacAllister levou-a para um motel nos arredores da cidade. Parou no estacionamento, acariciou o joelho de Lara.

— Espere aqui, meu bem, enquanto vou fazer o registro.

Lara ficou sentada no carro, em pânico. *Estou me vendendo*, pensou ela. *Como uma prostituta. Mas é tudo o que tenho para vender, e pelo menos ele acha que valho duzentos mil dólares. Meu pai nunca viu duzentos mil dólares em toda a sua vida. Estava sempre...*

A porta do carro foi aberta. MacAllister postava-se de pé ao lado, sorrindo.

— Já acertei tudo. Vamos embora.

Lara descobriu de repente que tinha a maior dificuldade para respirar. O coração batia tão forte que tinha a sensação de que sairia do peito a qualquer instante. *Estou tendo um infarto*, pensou ela.

— Lara... — Ele a fitava de uma maneira estranha. — Você está bem?

Não. Estou morrendo. Vão me levar para o hospital e morrerei lá. Virgem.

— Estou, sim.

Lentamente, ela saiu do carro e seguiu MacAllister para uma cabana miserável, com uma cama, duas cadeiras, uma penteadeira toda escalavrada e um pequeno banheiro.

Sentia-se num pesadelo.

— Então esta é a sua primeira vez, hein? — murmurou MacAllister.

Ela pensou nos garotos da escola, que a acariciavam, beijavam seus seios, tentavam enfiar as mãos entre suas pernas.

— É, sim.

— Não precisa ficar nervosa. Fazer sexo é a coisa mais natural do mundo.

Lara observou MacAllister começar a se despir. Ele tinha um corpo atarracado.

— Tire logo as roupas, Lara.

Bem devagar, ela tirou a blusa, a saia, os sapatos. Usava sutiã e calcinha. MacAllister contemplou seu corpo, adiantou-se.

— Sabia que você é linda, meu bem?

Lara pôde sentir a ereção se comprimindo contra seu corpo. MacAllister beijou-a nos lábios, e ela sentiu asco.

— Tire o resto das roupas — murmurou ele, em tom de urgência.

Ele se encaminhou para a cama, tirou a cueca. O pênis estava duro e vermelho.

Isso nunca caberá dentro de mim, pensou Lara. *Vai me matar.*

— Vamos logo!

Ainda mais devagar, Lara tirou o sutiã e a calcinha.

— Santo Deus, você é fantástica! Venha até aqui.

Lara foi até a cama, sentou. MacAllister apertou seus seios com força e ela gritou de dor.

— É gostoso, hein? Já estava na hora de você ter um homem.

MacAllister estendeu-a de costas na cama, abriu suas pernas. Lara experimentou um pânico intenso.

— Não estou usando nada... poderia engravidar...

— Não se preocupe — garantiu MacAllister. — Não gozarei dentro de você.

Um instante depois, Lara sentiu que ele a penetrava, machucando-a.

— Espere! — gritou ela. — Eu...

MacAllister já passara do ponto em que poderia esperar. Arremeteu com toda força e a dor de Lara foi terrível. Ele passou a se movimentar contra seu corpo, com um ímpeto cada vez maior, e Lara levou a mão à boca para não gritar. *Acabará dentro de um minuto,* pensou ela. *Depois, eu terei um prédio. E poderei construir um segundo prédio. E mais outro...*

A dor estava se tornando insuportável.

— Mexa a bunda! — berrou MacAllister. — Não fique parada assim! Trate de se mexer!

Lara bem que tentou, mas era impossível. Sentia muita dor.

Subitamente, MacAllister soltou um ofego e Lara sentiu seu corpo tremer todo. Ele deixou escapar um suspiro de satisfação e arriou inerte em cima dela. Lara ficou horrorizada.

— Disse que não...

MacAllister resvalou para o lado, soergueu-se na cama, apoiado nos cotovelos.

— Não pude evitar, querida, você é linda demais. Mas não se preocupe. Se engravidar, conheço um médico que poderá resolver o problema.

Lara desviou o rosto, a fim de que ele não percebesse sua repulsa. Cambaleou para o banheiro, dolorida e sangrando. Ficou imóvel debaixo do chuveiro, deixando que a água quente lavasse seu corpo, enquanto pensava: *Já acabou. Eu consegui. Possuo o terreno. E serei rica.*

Agora, só precisava se vestir, voltar para Glace Bay e começar a construir seu prédio.

Ela saiu do banheiro, e Sean MacAllister anunciou:

— Foi tão bom que vamos fazer de novo.

Capítulo 6

CHARLES COHN INSPECIONARA cinco prédios feitos pela Companhia Construtora da Nova Escócia.

— São de primeira classe — dissera ele a Lara. — Não deverá ter qualquer problema com eles.

Agora, Lara, Charles Cohn e Buzz Steele inspecionavam o terreno na esquina da Main com a Commercial.

— É perfeito — declarou Buzz Steele. — Tem 4.100 metros quadrados e dará facilmente para os dois mil metros quadrados de área construída que deseja.

— O prédio pode ficar pronto até 31 de dezembro? — perguntou Charles Cohn, decidido a proteger Lara.

— Antes, até — respondeu Steele. — Posso prometê-lo para a véspera do Natal.

Lara ficou radiante.

— Quando pode começar?

— Meu pessoal estará aqui em meados da próxima semana.

ACOMPANHAR A CONSTRUÇÃO do novo prédio foi a coisa mais emocionante que Lara já experimentara.

— Quero aprender — disse ela a Charles Cohn. — Isto é apenas o começo para mim. Antes de chegar ao fim, quero construir uma centena de prédios.

Cohn se perguntou se Lara sabia mesmo em que estava se metendo.

Os primeiros homens a trabalharem no terreno foram os topógrafos. Determinaram os limites geométricos legais da propriedade e fincaram estacas em cada canto, pintadas em cores fluorescentes, para fácil identificação. O trabalho foi concluído em dois dias e na manhã seguinte chegou o primeiro equipamento pesado, um caminhão com uma pá mecânica Caterpillar na frente. Lara estava ali, esperando.

— O que acontece agora? — perguntou ela a Buzz Steele.

— Limpamos o terreno.

— O que isso significa?

— A Caterpillar vai remover os tocos de árvores e aplainar o terreno.

O equipamento seguinte a chegar ao terreno foi uma retroescavadeira, a fim de abrir as valas para as fundações, tubulações de serviços e de esgotos.

A esta altura, os inquilinos da pensão já sabiam o que vinha acontecendo e a construção tornou-se o tema principal das conversas ao desjejum e jantar. Todos torciam por Lara.

— O que vão fazer agora? — indagavam.

Ela estava se tornando uma especialista.

— Esta manhã instalaram as tubulações subterrâneas. Amanhã começarão o trabalho com as fôrmas de madeira e concreto, a fim de poderem ligar as vigas de aço no esqueleto. — Lara sorriu. — Entendem o que estou dizendo?

Despejar o concreto foi a etapa seguinte. Assim que o concreto ficou pronto, chegaram enormes caminhões carregados com madeira, e turmas de carpinteiro começaram a montar as estruturas. O barulho era tremendo, mas era música para Lara. O canteiro foi dominado pelo som de martelos batendo ritmados e pelo zumbido das serras elétricas. Em duas semanas, os painéis das paredes foram erguidos, com aberturas para janelas e portas, como se o prédio tivesse subitamente inflado.

Para as pessoas que passavam por ali, o prédio era apenas um labirinto de madeira e aço, mas para Lara era algo diferente. Era seu sonho que adquiria vida. Pela manhã e à tarde, ela ia ao centro e contemplava a construção. *Sou a proprietária*, pensava ela. *Isto me pertence.*

Depois do episódio com MacAllister, Lara ficou apavorada com a possibilidade de ter engravidado. O pensamento deixava-a nauseada. Quando a menstruação veio, ela ficou tonta de alívio. *Agora, só preciso me preocupar com meu prédio.*

LARA CONTINUOU a cobrar os aluguéis para Sean MacAllister, porque precisava de um lugar para morar, mas tinha de fazer um esforço para se controlar ao entrar em seu escritório.

— Nós nos divertimos um bocado em Halifax, não é, meu bem? Por que não repetimos?

— Estou ocupada com meu prédio.

O nível de atividade começou a aumentar à medida que as turmas que instalavam as placas de metal faziam o telhado e os carpinteiros trabalhavam simultaneamente, a quantidade de homens, materiais e caminhões triplicando.

Charles Cohn deixara Glace Bay, mas telefonava para Lara pelo menos uma vez por semana.

— Como vai o prédio? — indagou ele, na última ligação.

— Maravilhosamente! — respondeu Lara, no maior entusiasmo.

— Está dentro do cronograma?

— Até adiantado.

— Isso é ótimo. Posso lhe dizer agora que não tinha certeza se você conseguiria.

— Mas mesmo assim me deu uma chance. Obrigada, Charles.

— Uma mão lava a outra. Afinal, eu poderia morrer de fome se não fosse por você.

De vez em quando Sean MacAllister se encontrava com Lara na obra.

— Está indo muito bem, não acha, Lara?

— Está, sim.

MacAllister parecia genuinamente satisfeito. Lara pensava: *O Sr. Cohn se enganou. Ele não quer se aproveitar de mim.*

Ao final de novembro, o prédio progredia rapidamente. As portas e janelas foram instaladas, as paredes externas erguidas. A estrutura se encontrava pronta para a colocação das redes de fios e tubulações.

Na segunda-feira, na primeira semana de dezembro, o trabalho no prédio começou a se tornar mais lento. Lara foi até lá pela manhã e só encontrou dois operários, que pareciam estar fazendo muito pouco.

— Por que o resto do pessoal não veio hoje? — perguntou ela.

— Foram para outra obra — explicou um dos homens. — Voltarão amanhã.

No dia seguinte não havia ninguém na obra.

Lara pegou um ônibus para Halifax e foi falar com Buzz Steele.

— O que aconteceu? O trabalho parou.

— Não precisa se preocupar — assegurou Steele. — Tivemos um problema em outra obra e precisei transferir os homens, mas será em caráter temporário.

— Quando eles voltarão ao trabalho?

— Na próxima semana. Estamos dentro do prazo.

— Você sabe o quanto isso significa para mim, Buzz.

— Claro, Lara.

— Se o prédio não for concluído a tempo, eu vou perdê-lo... perderei tudo.

— Não se preocupe, menina. Não deixarei que isso aconteça.

Lara sentia-se apreensiva ao voltar para Glace Bay.

Na semana seguinte os trabalhadores ainda não haviam aparecido. Ela tornou a ir a Halifax para falar com Steele.

— Sinto muito, mas o Sr. Steele não está — disse a secretária.

— Preciso falar urgente com ele. Quando poderei encontrá-lo?

— Ele saiu da cidade para tratar de um trabalho. Não sei quando voltará.

Lara sentiu o primeiro ímpeto de pânico.

— É muito importante — insistiu ela. — O Sr. Steele está construindo um prédio para mim. Precisa ser concluído em três semanas.

— Não deve se preocupar, Srta. Cameron. Se o Sr. Steele disse que ficará pronto, então vai ficar.

— Mas não está acontecendo nada! — protestou Lara. — Não tem ninguém trabalhando lá!

— Gostaria de conversar com o Sr. Ericksen, o assistente do Sr. Steele?

— Quero, sim, por favor.

Ericksen era um gigante, ombros largos, jovial. Irradiava tranquilidade.

— Sei por que veio, mas Buzz me pediu que lhe dissesse que não precisa se preocupar. Houve um pequeno atraso em seu projeto por causa de problemas em duas outras obras grandes que estamos fazendo, mas faltam apenas três semanas para concluir seu prédio.

— Ainda resta muita coisa a fazer...

— Não se preocupe. Teremos uma turma lá na manhã de segunda-feira.

— Obrigada — murmurou Lara, aliviada. — Desculpe incomodá-lo, mas estou um pouco nervosa. Isso significa muito para mim.

— Ora, não foi incômodo nenhum. — Ericksen sorriu. — Pode voltar para casa e relaxar. Está em boas mãos.

NA MANHÃ DE SEGUNDA-FEIRA não havia um único operário na obra. Lara ficou frenética. Telefonou para Charles Cohn.

— Os homens pararam de trabalhar e não consigo descobrir por quê. Ficam me fazendo promessas e quebrando-as.

— Qual é o nome da companhia... Construtora da Nova Escócia?

— Isso mesmo.

— Ligarei para você daqui a pouco.

Charles Cohn telefonou duas horas depois.

— Quem lhe recomendou a Companhia Construtora da Nova Escócia?

Lara pensou por um momento.

— Sean MacAllister.

— Isso não me surpreende, Lara. Ele é o dono da companhia.

Lara sentiu que ia desfalecer.

— E quer impedir que os homens terminem a obra no prazo?

— Infelizmente, é o que parece.

— Oh, Deus!

— Ele é uma *nahash tzefa*... uma serpente venenosa.

Cohn era gentil demais para dizer que a advertira. Só pôde murmurar uma coisa:

— Talvez... talvez aconteça alguma coisa.

Admirava o espírito e a ambição da moça e desprezava Sean MacAllister, mas se encontrava impotente. Não havia nada que pudesse fazer.

Lara passou a noite inteira acordada, pensando em sua loucura. O prédio pertenceria a Sean MacAllister e ela ficaria com uma dívida enorme, que passaria o resto de sua vida trabalhando para pagar. A perspectiva da maneira como MacAllister poderia cobrar a dívida fê-la estremecer.

Ao ACORDAR, LARA foi procurar Sean MacAllister.

— Bom-dia, minha cara. Está com uma aparência adorável hoje.

Lara foi direto ao ponto:

— Preciso de uma prorrogação. O prédio não ficará pronto até o dia 31.

MacAllister recostou-se na cadeira, franziu o rosto.

— É mesmo? Má notícia, Lara.

— Preciso de mais um mês.

O banqueiro suspirou.

— Infelizmente, não será possível. Assinou um contrato. E negócios são negócios.

— Mas...

— Sinto muito, Lara. No dia 31 a propriedade reverterá ao banco.

QUANDO SOUBERAM o que estava acontecendo, os pensionistas se irritaram.

— Mas que filho da puta! — gritou um deles. — Ele não pode fazer isso com você!

— Já fez — murmurou Lara, desesperada. — Está tudo acabado.

— Vamos permitir que ele escape impune?

— Claro que não. Quanto tempo lhe resta, Lara... três semanas?

Ela sacudiu a cabeça.

— Menos. Duas semanas e meia.

O homem virou-se para os outros.

— Vamos dar uma olhada na obra.

— Mas de que adiantará...?

— Veremos.

Pouco depois, meia dúzia de pensionistas inspecionava a obra com toda atenção.

— Os encanamentos ainda não foram instalados — avisou um dos homens.

— Nem a eletricidade.

Ficaram parados ali, ao vento enregelante de dezembro, discutindo o que ainda restava fazer. Um dos homens virou-se para Lara.

— Seu banqueiro é um tremendo trapaceiro. Deixou o prédio quase pronto, a fim de não ter muito o que fazer quando seu contrato for revogado. — Ele virou-se para os outros. — Eu diria que é possível terminar tudo em duas semanas e meia.

Houve um coro de concordância. Lara sentia-se aturdida.

— Vocês não entendem. Os operários não virão.

— Escute, mocinha, há encanadores, carpinteiros e eletricistas em sua pensão, e temos muitos amigos na cidade que podem cuidar do resto.

— Não tenho dinheiro para pagar — insistiu Lara. — O Sr. MacAllister não me dará...

— Será nosso presente de Natal para você.

Foi inacreditável o que ocorreu em seguida. A notícia do que estava acontecendo logo se espalhou por toda Glace Bay. Operários que trabalhavam em outras obras foram dar uma olhada no prédio de Lara. A metade se encontrava ali porque gostava de Lara, e a outra metade porque já tivera transações com Sean MacAllister e o odiava.

— Vamos dar uma lição no filho da puta — disseram eles.

Todos apareciam para ajudar após o trabalho, ficavam ali até depois da meia-noite, compareciam aos sábados e domingos. O som de construção recomeçou, preenchendo o ar com seu ruído alegre. Terminar antes do prazo tornou-se um desafio, e o prédio logo enxameava com carpinteiros, eletricistas e encanadores, todos ansiosos para colaborar. Ao saber o que ocorria, Sean MacAllister correu para a obra. Parou, aturdido, observando a intensa atividade.

— Mas o que é isso? — indagou ele. — Esses não são meus operários.

— São meus — anunciou Lara, desafiadora. — Não há nada no contrato que diga que eu não posso usar meus próprios homens.

— Mas eu... — balbuciou MacAllister. — É melhor que esse prédio atenda às especificações.

— Vai atender — garantiu Lara.

O prédio foi concluído no dia 30 de dezembro. Destacava-se orgulhoso contra o céu, sólido e forte, e era a coisa mais linda que Lara já vira em toda a sua vida. Ela contemplou-o, atordoada.

— É todo seu — disse um dos operários, com evidente orgulho. — Teremos uma festa ou o quê?

Naquela noite, parecia que toda a cidade comemorava o primeiro prédio de Lara Cameron.

Foi o começo.

DEPOIS DISSO, NÃO havia mais nada que pudesse deter Lara. Sua mente transbordava de ideias.

— Seus novos empregados vão precisar de lugares para morar em Glace Bay — disse ela a Charles Cohn. — Eu gostaria de construir casas para eles. Está interessado?

Ele acenou com a cabeça.

— Muito interessado.

Lara procurou um banqueiro em Sydney e tomou dinheiro emprestado suficiente, oferecendo seu prédio como garantia, para financiar o novo projeto. Quando as casas ficaram prontas, ela disse a Charles Cohn:

— Sabe de que mais a cidade precisa, Charles? De cabanas para abrigar os veranistas que vêm pescar aqui. Conheço um lugar maravilhoso, perto da baía, onde poderia construir...

CHARLES COHN TORNOU-SE o assessor financeiro extraoficial de Lara. Durante os três anos seguintes, Lara construiu um prédio de escritórios, meia dúzia de chalés à beira-mar, e um centro comercial. Os bancos em Sydney e Halifax demonstravam o maior prazer em lhe conceder empréstimos.

DOIS ANOS MAIS TARDE, quando vendeu suas propriedades, Lara recebeu um cheque visado no valor de três milhões de dólares. Tinha vinte e um anos de idade.

No dia seguinte, despediu-se de Glace Bay e partiu para Chicago.

Capítulo 7

CHICAGO FOI UMA revelação. Halifax fora a maior cidade que Lara conhecera até então, mas parecia um mero povoado em comparação com a gigante do Meio-Oeste. Chicago era uma cidade ruidosa e agitada, fervilhante e dinâmica, e todos pareciam seguir com pressa para algum destino importante.

Lara hospedou-se no Stevens Hotel. Deu uma olhada nas mulheres elegantes que passavam pelo saguão e sentiu-se envergonhada das roupas que usava. *Glace Bay, sim*, pensou ela. *Chicago, não.* Na manhã seguinte, Lara entrou em ação. Visitou a Kane's e a Ultimo em busca de vestidos de classe, a Joseph's para sapatos, a Saks Fifth Avenue e a Marshall Field's para *lingerie*, Trabert e Hoeffer para joias e a Ware para um casaco de pele. E cada vez que comprava alguma coisa, ouvia a voz do pai dizendo: "*Não sou feito de dinheiro. Vá pedir alguma coisa ao Exército da Salvação.*" Antes de terminar as compras, os armários da suíte no hotel estavam repletos com lindas roupas.

O MOVIMENTO SEGUINTE de Lara foi procurar na relação de corretores imobiliários nas páginas amarelas da lista telefônica.

Selecionou o maior anúncio, Parker & Associados. Telefonou e pediu para falar com o Sr. Parker.

— A quem devo anunciar?

— Lara Cameron.

Um momento depois, uma voz disse:

— Bruce Parker falando. Em que posso ajudá-la?

— Procuro um terreno para construir um hotel.

A voz no outro lado da linha no mesmo instante se animou.

— Somos especialistas nisso, Sra. Cameron.

— Srta. Cameron.

— Certo. Tem em mente alguma área específica?

— Não. Para ser franca, não conheço Chicago muito bem.

— Não é problema. Tenho certeza de que poderemos oferecer algumas propriedades muito interessantes. Só para que eu tenha uma ideia do que devemos procurar, qual é o capital de que dispõe?

Lara anunciou, orgulhosa:

— Três milhões de dólares.

Houve um silêncio prolongado.

— Três milhões de dólares?

— Isso mesmo.

— E quer construir um hotel?

— Isso mesmo.

Outro momento de silêncio.

— Está interessada em construir ou adquirir alguma coisa no centro da cidade, Srta. Cameron?

— Claro que não. O que tenho em mente é justamente o oposto. Quero construir um hotel exclusivo, numa área nobre, com...

— Com um capital de três milhões de dólares? — Parker riu. — Lamento, mas não poderemos ajudá-la.

— Obrigada.

E Lara desligou. Era óbvio que ligara para o corretor errado.

Ela tornou a consultar as páginas amarelas e fez mais meia dúzia de ligações. Ao final da tarde, foi forçada a enfrentar a realidade. Nenhum dos corretores se mostrara interessado em tentar encontrar um terreno de primeira, em que ela pudesse construir um hotel, com um capital inicial de três milhões de dólares. Ofereceram a Lara diversas sugestões e todas se resumiam à mesma coisa: um hotel barato, numa área de segunda classe.

Nunca!, pensou Lara. *Prefiro voltar para Glace Bay.*

Ela sonhara durante meses com o hotel que queria construir, e em sua mente já era uma realidade — linda, vívida, em três dimensões. Seu plano era converter o hotel num lar longe do lar. Teria quase só suítes, e cada uma teria uma sala de estar, uma biblioteca com lareira, mobiliada com sofás e poltronas confortáveis, um piano de cauda. Haveria dois quartos grandes, e um terraço por toda a extensão da suíte. Teria também uma Jacuzzi e um pequeno bar. Lara sabia exatamente o que queria. A dúvida era apenas como poderia conseguir. Ela entrou numa pequena gráfica na Lake Street.

— Eu gostaria de fazer cem cartões de visita, por favor.

— Pois não. E quais serão os dizeres no cartão?

— "Srta. Lara Cameron", e por baixo, "Incorporadora Imobiliária".

— Certo, Srta. Cameron. Posso aprontá-los em dois dias.

— Não. Preciso dos cartões para esta tarde, por favor.

O PASSO SEGUINTE era conhecer a cidade.

Lara percorreu a Michigan Avenue, a State Street e a La Salle. passeou pela Lake Shore Drive, visitou o Lincoln Park, com seu jardim zoológico, campo de golfe e lagoa. Visitou o Merchandise Mart, foi à Kroch-Brentano's e comprou livros sobre Chicago. Leu sobre as pessoas famosas que fizeram da cidade seu lar: Carl Sandburg, Frank Lloyd Wright, Louis Sullivan, Saul Bellow.

Leu sobre as famílias pioneiras de Chicago — os John Bairds e Gaylord Donnelleys, os Marshall Fields, os Potter Palmers e os Walgreens — e passou por suas casas na Lake Shore Drive e por suas imensas propriedades na comunidade suburbana de Lake Forest. Visitou a zona sul da cidade e sentiu-se em casa ali, por causa de todos os grupos étnicos: suecos, poloneses, irlandeses, lituanos. Lembrou-a de Glace Bay.

ELA TORNOU A CAMINHAR pelas ruas, inspecionando os prédios com placas de "À Venda", e falou com os corretores indicados.

— Qual é o preço do prédio?

— Oitenta milhões de dólares...

— Sessenta milhões de dólares...

— Cem milhões de dólares...

Seus três milhões de dólares se tornavam mais e mais insignificantes. Lara voltou a seu quarto no hotel, avaliou as opções. Podia ir para um bairro mais pobre e construir um hotel ali, ou podia voltar para Glace Bay. Nenhuma das duas opções a atraía.

Tenho muita coisa em jogo para desistir agora, pensou ela.

NA MANHÃ SEGUINTE, Lara entrou num banco na La Salle Street. Encaminhou-se para um atendente por trás do balcão.

— Eu gostaria de falar com um diretor, por favor.

Ela entregou seu cartão.

Cinco minutos depois estava sentada na sala de Tom Peterson, um homem flácido, de meia-idade, com um tique nervoso. Ele examinava seu cartão.

— Em que posso ajudá-la, Srta. Cameron?

— Estou planejando construir um hotel em Chicago. Precisarei tomar um empréstimo.

Ele ofereceu um sorriso afável.

— É para isso que estamos aqui. Que tipo de hotel planeja construir?

— Um hotel exclusivo, numa área nobre.

— Parece interessante.

— Devo lhe dizer que só disponho de três milhões de dólares, como capital inicial, e...

Peterson sorriu.

— Não é problema.

Lara sentiu um calafrio de excitamento.

— É mesmo?

— Três milhões de dólares podem render muito, se a pessoa souber como operar. — Ele olhou para o relógio. — Tenho outra reunião agora. Talvez possamos nos encontrar para jantar esta noite e discutir o assunto.

— Claro — respondeu Lara. — Seria ótimo.

— Onde está hospedada?

— No Stevens Hotel.

— Posso ir buscá-la às oito?

Lara levantou-se.

— Obrigada. Não tenho palavras para expressar como fez com que eu me sentisse bem. Para ser franca, já começava a desanimar.

— Não precisa. Cuidarei muito bem de você.

Às oito horas, Tom Peterson pegou Lara no hotel e levou-a para jantar no Henrici's. Assim que sentaram, ele disse:

— Fico contente que tenha me procurado. Podemos fazer muita coisa um pelo outro.

— É mesmo?

— É, sim. Há muitos rabos lindos nesta cidade, meu bem, mas nenhum é como o seu. Pode abrir um bordel de luxo, para atender a uma clientela exclusiva...

Lara ficou gelada.

— Como?

— Se conseguir juntar meia dúzia de mulheres bonitas como você, poderemos...

Lara foi embora.

No dia seguinte, Lara visitou mais três bancos. Quando explicou seus planos ao gerente do primeiro, ele disse:

— Vou lhe dar o melhor conselho que poderia receber: esqueça. O mercado imobiliário é um jogo para homens. Não há lugar para mulheres.

— E por quê? — indagou ela, sem qualquer inflexão na voz.

— Porque teria de lidar com um bando de homens rudes e machistas. Eles a esfolariam viva.

— Não me esfolaram viva em Glace Bay.

Ele inclinou-se para a frente.

— Vou lhe revelar um segredinho: Chicago não é Glace Bay.

No banco seguinte, o gerente lhe disse:

— Teremos o maior prazer em ajudá-la, Srta. Cameron. Claro que sua proposta é inaceitável. Mas faço uma sugestão: traga-nos seu dinheiro, poderemos investi-lo e...

Lara saiu da sala antes que ele terminasse a frase.

No terceiro banco, Lara foi conduzida à sala de Bob Vance, um homem grisalho, simpático, que parecia exatamente como o presidente de um banco deve parecer. Estava também na sala um homem magro, pálido, ruivo, de trinta e poucos anos, vestindo um terno amarrotado, e dando a impressão de estar deslocado ali.

— Este é Howard Keller, Srta. Cameron, um de nossos vice-presidentes.

— Como vai?

— Em que posso ajudá-la, Srta. Cameron? — indagou Bob Vance.

— Estou interessada em construir um hotel em Chicago e procuro por financiamento.

Bob Vance sorriu.

— Veio ao lugar certo. Já tem algum local em mente?

— Sei qual é a área que me interessa. Perto do Loop, não muito longe da Michigan Avenue...

— Excelente ponto.

Lara descreveu sua ideia de um hotel exclusivo.

— Parece interessante. E qual é o seu capital inicial?

— Três milhões de dólares. Quero tomar emprestado o resto.

Bob Vance fez uma pausa, pensativo.

— Infelizmente, não poderei ajudá-la. Seu problema é que tem grandes ideias e um capital pequeno. Mas se quisesse investir seu dinheiro conosco...

— Não, obrigada. Agradeço pelo tempo que me concederam. Boa-tarde, senhores.

Lara virou-se e deixou a sala, furiosa. Três milhões de dólares constituíam uma fortuna em Glace Bay. Aqui, as pessoas pareciam pensar que não eram nada. Quando Lara saiu para a rua, uma voz a chamou:

— Srta. Cameron!

Ela virou-se. Era o homem de terno amarrotado a quem fora apresentada, Howard Keller.

— Pois não?

— Eu gostaria de lhe falar. Não podemos tomar um café?

Lara ficou rígida. *Será que todos os homens em Chicago eram maníacos sexuais?*

— Há um bom café logo depois da esquina.

Ela deu de ombros.

— Está bem.

Depois que fizeram o pedido, Howard Keller disse:

— Se não se importa com a minha intromissão, eu gostaria de lhe dar um conselho.

Lara observava-o, cautelosa.

— Pode falar.

— Em primeiro lugar, seu enfoque é errado.

— Acha que minha ideia não pode dar certo?

— Ao contrário. Creio que um hotel exclusivo, do tipo que imagina, é uma excelente ideia.

Ela ficou surpresa.

— Então por que...?

— Chicago precisa de um hotel desse tipo, mas não creio que deva construí-lo.

— Como assim?

— Em vez de construir, minha sugestão é que procure um hotel antigo, numa boa localização, e o reforme. Há muitos hotéis decadentes que podem ser comprados por um preço reduzido. Seus três milhões de dólares seriam um capital suficiente para a entrada. Depois, poderia obter empréstimo num banco para reformá-lo e convertê-lo no seu hotel exclusivo.

Lara pensou por um momento. Ele tinha razão. Era um esquema melhor.

— Outra coisa. Nenhum banco terá interesse em financiá-la se não apresentar um bom arquiteto e uma sólida construtora. Vão querer um pacote completo.

Lara se lembrou de Buzz Steele.

— Estou entendendo. Conhece um bom arquiteto e uma sólida construtora?

Howard Keller sorriu.

— Conheço.

— Obrigada por seu conselho. Se eu encontrar o lugar certo, posso tornar a procurá-lo para conversar a respeito?

— Quando quiser. Boa sorte.

Lara esperou que ele acrescentasse algo como: “Por que não continuamos a conversa em meu apartamento?” Em vez disso, Howard Keller limitou-se a perguntar:

— Aceita mais café, Srta. Cameron?

Lara tornou a percorrer as ruas da cidade, só que agora procurava por algo diferente. A alguns quarteirões da Michigan Avenue, na Delaware, passou por um hotel de trânsito, agora em decadência, construído antes da guerra. Uma placa dizia CONG ESSI NAL HOTEL. Lara já ia seguir adiante, mas estacou abruptamente. Examinou o hotel com mais atenção. A fachada de alvenaria se encontrava tão suja que era difícil determinar qual fora a cor original. Tinha oito andares. Lara entrou no saguão. O interior era ainda pior do que o exterior. Um recepcionista vestindo jeans e uma suéter rasgada expulsava um mendigo pela porta. A recepção mais parecia um guichê. Numa extremidade do saguão havia uma escada, levando ao que fora outrora salas de reuniões, agora uma área convertida em escritórios alugados. No mezanino, Lara viu uma agência de viagens, um serviço de ingressos de teatro e uma agência de empregos. O recepcionista voltou a seu lugar.

— Vai querer um quarto?

— Não. Gostaria de saber...

Lara foi interrompida por uma jovem com uma saia justa e excesso de maquiagem.

— Dê-me uma chave, Mike.

Havia um homem idoso a seu lado.

O recepcionista entregou a chave. Lara observou o casal se encaminhar para o elevador.

— O que deseja? — perguntou o recepcionista.

— Estou interessada neste hotel. Sabe se está à venda?

— Acho que tudo está à venda. Seu pai opera no mercado imobiliário?

— Não — respondeu Lara. — Eu opero.

Ele fitou-a surpreso.

— Ahn... Deve falar com um dos irmãos Diamonds. Eles possuem uma rede destas pocilgas.

— Onde posso encontrá-los?

O recepcionista deu o endereço, na State Street.

— Importa-se que eu dê uma olhada?

Ele deu de ombros.

— À vontade. — Ele sorriu. — Quem sabe se não pode vir a ser minha patroa?

Não se eu puder evitar, pensou Lara.

Ela deu a volta pelo saguão, examinando tudo com extrema atenção. Havia velhas colunas de mármore na entrada. Impulsionada por um súbito pressentimento, levantou uma beira do carpete imundo e surrado. Por baixo, havia um chão de mármore opaco. Lara subiu para o mezanino. O papel de parede cor de mostarda estava descascado em muitos pontos. Ela puxou uma beirada e constatou que por baixo havia o mesmo mármore. Sentia-se cada vez mais excitada. O corrimão da escada era pintado de preto. Lara certificou-se de que o recepcionista não a observava, tirou da bolsa a chave do Stevens Hotel e raspou um pouco da tinta. Descobriu o que esperava, um corrimão de latão maciço. Foi até os elevadores, também pintados de preto, raspou um pouco a tinta, encontrou mais latão. Lara voltou à recepção, tentando ocultar seu excitamento.

— Gostaria de dar uma olhada num dos quartos.

O recepcionista tornou a dar de ombros.

— Não tem problema. — Ele estendeu uma chave. — Quatrocentos e dez.

— Obrigada.

Lara entrou no elevador. Era lento e antiquado. *Terei de reformá-lo*, pensou ela. *E porei um mural no interior.*

Em sua imaginação, já começava a decorar o hotel.

O quarto 410 era um desastre, mas as possibilidades se tornaram evidentes no mesmo instante. Era um quarto surpreendentemente grande, com instalações antiquadas e móveis insípidos. O coração de Lara começou a bater mais depressa. *É perfeito*, pensou ela.

Desceu pela escada antiga, recendendo a mofo. Os carpetes eram velhos, mas por baixo encontrou o mesmo mármore.

Ela devolveu a chave ao recepcionista.

— Viu o que queria?

— Vi, sim. Obrigada.

Ele sorriu.

— Pretende mesmo comprar esta espelunca?

— Isso mesmo, vou comprar esta espelunca.

— É muita coragem.

A porta do elevador abriu, a jovem prostituta e seu freguês idoso saíram. Ela entregou a chave e algum dinheiro ao recepcionista.

— Obrigada, Mike.

— Tenha um bom dia. — Mike virou-se para Lara. — Vai voltar?

— Claro que vou.

A PARADA SEGUINTE de Lara foi no arquivo do registro de imóveis. Pediu para ver os registros do prédio pelo qual se interessara. Mediante uma taxa de dez dólares, recebeu a pasta do Congressional Hotel. Fora vendido aos irmãos Diamonds cinco anos antes, por seis milhões de dólares.

O ESCRITÓRIO DOS IRMÃOS Diamonds ficava num prédio antigo, em uma esquina da State Street. Uma recepcionista oriental, usando uma saia vermelha justa, cumprimentou Lara.

— O que deseja?

— Eu gostaria de falar com o Sr. Diamond.

— Qual deles?

— Qualquer um serve.

— Vou encaminhá-la a John.

Ela levantou o fone e disse:

— Tem uma mulher aqui querendo falar com você, John. — A recepcionista escutou por um momento, depois olhou para Lara. — Qual é o assunto?

— Quero comprar um dos seus hotéis.

A mulher tornou a falar pelo fone:

— Ela diz que quer comprar um dos seus hotéis. Certo. — Ela repôs o fone no gancho. — Pode entrar.

John Diamond era um homem enorme, de meia-idade, cabeludo, com o rosto amassado de quem jogara muito futebol americano. Usava uma camisa de mangas curtas e fumava um charuto imenso. Fitou Lara quando ela entrou na sala.

— Minha secretária disse que queria comprar um dos meus prédios. — Ele estudou Lara por um momento. — Não parece ter idade suficiente para votar.

— Já sou velha bastante para poder votar — assegurou Lara. — E também para comprar um de seus prédios.

— É mesmo? Qual deles?

— O Cong essi nal Hotel.

— Como?

— É o que diz a placa. Presumo que significa "Congressional".

— É isso mesmo.

— Está à venda?

Ele sacudiu a cabeça.

— Não sei. É um dos nossos hotéis mais lucrativos. Não tenho certeza se queremos vendê-lo.

— Mas tem de vender.

— Por quê?

— Seu estado é lastimável. O prédio está caindo aos pedaços.

— É mesmo? Então por que *você* quer comprá-lo?

— Gostaria de comprá-lo para fazer uma pequena reforma. Teriam de entregá-lo vazio, é claro.

— Isso não é problema. Todos os inquilinos pagam por semana.

— Quantos quartos o hotel tem?

— Cento e vinte e cinco. A área construída total é de dez mil metros quadrados.

Quartos demais, pensou Lara. *Mas se eu juntá-los para criar suítes, acabaria com sessenta a setenta e cinco chaves. Pode dar certo.*

Era o momento de discutir o preço.

— *Se* eu decidisse comprar o prédio, quanto ia querer?

— *Se* eu decidisse vender o prédio, ia querer dez milhões de dólares, com seis milhões de entrada...

Lara sacudiu a cabeça.

— Eu ofereceria...

— ... e ponto final. Sem negociação.

Lara calculou mentalmente o custo da reforma. Seria aproximadamente de oitocentos dólares por metro quadrado, ou oito milhões de dólares, mais móveis, ferragens e equipamentos.

Tinha certeza de que poderia persuadir um banco a financiar a obra. O problema era que precisava de seis milhões de dólares de capital inicial e só dispunha de três milhões. Diamond estava pedindo demais pelo hotel, mas ela o queria. E queria mais do que qualquer outra coisa que já desejara na vida.

— Podemos fazer um acordo.

Ele estava atento.

— Qual?

— Pagarei o preço que me pede...

Diamond sorriu.

— Até aqui, tudo bem.

— E lhe darei uma entrada de três milhões em dinheiro.

Ele sacudiu a cabeça.

— Não posso aceitar. Quero os seis milhões na mão.

— E vai tê-los.

— É mesmo? E de onde virão os outros três milhões?

— De você.

— Como?

— Vai me conceder uma segunda hipoteca.

— Quer tomar *meu* dinheiro emprestado para comprar *meu* prédio?

Era a mesma coisa que Sean MacAllister lhe dissera em Glace Bay.

— Veja por outro ângulo — sugeriu Lara. — Na verdade, vai emprestar dinheiro a si mesmo. Continuará como o proprietário do prédio até eu pagar. Não tem como perder.

Ele pensou a respeito, acabou sorrindo.

— Dona, acaba de comprar um hotel.

A SALA DE HOWARD KELLER no banco era um cubículo com seu nome na porta. Quando Lara entrou, ele parecia mais amarfanhado do que nunca.

— De volta tão depressa?

— Disse-me que o procurasse quando encontrasse um hotel. Acabei de encontrar.

Keller recostou-se na cadeira.

— Fale-me a respeito.

— É um hotel velho, chamado Congressional. Fica na Delaware, a poucos quarteirões da Michigan Avenue. Está todo arrebentado. Quero comprá-lo e transformá-lo no melhor hotel de Chicago.

— Fale-me sobre o negócio.

Lara contou tudo. Keller pensou por um momento.

— Vamos conversar com Bob Vance.

Bob Vance escutou, fez algumas anotações.

— É uma possibilidade, mas... — Ele fitou Lara. — Alguma vez antes dirigiu um hotel, Srta. Cameron?

Lara pensou em todos os anos cuidando da pensão em Glace Bay, arrumando as camas, lavando o chão, a roupa suja e a louça, tentando agradar as personalidades diferentes e manter a paz.

— Dirigi uma pensão cheia de mineiros e lenhadores. Um hotel será muito fácil.

Howard Keller interveio:

— Eu gostaria de dar uma olhada no prédio, Bob.

O ENTUSIASMO DE LARA era irresistível. Howard Keller observava seu rosto, enquanto visitavam os quartos miseráveis, vendo tudo através dos olhos de Lara.

— Aqui teremos uma linda suíte, com uma sauna — disse Lara, no maior excitamento. — A lareira ficará ali e o piano de cauda naquele canto.

Ela pôs-se a andar de um lado para outro.

— Quando viajantes ricos vêm para Chicago, hospedam-se nos melhores hotéis, mas são todos iguais... quartos frios, sem qualquer personalidade. Se pudermos oferecer algo diferente, mesmo que custe um pouco mais, não tenho a menor dúvida sobre o que eles escolherão. Este hotel será de fato um lar longe do lar.

— Estou impressionado — admitiu Howard Keller.

Lara virou-se para ele, na maior ansiedade.

— Acha que o banco vai me conceder o empréstimo?

— É o que vamos descobrir.

MEIA HORA DEPOIS, Howard Keller estava reunido com Bob Vance.

— Qual é a sua opinião? — perguntou Vance.

— Acho que a jovem tem potencial. Gosto muito de sua ideia de um hotel exclusivo.

— Eu também. O único problema é o fato de ela ser muito jovem e inexperiente. É um jogo.

Eles passaram os trinta minutos seguintes discutindo os custos e projeção de lucros.

— Creio que devemos dar o financiamento — disse Keller, ao final. — Não temos como perder.

Ele sorriu e arrematou:

— E, se o pior acontecer, nós dois podemos nos mudar para o hotel.

HOWARD KELLER TELEFONOU para Lara, no Stevens Hotel.

— O banco acaba de aprovar seu empréstimo.

Lara soltou um grito estridente.

— Fala sério? Mas isso é maravilhoso! Obrigada, muito obrigada!

— Temos algumas coisas para discutir. Está livre para jantar esta noite?

— Claro.

— Irei buscá-la às sete e meia.

ELES JANTARAM no restaurante Imperial House. Lara sentia tanto excitamento que mal tocou na comida.

— Não tenho palavras para expressar como estou emocionada — disse ela. — Será o hotel mais lindo de Chicago.

— Calma — advertiu Keller. — Ainda há um longo caminho a percorrer. — Ele hesitou. — Posso ser franco, Srta. Cameron?

— Lara.

— Lara. Você é uma incógnita. Não tem antecedentes.

— Em Glace Bay...

— Não estamos em Glace Bay. O jogo aqui é diferente.

— Então por que o banco está me concedendo o financiamento?

— Não se iluda, Lara. Não somos uma organização de caridade. A pior coisa que pode acontecer é o banco sair empatado. Mas tenho um pressentimento a seu respeito. Creio que vai conseguir. E que pode ser um grande sucesso. Não tenciona parar neste hotel, não é?

— Claro que não.

— Foi o que pensei. O que eu queria dizer é que, quando concedemos um empréstimo, não costumamos nos envolver pessoalmente no projeto. Neste caso, porém, eu gostaria de lhe dar toda ajuda de que precisar.

E Howard Keller tencionava se envolver pessoalmente com Lara. Sentira-se atraído por ela desde o momento em que a conhecera. Ficara fascinado por seu entusiasmo e determinação. E queria ansiosamente impressioná-la. *Talvez um dia eu lhe conte quão perto cheguei de ser famoso*, pensou Keller.

Capítulo 8

*E*RA A DECISÃO DO *campeonato nacional e o estádio de Wrigley estava lotado com 38.710 torcedores delirantes.*

— Estamos no final da partida e os Cubs vencem os Yankees por 1 x 0. Os Yankees vão rebater agora. As bases estão guarnecidas por Tony Kubek na primeira, Whitey Ford na segunda e Yogi Berra na terceira.

Quando Mickey Mantle avançou para o quadrado do batedor, a multidão aplaudiu. Mantle já acertara 304 bolas na temporada e completara por 42 vezes o circuito completo das bases naquele ano. Jack Brickhouse, o locutor do estádio, disse:

— Ei, parece que vamos ter uma troca de lançadores! Estão tirando Moe Drabowsky... o técnico dos Cubs, Bob Scheffing, está falando com o árbitro... vamos ver quem está entrando... é Howard Keller! Keller se encaminha para o montinho do lançador e a multidão delira! Todo o fardo do campeonato nacional repousa nos ombros desse jovem. Ele conseguirá vencer o grande Mickey Mantle? É o que saberemos daqui a pouco! Keller já subiu no montinho... corre os olhos pelas bases guarnecidas... respira fundo, se prepara. E lá vai o lançamento... Mantle leva o bastão para trás... dá o golpe... e erra! Primeira bola!

A multidão ficou em silêncio. Mantle adiantou-se um pouco, com uma expressão sombria, o bastão levantado, pronto para rebater. Howard Keller tornou a olhar para as bases. A pressão era tremenda, mas ele parecia estar frio e controlado. Virou-se para o apanhador, à espera do sinal, preparou-se para outro arremesso.

— Lá vem o lançamento! — berrou o locutor. — É a famosa bola em curva de Keller... Mantle dá o golpe... e erra! Segunda bola! Se o jovem Keller conseguir passar mais uma bola, os Cubs de Chicago ganharão o campeonato nacional! Estamos assistindo a Davi e Golias, senhoras e senhores! O jovem Keller só joga na liga principal há um ano, mas durante esse período conquistou uma reputação invejável. Mickey Mantle é Golias... o novato Keller conseguirá vencê-lo? Tudo depende do próximo lançamento.

O locutor fez uma pausa.

— Keller torna a verificar as bases... e lá vamos nós! É a bola em curva de novo... Mantle desfere o golpe com o bastão... e a bola passa por cima do quadrado! É a terceira bola nas mãos do apanhador! — O locutor está aos berros agora. — Mantle foi derrotado! O poderoso Mickey Mantle foi derrotado, senhoras e senhores! O jovem Howard Keller conseguiu vencer o grande Mickey Mantle! O jogo acabou... os Cubs de Chicago conquistaram o campeonato nacional! Os torcedores estão de pé, em delírio!

No campo, os companheiros de time de Howard Keller correram em sua direção, levantaram-no nos ombros e começaram a atravessar...

— Howard, o que está fazendo?

— Meu dever de casa, mamãe.

Com um sentimento de culpa, Howard Keller, de quinze anos, desligou a televisão. Afinal, o jogo já estava mesmo quase no fim.

O beisebol era a paixão de Howard, sua vida. Sabia que um dia jogaria na liga principal. Aos seis anos, já competia com garotos que tinham o dobro da sua idade, e aos doze anos era o lançador de uma equipe da Legião Americana. Quando tinha quinze anos, um olheiro dos Cubs de Chicago recebeu informações a seu respeito.

— Nunca vi nada igual — disse o informante. — O garoto tem uma bola curva incrível, uma bola em diagonal perfeita e uma bola em ritmo alternado inacreditável!

O olheiro reagiu com ceticismo. Mas acabou dizendo, com alguma relutância:

— Tudo bem. Darei uma olhada no garoto.

Ele foi ao próximo jogo da Legião Americana em que Howard Keller atuava e tornou-se no mesmo instante um convertido. Procurou o garoto depois da partida.

— O que você quer fazer com sua vida, filho?

— Jogar beisebol.

— Fico contente por ouvir isso. Vamos contratá-lo para jogar em nosso time de juvenis.

Howard mal podia esperar para contar aos pais a notícia emocionante.

Os Keller formavam uma família católica unida. Iam à missa todos os domingos e cuidavam para que o filho também comparecesse. O pai era um vendedor de máquinas de escrever e passava muito tempo viajando. Quando estava em casa, ficava tanto tempo quanto possível em companhia do filho. Howard era muito chegado aos pais. A mãe fazia questão de assistir a todos os seus jogos e sempre o aplaudia. Howard ganhara sua primeira luva e uniforme aos seis anos. Era fanático por beisebol. Possuía uma memória enciclopédica para as estatísticas de partidas realizadas antes mesmo de seu nascimento. Conhecia o desempenho de todos os grandes lançadores — os pontos contra o batedor, as saídas de jogo, os pontos decisivos, as partidas sem pontos. Ganhava dinheiro apostando com os colegas de escola que podia indicar os lançadores em qualquer jogo decisivo.

— Em 1949?

— Essa é fácil — respondia Howard. — Newcombe, Roe, Hatten e Branca pelos Dodgers. Reynolds, Raschi, Byrne e Lopat pelos Yankees.

— Agora é que vamos ver se você é mesmo bom. Quem jogou mais partidas consecutivas na história da liga principal?

O desafiante tinha nas mãos o *Guinness Book of Records*. Howard Keller nem mesmo hesitou:

— Lou Gehrig... 2.130 partidas.

— De quem é o recorde de impedir que o adversário marque?

— Walter Johnson... 113 partidas.

— Quem conseguiu o maior número de circuitos completos das bases em sua carreira?

— Babe Ruth... 714.

A NOTÍCIA SOBRE o talento do jovem jogador começou a circular, e olheiros profissionais foram observar o fenômeno que estava atuando no time de juvenis dos Cubs de Chicago. Ficaram impressionados. Aos dezessete anos, Keller já fora abordado por olheiros dos Cardinals de St. Louis, Orioles de Baltimore e Yankees de Nova York. O pai de Howard sentia-se orgulhoso e costumava se gabar:

— Ele saiu a mim. Eu também jogava beisebol quando era garoto.

Durante o verão de seu último ano na escola secundária, Howard Keller trabalhou como assistente no banco que pertencia a um dos patrocinadores do time da Legião Americana.

Howard estava de namoro firme com uma linda colega, Betty Quinlan. Presumia-se que casariam ao terminarem a faculdade. Howard sempre falava de beisebol, e ela escutava paciente, porque o amava. Ele adorava as anedotas sobre seus jogadores prediletos e corria para contar a Betty sempre que ouvia uma nova.

— Casey Stengel disse que o segredo do sucesso é manter os cinco caras que mais o odeiam longe dos cinco que estão indecisos.

"Alguém perguntou a Yogi Berra que horas eram, e ele disse: 'Está querendo saber neste momento?'"

E quando um jogador era atingido no ombro por uma bola, seu colega de time dizia:

— Não há nada de errado com seu ombro, exceto um pouco de dor... e a dor não machuca.

O jovem Keller sabia que ingressaria em breve no panteão dos grandes jogadores. Mas os deuses tinham outros planos para ele.

HOWARD VOLTOU da escola um dia em companhia de seu melhor amigo, Jesse, que jogava no time, guarnecendo o espaço entre a segunda e a terceira bases. Havia duas cartas à espera de Keller. Uma oferecia uma bolsa de estudos de beisebol em Princeton e a outra a mesma coisa em Harvard.

— Mas isso é sensacional! — exclamou Jesse. — Meus parabéns!

Ele falava com sinceridade. Howard Keller era seu ídolo.

— Qual delas pretende aceitar? — perguntou o pai de Howard.

— Por que tenho de ir para a universidade? — especulou Howard. — Poderia entrar agora num dos times da Liga Principal.

A mãe interveio, com firmeza:

— Há muito tempo para isso, filho. Vai obter primeiro uma boa instrução. Assim, depois que acabar de jogar beisebol, terá condições para fazer qualquer coisa.

— Está bem — concordou Howard. — Irei para Harvard. Betty vai para Wellesley e assim ficarei perto.

Betty Quinlan ficou deliciada quando Howard lhe comunicou sua decisão.

— Vamos nos encontrar em todos os fins de semana! — exclamou ela.

O amigo Jesse declarou:

— Tenha certeza de que sentirei sua falta.

No dia anterior à partida marcada de Howard Keller para a universidade, seu pai fugiu com a secretária de um cliente. O rapaz ficou atordoado.

— Como ele pôde fazer isso?

A mãe entrou em choque.

— Ele... ele deve estar passando por uma mudança na vida — balbuciou ela. — Seu pai... me ama muito. E voltará para mim. Vai ver só...

No dia seguinte, a mãe de Howard recebeu uma carta de um advogado, comunicando formalmente que seu cliente, Howard Keller, queria o divórcio e, como não tinha dinheiro para pagar uma pensão, estava disposto a deixar que a esposa ficasse com a casa. Howard abraçou a mãe.

— Não se preocupe, mamãe. Ficarei aqui e cuidarei de você.

— Nada disso. Não quero que renuncie à faculdade por mim. Desde o dia em que nasceu, seu pai e eu planejamos que cursaria uma faculdade. — Depois de uma pausa, ela acrescentou: — Vamos conversar pela manhã. Estou me sentindo muito cansada agora.

Howard passou a noite inteira acordado, pensando em suas opções. Podia ir para Harvard, com uma bolsa de estudos de beisebol, ou aceitar um dos convites dos times da liga principal. Em qualquer caso, deixaria a mãe sozinha. Era uma decisão difícil.

Como a mãe não apareceu para o desjejum, na manhã seguinte, Howard foi ao seu quarto. Ela estava sentada na cama, incapaz de se mexer, o rosto puxado para um lado. Sofrera um derrame.

Sem dinheiro para pagar o hospital e médicos, Howard foi trabalhar no banco, em tempo integral. Saía às quatro horas da tarde e voltava apressado para casa, a fim de cuidar da mãe.

Fora um derrame brando, e o médico assegurou a Howard que em pouco tempo sua mãe ficaria boa.

— Ela sofreu um terrível choque, mas vai se recuperar.

Howard ainda recebia telefonemas de olheiros de times da liga principal, mas sabia que não podia deixar a mãe. *Irei assim que ela melhorar*, dizia a si mesmo.

As contas médicas continuaram a se acumular.

No começo, ele falava com Betty Quinlan uma vez por semana, mas depois de uns poucos meses as ligações foram se tornando menos e menos frequentes.

A mãe de Howard não parecia estar melhorando. Howard conversou com o médico.

— Quando ela ficará boa?

— Num caso como este, filho, é difícil dizer. Ela pode continuar assim por meses, ou até por anos. Lamento não poder ser mais específico.

O ano terminou e outro começou, e Howard ainda morava com a mãe, trabalhava no banco. Um dia recebeu uma carta de Betty Quinlan, dizendo que se apaixonara por outro e que esperava que a mãe dele estivesse melhor. As ligações dos olheiros também foram se tornando menos frequentes, até que cessaram por completo. A vida de Howard se concentrava em cuidar da mãe. Ele fazia as compras e cozinhava, continuava a trabalhar. Não mais pensava em beisebol. Já era bastante difícil aguentar cada dia.

Quando a mãe morreu, quatro anos depois, Howard Keller não mais se interessava por beisebol. Era agora um bancário.

E sua oportunidade de conquistar a fama desaparecera.

Capítulo 9

HOWARD KELLER E Lara estavam jantando.

— Como podemos começar? — perguntou Lara.

— Antes de mais nada, vamos lhe providenciar a melhor equipe que o dinheiro pode comprar. Começaremos por um advogado imobiliário, que vai elaborar o contrato com os irmãos Diamonds. Depois, procuraremos um arquiteto. Já tenho alguém em mente. E contrataremos uma companhia construtora de primeira. Fiz algumas contas. Os custos de reforma no projeto ficará em torno de trezentos mil dólares por quarto. O custo do hotel será em torno de sete milhões de dólares. Se planejarmos com todo cuidado, pode dar certo.

O NOME DO ARQUITETO era Ted Tuttle. Ao ouvir os planos de Lara, ele sorriu e disse:

— Abençoada seja. Há muito tempo que venho esperando que alguém apareça com uma ideia como esta.

Dez dias de trabalho depois, ele apresentou seu projeto. Era tudo com que Lara sonhara.

— Originalmente, o hotel tinha cento e vinte e cinco quartos — disse o arquiteto. — Pode verificar que reduzi para setenta e cinco chaves, como me pediu.

Seriam cinquenta suítes e vinte e cinco quartos de luxo.

— Está perfeito — disse Lara.

Ela mostrou as plantas a Howard Keller, que também se mostrou entusiasmado.

— Vamos começar a trabalhar. Marquei uma reunião com um construtor. Seu nome é Steve Rice.

STEVE RICE ERA um dos maiores empreiteiros de Chicago. Lara gostou dele à primeira vista. Era um tipo rude, objetivo, sem rodeios.

— Howard Keller me disse que é o melhor — comentou Lara.

— E ele está certo — respondeu Rice. — Nosso lema é "Construímos para a posteridade".

— É um bom lema.

Rice sorriu.

— Acabei de inventá-lo.

A PRIMEIRA ETAPA era dividir cada elemento numa série de plantas. Essas novas plantas foram enviadas a subempreiteiros em potencial: fabricantes de aço, firmas de alvenaria, companhias especializadas em janelas e portas, engenheiros elétricos. No total, havia mais de sessenta subempreiteiros envolvidos.

O trabalho do dia encerrado, Howard Keller tirou o resto da tarde de folga para celebrar com Lara.

— O banco não se importa que você tire essa folga? — indagou ela.

— Claro que não — mentiu Keller. — É parte do meu trabalho.

A verdade é que ele estava adorando aquilo tudo mais do que já apreciara qualquer outra coisa em anos. Adorava a companhia de Lara, conversar com ela, contemplá-la. E especulava como ela se sentia em relação ao casamento.

— Li esta manhã que a Torre Sears já se encontra quase pronta — comentou Lara. — Tem cento e dez andares... o edifício mais alto do mundo.

— É isso mesmo — confirmou Keller.

Lara declarou, solene:

— Algum dia construirei um prédio ainda mais alto, Howard.

E ele acreditou.

ALMOÇAVAM COM Steve Rice, no Whitehall.

— Diga-me o que acontece agora — pediu Lara.

— Primeiro, teremos de limpar o interior do prédio. Manteremos o mármore. Vamos retirar todas as janelas, esvaziar os banheiros. Tiraremos os elevadores para a instalação dos novos cabos e mudaremos os encanamentos. Assim que a empresa de demolição acabar, estaremos prontos para começar a construir seu hotel.

— Quantas pessoas vão trabalhar?

Rice riu.

— Uma multidão, Srta. Cameron. Haverá uma turma para as janelas, outra para os banheiros e mais outra para os corredores. Trabalharão de andar para andar, em geral de cima para baixo. O hotel terá dois restaurantes, além do serviço de quarto.

— Quanto tempo vai demorar?

— Eu diria... equipado e decorado... dezoito meses.

— Eu lhe darei uma bonificação se acabar em um ano.

— Combinado. O Congressional deve...

— Vou mudar o nome. Será chamado Cameron Palace.

Lara sentiu-se emocionada só de dizer as palavras. Era quase uma sensação sexual. Seu nome estaria num prédio, para que todo mundo visse.

Às seis horas de uma manhã chuvosa de setembro começou a reforma do hotel. Lara olhava, na maior ansiedade, quando os operários entraram no saguão e começaram a desmontá-lo.

Para surpresa de Lara, Howard Keller apareceu.

— Levantou cedo — comentou ela.

— Não consegui dormir. — Keller sorriu. — Tenho o pressentimento de que isto é o início de algo muito grande.

Doze meses depois, o Cameron Palace foi inaugurado, com comentários favoráveis e muita atenção.

O crítico de arquitetura do *Tribune* de Chicago escreveu: "Chicago finalmente dispõe de um hotel que corresponde ao lema 'Um lar longe do lar!' Lara Cameron é um nome para o qual se deve ficar atento..."

Ao final do primeiro mês, o hotel estava lotado e havia uma longa fila de espera. O entusiasmo de Howard Keller era intenso.

— Neste ritmo, o hotel ficará pago em doze anos. Isso é maravilhoso. Nós...

— Não é o suficiente. Vou aumentar os preços. — Lara percebeu a expressão de Keller e acrescentou: — Não se preocupe. Eles pagarão. Onde mais podem obter duas lareiras, uma sauna e um piano de cauda?

Duas semanas depois da inauguração do Cameron Palace, Lara teve uma reunião com Bob Vance e Howard Keller.

— Encontrei outro local excelente para um hotel — anunciou ela. — Será como o Cameron Palace, só que maior e melhor.

Howard Keller sorriu.

— Darei uma olhada.

O local era perfeito, mas havia um problema.

— Chegou atrasada — disse o corretor a Lara. — Um incorporador chamado Steve Murchison esteve aqui esta manhã e me fez uma oferta. Vai comprar o imóvel.

— Quanto ele ofereceu?

— Três milhões de dólares.

— Eu lhe darei quatro. Pode preparar os documentos.

O corretor só piscou uma vez.

— Negócio fechado.

Lara recebeu um telefonema na tarde seguinte.

— Lara Cameron?

— Sou eu.

— Aqui é Steve Murchison. Vou deixar passar desta vez, sua vaca, porque acho que não sabe o que está fazendo. Mas, no futuro, fique longe do meu caminho... ou pode se machucar.

E o telefone ficou mudo.

Era o ano de 1974 e eventos significativos ocorriam no mundo inteiro. O presidente Nixon renunciou para evitar o *impeachment* e Gerald Ford entrou na Casa Branca. A Opep encerrou o embargo do petróleo e Isabel Perón tornou-se presidente da Argentina. E, em Chicago, Lara iniciou a construção de seu segundo hotel, o Chicago Cameron Plaza. Foi concluído dezoito meses depois e se tornou um sucesso ainda maior que o Cameron Palace. Não havia como deter Lara depois disso. Como a revista *Forbes* escreveria mais tarde: "Lara Cameron é um fenômeno. Suas inovações estão mudando o conceito de hotéis. A Srta. Cameron invadiu o terreno tradicionalmente masculino dos incorporadores imobiliários e provou que uma mulher pode superar todos eles."

Lara recebeu um telefonema de Charles Cohn.

— Meus parabéns — disse ele. — Estou orgulhoso de você. Nunca tive uma protegida antes.

— E eu nunca tive um mentor antes. Sem você, nada disso teria acontecido.

— Tenho certeza de que você encontraria um jeito.

Em 1975, o filme *Tubarão* emocionou o país e as pessoas pararam de ir à praia. A população mundial passou dos quatro bilhões de habitantes, reduzida em um com o desaparecimento de James Hoffa, o presidente da federação nacional dos motoristas de caminhão. Quando soube que a população passara dos quatro bilhões, Lara disse a Keller:

— Tem noção de quantas casas serão necessárias?

Keller não sabia se ela gracejava.

DURANTE OS TRÊS anos subsequentes, dois prédios de apartamentos e um condomínio foram construídos.

— Quero construir agora um prédio de escritórios, bem no coração do Loop — disse Lara a Keller.

— Há uma propriedade muito interessante entrando no mercado — informou Keller. — Se você gostar, poderemos financiá-la.

Naquela tarde, eles foram dar uma olhada na propriedade. Ficava à beira d'água, numa área nobre.

— Quanto vai custar? — perguntou Lara.

— Já fiz os cálculos. Sairá em torno de cento e vinte milhões de dólares.

Lara engoliu em seco.

— A cifra me assusta.

— No mercado imobiliário, Lara, o jogo é tomar emprestado.

O dinheiro de outras pessoas, pensou Lara. Fora o que Bill Rogers lhe dissera na pensão. Parecia há muito tempo, de tanta coisa que acontecera desde então. *E é apenas o começo*, pensou Lara. *Apenas o começo.*

— Alguns incorporadores já construíram edifícios quase sem entrar com seu próprio dinheiro.

— Estou escutando.

— A ideia é alugar ou revender o prédio por dinheiro suficiente para pagar as dívidas e ainda sobrar algum para comprar outro terreno com esse dinheiro e fazer um novo empréstimo para construir outro prédio. É uma pirâmide invertida... uma pirâmide imobiliária... que se pode desenvolver com um investimento inicial mínimo.

— Já entendi.

— Precisa tomar cuidado, é claro. A pirâmide é construída sobre papéis... as hipotecas. Se alguma coisa sair errada, se o lucro de um investimento não cobrir a dívida do seguinte, a pirâmide pode desabar e soterrá-la.

— Certo. Como posso adquirir essa propriedade?

— Organizaremos um empreendimento conjunto para você. Conversarei com Vance a respeito. Se for grande demais para nosso banco absorver, chamaremos uma seguradora ou uma companhia de poupança e empréstimo. Receberá um empréstimo hipotecário de cinquenta milhões de dólares. Terá a taxa de hipoteca normal... ou seja, cinco milhões e juros de dez por cento, mais a amortização da hipoteca... e eles serão seus sócios. Ficarão com os primeiros dez por cento dos lucros, mas você terá o prédio, totalmente financiado. Pode ter o retorno de seu investimento e ficar com cem por cento da depreciação, porque as instituições financeiras não têm qualquer proveito para as perdas.

Lara absorvia cada palavra.

— Está me acompanhando até aqui?

— Estou, sim.

— Em cinco ou seis anos, depois que o prédio for arrendado, você o vende. Se conseguir setenta e cinco milhões, paga toda a hipoteca e fica com um lucro líquido de doze milhões e meio de dólares. Além disso, terá uma dedução fiscal de oito milhões pela depreciação, que poderá aproveitar para reduzir os impostos em outro empreendimento. E tudo isso com um investimento em dinheiro de dez milhões.

— É fantástico! — exclamou Lara.

Keller sorriu.

— O governo quer que você ganhe dinheiro.

— Mas *você* não gostaria também de ganhar algum dinheiro, Howard? Um bom dinheiro?

— Como assim?

— Quero que venha trabalhar para mim.

Keller ficou quieto. Sabia que se defrontava com uma das decisões mais importantes de sua vida, e nada tinha a ver com dinheiro. O problema era Lara. Apaixonara-se por ela. Já tentara uma vez, num episódio angustiante, lhe dizer. Praticara o pedido de casamento durante a noite inteira, na manhã seguinte a procurara e balbuciara:

— Lara, eu amo você.

Antes que ele pudesse dizer mais alguma coisa, Lara o beijara no rosto e dissera:

— Eu também amo você, Howard. Dê uma olhada neste novo cronograma das obras.

E Keller não tivera a coragem de tentar de novo. Agora, ela o convidava a se tornar seu companheiro de trabalho. Teria de trabalhar com ela todos os dias, incapaz de tocá-la, incapaz de...

— Acredita em mim, Howard?

— Eu seria louco se não acreditasse, não é?

— Pagarei o dobro do que você ganha agora e ainda lhe darei cinco por cento da companhia.

— Posso... posso pensar a respeito?

— Não há nada em que pensar, não acha?

Ele tomou sua decisão.

— Acho que não... sócia.

Lara abraçou-o.

— Isso é maravilhoso! Nós dois vamos construir lindas coisas. Há muitos prédios horríveis por aí... e não há desculpa para isso. Todos os prédios devem ser um tributo a esta cidade.

Ele pôs a mão no braço de Lara.

— Nunca mude, Lara.

Ela fitou-o nos olhos.

— Não mudarei.

Capítulo 10

Os ÚLTIMOS ANOS da década de 1970 foram de crescimento, mudança e excitamento. Em 1976 houve um bem-sucedido ataque israelense a Entebbe, Mao Tsé-tung morreu, e James Earl Carter, Jr. foi eleito presidente dos Estados Unidos.

Lara construiu outro prédio de escritórios.

Em 1977, Charlie Chaplin morreu, e Elvis Presley morreu temporariamente.

Lara construiu o maior shopping center de Chicago.

Em 1978, o reverendo Jim Jones e 911 seguidores cometeram suicídio em massa na Guiana. Os Estados Unidos reconheceram a China comunista e foram ratificados os tratados do Canal do Panamá.

Lara construiu diversos condomínios verticais no Rogers Park.

Em 1979, Israel e Egito assinaram um tratado de paz em Camp David, houve um acidente nuclear na usina de Three Mile Island e fundamentalistas muçulmanos capturaram a Embaixada americana no Irã.

Lara construiu um edifício e um condomínio no campo, com um clube campestre, em Deerfield, ao norte de Chicago.

LARA QUASE NUNCA saía socialmente; e, quando o fazia, ia em geral a uma casa noturna em que se tocava jazz. Gostava do Andy's, um lugar em que se apresentavam os maiores músicos de jazz. Escutava Von Freeman, o grande saxofonista, Eric Schneider, Anthony Braxton e Art Hodes ao piano.

Ela não tinha tempo para se sentir solitária. Passava todos os dias com sua família: os arquitetos, engenheiros e operários, carpinteiros, eletricistas, topógrafos, encanadores. Era obcecada pelos prédios que construía. Seu palco era Chicago e ela era a estrela.

A vida profissional desenvolvia-se além dos seus sonhos mais delirantes, mas não tinha vida pessoal. A experiência com Sean MacAllister a deixara com prevenção contra os relacionamentos sexuais e jamais conhecera alguém que se interessasse em encontrar por mais que uma ou duas noites. No fundo da mente de Lara havia uma imagem esquiva, alguém que outrora conhecera e queria tornar a encontrar. Mas parecia que nunca podia defini-la. Recordava-a por um momento fugaz, mas logo desaparecia de novo.

Havia muitos pretendentes. Variavam de executivos a magnatas do petróleo e poetas, inclusive até alguns de seus empregados. Lara era simpática com todos os homens, mas nunca permitia que qualquer relacionamento fosse além de um aperto de mão e um boa-noite na porta.

Mas de repente Lara descobriu-se atraída por Pete Ryan, que dirigia uma de suas obras, um jovem bonito e forte, com um sotaque irlandês e um sorriso fácil. Passou a visitar o projeto em que Ryan trabalhava com uma frequência cada vez maior. Falavam sobre problemas na construção, mas por baixo ambos percebiam que pensavam em outras coisas.

— Quer jantar comigo? — perguntou Ryan um dia, a palavra "jantar" se prolongando além do necessário.

Lara sentiu que seu coração disparava.

— Quero.

Ryan foi buscar Lara em seu apartamento, mas não saíram para jantar.

— Por Deus, como você é linda! — murmurou ele, estendendo os braços para enlaçá-la.

Lara estava pronta para ele. Há meses que vinham se provocando. Ryan levantou-a no colo, carregou-a para o quarto. Despiram-se juntos, num instante, com a maior urgência. Ele tinha um corpo esguio e vigoroso, e Lara projetou uma súbita imagem mental do corpo rechonchudo e flácido de Sean MacAllister. No momento seguinte, ela estava na cama, com Ryan por cima, suas mãos e língua a acariciarem todo o corpo de Lara, que soltou um grito de alegria pelo que lhe acontecia.

Depois que ambos se esgotaram, ficaram deitados juntos, enlaçados. Ryan murmurou:

— Por Deus, você é um autêntico milagre.

— E você também é — sussurrou Lara.

Ela não podia se lembrar de outra ocasião em que fora tão feliz. Ryan era tudo o que desejava. Era inteligente e afetuoso, compreendiam um ao outro, falavam a mesma língua. Ryan apertou sua mão.

— Estou faminto.

— Eu também. Vou preparar alguns sanduíches.

— Amanhã de noite eu a levarei para um jantar apropriado — prometeu Ryan.

Lara abraçou-o.

— Combinado.

NA MANHÃ SEGUINTE, Lara foi visitar Ryan na obra. Viu-o lá em cima, numa viga de aço, dando ordens a seus homens. Quando Lara se encaminhou para o elevador de carga, um dos operários sorriu-lhe.

— Bom-dia, Srta. Cameron.

Havia um tom estranho em sua voz. Outro operário passou por ela também e sorriu.

— Bom-dia, Srta. Cameron.

Mais dois operários a fitaram com uma expressão maliciosa.

— Bom-dia, chefe.

Lara olhou ao redor. Outros operários a observavam, todos sorrindo. O rosto de Lara ficou vermelho. Ela entrou no elevador de carga, subiu para o nível em que Ryan se encontrava. No instante em que saiu, Ryan a viu e sorriu.

— Bom-dia, querida — disse ele. — A que horas será o jantar esta noite?

— Você morrerá de fome primeiro — respondeu Lara, com veemência. — Está despedido.

CADA PRÉDIO QUE Lara construía era um desafio. Fazia pequenos prédios de escritórios, com uma área útil de cinco mil metros quadrados, e enormes prédios de escritórios e hotéis. Mas qualquer que fosse o tipo de prédio, a coisa mais importante para ela era o local.

Bill Rogers tinha razão. *O local, o local e o local.*

O império de Lara continuava a se expandir. Ela começou a merecer o reconhecimento dos líderes da cidade, da imprensa e do público. Era uma figura fascinante, e sempre que ia a eventos beneficentes, à ópera ou a uma exposição de arte, os fotógrafos se mostravam ansiosos para registrar sua presença. Passou a aparecer cada vez mais nos meios de comunicação. Todos os seus prédios eram sucessos, e ainda assim ela não se sentia satisfeita. Era como se esperasse que algo maravilhoso lhe acontecesse, esperasse que uma porta se abrisse, esperasse ser envolvida por alguma magia desconhecida. A perplexidade de Keller era total.

— O que você quer, Lara?

— Mais.

E isso foi tudo o que ele conseguiu lhe arrancar.

UM DIA, Lara disse a Keller:

— Howard, sabe quanto pagamos todos os meses por faxineiros, lavanderia e lavadores de janelas?

— É uma despesa inevitável.

— Pois então vamos tirar proveito dela.

— Como assim?

— Criaremos uma subsidiária. Forneceremos esses serviços a nós mesmos e a outros proprietários.

A ideia foi um sucesso desde o início. Os lucros eram incríveis.

KELLER TINHA A impressão de que Lara erguera uma muralha emocional ao seu redor. Sentia-se mais íntimo dela do que qualquer outra pessoa e mesmo assim Lara nunca lhe falava de sua família ou antecedentes. Era como se ela tivesse emergido já adulta do nada. No começo, Keller fora o mentor de Lara, ensinando e orientando, mas agora ela tomava todas as decisões sozinha. A discípula se tornara maior do que o mestre.

Lara não permitia que coisa alguma se interpusesse em seu caminho. Estava se tornando uma força irresistível e não havia como detê-la. Era uma perfeccionista. Sabia o que queria e insistia em conquistar.

A princípio, alguns operários tentaram se aproveitar dela. Nunca haviam trabalhado para uma mulher antes e a situação os divertia. Sempre acabavam sofrendo um choque. Quando Lara descobriu um mestre de obras dando um visto num trabalho que não fora realizado, chamou-o na frente de toda a turma e despediu-o. Ela visitava o local da obra todas as manhãs. Os operários chegavam às seis horas e já a encontravam ali, esperando. Havia um machismo intenso. Os homens esperavam que Lara chegasse perto para contar piadas obscenas.

— Já ouviu a história da perereca falante? Apaixonou-se por um pau e...

"E a garota perguntou: 'A gente pode ficar grávida de engolir a porra de um homem?' E a mãe respondeu: 'Não. Disso, querida, você fica coberta de joias.'"

Havia alguns gestos ostensivos. De vez em quando um operário passava por Lara e "acidentalmente" roçava com o braço em seus seios ou tropeçava para se comprimir contra sua bunda.

— Oh, desculpe.

— Não tem problema — dizia Lara. — Pegue seu cheque e suma daqui.

O divertimento dos homens acabou se transformando em respeito.

Um dia, quando seguia pela Kedzie Avenue, em companhia de Howard Keller, Lara passou por um quarteirão repleto de pequenas lojas. Parou o carro.

— Este quarteirão está sendo desperdiçado — comentou ela. — Deveria haver um edifício aqui. Estas pequenas lojas não podem dar um bom lucro.

— Tem razão, mas o problema é que você precisaria persuadir cada um dos ocupantes a vender — disse Keller. — E alguns podem não querer.

— Daremos um jeito de comprar todos.

— Se um único proprietário se recusar a vender, Lara, você pode ficar com um tremendo capital empatado. Terá comprado uma porção de lojas que não quer e não poderá construir seu edifício. E se o pessoal souber que um grande edifício será construído aqui, todos vão pedir alto.

— Não deixaremos que saibam o que pretendemos fazer. — Lara começava a ficar excitada. — Mandaremos pessoas diferentes falarem com os proprietários das lojas.

— Já passei por isso antes — advertiu Keller. — Se a notícia vazar, eles vão lhe arrancar tudo o que puderem.

— Então teremos de tomar muito cuidado. Vamos obter uma opção sobre a propriedade.

O QUARTEIRÃO na Kedzie Avenue consistia em mais de uma dúzia de pequenas oficinas e lojas. Havia uma padaria, uma loja de ferragens, uma barbearia, uma loja de roupas, um açougue, uma alfaiataria, uma farmácia, uma papelaria, um café e uma variedade de outros negócios.

— Não esqueça o risco — insistiu Keller. — Se um único resistir, você perde todo o dinheiro que investiu para comprar as outras lojas.

— Não se preocupe — declarou Lara. — Darei um jeito.

UMA SEMANA DEPOIS, um estranho entrou na barbearia de duas cadeiras. O barbeiro lia uma revista. Quando a porta se abriu, ele levantou os olhos, acenou com a cabeça.

— Em que posso servi-lo, senhor? Um corte de cabelo?

O estranho sorriu.

— Não. Acabei de chegar à cidade. Tinha uma barbearia em Nova Jersey, mas minha esposa queria que eu me mudasse para cá, a fim de ficar perto da mãe. Procuro uma loja para comprar.

— Esta é a única barbearia no bairro e não está à venda.

O estranho sorriu.

— Quando se vai ao fundo, tudo está à venda, não é mesmo? Pelo preço certo, é claro. Quanto vale esta loja... em torno de cinquenta ou sessenta mil dólares?

— Por aí — admitiu o barbeiro.

— Estou realmente ansioso para ter uma loja de novo. E lhe faço uma proposta: dou setenta e cinco mil dólares.

— Não. Não tenho a menor intenção de vendê-la.

— Cem mil.

— Ora, eu não...

— E poderia levar o equipamento.

O barbeiro fitou-o com uma expressão aturdida.

— Vai me dar cem mil e ainda deixar que eu leve as cadeiras de barbeiro e o resto do equipamento?

— Isso mesmo. Tenho meu equipamento.

— Posso pensar a respeito? Preciso conversar com minha mulher.

— Claro. Voltarei amanhã.

Dois dias depois, a barbearia foi adquirida.

— É a primeira — comentou Lara.

A padaria foi a seguinte. Era pequena, familiar, de propriedade de marido e mulher. Os fornos no fundo impregnavam a padaria com o aroma de pão fresco. Uma mulher procurou o padeiro.

— Meu marido morreu e me deixou o dinheiro do seguro. Tínhamos uma padaria na Flórida. Venho procurando um lugar como este. Gostaria de comprá-lo.

— É uma vida tranquila — respondeu o homem. — Minha mulher e eu nunca pensamos em vender a padaria.

— Se estivesse interessado em vender, quanto pediria?

O padeiro deu de ombros.

— Não sei.

— Diria que a padaria vale sessenta mil dólares?

— No mínimo setenta e cinco mil.

— Pois vamos fazer uma coisa: eu lhe darei cem mil.

O espanto do padeiro era evidente.

— Fala sério?

— Nunca falei mais sério em toda a minha vida.

Na manhã seguinte, Lara anunciou:

— Agora são duas.

O resto das transações transcorreu sem qualquer dificuldade. Uma dúzia de homens e mulheres visitou as lojas, apresentando-se como alfaiates, padeiros, farmacêuticos e açougueiros. Durante os seis meses seguintes, Lara comprou as lojas, depois contratou pessoas para cuidarem das diferentes operações. Os arquitetos já haviam iniciado o projeto do edifício.

Lara estudava os últimos relatórios.

— Parece que conseguimos — disse ela a Keller.

— Receio que tenhamos um problema.

— Por quê? Só resta o café.

— Pois é justamente o nosso problema. O dono tem um contrato de arrendamento de cinco anos, mas não quer abrir mão.

— Ofereça-lhe mais dinheiro...

— Ele diz que não sai por preço nenhum.

Lara não podia entender.

— Ele já sabe do edifício?

— Não.

— Muito bem, falarei com ele. E não se preocupe, pois ele sairá. Descubra quem é o dono da loja.

Na manhã seguinte Lara visitou o café. O Haley's Coffee Shop ficava na esquina sudoeste do quarteirão. Era pequeno, com meia dúzia de bancos ao longo do balcão e quatro reservados. Um homem que Lara presumiu ser o dono do café se encontrava atrás do balcão. Parecia ter sessenta e tantos anos.

Lara sentou num reservado.

— Bom-dia — disse o homem, muito amável. — O que deseja?

— Suco de laranja e café, por favor.

— É para já.

Ela observou-o espremer as laranjas.

— Minha garçonete não veio hoje. É muito difícil encontrar bons empregados atualmente.

Ele serviu o café, saiu de detrás do balcão. Estava numa cadeira de rodas. Não tinha pernas. Lara observou-o em silêncio, enquanto ele punha o café e o suco de laranja na mesa.

— Obrigada. — Lara olhou ao redor. — É um café bastante simpático.

— É, sim. Também gosto.

— Há quanto tempo está aqui?

— Dez anos.

— Nunca pensou em se aposentar?

O homem sacudiu a cabeça.

— É a segunda pessoa que me pergunta isso esta semana. Não, nunca vou me aposentar.

— Talvez não tenham lhe oferecido dinheiro suficiente — sugeriu Lara.

— Não tem nada a ver com dinheiro, dona. Antes de vir para cá, passei dois anos num hospital de veteranos. Sem amigos. Sem qualquer objetivo na vida. E foi então que alguém me convenceu a arrendar este lugar.

Ele fez uma pausa, sorriu.

— E mudou toda a minha vida. Os moradores das vizinhanças sempre passam por aqui. Tornaram-se meus amigos, quase minha família. O que foi uma razão para que eu vivesse. — O homem tornou a sacudir a cabeça. — Não, o dinheiro não tem nada a ver com isso. Quer mais café?

Lara estava numa reunião com Howard Keller e o arquiteto.

— Nem mesmo precisamos comprar o contrato de arrendamento dele — anunciou Keller. — Acabei de falar com o proprietário. Há uma cláusula de quebra de contrato, se o café não tiver uma receita determinada por mês. E nos últimos meses ele não conseguiu alcançar essa receita. Podemos despejá-lo.

Lara virou-se para o arquiteto.

— Tenho uma pergunta. — Ela olhou para as plantas espalhadas sobre a mesa, apontou para a esquina sudoeste. — E se fizéssemos um recuo aqui, eliminando esta pequena área, e deixando o café ficar? Ainda assim seria possível construir o edifício?

O arquiteto estudou a planta.

— Acho que sim. Eu poderia inclinar este lado do prédio, e contrabalançar no outro. Claro que seria melhor se não precisássemos fazer isso...

— Mas pode dar certo — insistiu Lara.

— Pode.

Keller interveio:

— Lara, acabei de lhe dizer que podemos despejá-lo.

Lara balançou a cabeça.

— Já compramos o resto do quarteirão, não é?

Keller assentiu.

— Claro. Você é a feliz proprietária de uma loja de roupas, uma alfaiataria, uma papelaria, uma farmácia, uma padaria...

— Ótimo. Os ocupantes do novo edifício terão um café na esquina. E nós também. O Haley's fica.

No aniversário do pai, Lara disse a Keller:

— Howard, gostaria que me fizesse um favor.

— Pois não.

— Quero que vá à Escócia por mim.

— Vamos construir alguma coisa na Escócia?

— Vamos comprar um castelo.

Ele ficou imóvel, escutando.

— Há um lugar nas Terras Altas chamado Loch Morlich. Fica na estrada para Glenmore, perto de Aviemore. Há uma porção de castelos na região. Compre um.

— Como uma espécie de casa de veraneio?

— Não planejo me instalar lá. Quero enterrar meu pai na propriedade.

Keller indagou, em voz pausada:

— Quer que eu compre um castelo na Escócia para enterrar seu pai?

— Isso mesmo. Não tenho tempo para ir até lá e você é o único em quem posso confiar. Meu pai está no cemitério de Greenwood, em Glace Bay.

Era o primeiro vislumbre que Keller tinha dos sentimentos de Lara em relação à família.

— Deve ter amado muito seu pai.

— Fará isso por mim?

— Claro.

— Depois que ele for enterrado, arrume alguém para cuidar da sepultura.

Keller voltou da Escócia três semanas depois e comunicou:

— Acertei tudo. Você possui um castelo. Seu pai foi enterrado no terreno. É um lugar lindo, perto das colinas, com um lago. Vai adorar. Quando pretende visitá-lo?

Lara levantou os olhos, surpresa.

— Eu? Nunca.

LIVRO SEGUNDO

Capítulo 11

EM 1984, LARA CAMERON decidiu que chegara o momento de conquistar Nova York. Informou seu plano a Keller, que ficou consternado.

— Não gosto da ideia — declarou ele, incisivo. — Você não conhece Nova York. Nem eu. É uma cidade diferente, Lara. Nós...

— Foi o que me disseram quando vim de Glace Bay para Chicago — lembrou Lara. — Os prédios são sempre os mesmos, quer sejam construídos em Glace Bay, Chicago, Nova York, quer Tóquio. Todos jogamos pelas mesmas regras.

— Mas estamos indo muito bem aqui! — insistiu Keller. — O que você quer afinal?

— Já lhe disse. *Mais.* Quero meu nome na linha do céu de Nova York. Vou construir um Cameron Plaza e um Cameron Center lá. E um dia, Howard, construirei o edifício mais alto do mundo. É *isso* o que eu quero. A Cameron Enterprises vai se mudar para Nova York.

NOVA YORK SE encontrava em meio a uma intensa atividade de construção civil e era povoada por gigantes do mercado imobiliário — os Zeckendorf, Harry Helmsley, Donald Trump, os Urise e os Rudin.

— Vamos ingressar no clube — declarou Lara a Keller.

Hospedaram-se no Regency e começaram a explorar a cidade. Lara se impressionou com o tamanho e o dinamismo da metrópole fervilhante. Era um desfiladeiro de edifícios, com rios de carros passando no fundo.

— Faz com que Chicago pareça Glace Bay! — exclamou Lara.

Ela sentia-se ansiosa para começar.

— A primeira coisa que temos de fazer é montar uma equipe. Descobriremos o melhor advogado imobiliário de Nova York. E depois uma grande equipe de administração. Verifique quem Rudin usa. Talvez possamos atraí-los.

— Certo.

— Aqui tem uma lista de prédios que me agradaram — acrescentou Lara. — Descubra quem foram os arquitetos. Quero me encontrar com eles.

Keller começava a sentir o excitamento de Lara.

— Abrirei uma linha de crédito nos bancos. Com o patrimônio que temos em Chicago, não haverá problemas. Entrarei em contato com algumas companhias de poupança e empréstimo e com alguns corretores imobiliários.

— Certo.

— Antes de começarmos a nos envolver em tudo isso, Lara, não acha que deve decidir qual será o seu próximo projeto?

Lara fitou-o e disse, com um ar de inocência:

— Não lhe contei ainda? Vamos comprar o Hospital Central de Manhattan.

ALGUNS DIAS ANTES, Lara foi a um salão de beleza, na Madison Avenue. Enquanto fazia o cabelo, ouviu uma conversa na cabine ao lado.

— Vamos sentir sua falta, Sra. Walker.

— Eu também, Darlene. Há quanto tempo frequento o salão?

— Quase quinze anos.

— O tempo voa, não é? Sentirei saudade de Nova York.

— Quando vai partir?

— Logo. Recebemos o aviso de fechamento esta manhã. Imagine só... um hospital como o Manhattan Central fechado porque ficou sem dinheiro. Fui supervisora ali durante quase vinte anos e me mandaram um memorando dizendo que estou dispensada. Era de esperar que pelo menos tivessem a decência de me comunicar pessoalmente, não acha? Onde o mundo vai parar?

Lara passou a escutar com a maior atenção.

— Ainda não vi nenhuma notícia sobre o fechamento do hospital nos jornais.

— Não saiu nada. Estão mantendo em segredo. Queriam dar a notícia primeiro aos empregados.

A assistente secava os cabelos de Lara, que começou a se levantar.

— Ainda não acabei, Srta. Cameron.

— Não tem importância. Estou com pressa.

O Hospital Central de Manhattan era um prédio feio e dilapidado, no East Side, e ocupava um quarteirão inteiro. Lara contemplou-o por um longo momento e o que viu em sua imaginação foi um edifício novo e imponente, com lojas elegantes no térreo e apartamentos de luxo nos andares superiores.

Lara entrou no hospital e perguntou quem era o proprietário. Foi encaminhada ao escritório de um certo Roger Burnham, na Wall Street.

— Em que posso ajudá-la, Srta. Cameron?

— Soube que o Hospital Central de Manhattan está à venda.

Ele se mostrou surpreso.

— Onde soube disso?

— É verdade?

Burnham se esquivou a uma resposta.

— Pode ser.

— Talvez eu esteja interessada em comprá-lo — anunciou Lara. — Qual é o seu preço?

— Escute, minha jovem... não a conheço. Não pode entrar aqui de repente e esperar que eu discuta uma operação de noventa milhões de dólares com você. Afinal...

— Noventa milhões? — Lara tinha a impressão de que era alto, mas queria o local. Seria um início espetacular. — É sobre isso que estamos falando?

— Não estamos falando sobre nada.

Lara estendeu uma nota de cem dólares para Roger Burnham.

— Para que isso?

— É para uma opção de quarenta e oito horas. Só lhe peço quarenta e oito horas. Afinal, ainda não se achava pronto para anunciar que o prédio será vendido. O que pode perder? Se eu pagar seu preço, tem o que queria.

— Não sei nada a seu respeito.

— Ligue para o Mercantile Bank, em Chicago. Peça para falar com Bob Vance. É o presidente.

Ele fitou-a aturdido por um longo momento, balançou a cabeça e murmurou alguma coisa em que havia a palavra "maluca".

E procurou pessoalmente o número do telefone. Lara continuou sentada, esperando, enquanto a secretária ligava para Bob Vance.

— Sr. Vance? Aqui é Roger Burnham, de Nova York. Tenho aqui comigo a Srta...

Ele olhou para Lara.

— Lara Cameron.

— A Srta. Lara Cameron. Ela está interessada em comprar uma propriedade nossa aqui em Nova York e diz que a conhece.

Burnham ficou escutando.

— É mesmo?... Entendo... Não, eu não sabia... Certo... Certo. — Mais algum tempo e ele concluiu a conversa. — Muito obrigado.

Repôs o fone no gancho e olhou para Lara.

— Parece que você causou uma impressão e tanto em Chicago.

— Tenciono também causar uma impressão e tanto em Nova York.

Burnham olhou para a nota de cem dólares.

— O que devo fazer com isto?

— Compre alguns charutos cubanos. Tenho a opção se aceitar seu preço?

Ele estudou-a por um instante.

— É um pouco heterodoxo... mas tudo bem. Eu lhe darei quarenta e oito horas.

— PRECISAMOS AGIR depressa — disse Lara a Keller. — Temos quarenta e oito horas para providenciar o financiamento.

— Já tem alguma ideia das cifras?

— Mais ou menos. Noventa milhões pela propriedade e calculo que mais duzentos milhões para demolir o hospital e construir o edifício.

Keller ficou aturdido.

— Mas são duzentos e noventa milhões de dólares!

— Você sempre foi rápido com os números.

Ele ignorou a ironia.

— De onde vamos tirar todo esse dinheiro, Lara?

— Tomaremos emprestado. Entre minhas garantias em Chicago e a nova propriedade, não deve haver qualquer problema.

— É um grande risco. Cem coisas podem sair erradas. Você estará jogando tudo o que possui...

— É isso o que torna tudo emocionante, o jogo... e vencer.

Obter financiamento para uma construção em Nova York era ainda mais simples do que em Chicago. O prefeito Koch instituíra um programa fiscal chamado 421-A, pelo qual um incorporador que substituísse um prédio funcionalmente obsoleto podia reivindicar isenções fiscais, com os dois primeiros anos livres de impostos.

Quando os bancos e companhias de poupança e empréstimo verificaram o crédito de Lara Cameron, tornaram-se mais do que ansiosos para operar com ela.

Antes de terminar o prazo de quarenta e oito horas, Lara entrou no escritório de Burnham e entregou-lhe um cheque de três milhões de dólares.

— Este é o sinal da transação — explicou ela. — Pagarei seu preço. Por falar nisso, pode ficar com os cem dólares.

Durante os seis meses seguintes, Keller trabalhou com os bancos, no financiamento, e Lara trabalhou com arquitetos, no planejamento.

Tudo corria sem problemas. Foram feitos os acertos finais com arquitetos, construtores e pessoal de marketing. A demolição do hospital e a construção do novo edifício começariam em abril.

Lara sentia-se irrequieta. Todas as manhãs, às seis horas, ela ia ao local da obra, observava o novo edifício sendo erguido. Experimentava uma grande frustração, porque naquele estágio o prédio pertencia aos operários. Não havia nada que ela pudesse fazer. E se acostumara a mais ação. Gostava de ter meia dúzia de projetos em andamento ao mesmo tempo.

— Por que não procuramos por outro negócio? — perguntou ela a Keller.

— Porque você está afundada até os ouvidos neste. Se respirar um pouco mais forte, tudo vai desabar. Sabe que empenhou até seu último centavo na construção deste prédio? Se alguma coisa sair errada...

— Nada sairá errado. — Ela estudou a expressão de Keller. — O que o incomoda tanto?

— O acordo que você fez com a companhia de poupança e empréstimo...

— Qual é o problema? Não conseguimos o financiamento?

— Não me agrada a cláusula da data de conclusão da obra. Se o prédio não ficar pronto até 15 de março, eles assumem o controle e você perde tudo o que tem.

Lara pensou no prédio que construíra em Glace Bay e como os amigos se apresentaram para terminá-lo. Mas aquilo era diferente.

— Não se preocupe, Howard. O edifício será concluído a tempo. Tem certeza de que não podemos cuidar de outro projeto?

LARA CONVERSAVA com o pessoal de marketing.

— As lojas no térreo já foram vendidas — anunciou o gerente de marketing. — E mais da metade dos apartamentos também. Calculamos que venderemos quase todos antes do edifício acabar e o restante logo depois.

— Quero vender *todos* antes de terminar a construção. Aumente a propaganda.

— Certo.

Keller entrou na sala.

— Não posso deixar de cumprimentá-la, Lara. Você tinha razão. A construção continua dentro do cronograma.

— Será uma máquina de ganhar dinheiro.

A 15 DE JANEIRO, sessenta dias antes da data marcada para o término das obras, as imensas vigas e paredes já se encontravam em seus lugares e os operários começavam a instalar a fiação elétrica e encanamentos.

Lara foi à obra, ficou observando os homens trabalharem nas vigas lá em cima. Um dos operários parou para tirar um maço de cigarros do bolso e, ao fazê-lo, uma chave inglesa escapuliu de sua mão. Lara observou, incrédula, a chave inglesa cair em sua direção. Saltou para o lado, o coração disparado. O operário olhou para baixo, acenou em desculpa.

Com o rosto sombrio, Lara entrou no elevador de carga e subiu para o nível em que o operário trabalhava. Ignorando o espaço vazio assustador por baixo, ela atravessou o andaime.

— Foi você quem deixou cair aquela chave inglesa?

— Foi, sim. Desculpe.

Ela deu um tapa com toda força no rosto do homem.

— Está despedido. Saia do meu prédio.

— Ora, foi um acidente. Eu...

— Saia daqui!

O homem lançou-lhe um olhar furioso, afastou-se, entrou no elevador e desceu.

Lara respirou fundo para recuperar o controle. Os outros operários a observavam.

— Voltem ao trabalho — ordenou ela.

Lara almoçava com Sam Gosden, o advogado de Nova York que cuidava de seus contratos.

— Soube que tudo corre muito bem — comentou Gosden.

Lara sorriu.

— Melhor do que muito bem. Só faltam algumas semanas para terminar o edifício.

— Posso fazer uma confissão?

— Pode, mas tome cuidado para não se incriminar.

Ele riu.

— Eu apostava que você não conseguiria.

— É mesmo? Por quê?

— O mercado imobiliário no nível em que você opera é um jogo para homens. As únicas mulheres que devem estar no mercado são as velhinhas de cabelos azuis que vendem condomínios.

— Com que então você apostava contra mim...

Sam Gosden sorriu.

— Isso mesmo.

Lara inclinou-se para a frente.

— Sam...

— O que é?

— Ninguém em minha equipe aposta contra mim. Você está despedido.

Ele continuou sentado, boquiaberto, enquanto Lara se levantava e deixava o restaurante.

NA MANHÃ DA SEGUNDA-FEIRA seguinte, ao se aproximar da obra, Lara sentiu que havia algo errado. E de repente percebeu de que se tratava. Era o silêncio. Não havia o som de martelos e perfuradoras. Chegando ao local, ela ficou incrédula. Os operários recolhiam seus equipamentos e se retiravam. O mestre de obras também arrumava suas coisas. Lara seguiu apressada ao seu encontro.

— O que está acontecendo aqui? — perguntou ela. — São apenas sete horas.

— Estou tirando os homens do trabalho aqui.

— Mas que história é essa?

— Houve uma queixa, Srta. Cameron.

— Que tipo de queixa?

— Deu um tapa num operário.

— O quê? — Ela esquecera. — Ah, sim. Ele mereceu. E tratei de despedi-lo.

— A prefeitura lhe deu licença para sair por aí esbofeteando as pessoas que trabalham para você?

— Espere um pouco. Não foi sem motivo. Ele deixou cair uma chave inglesa. Quase me matou. Acho que perdi o controle. Sinto muito, mas não o quero de volta aqui.

— Ele não voltará — garantiu o mestre de obras. — Nenhum de nós voltará.

Lara sentia-se completamente atordoada.

— Isso é alguma piada?

— Meu sindicato não acha que seja uma piada. Deu-nos ordens para deixar a obra. E é o que estamos fazendo.

— Vocês têm um contrato!

— Foi quebrado por você. Se tem alguma queixa, apresente ao sindicato.

Ele começou a se afastar.

— Espere um pouco. Já disse que sinto muito. E farei outra coisa. Eu... eu estou disposta a pedir desculpas ao homem, e aceitá-lo de volta na obra.

— Acho que ainda não entendeu, Srta. Cameron. Ele não quer o trabalho de volta. Todos temos outros trabalhos à nossa espera. Esta é uma cidade bastante movimentada. E posso lhe adiantar outra coisa, dona: temos muito trabalho para deixar que as patroas nos esbofeteiem.

Lara parou, observando-o se afastar. Era o seu pior pesadelo.

Ela voltou apressada ao escritório, para transmitir a notícia a Keller. Antes mesmo que pudesse falar, porém, ele foi logo dizendo:

— Já soube. Acabo de me comunicar com o sindicato pelo telefone.

— E o que eles disseram? — indagou Lara, na maior ansiedade.

— Farão uma audiência no próximo mês.

A consternação de Lara foi total.

— No próximo mês? Mas restam-nos menos de dois meses para concluir o edifício!

— Foi o que eu disse a eles.

— E o que responderam?

— Que não é problema deles.

Lara arriou no sofá.

— Oh, Deus! O que vamos fazer?

— Não sei.

— Talvez pudéssemos persuadir o banco a... — Ela viu a expressão de Keller. — Acho que não.

Lara pensou por um momento, seu rosto se animou.

— Já sei! Contrataremos outra turma de construção e...

— Não há um único operário sindicalizado disposto a trabalhar no edifício, Lara.

— Eu deveria ter matado o filho da puta.

— Isso ajudaria muito — comentou Keller, secamente.

Lara levantou-se e começou a andar de um lado para outro.

— Eu poderia pedir a Sam Gosden para... — Ela se lembrou subitamente. — Não, eu o despedi.

— Por quê?

— Não importa.

Keller pôs-se a pensar em voz alta.

— Talvez, se arrumássemos um bom advogado sindicalista... alguém com bastante influência...

— É uma boa ideia. Ele teria que agir depressa. Conhece alguém?

— Não. Mas Sam Gosden mencionou um nome em uma de nossas reuniões. Um homem chamado Martin... Paul Martin.

— Quem é ele?

— Não sei, mas falávamos sobre problemas sindicais e o nome de Martin surgiu.

— Sabe em que firma ele trabalha?

— Não.

Lara ligou o interfone para a secretária.

— Kathy, há um advogado em Manhattan chamado Paul Martin. Descubra seu endereço.

— Quer seu telefone para marcar uma reunião? — perguntou Kathy.

— Não há tempo. Não posso ficar de braços cruzados à espera de uma reunião. Vou procurá-lo hoje. Se ele puder nos ajudar, muito bem. Se não puder, teremos de encontrar outra coisa.

Mas Lara pensou: *Não há mais nada.*

Capítulo 12

O ESCRITÓRIO DE Paul Martin ficava no 25º andar de um prédio de escritórios na Wall Street. O letreiro na porta de vidro fosco dizia apenas PAUL MARTIN, ADVOGADO.

Lara respirou fundo e entrou. A sala de recepção era menor do que ela esperava. Continha uma escrivaninha escalavrada, com uma loura sentada por trás.

— Bom-dia. O que deseja?

— Quero falar com o Sr. Martin.

— Ele está à sua espera?

— Está, sim.

Não havia tempo para explicações.

— Seu nome, por gentileza?

— Cameron... Lara Cameron.

A secretária fitou-a com uma expressão inquisitiva.

— Um momento, por favor. Verei se o Sr. Martin pode recebê-la.

A secretária levantou-se e desapareceu na sala interna.

Ele tem de me receber, pensou Lara. A secretária voltou um instante depois.

— O Sr. Martin vai recebê-la.

Lara reprimiu um suspiro de alívio.

— Obrigada.

Ela entrou na outra sala. Era pequena, decorada com simplicidade. Uma escrivaninha, dois sofás, uma mesinha de café, algumas cadeiras. *Não exatamente uma cidadela do poder*, pensou Lara. O homem por trás da mesa parecia ter sessenta e poucos anos. Tinha um rosto bastante vincado, nariz adunco, uma vasta cabeleira branca. Irradiava uma vitalidade intensa, quase animal. Usava um terno jaquetão cinza listrado, de um modelo antiquado, com uma camisa branca de colarinho estreito. Ao falar, revelou uma voz rouca, baixa, um tanto compulsiva.

— Minha secretária disse que eu a esperava.

— Desculpe. Eu precisava lhe falar de qualquer maneira. É uma emergência.

— Sente-se, Srta...

— Cameron... Lara Cameron.

Ela se instalou numa cadeira.

— Em que posso ajudá-la?

Lara respirou fundo.

— Tenho um pequeno problema. — *Um esqueleto de vinte e quadro andares de aço e concreto, incompleto, totalmente parado.* — É com um prédio.

— E qual é o problema?

— Sou uma incorporadora imobiliária, Sr. Martin. Estou construindo um edifício no East Side e tenho um problema com o sindicato.

Ele se limitava a escutar, sem dizer nada. Lara continuou:

— Perdi o controle e esbofeteei um operário; por causa disso o sindicato ordenou uma greve.

Ele a estudava com um ar de perplexidade.

— Srta. Cameron... o que tudo isso tem a ver comigo?

— Ouvi dizer que poderia me ajudar.

— Lamento, mas ouviu errado. Sou um advogado comercial. Não me envolvo com construções e não lido com sindicatos.

Lara sentiu um aperto no coração.

— Oh, eu pensei... Não há nada que possa fazer?

Martin pôs as palmas das mãos em cima da mesa, como se estivesse prestes a se levantar.

— Posso lhe dar dois conselhos. Procure um advogado trabalhista. Faça com que ele leve o sindicato aos tribunais e...

— Não há tempo. Tenho um prazo improrrogável para terminar o edifício. Eu... Qual é o segundo conselho?

— Saia do negócio imobiliário. — O advogado olhava para os seios de Lara. — Não tem o equipamento certo para isso.

— Como assim?

— Não é lugar para uma mulher.

— E qual é o lugar para uma mulher? — indagou Lara, irritada. — Descalça, grávida e na cozinha?

— Mais ou menos isso.

Lara levantou-se. Teve de fazer um grande esforço para manter o controle.

— Você deve ter vindo de uma linhagem de dinossauros. Talvez nunca tenha ouvido a notícia. As mulheres são livres agora.

Paul Martin balançou a cabeça.

— Não. Apenas são mais barulhentas.

— Adeus, Sr. Martin. Lamento ter tomado seu valioso tempo.

Lara virou-se e deixou a sala, batendo a porta. Parou no corredor, respirou fundo. *Foi um erro*, pensou ela. Finalmente chegara a um beco sem saída. Arriscara tudo que levara anos para construir e perdera de uma só vez. Não havia para onde se virar. Nenhum lugar para ir.

Estava acabado.

Lara saiu andando pelas ruas, frias e chuvosas, completamente alheia ao vento gelado e ao ambiente ao redor. Sua mente era ocupada pelo terrível desastre que se abatera sobre ela. O aviso de Howard Keller ressoava em seu ouvido. *Você constrói prédios e toma dinheiro emprestado para isso. É como uma pirâmide, mas se não tomar cuidado essa pirâmide pode desabar.* E fora o que acontecera. Os bancos em Chicago executariam suas propriedades e perderia todo o dinheiro que investira no novo prédio. Teria de começar de novo, de baixo. *Pobre Howard*, pensou ela. *Acreditou em meus sonhos e eu o deixei na mão.*

A chuva cessou, o céu começou a clarear. Um sol pálido lutava para brilhar através das nuvens. Ela percebeu subitamente que amanhecia. Passara a noite inteira andando pelas ruas. Olhou ao redor e viu onde se encontrava, pela primeira vez. A apenas dois quarteirões da obra paralisada. *Darei uma última olhada*, pensou Lara, resignada.

Estava a um quarteirão quando ouviu. Era o som de martelos e brocas, o rugido das betoneiras, povoando o ar. Lara parou, escutou por um instante, depois correu para a obra. Parou de novo ao chegar ao local, ficou olhando, incrédula.

Todos os operários se encontravam ali, trabalhando com afinco.

O mestre de obras aproximou-se, sorrindo.

— Bom-dia, Srta. Cameron.

Lara conseguiu recuperar a voz.

— O que... o que aconteceu? Pensei... pensei que tinha tirado seus homens da obra.

Ele respondeu, contrafeito:

— Houve um pequeno mal-entendido, Srta. Cameron. Bruno poderia tê-la matado quando deixou cair aquela chave inglesa.

Lara engoliu em seco.

— Mas ele...

— Não se preocupe. Eu o despedi. Nada assim acontecerá outra vez. E não precisa se preocupar com mais nada. Acabaremos dentro do prazo.

Lara tinha a sensação de que vivia um sonho. Ficou parada ali, observando os homens em atividade intensa por todo o prédio, e pensou: *Recuperei tudo. Mas tudo mesmo.*

Paul Martin.

LARA TELEFONOU para ele assim que voltou a seu escritório. A secretária disse:

— Sinto muito, mas o Sr. Martin não está disponível.

— Poderia pedir a ele que me ligasse, por favor?

Lara deixou seu telefone. Às três horas da tarde ainda não recebera nenhuma ligação. Tornou a telefonar.

— Sinto muito, mas o Sr. Martin não está disponível.

E ele continuou sem ligar.

Às cinco horas, Lara foi ao escritório de Paul Martin. Disse à secretária loura:

— Por favor, avise ao Sr. Martin que Lara Cameron está aqui e deseja lhe falar.

A secretária parecia indecisa.

— Eu não... Espere um momento, por favor.

Ela entrou na outra sala, voltou um minuto depois.

— Pode entrar.

Paul Martin levantou os olhos quando Lara entrou. Sua voz era fria, nem amigável nem hostil:

— Em que posso ajudá-la?

— Vim agradecer.

— Agradecer pelo quê?

— Por... por endireitar o problema com o sindicato.

Ele franziu o rosto.

— Não sei do que está falando.

— Os operários voltaram ao trabalho hoje de manhã, tudo é maravilhoso. O prédio será concluído no prazo.

— Meus parabéns.

— Se me enviar a conta de seus honorários...

— Creio que está um pouco confusa, Srta. Cameron. Se seu problema foi resolvido, fico contente. Mas nada tive a ver com isso.

Lara fitou-o em silêncio por um longo momento.

— Tudo bem. Eu... desculpe tê-lo incomodado.

— Não foi nada.

Ele observou-a deixar a sala. Um instante depois, a secretária entrou.

— A Srta. Cameron lhe deixou um pacote, Sr. Martin.

Era um pacote pequeno, amarrado com uma fita brilhante. Curioso, ele abriu-o. Dentro, havia um cavaleiro de prata, em armadura completa, pronto para a batalha. Um pedido de desculpas. *Do que foi mesmo que ela me chamou? Um dinossauro.* Ainda podia ouvir a voz de seu avô. *Aqueles foram tempos perigosos, Paul. Os jovens decidiram assumir o controle da máfia, livrar-se dos veteranos, os velhos bigodudos, os dinossauros. Foi sangrento, mas eles conseguiram.*

Mas tudo isso ocorrera há muito e muito tempo, na velha terra. Sicília.

Capítulo 13

GIBELLINA, SICÍLIA — 1879

Os Martini eram *stranieri*, forasteiros, na pequena aldeia siciliana de Gibellina. Os campos ao redor eram desolados, uma terra árida de morte, banhada por um sol ardente e impiedoso, uma paisagem pintada por um artista sádico. Numa região em que as grandes propriedades pertenciam aos *gabelloti,* os ricos latifundiários, os Martini compraram uma pequena fazenda e tentavam cultivá-la.

O *soprintendente* foi procurar Giuseppe Martini um dia.

— Esta sua pequena fazenda tem um terreno muito rochoso — disse ele. — Não conseguirá ganhar uma vida decente aqui, cultivando azeitonas e uvas.

— Não se preocupe comigo — respondeu Martini. — Tenho sido camponês durante toda a minha vida.

— Todos estamos preocupados com você — insistiu o *soprintendente.* — Don Vito tem algumas boas terras aráveis que está disposto a lhe arrendar.

— Já sei de tudo sobre Don Vito e suas terras — declarou Giuseppe Martini, desdenhoso. — Se eu assinar uma *mezzadria* com ele para cultivar suas terras, Don Vito ficará com três quartos de minhas colheitas, e me cobrará cem por cento de juros pelas sementes. Acabarei sem nada, como os outros idiotas que fizeram negócios com ele. Diga-lhe que eu respondi "não, obrigado".

— Está cometendo um grande erro, *signore.* Esta é uma terra perigosa. Graves acidentes podem ocorrer por aqui.

— Isso é uma ameaça?

— Claro que não, *signore.* Apenas ressaltava...

— Saia da minha fazenda!

O capataz fitou-o em silêncio por vários segundos, depois sacudiu a cabeça, com um ar de tristeza.

— É um homem teimoso.

Pouco depois, o jovem filho de Giuseppe Martini, Ivo, perguntou:

— Quem era aquele homem, papai?

— É o capataz de um dos grandes latifundiários.

— Não gosto dele — comentou o menino.

— Eu também não, Ivo.

NA NOITE SEGUINTE, as colheitas de Giuseppe Martini foram queimadas e suas poucas cabeças de gado desapareceram.

E foi então que Giuseppe Martini cometeu seu segundo erro. Procurou a *guardia*, na aldeia.

— Exijo proteção — disse ele.

O capitão de polícia estudou-o com uma expressão neutra.

— É para isso que estamos aqui. Qual é o seu problema, *signore?*

— Ontem à noite os homens de Don Vito queimaram minhas colheitas e roubaram meu gado.

— É uma acusação séria. Pode provar?

— O *soprintendente* foi me procurar e me ameaçou.

— Disse que iam queimar suas colheitas e roubar gado?

— Claro que não.

— Então o que ele disse?

— Disse que eu deveria desistir de minha fazenda e arrendar terras de Don Vito.

— E você recusou?

— Naturalmente.

— *Signore*, Don Vito é um homem muito importante. Deseja que eu o prenda apenas porque ele ofereceu partilhar suas terras férteis com você?

— Quero que me protejam — insistiu Giuseppe Martini. — Não deixarei que me expulsem de minha terra.

— *Signore*, pode estar certo de que simpatizo com sua posição. Verei o que posso fazer.

— Eu ficaria agradecido.

— Considere o problema resolvido.

Na tarde seguinte, quando voltava da aldeia, o jovem Ivo avistou meia dúzia de homens seguir a cavalo para a fazenda de seu pai. Eles desmontaram e entraram na casa.

Poucos minutos depois, Ivo viu o pai ser arrastado para o campo. Um dos homens sacou um revólver.

— Vamos lhe dar uma chance de escapar. Corra.

— Não! Esta é a minha terra! Eu...

Ivo observava, aterrorizado, enquanto o homem disparava um tiro no chão, perto dos pés de seu pai.

— Corra!

Giuseppe Martini começou a correr.

Os *campieri* montaram em seus cavalos, puseram-se a circular Martini, gritando o tempo todo.

Ivo escondeu-se, dominado pelo horror, ante a cena terrível que se desdobrava diante de seus olhos.

OS *CAMPIERI* MONTADOS acompanharam o homem correndo pelo campo, tentando escapar. Cada vez que ele se aproximava à beira da estradinha de terra, um deles cavalgava para impedir seu acesso, derrubando-o no chão. O fazendeiro estava sangrando e exausto, e foi ficando cada vez mais lento.

Os *campieri* decidiram que já tinham se divertido o suficiente. Um deles passou uma corda por seu pescoço, arrastou-o até o poço.

— Por quê? — balbuciou Martini. — O que eu fiz?

— Procurou a *guardia*. Não deveria ter feito isso.

Os *campieri* baixaram a calça do homem. Um deles pegou uma faca, enquanto os outros seguravam Martini.

— Que isso seja uma lição para você.

O homem gritou:

— Não, por favor! Eu peço desculpas!

O *campiero* sorriu.

— Diga isso à sua esposa.

Ele estendeu a mão, segurou o membro do homem e cortou-o com a faca.

Seus gritos espalharam-se pelo ar.

— Não vai precisar mais disso — declarou o capitão.

Ele pegou o membro, enfiou-o na boca do homem. Giuseppe Martini engasgou, cuspiu-o. O capitão olhou para os outros *campieri*.

— Ele não gosta do sabor.

— *Uccidi quel figlio di puttana!*

Um dos *campieri* desmontou, pegou algumas pedras pesadas no campo. Levantou a calça ensanguentada da vítima, encheu os bolsos com as pedras.

— E agora você vai partir.

Levantaram o homem e levaram-no para a beira do poço.

— Boa viagem.

E jogaram seu corpo no poço.

— A água vai ficar com gosto de mijo — comentou um dos homens.

Outro riu.

— Os aldeões não saberão a diferença.

Permaneceram ali por um momento, escutando os sons cada vez mais fracos, até que havia apenas o silêncio, depois montaram em seus cavalos e seguiram para a casa.

IVO MARTINI MANTIVERA-SE a distância, desesperado, escondido no mato. O menino de dez anos correu para o poço. Olhou para baixo e sussurrou:

— Papai...

Mas o poço era profundo e ele não ouviu nada.

DEPOIS DE LIQUIDAREM Giuseppe Martini, os *campieri* foram procurar sua mulher, Maria. Ela estava na cozinha quando eles entraram na casa.

— Onde está meu marido?

Um sorriso.

— Bebendo um pouco de água.

Dois homens se adiantaram e um deles disse:

— Você é muito bonita para estar casada com um homem feio como aquele.

— Saiam da minha casa! — gritou Maria.

— Isso é maneira de tratar as visitas? — Um dos homens estendeu a mão e rasgou seu vestido. — Vai usar roupas de viúva, não precisa mais disso.

— Animal!

Havia uma panela com água fervendo no fogão. Maria jogou-a na cara do homem. Ele soltou um berro de dor.

— *Fica!*

O homem sacou seu revólver e atirou. Ela estava morta antes de bater no chão. O capitão gritou:

— Seu idiota! *Primeiro* você fode, *depois* mata. Vamos embora. Temos de comunicar tudo a Don Vito.

Meia hora depois, eles estavam de volta à propriedade de Don Vito.

— Já cuidamos do marido e da mulher — informou o capitão.

— E o filho?

O capitão ficou surpreso e disse a Don Vito:

— Não falou nada sobre um filho.

— Cretino! Eu disse para liquidar toda a família!

— Mas ele é apenas um menino, Don Vito.

— Os meninos crescem para se tornarem homens. E os homens querem vingança. Matem-no.

— Como quiser.

Dois homens voltaram à fazenda dos Martini.

IVO SE ENCONTRAVA EM estado de choque. Testemunhara o assassinato dos pais. Estava sozinho no mundo, sem ter para onde ir, sem ninguém a quem recorrer. *Espere!* Havia uma pessoa a quem podia procurar: o irmão de seu pai, Nunzio Martini, em Palermo. Ivo sabia que precisava agir depressa. Os homens de Don Vito voltariam para matá-lo. Não entendia por que ainda não o haviam liquidado. O menino pôs alguma comida numa mochila, pendurou-a no ombro e deixou apressado a fazenda.

Foi para a estradinha de terra que saía da aldeia e começou a andar. Sempre que ouvia alguém se aproximar, saía da estrada e se escondia nas árvores.

Uma hora depois de iniciada a jornada, avistou um grupo de *campieri* galopando pela estrada, à sua procura. Permaneceu oculto, imóvel, ainda por muito tempo depois de eles terem se afastado. E recomeçou a andar. À noite, dormia em pomares, comia frutas das árvores e legumes nos campos. Caminhou por três dias.

Quando achou que já se encontrava a salvo de Don Vito, entrou numa pequena aldeia. Uma hora mais tarde, viajava na traseira de uma carroça, a caminho de Palermo.

IVO CHEGOU À CASA do tio no meio da noite. Nunzio Martini morava numa casa grande, de aparência próspera, nos arredores da cidade. Tinha uma sacada espaçosa, terraços e um pátio. Ivo bateu na porta da frente. Houve um prolongado silêncio e depois uma voz profunda indagou:

— Quem está aí?

— Sou eu, Ivo, tio Nunzio.

Nunzio Martini abriu a porta. Era um homem grandalhão, de meia-idade, nariz aquilino, cabelos brancos. Usava um camisolão. Olhou espantado para o menino.

— Ivo! O que faz aqui, no meio da noite? Onde estão seu pai e sua mãe?

— Morreram.

— Morreram? Entre, entre.

Ivo cambaleou para dentro da casa.

— É uma notícia terrível. Houve algum acidente?

Ivo sacudiu a cabeça.

— Don Vito mandou assassiná-los.

— Assassinar? Mas por quê?

— Papai se recusou a arrendar uma terra dele.

— Ah...

— Por que ele mandou matá-los? Papai e mamãe nunca fizeram nada contra Don Vito.

— Não foi nada pessoal — explicou Nunzio Martini.

Ivo se mostrou aturdido.

— *Nada pessoal?* Não entendo.

— Todos conhecem Don Vito. Ele tem uma reputação. É um *uomo rispettato*... um homem de respeito e poder. Se deixasse que seu pai o desafiasse, então outros tentariam desafiá-lo também e ele perderia seu poder. Não há nada que se possa fazer.

O menino ficou consternado.

— Nada?

— Não agora, Ivo, não agora. No momento, parece que você precisa de uma boa noite de sono.

Pela manhã, ao desjejum, eles tornaram a conversar.

— Gostaria de morar nesta bela casa e trabalhar para mim, Ivo?

Nunzio Martini era viúvo.

— Acho que eu gostaria muito.

— Posso aproveitar um garoto esperto como você. E parece bem forte.

— Sou forte.

— Ótimo.

— O que você faz, tio?

Nunzio Martini sorriu.

— Protejo pessoas.

A MÁFIA SURGIRA por toda a Sicília e por outras regiões miseráveis da Itália para proteger o povo de um governo impiedoso e autocrático. A Máfia corrigia injustiças e vingava erros cometidos, até que se tornou tão poderosa que o próprio governo a temia, e os comerciantes e fazendeiros lhe pagavam um tributo.

Nunzio Martini era o *capo* da Máfia em Palermo. Providenciava para que o tributo adequado fosse recolhido e determinava a punição dos que não pagavam. A punição podia variar de um braço ou perna quebrados a uma morte lenta e dolorosa.

Ivo começou a trabalhar para o tio.

DURANTE OS QUINZE anos subsequentes, Palermo foi a escola de Ivo e o tio Nunzio seu mestre. Ivo iniciou como um menino de recados, passou para cobrador e acabou se tornando o tenente de confiança do tio.

Aos vinte e cinco anos, Ivo casou com Carmela, uma rechonchuda jovem siciliana, e um ano depois tiveram um filho, Gian Carlo. Ivo mudou-se com a família para sua própria casa. Quando o tio morreu, Ivo assumiu sua posição e tornou-se ainda mais bem-sucedido e próspero. Mas tinha negócios inacabados para acertar. Um dia, ele disse a Carmela:

— Comece a arrumar as malas. Vamos nos mudar para a América.

Ela fitou-o surpresa.

— Por que vamos para a América?

Ivo não estava acostumado a ser questionado.

— Apenas faça o que mandei. Partirei agora e voltarei dentro de dois ou três dias

— Ivo...

— Arrume as malas.

TRÊS *MACCHINE* PRETAS pararam na frente do quartel da *guardia* em Gibellina. O capitão, agora quinze quilos mais corpulento, estava sentado à sua mesa quando a porta foi aberta e meia dúzia de homens entrou. Todos se vestiam bem, tinham uma aparência de prosperidade.

— Bom-dia, senhores. Em que posso ajudá-los?

— Nós é que viemos ajudá-lo — declarou Ivo. — Lembra de mim? Sou o filho de Giuseppe Martini.

Os olhos do capitão de polícia se arregalaram.

— *Você?* O que veio fazer aqui? É perigoso para você.

— Vim por causa de seus dentes.

— Meus dentes?

— Isso mesmo.

Dois homens de Ivo se adiantaram, imobilizaram os braços do capitão nos lados.

— Você precisa de um trabalho dentário — acrescentou Ivo. — Deixe-me arrumá-los.

Ivo enfiou o revólver na boca do capitão e puxou o gatilho. Virou-se para seus companheiros.

— Vamos embora.

Quinze minutos depois, os três automóveis chegaram à casa de Don Vito. Havia dois guardas lá fora. Observaram curiosos a procissão. Os carros pararam e Ivo saltou.

— Bom-dia — disse ele. — Don Vito está nos esperando.

Um dos guardas franziu o rosto.

— Ele não falou nada a respeito...

No instante seguinte, os guardas foram metralhados. As armas estavam carregadas com *lupare*, cartuchos com enormes bolas de chumbo, um truque usado por caçadores para espalhar os tiros. Os guardas foram retalhados.

No interior da casa, Don Vito ouviu os tiros. Olhou pela janela, percebeu o que acontecia, encaminhou-se rápido para uma mesa, abriu a gaveta e tirou um revólver.

— Franco! — chamou ele. — Antonio! Depressa!

Soaram mais tiros lá fora. Uma voz disse:

— Don Vito...

Ele virou-se. Ivo se achava parado ali, com um revólver na mão.

— Largue a arma.

— Eu...

— Largue.

Don Vito deixou o revólver cair no chão.

— Leve o que quiser e saia daqui.

— Não quero nada — declarou Ivo. — Na verdade, vim até aqui porque lhe devo uma coisa.

Don Vito apressou-se em dizer:

— O quer que seja, estou disposto a esquecer.

— Mas eu não estou. Sabe quem eu sou?

— Não.

— Ivo Martini.

O velho franziu o rosto, tentando lembrar. Deu de ombros.

— Não significa nada para mim.

— Há mais de quinze anos, seus homens mataram meu pai e minha mãe.

— Que coisa terrível! — exclamou Don Vito. — Terei de puni-los. Eu vou...

Ivo estendeu a mão, bateu com o revólver no nariz de Don Vito. O sangue esguichou.

— Isso não é necessário — balbuciou Don Vito. — Eu...

Ivo sacou uma faca.

— Baixe a calça.

— Por quê? Não pode...

Ivo levantou o revólver.

— Mandei baixar a calça.

— Não! — Foi um grito. — Pense no que está fazendo. Tenho filhos e irmãos. Se me fizer mal, eles vão descobri-lo e matá-lo como um cão.

— Se conseguirem me encontrar. A calça.

— Não.

Ivo atirou num dos joelhos. O velho soltou um grito de dor.

— Deixe-me ajudá-lo — disse Ivo.

Ele se inclinou, baixou a calça do velho, depois a cueca.

— Não há grande coisa aí, hein? Bom, teremos de fazer o melhor que for possível.

Ivo pegou o membro de Don Vito, cortou-o com a faca.

Don Vito desmaiou.

Ivo levantou o pênis, enfiou-o na boca do velho, enquanto murmurava:

— Desculpe não ter um poço para jogá-lo dentro.

Como um gesto de despedida, ele deu um tiro na cabeça de Don Vito, depois virou-se, saiu da casa, voltou para o carro. Os amigos o esperavam.

— Vamos embora.

— Ele tem uma família grande, Ivo. Irão atrás de você.

— Que venham.

Dois dias mais tarde, Ivo, a mulher e o filho Gian Carlo seguiam de navio para Nova York.

Ao final do século passado, o Novo Mundo era uma terra de oportunidades. Nova York tinha uma grande população de italianos. Muitos dos amigos de Ivo já haviam emigrado para a grande cidade e decidido usar sua experiência no que melhor sabiam fazer: o negócio de proteção. A Máfia começou a espalhar seus tentáculos. Ivo anglicizou o nome da família de Martini para Martin e desfrutou uma prosperidade ininterrupta.

Gian Carlo foi um grande desapontamento para o pai. Ele não tinha interesse algum pelo trabalho. Aos vinte e sete anos, engravidou uma moça italiana, casou com ela numa cerimônia discreta e apressada, e três meses depois teve um filho, Paul.

Ivo acalentava grandes planos para o neto. Advogados eram muito importantes na América, e Ivo decidiu que o neto seria um advogado. O jovem era ambicioso e inteligente e, aos vinte e dois anos, foi admitido na faculdade de direito de Harvard. Quando Paul se formou, Ivo providenciou seu ingresso numa prestigiosa firma de advocacia e o jovem logo se tornou sócio. Cinco anos mais tarde, Paul abriu sua própria firma de advocacia. A esta altura, Ivo já investia pesadamente em negócios legítimos, mas ainda mantinha contatos com a Máfia, e seu neto cuidava dos negócios para ele. Em 1967, no ano em que Ivo morreu, Paul casou com uma jovem italiana, Nina, que um ano depois teve gêmeos.

PAUL SE MANTEVE em intensa atividade durante a década de 1970. Seus principais clientes eram os sindicatos, e por causa disso ocupava uma posição de poder. Diretores de empresas comerciais, financeiras e industriais faziam tudo para agradá-lo.

Um dia, Paul foi almoçar com um cliente, Bill Rohan, um respeitado banqueiro que nada sabia sobre os antecedentes familiares de seu advogado.

— Você deveria entrar para o Sunnyvale, meu clube de golfe — sugeriu Bill Rohan. — Joga golfe, não é?

— Ocasionalmente — respondeu Paul. — Quando tenho tempo.

— Ótimo. Sou do conselho de admissão. Gostaria que eu o propusesse para sócio?

— Seria uma boa coisa.

Na semana seguinte, o conselho se reuniu para discutir novos sócios. O nome de Paul Martin foi proposto.

— Posso recomendá-lo — declarou Bill Rohan. — Ele é um homem de bem.

John Hammond, outro membro do conselho, protestou:

— Ele não é italiano? Não precisamos de carcamanos neste clube, Bill.

O banqueiro fitou-o.

— Vai lhe dar uma bola preta?

— Claro que vou.

— Muito bem. Vamos em frente. O próximo...

A reunião continuou.

Duas semanas depois, Paul Martin tornou a almoçar com o banqueiro.

— Tenho praticado meu golfe — gracejou Paul.

Bill Rohan sentiu-se embaraçado.

— Houve um pequeno contratempo, Paul.

— Um contratempo?

— Propus seu nome para sócio. Mas, infelizmente, um dos membros do conselho lhe deu a bola preta.

— É mesmo? Por quê?

— Não considere algo pessoal. Ele é um fanático intolerante. Não gosta de italianos.

Paul sorriu.

— Isso não me incomoda, Bill. Muitas pessoas não gostam de italianos. Esse Sr...

— Hammond, John Hammond.

— O dono de frigoríficos?

— O próprio. Ele vai mudar de ideia. Conversarei com ele.

Paul sacudiu a cabeça.

— Não precisa se preocupar. Para ser franco, não sou mesmo tão maluco assim por golfe.

Seis meses mais tarde, no meio do calor de julho, quatro caminhões refrigerados da Hammond Meat Packing Company, carregados com pernil de porco e carne de vaca, seguindo do frigorífico em Minnesota para supermercados em Buffalo e Nova Jersey, saíram da estrada. Os motoristas abriram as portas traseiras dos caminhões e foram embora.

Ao saber da notícia, John Hammond ficou furioso. Chamou seu supervisor.

— Mas o que está acontecendo? — indagou ele. — Carne no valor de um milhão e meio de dólares estragando ao sol! Como isso pôde acontecer?

— O sindicato determinou uma greve.

— Sem nos avisar? Por que essa greve agora? Mais dinheiro?

O supervisor deu de ombros.

— Não sei. Eles não me disseram nada. Apenas paralisaram o trabalho.

Naquela tarde, o representante do sindicato foi introduzido na sala de Hammond.

— Por que não fui avisado de que haveria uma greve? — perguntou Hammond.

— Eu também não sabia, Sr. Hammond — respondeu o representante, contrafeito. — Os homens simplesmente se zangaram e deixaram o trabalho. Aconteceu de repente.

— Sempre fui um homem razoável nas negociações. O que eles querem? Um aumento?

— Não, senhor. O problema é o sabonete.

Hammond ficou aturdido.

— Você disse *sabonete*?

— Isso mesmo. Eles não gostam do sabonete que têm usado nos banheiros. É forte demais.

Hammond não podia acreditar no que ouvia.

— *O sabonete era forte demais?* E só por causa disso perdi um milhão e meio de dólares?

— Não me culpe — disse o capataz. — O problema é com os homens.

— Essa não! Não dá para acreditar. Que tipo de sabonete eles gostariam... sabonete de bicha? — Ele bateu com o punho na mesa. — Na próxima vez em que os homens tiverem qualquer problema, venha me procurar primeiro. Entendido?

— Entendido, Sr. Hammond.

— Diga a eles que voltem ao trabalho. Haverá o melhor sabonete que o dinheiro puder comprar em todos os banheiros às seis horas da tarde. Assim está bom?

— Direi a eles, Sr. Hammond.

John Hammond continuou sentado por muito tempo, furioso. *Não é de admirar que este país esteja indo para* o *inferno*, pensou ele. *Sabonete!*

DUAS SEMANAS depois, ao meio-dia de um dia quente de agosto, cinco caminhões da Hammond Meat Packing, indo entregar carne em Syracuse e Boston, pararam fora da estrada. Os motoristas abriram as portas traseiras e foram embora.

John Hammond recebeu a notícia às seis horas da tarde.

— Mas que história é essa? — berrou ele. — Você não trocou o sabonete?

— Troquei, no mesmo dia em que mandou — respondeu o supervisor.

— Então o que é desta vez?

O supervisor respondeu, desconsolado:

— Não sei. Não houve nenhuma queixa. Ninguém me falou nada.

— Chame a porra do representante sindical!

Às sete horas daquela noite, Hammond estava falando com o representante sindical.

— Carne no valor de dois milhões de dólares estragou esta tarde por causa de seus homens! — berrou Hammond. — Eles enlouqueceram?

— Quer que eu diga ao presidente do sindicato que perguntou isso, Sr. Hammond?

— Claro que não! — protestou Hammond. — Nunca tive qualquer problema com vocês antes. Se os homens querem mais dinheiro, basta me procurarem e discutiremos o assunto como pessoas razoáveis. Quanto eles estão pedindo?

— Nada.

— Como assim?

— Não é o dinheiro, Sr. Hammond.

— Não? Então o que é?

— As lâmpadas.

— Lâmpadas?

Hammond pensou ter entendido mal.

— Isso mesmo. Os homens estão se queixando que as lâmpadas nos banheiros são fracas demais.

John Hammond recostou-se em sua cadeira, subitamente quieto, e murmurou:

— O que está acontecendo por aqui?

— Já lhe disse, os homens acham que...

— Esqueça essa besteira. O que está acontecendo de fato?

— Se eu soubesse, pode ter certeza de que lhe diria — respondeu o representante sindical.

— Alguém vem tentando me tirar do negócio? É isso?

O representante sindical permaneceu calado.

— Muito bem — acrescentou John Hammond. — Dê-me um nome. Com quem eu posso falar?

— Há um advogado que talvez possa ajudá-lo. O sindicato o usa muito. Seu nome é Paul Martin.

— Paul...?

E John Hammond se lembrou subitamente. Ora, aquele filho da puta carcamano chantagista!

— Saia daqui! — berrou ele. — Fora!

Hammond continuou sentado, fervendo de raiva. *Ninguém me chantageia. Ninguém.*

Uma semana depois, mais seis de seus caminhões foram abandonados nas estradas.

John Hammond marcou um almoço com Bill Rohan.

— Estive pensando em seu amigo, Paul Martin — disse ele. — Talvez eu tenha sido um pouco precipitado ao vetá-lo.

— É muita generosidade de sua parte dizer isso, John.

— Vamos fazer uma coisa. Você torna a propô-lo para sócio na próxima semana e eu o apoiarei.

Na semana seguinte, o nome de Paul Martin tornou a ser apresentado e foi aprovado por unanimidade pelo comitê. John Hammond telefonou pessoalmente para Paul Martin.

— Meus parabéns, Sr. Martin. Acaba de ser aceito como sócio do Sunnyvale. Sentimos a maior satisfação em tê-lo a bordo.

— Obrigado — disse Paul. — Fico feliz com seu telefonema.

A ligação seguinte de John Hammond foi para o escritório do promotor distrital. Marcou uma reunião para a semana seguinte.

No domingo, John Hammond e Bill Rohan integravam um grupo de quatro golfistas no clube.

— Ainda não conheceu Paul Martin, não é? — perguntou Bill Rohan.

John Hammond sacudiu a cabeça.

— Ainda não. E não creio que ele venha jogar muito golfe aqui. O grande júri vai manter seu amigo bastante ocupado.

— Como assim?

— Vou fornecer informações sobre ele ao promotor distrital que com certeza interessarão a um grande júri.

Bill Rohan ficou chocado.

— Sabe o que está fazendo?

— Pode apostar que sim. Ele não passa de uma barata, Bill. E vou esmagá-lo.

Na segunda-feira seguinte, quando seguia para o gabinete do promotor distrital, John Hammond foi atropelado e morto e o motorista fugiu. Não houve testemunhas. A polícia jamais encontrou o culpado.

Todos os domingos, depois disso, Paul Martin levava a esposa e os gêmeos para almoçar no Sunnyvale. O bufê ali era delicioso.

PAUL MARTIN LEVAVA a sério os votos do casamento. Por exemplo, nunca sonharia em desonrar a esposa levando-a e à sua amante ao mesmo restaurante. O casamento era uma parte de sua vida; os negócios se situavam em outra. Todos os amigos de Paul Martin tinham amantes. Era inerente a seu estilo de vida. O que incomodava Martin era ver velhos saindo com garotinhas. Era indigno, e Paul Martin atribuía um grande valor à dignidade. Decidiu que ao completar sessenta anos deixaria de ter amantes. E fora o que fizera ao completar essa idade, dois anos antes. A esposa, Nina, era uma boa companheira para ele. E isso era suficiente. *Dignidade.*

Fora esse homem que Lara Cameron procurara em busca de ajuda. Martin já ouvira falar de Lara Cameron, mas ficou impressionado com sua juventude e beleza. Ela era ambiciosa e furiosamente independente, e ainda assim muito feminina. E ele se descobriu sentindo uma forte atração por Lara. *Não,* pensou ele. *Ela não passa de uma jovem. E eu estou velho. Velho demais.*

Quando Lara saiu de seu escritório, em meio a um acesso de raiva, na primeira visita, Paul Martin continuou sentado, pensando nela, por um longo momento. Depois pegou o telefone e fez uma ligação.

Capítulo 14

O NOVO PRÉDIO AVANÇAVA dentro do cronograma. Lara visitava a obra todas as manhãs e tardes, e havia um novo respeito na atitude dos homens em relação a ela. Podia senti-lo na maneira como a fitavam, falavam e trabalhavam. Sabia que era por causa de Paul Martin, e descobriu-se, de forma desconcertante, a pensar mais e mais no homem feio e atraente, com a voz estranhamente fascinante.

Tornou a telefonar para ele.

— Será que não poderíamos almoçar juntos, Sr. Martin?

— Tem algum outro problema?

— Não. Apenas achei que seria ótimo se pudéssemos nos conhecer melhor.

— Desculpe, Srta. Cameron, mas nunca almoço.

— E que tal um jantar?

— Sou casado, Srta. Cameron. Janto com minha esposa e filhos.

— E se...

O telefone ficou mudo. O *que há com ele?*, especulou Lara. *Não estou tentando ir para a cama com o homem; quero apenas lhe agradecer.* Ela tentou tirá-lo do pensamento.

Paul Martin sentiu-se perturbado pela satisfação que experimentara ao ouvir a voz de Lara Cameron. Disse à sua secretária:

— Se a Srta. Cameron ligar de novo, diga que não estou.

Não precisava de qualquer tentação e Lara Cameron era a tentação em pessoa.

HOWARD KELLER estava radiante pela maneira como tudo progredia.

— Devo admitir que você me deixou um pouco preocupado — confessou ele. — Parecia que íamos entrar pelo cano. E você fez um milagre.

Não foi um milagre meu, pensou Lara. *Foi de Paul Martin.* Talvez ele estivesse irritado com ela por não ter pago seus serviços.

Num súbito impulso, Lara enviou a Paul um cheque de cinquenta mil dólares.

O cheque foi devolvido no dia seguinte, sem qualquer bilhete. Lara ligou outra vez. A secretária disse:

— Lamento, mas o Sr. Martin não está.

Outra esnobação. Era como se ele não se importasse com ela. *Mas* se *ele não se importava comigo*, pensou Lara, *por que se deu ao trabalho de me ajudar?*

Ela sonhou com Paul Martin naquela noite.

HOWARD KELLER entrou na sala de Lara.

— Tenho dois ingressos para o novo musical de Andrew Lloyd Webber, *Song* & *Dance.* Mas preciso viajar para Chicago. Quer usar os ingressos?

— Não... espere. — Ela ficou calada por um instante. — Acho que sim. Obrigada, Howard.

Naquela tarde, Lara pôs um dos ingressos num envelope e endereçou-o a Paul Martin, em seu escritório.

Ao receber o ingresso, no dia seguinte, ele ficou perplexo. Quem lhe mandaria um único ingresso para o teatro? *A garota Cameron*, concluiu Martin. *Tenho de pôr um ponto final nessa história.*

— Estou livre na noite de sexta-feira? — perguntou ele à secretária.

— Tem um jantar marcado com seu cunhado, Sr. Martin.

— Cancele.

Lara assistiu ao primeiro ato e o lugar ao seu lado permaneceu vazio. *Portanto, ele não virá*, pensou ela. *Ora, ele que se dane. Já fiz tudo o que podia.*

Quando a cortina fechou sobre o primeiro ato, Lara especulou se deveria ficar para o segundo ou ir embora. Um vulto apareceu no lugar ao seu lado.

— Vamos sair daqui — ordenou Paul Martin.

Jantaram num bistrô no East Side. Ele sentou na frente de Lara, no outro lado da mesa, estudando-a, calmo e cauteloso. O garçom veio anotar os pedidos de drinques.

— Quero um *scotch* com soda — disse Lara.

— Nada para mim.

Lara demonstrou surpresa.

— Não bebo.

Depois que pediram o jantar, Paul Martin indagou:

— O que quer de mim, Srta. Cameron?

— Não gosto de dever nada a ninguém. Devo-lhe uma coisa e não quer permitir que eu pague. Isso me incomoda.

— Já lhe disse antes... não me deve nada.

— Mas eu...

— Soube que seu prédio está indo muito bem.

— É verdade.

Ela já ia acrescentar "graças a você", mas mudou de ideia.

— Você é boa no que faz, não é?

Lara acenou com a cabeça.

— Quero ser. É a coisa mais emocionante do mundo ter uma ideia e vê-la crescer, em concreto e aço, virar um prédio em que pessoas trabalham e vivem. De certa forma, torna-se um monumento, não acha?

O rosto de Lara estava vibrante, cheio de vida.

— Acho que sim. E um monumento vai levar a outro?

— Pode apostar que sim! — respondeu Lara, no maior entusiasmo. — Tenciono me tornar a mais importante incorporadora imobiliária desta cidade.

Havia nela uma sensualidade fascinante. Paul Martin sorriu.

— Eu não me surpreenderia.

— Por que resolveu ir ao teatro esta noite? — perguntou Lara.

Ele fora para lhe dizer que o deixasse em paz, mas agora, tão perto dela, não foi capaz de falar.

— Ouvi boas coisas sobre o espetáculo.

Lara sorriu.

— Talvez possamos ir de novo e assistir juntos, Paul.

Ele sacudiu a cabeça.

— Não apenas sou casado, Srta. Cameron, mas também muito bem casado. E acontece que amo minha esposa.

— Admiro isso. O prédio estará pronto no dia 15 de março. Faremos uma festa na inauguração. Você irá?

Ele hesitou por um longo tempo, tentando formular a recusa da maneira mais gentil possível. E, finalmente, respondeu:

— Está certo, eu irei.

A FESTA DE INAUGURAÇÃO do novo prédio foi um sucesso moderado. O nome de Lara Cameron ainda não era bastante grande para atrair muitos representantes da imprensa nem qualquer dos dignitários mais importantes da cidade. Mas um assessor do prefeito compareceu, assim como um repórter do *Posto*.

— O prédio já está quase todo vendido — informou Keller a Lara. — E estamos recebendo uma porção de consultas.

— Isso é ótimo — respondeu Lara, distraída.

Sua mente se encontrava em outra coisa. Pensava em Paul Martin e especulava se ele apareceria. Por algum motivo, isso era importante para ela. Martin era um mistério intrigante. Negava tê-la ajudado, mas... Lara estava atrás de um homem que tinha idade suficiente para ser seu pai. Mas tratou de eliminar da mente essa comparação.

Foi cuidar dos convidados. *Hors d'oeuvres* e drinques eram servidos, e todos pareciam se divertir. No meio das festividades, Paul Martin chegou e o clima mudou no mesmo instante. Os operários saudaram-no como se fosse a realeza. Era evidente que tinham o maior respeito por ele.

Sou um advogado comercial... Não lido com sindicatos.

Martin apertou a mão do assessor do prefeito, de alguns dirigentes sindicais presentes e depois se aproximou de Lara.

— Fico contente que tenha podido vir — disse ela.

Paul Martin correu os olhos pelo enorme edifício.

— Meus parabéns. Fez um bom trabalho.

— Obrigada. — Ela baixou a voz para acrescentar: — Graças a você.

Ele a fitou, aturdido por vê-la tão radiante e pela maneira como se sentia ao contemplá-la.

— A festa está quase terminando — disse Lara. — Eu esperava que me levasse para jantar.

— Já falei que sempre janto com minha esposa e filhos. — Martin fitou-a nos olhos. — Mas lhe pagarei um drinque.

Lara sorriu.

— Vai servir muito bem.

Foram para um pequeno bar na Terceira Avenida. Conversaram, mas depois nenhum dos dois se lembrou do que falaram. As palavras não passavam de uma camuflagem para a tensão sexual entre os dois.

— Fale-me a seu respeito — pediu Paul Martin. — Quem é você? De onde veio? Como começou neste negócio?

Lara pensou em Sean MacAllister e em seu corpo repulsivo por cima dela. *"Foi tão bom que vamos fazer de novo."*

— Venho de uma cidadezinha da Nova Escócia. Glace Bay. Meu pai era o cobrador dos aluguéis de algumas pensões que existiam ali. Quando ele morreu, assumi seu lugar. Um dos pensionistas me ajudou a comprar um terreno e construí um prédio. Foi o começo.

Ele escutava atentamente.

— Depois disso, fui para Chicago e também construí alguns prédios ali. Saí-me muito bem e resolvi vir para Nova York. — Lara sorriu. — E essa é toda a história. — *Exceto pela agonia de ser criada por um pai que a odiava, a vergonha da pobreza, de nunca possuir coisa alguma, de entregar seu corpo a Sean MacAllister...*

Como se lesse seus pensamentos, Paul Martin comentou:

— Aposto que não foi realmente tão fácil assim, não é?

— Não estou me queixando.

— Qual é seu próximo projeto?

Lara deu de ombros.

— Ainda não sei. Já examinei diversas possibilidades, mas não há nada que me atraia de uma maneira irresistível.

Paul Martin não desviava os olhos dela.

— Em que está pensando? — indagou Lara.

Ele respirou fundo.

— A verdade? Pensava que se não fosse casado, eu lhe diria que é uma das mulheres mais excitantes que já conheci. Mas sou casado e por isso seremos apenas bons amigos. Estou sendo claro?

— Muito claro.

Ele olhou para seu relógio.

— É hora de partir. — Virou-se para o garçom. — A conta, por favor.

Martin se levantou e Lara perguntou:

— Podemos almoçar na próxima semana?

— Não. Talvez eu torne a vê-la quando seu próximo prédio for inaugurado.

E ele foi embora.

NAQUELA NOITE, Lara sonhou que os dois faziam amor. Paul Martin estava em cima dela, acariciando seu corpo com as duas mãos, sussurrando em seu ouvido, a voz engrolada.

— Ah, como eu gosto de ter você... Deus me perdoe, minha querida, mas nunca consegui dizer ainda como amo você, amo, amo...

E depois ele penetrou-a e o corpo de Lara pareceu se derreter. Ela começou a gemer e foi despertada pelos gemidos. Sentou na cama, tremendo.

DOIS DIAS DEPOIS, Paul Martin telefonou.

— Acho que tenho um terreno que pode interessá-la — anunciou ele, em tom incisivo. — Fica no West Side, na Rua 69. Ainda não está no mercado. Pertence a um cliente meu que quer vendê-lo.

Lara e Howard Keller foram examinar a propriedade ainda naquela manhã. Era de primeira categoria.

— Como soube disso? — perguntou Keller.

— Paul Martin.

— Ah...

Havia desaprovação no murmúrio.

— O que está querendo insinuar?

— Lara... investiguei Martin. Ele é da Máfia. Fique longe desse homem.

Ela protestou, indignada:

— Ele nada tem a ver com a Máfia. É um bom amigo. E, de qualquer forma, o que isso tem a ver com a propriedade? Você gosta?

— Acho que é excelente.

— Então vamos comprá-la.

Fecharam o negócio dois dias depois.

Lara enviou um enorme buquê de flores para Paul Martin. Havia um bilhete anexo: "Paul, por favor, não as devolva. Elas são muito sensíveis."

LARA RECEBEU um telefonema dele naquela tarde.

— Obrigado pelas flores. Não estou acostumado a receber flores de mulheres bonitas.

Sua voz parecia mais ríspida do que o habitual.

— Sabe qual é o seu problema? — indagou Lara. — Ninguém jamais o mimou o suficiente.

— É o que quer fazer comigo, me mimar?

— Nojento.

Paul riu.

— Falo sério, Paul.

— Sei disso.

— Por que não conversamos sobre o assunto durante o almoço? — indagou Lara.

PAUL MARTIN NÃO fora capaz de tirar Lara dos pensamentos. Sabia que podia se apaixonar por ela com a maior facilidade. Havia uma vulnerabilidade nela, uma inocência e ao mesmo tempo algo extremamente sensual. Sabia que deveria ser inteligente o suficiente para nunca mais tornar a vê-la, mas era incapaz de se controlar. Sentia-se atraído para Lara por algo mais poderoso do que sua vontade.

Almoçaram no "21" Club.

— Quando estiver tentando esconder alguma coisa — aconselhou Paul —, sempre o faça à vista de todo mundo. Assim, ninguém acreditará que está fazendo algo errado.

— Estamos tentando esconder alguma coisa? — perguntou Lara, baixinho.

Ele fitou-a e tomou sua decisão. *Ela é linda e inteligente, mas há mil e uma outras mulheres iguais. Será fácil tirá-la da minha cabeça. Irei para a cama com ela uma vez e será o fim dessa história.*

Mas ele estava enganado.

PAUL SE MOSTRAVA inexplicavelmente nervoso quando chegaram ao apartamento de Lara.

— Eu me sinto como uma porra de um colegial — murmurou ele. — Estou sem prática.

— É como andar de bicicleta — comentou Lara. — Tudo vai lhe voltar com a maior naturalidade. Deixe-me despi-lo.

Ela tirou o paletó e a gravata de Paul e começou a desabotoar a camisa.

— Sabe que isso nunca pode se tornar sério, Lara.

— Claro que sei.

— Tenho sessenta e dois anos. Poderia ser seu pai.

Ela ficou imóvel por um instante, recordando o sonho.

— Sei disso. — Lara acabou de despi-lo. — Tem um lindo corpo.

— Obrigado.

A esposa nunca lhe dissera isso. Lara passou os braços em torno de suas coxas.

— É muito forte, não é?

Ele descobriu que se empertigava.

— Joguei basquete quando estava...

Os lábios de Lara se comprimiram contra os dele, foram para a cama e Paul experimentou algo que nunca lhe acontecera antes, em toda a sua vida. Teve a sensação de que seu corpo pegava fogo. Faziam amor, e era sem princípio nem fim, um rio que o arrastava cada vez mais depressa, sugando-o para baixo, mais e mais fundo, para uma suave escuridão, que explodiu em mil estrelas. E o milagre foi que aconteceu de novo, e mais outra vez, até que ele se estendeu na cama, ofegante e exausto.

— Não posso acreditar — murmurou Paul.

O ato de amor com a esposa sempre fora convencional, rotineiro. Com Lara, porém, foi uma experiência incrivelmente sensual. Paul Martin tivera muitas mulheres antes, mas Lara era diferente de todas as outras que já conhecera. Ela lhe concedera uma dádiva que nenhuma outra mulher jamais lhe dera: fizera com que se sentisse jovem.

Quando ele estava se vestindo, Lara perguntou:

— Voltarei a vê-lo?

— Claro. — *Que Deus me ajude.* — Claro que sim.

A DÉCADA DE 1980 foi um período de mudanças. Ronald Reagan foi eleito presidente dos Estados Unidos e Wall Street teve o dia mais movimentado de sua história. O xá do Irã morreu no exílio e Anwar Sadat foi assassinado. A dívida pública alcançou um trilhão de dólares e os reféns americanos no Irã foram libertados. Sandra Day O'Connor tornou-se a primeira mulher a servir na Suprema Corte americana.

LARA SE ENCONTRAVA no lugar certo, na hora certa. O mercado imobiliário vivia um surto de prosperidade. O dinheiro era abundante e os bancos se mostravam dispostos a financiar projetos que eram ao mesmo tempo especulativos e podiam proporcionar lucros elevados.

As companhias de poupança e empréstimo constituíam uma grande fonte de capital. Os títulos de elevados lucros e altos riscos — apelidados de *junk*, que significa lixo em inglês — haviam sido popularizados por um jovem gênio financeiro, Mike Milken, e eram um maná para a indústria imobiliária. O financiamento se achava à disposição de quem pedisse.

— Vou construir um hotel na propriedade da Rua 69, em vez de um prédio de escritórios.

— Por quê? — indagou Howard Keller. — É um lugar perfeito para um prédio de escritórios. Com um hotel, você tem de administrar vinte e quatro horas por dia. Os hóspedes entram e saem como formigas. Com um prédio de escritórios, você só precisa se preocupar com um contrato de locação a cada cinco ou dez anos.

— Sei disso, mas com um hotel a gente passa a ter poder e prestígio, Howard. Podemos oferecer suítes a pessoas importantes, recebê-las em nosso próprio restaurante. Gosto dessa ideia. Será um hotel. Quero que marque reuniões com os principais arquitetos de Nova York: Skidmore, Owings e Merrill, Peter Eisenman e Philip Johnson.

As reuniões foram realizadas durante as duas semanas seguintes. Alguns arquitetos se mostraram condescendentes. Nunca haviam trabalhado antes para uma mulher incorporadora. Um deles comentou:

— Se deseja que copiemos...

— Não. Faremos um hotel que os *outros* construtores vão copiar. Se quer uma indicação, experimente "elegância". Vejo uma entrada flanqueada por chafarizes gêmeos, um saguão com mármore italiano. Junto do saguão teremos uma confortável sala de reuniões, em que...

Ao final da reunião, todos estavam impressionados.

Lara formou uma equipe. Contratou um advogado chamado Terry Hill, um assessor chamado Jim Belon, um gerente de projeto chamado Tom Chriton e uma agência de propaganda dirigida por Tom Scott. Contratou também a firma de arquitetura Higgins, Almont & Clark e o projeto deslanchou.

— Vamos nos reunir uma vez por semana, mas quero relatórios diários de cada um — disse Lara ao grupo. — O hotel tem de ser construído no prazo e dentro do orçamento. Escolhi todos vocês porque são os melhores no que fazem. Não me decepcionem. Alguma pergunta?

Ela passou as duas horas seguintes respondendo às perguntas. Mais tarde, indagou a Keller:

— Como acha que foi a reunião?

— Muito bem, chefe.

Era a primeira vez que ele a chamava assim. E Lara gostou.

CHARLES COHN telefonou.

— Estou em Nova York. Podemos almoçar?

— Pode apostar que sim! — exclamou Lara.

Foram almoçar no Sardi's.

— Está com uma aparência maravilhosa, Lara. O sucesso combina com você.

— E é apenas o começo. Charles... não gostaria de trabalhar na Cameron Enterprises? Eu lhe darei sociedade e...

Ele sacudiu a cabeça.

— Obrigado, mas a resposta é não. Você acaba de iniciar a jornada, enquanto eu me aproximo do fim da estrada. Vou me aposentar no próximo verão.

— Vamos permanecer em contato. Não quero perdê-lo.

NA PRÓXIMA VEZ em que Paul Martin foi a seu apartamento, Lara disse:

— Tenho uma surpresa para você, querido.

Ela entregou-lhe meia dúzia de pacotes.

— Ei, não é meu aniversário!

— Abra.

Havia nos pacotes uma dúzia de camisas Bergdorf Goodman e uma dúzia de gravatas Pucci.

— Já tenho camisas e gravatas — comentou ele, rindo.

— Não como estas. Farão com que se sinta mais jovem. E também arrumei o nome de um bom alfaiate para você.

Na semana seguinte, Lara providenciou um barbeiro para cortar os cabelos de Paul num estilo diferente.

Paul Martin contemplou-se no espelho e pensou: *Pareço mesmo mais jovem.* A vida se tornara excitante. E tudo por causa de Lara.

A esposa de Paul tentou não notar a mudança no marido.

ESTAVAM TODOS ALI para a reunião: Keller, Tom Chriton, Jim Belon e Terry Hill.

— Vamos acelerar a construção do hotel, trabalhando nas diversas fases ao mesmo tempo — anunciou Lara.

Os homens se entreolharam.

— É perigoso — comentou Keller.

— Não se fizermos tudo certo.

Tom Chriton disse:

— Srta. Cameron, a maneira segura é concluir uma fase de cada vez. Nivela-se o terreno, depois começa-se a escavar as valas para as fundações. Quando essa parte fica pronta, instalamos as tubulações de esgotos e serviços. Depois...

Lara interrompeu-o:

— Fazemos as formas de madeira para o trabalho de concreto e instalamos as vigas de aço. Já sei de tudo isso.

— Então por que...?

— Porque isso levaria dois anos. E não quero esperar dois anos.

Jim Belon interveio:

— Isso implicaria iniciar todas as etapas diferentes ao mesmo tempo. Se alguma coisa sair errada, nada vai se ajustar. Poderíamos ter um prédio inclinado, com os circuitos elétricos no lugar errado, ou...

— Nesse caso, temos de cuidar para que nada saia errado, não é mesmo? — declarou Lara. — Se trabalharmos assim, teremos o prédio pronto em um ano, em vez de dois, e pouparemos quase vinte milhões de dólares.

— É verdade, mas seria correr um grande risco.

— Gosto de correr riscos.

Capítulo 15

LARA FALOU A Paul Martin sobre sua decisão de acelerar a construção do hotel e relatou a discussão que tivera com o comitê da obra.

— Talvez eles estejam certos — sugeriu Paul. — O que você pretende fazer pode ser perigoso.

— Trump trabalha assim. E Uris também.

Paul protestou, gentilmente:

— Meu bem, você não é Trump nem Uris.

— Serei maior do que eles, Paul. Construirei mais prédios em Nova York do que qualquer outro já construiu antes. Esta será minha cidade.

Ele fitou-a em silêncio por um longo momento.

— Acredito.

Lara mandou instalar um telefone fora da lista no escritório. Só Paul Martin tinha o número. Ele também instalou um telefone em seu escritório para as ligações de Lara. Falavam-se várias vezes por dia.

Sempre que conseguiam encontrar uma folga à tarde, iam para o apartamento de Lara. Paul Martin aguardava ansioso por essas escapadas mais do que jamais julgara possível. Lara tornara-se uma obsessão para ele.

Quando soube o que estava acontecendo, Keller ficou preocupado.

— Lara, acho que está cometendo um erro. Ele é perigoso.

— Você não o conhece. Ele é maravilhoso.

— Está apaixonada por ele?

Lara pensou a respeito. Paul Martin preenchia uma necessidade em sua vida. Mas sentia-se apaixonada por ele?

— Não.

— E ele está apaixonado por você?

— Acho que sim.

— Tome cuidado... tome muito cuidado.

Lara sorriu. Num súbito impulso, deu um beijo no rosto de Keller.

— Amo a maneira como você cuida de mim, Howard.

Lara se encontrava na obra, estudando um relatório.

— Estamos gastando um bocado de dinheiro com madeira.

Ela falava com Pete Reese, o novo gerente do projeto.

— Eu não quis mencionar isso antes, Srta. Cameron, porque não tinha certeza... mas tem toda razão. Uma boa parte de nossa madeira tem desaparecido. Fomos obrigados a dobrar a encomenda.

Ela levantou o rosto para fitá-lo nos olhos.

— Quer dizer que alguém anda roubando?

— É o que parece.

— Tem alguma ideia de quem?

— Não.

— Não temos vigias noturnos aqui?

— Um vigia.

— E ele não viu nada?

— Não. Mas com tanta atividade ocorrendo por aqui, pode também ter sido durante o dia. E pode ter sido qualquer um.

Lara ficou pensativa.

— Entendo... Obrigada por me avisar, Pete. Cuidarei disso.

Naquela tarde, Lara contratou um detetive particular, Steve Kane.

— Como alguém pode sair da obra em plena luz do dia com uma carga de madeira? — indagou Kane.

— É isso que quero que me diga.

— Há um vigia noturno, não é?

— Há, sim.

— Talvez ele esteja envolvido.

— Não estou interessada em talvez. Descubra quem está por trás disso e me informe.

— Pode me contratar como um operário na obra?

— Darei um jeito.

Steve Kane foi trabalhar na obra no dia seguinte. Quando Lara contou a Keller o que estava acontecendo, ele protestou:

— Você não precisava se envolver. Eu poderia cuidar disso.

— Gosto de cuidar das coisas pessoalmente.

E foi o fim da conversa.

Cinco dias depois, Kane compareceu ao escritório de Lara.

— Descobriu alguma coisa?

— Tudo.

— Era o vigia?

— Não. A madeira não foi roubada da obra.

— Como assim?

— Nunca chegou lá. Era enviada para outra obra, em Jersey, e faturada duas vezes. As faturas eram forjadas.

— Quem está por trás disso?

Kane informou.

NA TARDE SEGUINTE, houve uma reunião do comitê. Terry Hill, o advogado de Lara, estava presente, Howard Keller, Jim Belon, o gerente do projeto, e Pete Reese. Havia também um estranho à mesa de reunião. Lara apresentou-o como Sr. Conroy.

— Vamos ouvir um relatório — disse Lara.

— Estamos dentro do prazo — declarou Pete Reese. — Calculamos mais quatro meses. Você tinha razão na proposta de acelerar a construção. Tudo vem correndo tão suave quanto seda. Já começamos a instalar os circuitos elétricos e encanamentos.

— Ótimo — murmurou Lara.

— E a madeira roubada? — indagou Keller.

— Ainda não há nenhuma novidade — respondeu Pete Reese. — Mas continuamos atentos.

— Creio que não precisamos mais nos preocupar com isso — anunciou Lara. — Descobrimos quem tem roubado a madeira.

Lara acenou com a cabeça para o estranho e acrescentou:

— O Sr. Conroy é da delegacia especial de defraudações. Na verdade, é o *detetive* Conroy.

— O que ele está fazendo aqui? — perguntou Pete Reese.

— Veio para levar você.

Reese fitou-a, aturdido.

— Como?

Lara virou-se para o grupo.

— O Sr. Reese vem vendendo nossa madeira para outra obra. Quando descobriu que eu verificava os relatórios, decidiu me contar que havia um problema.

— Ei, espere um pouco! — protestou Pete Reese. — Eu... eu... você não está entendendo.

Ela olhou para Conroy.

— Quer tirá-lo daqui, por favor?

E tornando a se virar para os outros, Lara disse:

— Agora, vamos discutir a inauguração do hotel.

À MEDIDA QUE SE aproximava a conclusão do hotel, a pressão aumentava mais e mais. Lara foi se tornando insuportável. Atormentava a todos constantemente. Telefonava para as pessoas em plena madrugada.

— Howard, você sabia que a remessa de papel de parede ainda não chegou?

— Pelo amor de Deus, Lara, são quatro horas da madrugada!

— Faltam noventa dias para a inauguração do hotel e não podemos abrir um hotel sem papel de parede.

— Verificarei isso pela manhã.

— Já é de manhã. Verifique agora.

O nervosismo de Lara se intensificou com a aproximação do prazo final. Reuniu-se com Tom Scott, o diretor da agência de propaganda.

— Tem filhos pequenos, Sr. Scott?

Ele se mostrou surpreso.

— Não. Por quê?

— Porque acabei de examinar a nova campanha e tive a impressão de que foi criada por uma criança retardada. Não posso acreditar que adultos se reúnam para criar tamanha porcaria.

Scott franziu o rosto.

— Se há alguma coisa na campanha que a desagrada...

— Tudo me desagrada. Falta excitamento. É morna. Podia ser sobre qualquer hotel, em qualquer lugar. E este não é *qualquer* hotel, Sr. Scott. É o mais lindo e mais moderno hotel de Nova York. Fez com que pareça um prédio frio, indistinguível. Mas é um lar, aconchegante, emocionante. E temos de espalhar essa notícia. Acha que pode cuidar disso?

— Claro que podemos. Vamos revisar a campanha e, dentro de duas semanas...

— Segunda-feira — interrompeu-o Lara, incisiva. — Quero ver a nova campanha na segunda-feira.

Os novos anúncios saíram em jornais, revistas e cartazes por todo o país.

— Acho que a campanha saiu espetacular — comentou Tom Scott. — Você estava certa.

Lara fitou-o nos olhos e disse calmamente:

— Não quero estar certa. Quero que *você* esteja certo. É para isso que lhe pago.

Ela virou-se para Jerry Townsend, o encarregado das relações públicas.

— Todos os convites já foram expedidos?

— Já, sim. E recebemos a maioria das respostas. Todos virão à inauguração. Será uma festa e tanto.

— Nem poderia deixar de ser — resmungou Keller. — Vai custar uma fortuna.

Lara sorriu.

— Pare de agir como um banqueiro. Obteremos uma publicidade no valor de um milhão de dólares. Teremos dezenas de celebridades na festa e...

Keller levantou a mão.

— Está bem, está bem.

DUAS SEMANAS ANTES da inauguração, tudo parecia estar acontecendo ao mesmo tempo. O papel de parede chegara, os carpetes eram colocados, os corredores pintados, os quadros pendurados. Lara inspecionou cada suíte, acompanhada por uma equipe de cinco pessoas. Entrava numa suíte e dizia:

— As cortinas aqui estão erradas. Devem ser trocadas com as cortinas da suíte ao lado.

Em outra suíte, ela experimentou o piano.

— Estava desafinado. Providenciem.

Numa terceira suíte, a lareira não funcionava.

— Consertem.

Parecia à equipe angustiada que Lara tentava fazer tudo pessoalmente. Ela inspecionava a cozinha, a lavanderia e os armários de material de limpeza. Estava por toda parte, exigindo, reclamando, reparando. O homem que ela contratara para dirigir o hotel comentou:

— Não precisa ficar tão preocupada, Srta. Cameron. Na inauguração de qualquer hotel, sempre há pequenas coisas que saem erradas.

— Não em meus hotéis — declarou Lara. — Não em meus hotéis.

NO DIA DA INAUGURAÇÃO, Lara acordou às quatro horas da madrugada, nervosa demais para continuar a dormir. Queria desesperadamente falar com Paul Martin, mas não havia a menor possibilidade de ligar para ele àquela hora. Resolveu se vestir e sair para dar uma volta.

Tudo vai dar certo, disse a si mesma. *O computador de reservas será consertado. Vão pôr o terceiro forno para funcionar. Darão um jeito na fechadura da suíte sete. Encontraremos substitutas para as empregadas que foram embora ontem. A unidade de ar-condicionado na cobertura vai funcionar...*

ÀS SEIS HORAS daquela tarde, os convidados começaram a chegar. Um guarda uniformizado em cada entrada verificava os convites, antes de permitir o acesso. Havia uma mistura de celebridades, atletas famosos e importantes executivos. Lara examinara a relação com o maior cuidado, eliminando os nomes dos parasitas e adeptos da boca-livre. Postou-se no amplo saguão, cumprimentando os convidados.

— Sou Lara Cameron. Foi muita gentileza sua ter vindo... Por favor, sinta-se à vontade para olhar tudo.

Lara levou Keller para um lado.

— Por que o prefeito não vem?

— Ele é muito ocupado, você sabe, e...

— Ou seja, ele acha que não sou bastante importante.

— Um dia ele mudará de ideia.

Um dos assessores do prefeito chegou.

— Obrigada por ter vindo — disse Lara. — É uma honra para o hotel.

Lara procurava nervosamente por Todd Grayson, o crítico de arquitetura de *The New York Times*, que fora convidado. *Se ele gostar*, pensou ela, *teremos um vencedor.*

Paul Martin chegou, acompanhado pela esposa. Era a primeira vez que Lara via a Sra. Martin. Era uma mulher atraente e elegante. Lara sentiu uma inesperada pontada de culpa. Paul aproximou-se.

— Srta. Cameron, sou Paul Martin. Esta é minha esposa, Nina. Obrigado por nos convidar.

Lara apertou a mão dele por um segundo a mais do que o necessário.

— Sinto-me feliz por estarem aqui. Por favor, fiquem à vontade.

Paul correu os olhos pelo saguão. Já o vira meia dúzia de vezes antes.

— É lindo! — exclamou ele. — Acho que será muito bem-sucedida.

Nina Martin olhava atentamente para Lara.

— Tenho certeza que ela será.

E Lara se perguntou se ela sabia.

O fluxo de convidados aumentou.

UMA HORA DEPOIS, Lara continuava parada no saguão, quando Keller a procurou, apressado.

— Pelo amor de Deus, Lara! Todos estão à sua espera, no salão de baile, já comendo. Por que não foi para lá?

— Todd Grayson ainda não chegou. Estou aguardando-o.

— O crítico de arquitetura do *Times*? Eu o vi há cerca de uma hora.

— O quê?

— Ele foi fazer a excursão pelo hotel, junto com outros.

— Por que não me contou?

— Pensei que você soubesse.

— O que ele disse? — indagou Lara, na maior ansiedade. — Qual foi sua reação? Parecia impressionado?

— Ele não disse nada. Parecia bem. E não sei se ficou ou não impressionado.

— Ele não disse *nada*?

— Não.

Lara franziu o rosto.

— Teria dito alguma coisa se gostasse. É um mau sinal, Howard.

A FESTA FOI UM tremendo sucesso. Os convidados comeram e beberam, brindaram ao hotel. Ao final, Lara foi cumulada de elogios.

— É um hotel adorável, Srta. Cameron...

— Pode estar certa de que me hospedarei aqui quando voltar a Nova York...

— Que grande ideia, ter um piano em cada sala de estar...

— Adoro lareiras...

— Pode contar que recomendarei este hotel a todos os meus amigos...

Mesmo que o New York Times *deteste*, pensou Lara, *será um sucesso.*

Lara se encontrou com Paul Martin e a esposa quando eles se retiravam.

— Acho que tem um vencedor aqui, Srta. Cameron. Vai ser a conversa de toda Nova York.

— É muita gentileza sua, Sr. Martin — disse Lara. — Obrigada por terem vindo.

Nina Martin murmurou:

— Boa-noite, Srta. Cameron.

— Boa-noite.

Quando os dois passavam pela porta do saguão, Lara ouviu-a dizer:

— Não acha que ela é muito bonita, Paul?

NA QUINTA-FEIRA, ao sair a primeira edição de *The New York Times*, Lara estava na banca da esquina da Rua 42 com a Broadway, às quatro horas da madrugada, para pegar um exemplar. Abriu apressada na seção de arquitetura. O artigo de Todd Grayson começava assim:

> "Manhattan há muito precisava de um hotel que não lembrasse aos viajantes que se encontram num hotel. As suítes no Cameron Plaza são espaçosas e graciosas, tudo decorado com extremo bom gosto. Lara Cameron finalmente deu a Nova York..."

Ela soltou um grito de alegria. Telefonou para Keller, acordando-o.

— Conseguimos! — anunciou ela. — O *Times* nos adora!

Ele sentou na cama, tonto de sono.

— Isso é maravilhoso. O que eles disseram?

Lara leu o artigo.

— Ainda bem — murmurou Keller. — Agora posso dormir um pouco.

— Dormir? Está brincando? Já tenho um novo local escolhido. Assim que os bancos abrirem, quero que você comece a negociar um empréstimo...

O CAMERON PLAZA de Nova York foi um triunfo. Teve reservas imediatas e havia uma longa fila de espera.

— É apenas o começo — afirmou Lara a Keller. — Há dez mil construtores na área metropolitana... mas apenas uns poucos são grandes... os Tische, os Rudin, os Rockefeller, os Stern. E, quer você goste, quer não, vamos jogar no mesmo time que eles. Vamos mudar a linha do céu de Nova York. Vamos criar o futuro.

Lara começou a receber visitas de bancos, oferecendo empréstimos. Cultivava os corretores imobiliários mais importantes, levando-os para jantar e ao teatro. Tinha desjejuns de negócios no Regency e era informada sobre propriedades prestes a entrarem no mercado. Adquiriu mais dois terrenos no centro da cidade e começou a construir. Paul Martin telefonou para Lara no escritório.

— Já viu a *Business Week*? Você virou uma notícia quente. Dizem que é uma nova força. Alguém que faz as coisas acontecerem.

— Eu tento.

— Está livre para jantar?

— Darei um jeito.

LARA SE ENCONTRAVA reunida com os sócios de uma grande firma de arquitetura. Examinava as plantas que eles haviam trazido.

— Vai gostar do projeto — disse o arquiteto principal. — Tem graça e simetria, a imponência que você pediu. Deixe-me explicar alguns detalhes...

— Não será necessário. Compreendo tudo. — Lara levantou os olhos. — Quero que entregue estas plantas a um artista.

— Como?

— Quero grandes desenhos em cores do prédio. Quero desenhos do saguão, corredores e salas. Banqueiros não têm imaginação. E quero lhes *mostrar* como o prédio vai parecer.

— Grande ideia!

A secretária de Lara apareceu.

— Desculpe o atraso.

— Esta reunião foi marcada para as nove horas, Kathy. São nove e quinze.

— Desculpe, Srta. Cameron. Meu despertador não tocou e...

— Falaremos sobre isso mais tarde.

Ela virou-se para os arquitetos.

— Quero que sejam feitas algumas mudanças...

Duas horas depois, Lara concluíra a discussão das alterações que desejava. Assim que os arquitetos se retiraram, ela disse a Kathy:

— Fique aqui. Sente-se.

Kathy sentou.

— Gosta de seu emprego?

— Gosto, Srta. Cameron.

— É a terceira vez que você se atrasa esta semana. Não admitirei isso de novo.

— Lamento muito. Eu... não tenho me sentido bem ultimamente...

— Qual é o seu problema?

— Não é nada...

— É com certeza o suficiente para impedi-la de chegar no horário. Do que se trata?

— Não venho dormindo bem. Para dizer a verdade... estou apavorada.

— Apavorada com o quê? — indagou Lara, impaciente.

— Eu... tenho um caroço.

— Ah... — Lara se manteve em silêncio por um momento. — O que o médico disse?

Kathy engoliu em seco.

— Ainda não fui ao médico.

— Não foi ao médico? — explodiu Lara. — Pelo amor de Deus, você vem de uma família de avestruzes? Claro que tem de procurar um médico!

Lara pegou o telefone.

— Ligue-me com o Dr. Peters.

Ela repôs o fone no gancho.

— Provavelmente não é nada demais, mas você não pode ignorar.

— Minha mãe e um irmão morreram de câncer — explicou Kathy, angustiada. — Não quero que um médico me diga que também tenho câncer.

O telefone tocou. Lara atendeu.

— Alô? Ele o quê? Não quero saber se ele está. Diga que quero falar com ele *agora*.

Ela largou o telefone. Tornou a tocar poucos momentos depois. Lara atendeu.

— Olá, Alan... não, não, estou bem. Vou lhe enviar minha secretária para uma consulta. O nome dela é Kathy Turner. Estará aí dentro de meia hora. Quero que seja examinada ainda esta manhã e quero que você cuide de tudo o mais depressa possível... Sei que está... Eu compreendo... Obrigada.

Lara desligou.

— Vá agora para o Hospital Sloan-Kettering. O Dr. Peters está à sua espera.

— Não sei o que dizer, Srta. Cameron.

— Diga que chegará no horário amanhã.

Howard Keller entrou na sala.

— Temos um problema, chefe.

— Pode falar.

— É a propriedade na Rua 14. Já tiramos os ocupantes de todo o quarteirão, exceto de um prédio, o Dorchester Apartments. Seis moradores se recusam a sair e a prefeitura não nos permite despejá-los.

— Ofereça-lhes mais dinheiro.

— Não é uma questão de dinheiro. Essas pessoas moram ali há muito tempo. Não querem sair. Sentem-se confortáveis em seus apartamentos.

— Pois então faça com que se sintam desconfortáveis.

— Como assim?

Lara levantou-se.

— Vamos dar uma olhada no prédio.

No caminho, passaram por mulheres que viviam de restos de comida e desabrigados, vagueando pelas ruas, pedindo esmolas.

— Num país tão rico quanto o nosso — comentou Lara —, isso é uma desgraça.

O Dorchester era um prédio de alvenaria de seis andares, no meio de um quarteirão de construções antigas, esperando pela demolição. Lara parou na frente, examinando-o.

— Quantos moradores ainda estão aqui?

— Já desocupamos dezesseis apartamentos. Seis ainda resistem.

— Isso significa que temos dezesseis apartamentos disponíveis.

A perplexidade de Keller era óbvia.

— Exatamente. Por quê?

— Vamos encher esses apartamentos.

— Pretende alugá-los? Mas qual o sentido...?

— Não vamos alugá-los, mas sim cedê-los aos desabrigados. Há milhares de pessoas sem teto em Nova York. Vamos cuidar de algumas. Ponha tantas quanto for possível nos apartamentos. E providencie para que recebam alguma comida.

Keller franziu o rosto.

— O que me faz pensar que essa não é uma de suas melhores ideias?

— Vamos nos tornar benfeitores, Howard. Faremos uma coisa de que a prefeitura não é capaz... daremos abrigo aos desabrigados.

Lara observava o prédio mais atentamente, olhando para as janelas.

— E quero que as janelas sejam tapadas com tábuas.

— Como?

— Vamos fazer com que o prédio pareça bem velho e abandonado. O apartamento do último andar ainda está ocupado, aquele com um jardim no telhado?

— Está, sim.

— Ponha um enorme cartaz no telhado, para bloquear a vista.

— Mas...

— Comece logo a trabalhar nisso.

Quando voltou ao escritório, Lara encontrou um recado à sua espera.

— O Dr. Peters pediu que ligasse para ele assim que chegasse — informou Tricia.

— Pode fazer a ligação.

Ele atendeu quase no mesmo instante.

— Lara, examinei sua secretária.

— E qual é a conclusão?

— Ela tem um tumor. E receio que seja maligno. Recomendo uma mastectomia imediata.

— Quero uma segunda opinião — declarou Lara.

— Claro, se você assim quer, mas sou o chefe do departamento e...

— Ainda quero uma segunda opinião. Arrume outro médico para examiná-la. Volte a me procurar o mais depressa possível. Onde está Kathy agora?

— Voltando para seu escritório.

— Obrigada, Alan.

Lara repôs o fone no gancho. Apertou o botão do interfone.

— Mande Kathy vir falar comigo assim que ela voltar.

Lara estudou o calendário em sua mesa. Só lhe restavam trinta dias para desocupar o Dorchester, antes da data marcada para o início da construção.

Seis moradores obstinados, pensou ela. *Muito bem, vamos descobrir por quanto tempo eles conseguem aguentar.*

Kathy entrou na sala de Lara. Tinha o rosto inchado, os olhos avermelhados.

— Já fui avisada — disse Lara. — Sinto muito, Kathy.

— Vou morrer...

Lara levantou-se, abraçou-a, apertou-a bem firme.

— Nada disso. Houve muitos progressos com o câncer. Fará a operação e ficará boa.

— Srta. Cameron, não tenho condições...

— Não se preocupe com essas coisas. O Dr. Peters vai providenciar para que você seja submetida a um segundo exame. Se for confirmado o diagnóstico, você deve fazer a operação imediatamente. Agora, vá para casa e descanse um pouco.

Os olhos de Kathy tornaram a se encher de lágrimas.

— Eu... eu... obrigada.

Ao sair da sala, Kathy pensou: *Ninguém conhece realmente essa mulher.*

Capítulo 16

Lara recebeu um visitante na segunda-feira seguinte.

— Há um Sr. O'Brian aqui, querendo lhe falar, Srta. Cameron. Ele é do departamento de planejamento urbano.

— Falar sobre o quê?

— Ele não disse.

Lara ligou para Keller, pelo interfone.

— Pode dar um pulo até aqui, Howard? — Ela acrescentou para a secretária: — Mande o Sr. O'Brian entrar.

Andy O'Brian era um irlandês corpulento, de cara vermelha e um ligeiro sotaque.

— Srta. Cameron?

Lara permaneceu sentada.

— Sou eu. O que deseja, Sr. O'Brian?

— Receio ter de comunicar que está violando a lei, Srta. Cameron.

— É mesmo? Em quê?

— É a proprietária do Dorchester Apartments, na Rua 14-Leste?

— Sou.

— Recebemos a informação de que cerca de cem desabrigados se instalaram naqueles apartamentos.

— Ah, isso... — Lara sorriu. — É verdade. Já que a prefeitura não fazia nada pelos desabrigados, achei que deveria ajudá-los. Estou lhes oferecendo abrigo.

Howard Keller entrou na sala.

— Este é o Sr. Keller. Sr. O'Brian.

Os dois homens trocaram um aperto de mão. Lara virou-se para Keller.

— Eu estava explicando como resolvemos ajudar a prefeitura, oferecendo alojamentos aos desabrigados.

— Convidou-os a irem para o prédio, Srta. Cameron?

— Isso mesmo.

— Tem uma licença da prefeitura?

— Licença para quê?

— Se está criando um abrigo, deve ser aprovado pela prefeitura. É preciso cumprir algumas normas rigorosas.

— Sinto muito. Eu não sabia disso. Providenciarei a licença imediatamente.

— Acho que não.

— Como assim?

— Recebemos queixas de moradores do prédio. Dizem que está tentando forçá-los a sair.

— Isso é bobagem.

— Srta. Cameron, a prefeitura lhe concede quarenta e oito horas para retirar aqueles desabrigados do prédio. E assim que eles saírem, terá de retirar as tábuas com que tapou as janelas.

Lara ficou furiosa.

— Isso é tudo?

— Não. O morador que tem o jardim no telhado diz que pôs um enorme cartaz ali para bloquear sua vista. Terá de retirá-lo também.

— E se eu não o fizer?

— Acho que fará. Tudo isso está dentro dos regulamentos municipais. Vai se poupar de muitos problemas e uma publicidade desagradável se não nos forçar a levá-la aos tribunais. — Ele acenou com a cabeça. — Tenha um bom dia.

O'Brian se retirou. Keller virou-se para Lara.

— Teremos de tirar todas aquelas pessoas de lá.

— Nada disso.

Ela continuou sentada, pensando.

— Como assim? O homem disse...

— Sei o que ele disse. Quero que leve *mais* desabrigados para o prédio. Quero que o lugar fique transbordando de pessoas que vivem nas ruas. Vamos ganhar tempo. Ligue para Terry Hill. Relate o problema. Peça que ele entre com uma medida cautelar, ou qualquer coisa parecida. Precisamos tirar aqueles seis inquilinos até o final do mês, ou isso vai nos custar três milhões de dólares.

O INTERFONE tocou.

— O Dr. Peters está na linha.

Lara atendeu.

— Olá, Alan.

— Só queria lhe dizer que acabamos a operação. Parece que tiramos tudo. Kathy vai ficar boa.

— É uma notícia maravilhosa. Quando posso visitá-la?

— Esta tarde, se quiser.

— Estarei aí. Obrigada, Alan. Pode me mandar a conta, está bem?

— Certo.

— E pode avisar ao hospital para esperar um donativo. De cinquenta mil dólares.

Lara disse a Tricia:

— Encha o quarto de Kathy de flores. — Ela consultou sua agenda. — Irei visitá-la às quatro horas.

Terry Hill entrou na sala.

— Expediram um mandado de prisão contra você.

— O quê?

— Não foi avisada para tirar aqueles desabrigados do prédio?

— Fui, mas...

— Não pode escapar impune de uma coisa assim, Lara. Há um adágio antigo: "Não lute contra a prefeitura, porque não pode vencer."

— E vão mesmo me prender?

— Pode ter certeza que sim. Recebeu um aviso da prefeitura para tirar aquelas pessoas de lá.

— Muito bem, vamos tirá-las de lá. — Lara virou-se para Keller. — Providencie tudo. Mas não as jogue na rua. Isso não é certo... Temos aquelas pensões vazias que esperávamos para reformar em algumas ruas da zona oeste. Vamos transferi-las para lá. E dê toda a ajuda de que precisarem. Quero que saiam em uma hora.

Ela olhou para Terry Hill.

— Sairei daqui, para que não possam me prender. Quando me encontrarem, o problema já estará resolvido.

O interfone tocou.

— Há dois senhores aqui do gabinete do promotor distrital.

Lara gesticulou para Howard Keller. Ele foi até o interfone e disse:

— A Srta. Cameron não está.

Houve um momento de silêncio.

— Quando ela deve voltar?

Keller olhou para Lara, que sacudiu a cabeça. Ele acrescentou pelo interfone, antes de desligá-lo:

— Não sabemos.

— Vou sair pelos fundos — disse Lara.

Ela detestava hospitais. Um hospital era seu pai estendido na cama, pálido e subitamente velho. *O que está fazendo aqui? Tem muito trabalho na pensão.*

Lara entrou no quarto de Kathy. Estava cheio de flores e Kathy se encontrava sentada na cama.

— Como se sente? — perguntou Lara.

Kathy sorriu.

— O médico disse que ficarei boa.

— Pode apostar que sim. Seu trabalho vem se acumulando. Preciso de você.

— Eu... não sei como lhe agradecer por tudo isso.

— Não agradeça.

Lara pegou o telefone na mesinha de cabeceira, ligou para o escritório. Falou com Terry Hill.

— Eles ainda estão aí?

— Ainda. E tencionam permanecer até que você volte.

— Verifique com Howard. Assim que ele tirar os desabrigados do prédio, eu voltarei.

Lara desligou.

— Se precisar de alguma coisa, Kathy, basta me avisar. Voltarei amanhã.

A parada seguinte de Lara foi no escritório de arquitetura de Higgins, Almont & Clark. Foi levada à sala do Sr. Clark. Ele se levantou assim que Lara entrou.

— Mas que surpresa agradável! O que deseja, Srta. Cameron?

— Tem aqui as plantas do projeto da Rua 14?

— Tenho, sim.

Ele foi até a prancheta.

— Aqui estão.

Era o projeto de um lindo complexo de prédios de apartamentos, com lojas ao redor.

— Quero que reformule o projeto — disse Lara.

— O quê?

Ela apontou para uma área no meio do quarteirão.

— Há um prédio aqui neste ponto. Quero que mantenha o mesmo conceito, mas construa tudo em torno desse prédio.

— Quer um projeto com um dos prédios antigos ainda de pé? Nunca daria certo. Em primeiro lugar, ficaria horrível, e...

— Faça o que estou pedindo, por favor. E mande para meu escritório esta tarde.

Lara se retirou. Do carro, telefonou para Terry Hill.

— Já teve notícias de Howard?

— Já. Todos os desabrigados foram removidos.

— Ótimo. Ligue para o promotor distrital. Diga a ele que eu mandei os desabrigados saírem do prédio há dois dias, mas houve um problema de comunicação. No instante em que eu soube disso, hoje, providenciei logo para que fossem despejados. Voltarei ao escritório agora. Descubra se ele ainda quer me prender.

Ela disse ao motorista:

— Dê uma volta pelo parque. Não tenho pressa.

Trinta minutos depois, quando Lara chegou ao escritório, os homens com o mandado de prisão já tinham ido embora.

LARA REUNIU-SE com Howard Keller e Terry Hill.

— Os inquilinos não querem mesmo sair — informou Keller. — Até voltei lá e lhes ofereci mais dinheiro. Eles não irão embora. E só nos restam cinco dias antes do início da demolição.

— Pedi ao Sr. Clark que providenciasse uma nova disposição para o projeto — anunciou Lara.

— Eu já vi — disse Keller. — Não faz o menor sentido. Não podemos deixar aquele prédio velho no meio de uma gigantesca construção nova. Precisamos voltar ao banco e pedir uma prorrogação da data de início das obras.

— Não — declarou Lara. — Quero começar logo.

— Como assim?

— Ligue para o empreiteiro. Diga a ele que queremos começar a demolição amanhã.

— *Amanhã?* Lara...

— Amanhã de manhã, bem cedo. Leve esta planta e entregue ao chefe da turma de construção.

— De que vai adiantar? — perguntou Keller.

— Veremos.

NA MANHÃ SEGUINTE, os moradores restantes do Dorchester foram despertados pelo barulho de um trator. Olharam pela janela. Pelo meio do quarteirão, um mamute mecânico avançava em sua direção, arrasando tudo o que encontrava pela frente. Os moradores ficaram aturdidos.

O Sr. Hershey, que morava no último andar, saiu correndo para a rua e procurou o capataz.

— O que pensa que está fazendo? — gritou ele. — Não podem continuar a demolição!

— Quem disse?

— A prefeitura. — Hershey apontou para o prédio em que morava. — Não tem permissão para tocar naquele prédio.

O capataz examinou a planta em suas mãos.

— É verdade. Temos ordens para deixar aquele prédio de pé.

Hershey franziu o rosto.

— O quê? Deixe-me dar uma olhada nessa planta! — Ele ficou atordoado ao vê-la. — Quer dizer que vão construir tudo e deixar este prédio intacto?

— É isso mesmo.

— Mas não podem fazer isso! O barulho e a sujeira!

— Não é problema meu. E agora, se sair do meu caminho, eu gostaria de voltar ao trabalho.

TRINTA MINUTOS depois a secretária de Lara avisou:

— Há um certo sr. Hershey na linha dois, Srta. Cameron.

— Diga que não posso atender.

Quando Hershey ligou pela terceira vez, naquela tarde, Lara finalmente atendeu.

— Pois não, Sr. Hershey. O que deseja?

— Eu gostaria de marcar uma reunião, Srta. Cameron.

— Lamento, mas ando muito ocupada. O que quer que seja, pode dizer pelo telefone.

— Ficará contente por saber que conversei com os outros moradores de nosso prédio e todos concordamos que talvez seja melhor, no final das contas, aceitar sua oferta e desocupar nossos apartamentos.

— Essa oferta não está mais de pé, Sr. Hershey. Todos podem ficar onde estão.

— Se construir ao nosso redor, nunca mais vamos conseguir dormir!

— Quem lhe disse que vamos construir ao redor? — perguntou Lara. — Onde obteve essa informação?

— O capataz da obra me mostrou uma planta e...

— Ele será despedido. — Havia fúria na voz de Lara. — Era uma informação confidencial.

— Espere um pouco. Vamos conversar como duas pessoas razoáveis, está bem? Seu projeto ficaria melhor se saíssemos daqui e eu acho melhor nós sairmos. Não quero morrer no meio de edifícios enormes.

— Não faz diferença para mim se quer ir embora ou ficar, Sr. Hershey. — Lara abrandou a voz ao acrescentar: — Mas farei uma coisa por vocês. Se esse prédio estiver desocupado no próximo mês, estou disposta a manter nossa primeira oferta.

Ela quase podia ouvir Hershey pensando. Ao final, relutante, ele concordou.

— Está certo. Falarei com os outros, mas tenho certeza que não haverá problemas. Agradeço sua compreensão, Srta. Cameron.

— Ora, Sr. Hershey, não foi nada.

Na semana seguinte, o trabalho no novo projeto foi iniciado para valer.

A REPUTAÇÃO DE LARA crescia. A Cameron Enterprises estava construindo um edifício no Brooklyn, um shopping center em Westchester, um centro comercial em Washington, D.C. Havia um projeto habitacional de baixo custo sendo construído em Dallas e um condomínio de prédios baixos em Los Angeles. O capital fluía dos bancos, companhias de poupança e empréstimos, e ávidos investidores particulares. Lara se tornara um Nome.

Kathy retornou ao trabalho.

— Estou de volta.

Lara estudou-a por um momento.

— Como se sente?

Kathy sorriu.

— Muito bem. Graças...

— Com bastante energia?

Ela ficou surpresa com a pergunta.

— Claro. Eu...

— Ótimo. Vai precisar de toda a sua energia. Vou promovê-la a minha assistente executiva. E terá um bom aumento.

— Não sei o que dizer. Eu...

— Você fez por merecer.

Lara viu o memorando na mão de Kathy.

— O que é isso?

— A revista *Gourmet* gostaria de publicar sua receita predileta. Está interessada?

— Não. Diga que estou muito... Espere um pouco. — Lara se calou, imersa em pensamentos. — Está certo. Darei uma receita.

A receita apareceu na revista um mês depois. Era a seguinte:

Black Bun — Um prato escocês típico. Uma mistura envolta por uma massa fina, feita com 200 gramas de farinha de trigo, 100 gramas de manteiga, um pouco de água fria e meia colher de chá de fermento em pó. Dentro, há um quilo de passas, 200 gramas de amêndoas picadas, 300 gramas de farinha de trigo, 200 gramas de açúcar, duas colheres de chá de pimenta-da-jamaica, uma colher de chá de gengibre moído, uma colher de chá de canela, meia colher de chá de fermento em pó e algumas gotinhas de conhaque...

Lara ficou olhando para a receita por um longo tempo e isto lhe trouxe de volta o gosto, o cheiro da pensão da cozinha, o barulho que os pensionistas faziam ao jantar. Seu pai desamparado na cama. Ela largou a revista.

As pessoas reconheciam Lara na rua, e quando ela entrava num restaurante sempre havia murmúrios excitados. Era escoltada pela cidade por meia dúzia de pretendentes aceitáveis e recebera lisonjeiros pedidos de casamento, mas não estava interessada. De uma maneira estranha, quase mística, ainda procurava por alguém. Alguém familiar. Alguém que jamais encontrara.

Lara levantava às cinco horas todas as manhãs e mandava que seu motorista, Max, a levasse a um dos prédios em construção. Parava ali, contemplando sua criação, e pensava: *Você estava enganado, pai. Posso cobrar os aluguéis.*

Para Lara, os sons do dia começavam com o matraquear dos martelos hidráulicos, o rugido dos tratores, o estrondo de metal batendo em metal. Subia pelo elevador da obra para o topo, saía para as vigas de aço, com o vento soprando em seu rosto, e pensava: *Eu possuo esta cidade.*

PAUL MARTIN e Lara estavam na cama.

— Soube que você passou uma boa descompostura em dois de seus operários hoje.

— Eles mereceram — garantiu Lara. — Faziam um trabalho desleixado.

Paul sorriu.

— Pelo menos aprendeu a não esbofeteá-los.

— Veja o que aconteceu quando esbofeteei um. — Ela aconchegou-se em Paul. — Conheci você.

— Tenho de fazer uma viagem a Los Angeles. Gostaria que fosse comigo. Pode tirar alguns dias de folga.

— Eu adoraria, Paul, mas é impossível. Programo meus dias com um cronômetro.

Ele sentou e fitou-a.

— Talvez você esteja exagerando no trabalho, meu bem. Nunca fique ocupada demais para mim.

Lara sorriu e começou a acariciá-lo.

— Não se preocupe com isso. É uma coisa que nunca vai acontecer.

ESTIVERA NA SUA frente durante todo o tempo e ela não percebera. Era uma enorme propriedade à beira d'água, na área da Wall Street, em frente ao World Trade Center. E se achava à venda. Lara passara por ali uma dúzia de vezes, mas só agora olhou e viu o que deveria ter constatado desde o início: em sua imaginação, podia contemplar o edifício mais alto do mundo. Sabia o que Howard diria: *Não está pensando com a cabeça, Lara. Não pode se meter numa coisa dessas.* Mas sabia também que nada a deteria.

Ao chegar ao escritório, ela convocou uma reunião da equipe.

— A propriedade na Wall Street à beira d'água — anunciou Lara. — Vamos comprá-la. E vamos construir ali o edifício mais alto do mundo.

— Lara...

— Antes que você diga qualquer coisa, Howard, deixe-me ressaltar alguns pontos. O local é perfeito. Fica no coração do centro financeiro. Haverá gente brigando pelo espaço de um escritório ali. E não se pode esquecer que será o edifício mais alto do mundo. O que é uma tremenda atração. Será o nosso carro-chefe. Vamos dar o nome de Cameron Towers.

— De onde sairá o dinheiro?

Lara entregou-lhe um pedaço de papel. Keller examinou as cifras.

— Está sendo otimista.

— Estou sendo realista. Não se trata de uma construção qualquer, Howard, mas sim de uma autêntica joia.

Ele pensava com toda objetividade.

— Vai estender demais os seus recursos.

Lara sorriu.

— Já não fizemos isso antes?

Keller murmurou, pensativo:

— O edifício mais alto do mundo...

— Exatamente. E os bancos vão nos procurar todos os dias, oferecendo dinheiro. Não perderão uma oportunidade dessas.

— É bem provável. — Keller olhou para Lara. — Você quer muito isso, não é?

— Quero.

Keller suspirou. Correu os olhos pelo grupo.

— Muito bem. O primeiro passo é obter uma opção sobre a propriedade.

Lara tornou a sorrir.

— Já cuidei disso. E tenho outra notícia para você, Howard. Steve Murchison estava negociando a propriedade.

— Lembro dele. Nós lhe tiramos o terreno daquele hotel em Chicago.

Vou deixar passar desta vez, sua vaca, porque acho que não sabe o que está fazendo. Mas, no futuro, fique longe do meu caminho... ou pode se machucar.

— É isso mesmo.

Murchison se tornara um dos mais implacáveis e bem-sucedidos incorporadores imobiliários de Nova York.

— Ele não é fácil, Lara. Ele gosta de destruir as pessoas.

— Você se preocupa demais.

NÃO HOUVE QUALQUER dificuldade na obtenção do financiamento para a Cameron Towers. Lara acertara em cheio. Os banqueiros achavam que havia uma atração irresistível no edifício mais alto do mundo. E o nome de Cameron era um trunfo adicional. Mostravam-se ansiosos para se associarem a ela.

Lara era mais do que uma figura fascinante. Era um símbolo para as mulheres do mundo, um ícone. *Se ela pode conseguir tudo isso, por que não eu?* Um perfume recebeu seu nome. Era convidada a todos os eventos sociais importantes e as anfitriãs disputavam sua presença em jantares. Seu nome num prédio parecia garantir o sucesso.

— VAMOS CRIAR a nossa própria companhia construtora — decidiu Lara um dia. — Temos as turmas de operários. E poderemos prestar serviços a outros construtores.

— Não é uma má ideia — disse Keller.

— Pois então vamos resolver logo isso. Quando podemos começar a preparar o terreno para o Cameron Towers?

— O negócio está todo acertado. Eu diria que daqui a três meses.

Lara recostou-se na cadeira.

— Dá para imaginar, Howard? O edifício mais alto do mundo!

Keller especulou qual seria o comentário de Freud a respeito.

A CERIMÔNIA DE INÍCIO das obras do Cameron Towers teve o clima de um circo de três picadeiros. A Princesa da América, Lara Cameron, era a atração principal. O evento recebera ampla divulgação nos jornais e emissoras de televisão, e mais de duzentas pessoas se reuniram ali, à espera de Lara. Quando sua limusine branca parou junto da propriedade, a multidão delirou.

— Lá está ela!

Enquanto Lara saía do carro e se adiantava para cumprimentar o prefeito, guardas e seguranças contiveram a multidão. As pessoas tentavam se aproximar, gritando e chamando seu nome, os *flashes* dos fotógrafos espocavam.

Numa área especial, dentro de um cordão de isolamento, encontravam-se os banqueiros, executivos de agências de propaganda, diretores de empresas, empreiteiros, representantes da comunidade e arquitetos. A trinta metros de distância, enormes tratores e retroescavadeiras aguardavam, prontos para entrarem em ação. Cinquenta caminhões se enfileiravam para levar o entulho.

Lara postou-se ao lado do prefeito e do presidente do conselho do distrito de Manhattan. Começara a chuviscar. Jerry Townsend, chefe de relações públicas da Cameron Enterprises, aproximou-se de Lara com um guarda-chuva. Ela sorriu e acenou para que ele se afastasse. O prefeito falou, olhando para as câmeras:

— Hoje é um grande dia para Manhattan. Esta cerimônia no Cameron Towers assinala o início de um dos maiores projetos imobiliários na história de Manhattan. Seis quarteirões de Manhattan serão convertidos numa moderna comunidade, que incluirá prédios de apartamentos, dois shopping centers, um centro de convenções e o edifício mais alto do mundo.

A multidão aplaudiu.

— Para onde quer que olhem, podem ver a contribuição de Lara Cameron gravada em concreto. — O prefeito apontou. —

Mais além, fica o Cameron Center. Bem perto, o Cameron Plaza e meia dúzia de projetos habitacionais. E por todo o país vão encontrar a grande rede de hotéis Cameron.

Ele virou-se para Lara e sorriu.

— E ela não apenas é inteligente, mas também bonita.

Houve risos e mais aplausos.

— E agora, senhoras e senhores, Lara Cameron!

Lara olhou para as câmeras de televisão e sorriu.

— Obrigada, Sr. Prefeito. Sinto-me muito satisfeita por essa pequena contribuição à nossa fabulosa cidade. Meu pai sempre disse que um dos motivos para a nossa presença neste mundo...

Ela hesitou. Pelo canto dos olhos, avistara uma figura familiar na multidão. Steve Murchison. Já vira sua fotografia em jornais. O que ele fazia ali? Lara continuou:

— ... era deixá-lo um lugar melhor do que no momento em que nascemos. Pois espero que, à minha maneira insignificante, eu tenha feito isso.

Houve mais aplausos. Lara recebeu um capacete de operário cerimonial e uma pá cromada.

— Hora de trabalhar, Srta. Cameron.

Os *flashes* tornaram a espocar.

Lara enfiou a pá na terra, para abrir o primeiro buraco.

Ao final da cerimônia, foram distribuídas bebidas, enquanto as câmeras de televisão continuavam a registrar o evento. Quando Lara tornou a olhar ao redor, Murchison já desaparecera.

Meia hora depois, Lara se encontrava de novo na limusine, seguindo para o escritório. Jerry Townsend sentava ao seu lado.

— Achei que foi ótimo — comentou ele. — Sensacional.

— Nada mal. — Lara sorriu. — Obrigada, Jerry.

As suítes executivas da Cameron Enterprises ocupavam todo o 50º andar do Cameron Center.

Lara saiu do elevador no 50º andar, e a esta altura já se espalhara a notícia de sua chegada. As secretárias e o resto dos funcionários trabalhavam ativamente. Lara virou-se para Jerry Townsend.

— Venha à minha sala.

Era uma suíte enorme, de esquina, com uma vista espetacular da cidade.

Lara deu uma olhada em alguns papéis em cima da mesa e depois fitou Jerry Townsend.

— Como está seu pai? Melhorou?

O que ela podia saber sobre o pai dele?

— Ah... não. Ele não está nada bem.

— Sei disso. Ele tem coreia de Huntington, não é, Jerry?

— É, sim.

A doença era terrível, progressiva e degenerativa, caracterizada por movimentos espasmódicos involuntários do rosto e extremidades, acompanhados por uma deterioração das faculdades mentais.

— Como sabe sobre meu pai?

— Pertenço ao conselho do hospital em que ele vem sendo tratado. Ouvi alguns médicos discutirem o caso.

Jerry murmurou, muito tenso:

— É incurável.

— Tudo é incurável, até que descubram a cura — disse Lara. — Fiz algumas indagações. Há um médico na Suíça que vem realizando uma pesquisa avançada sobre a doença. Ele está disposto a aceitar seu pai como paciente. Eu arcarei com todas as despesas.

Jerry permaneceu imóvel, aturdido.

— Certo?

Ele teve dificuldade para falar:

— Certo.

Eu não a conheço, pensou Jerry Townsend. *Ninguém a conhece.*

A HISTÓRIA ESTAVA acontecendo, mas Lara andava ocupada demais para notar. Ronald Reagan fora reeleito e um homem chamado Mikhail Gorbachev sucedera Chernenko como líder da União Soviética.

Lara construiu um conjunto habitacional para pessoas de baixa renda em Detroit.

Em 1986, Ivan Boesky foi multado em cem milhões de dólares num escândalo de manobras no mercado financeiro com informações privilegiadas e condenado a três anos de prisão.

Lara iniciou a construção de condomínios em Queens. Os investidores se mostravam ansiosos para participar da magia de seu nome. Um grupo de banqueiros de investimentos alemães voou até Nova York para uma reunião com Lara. Ela marcou a reunião para logo depois do desembarque. Eles protestaram, mas Lara insistiu:

— Sinto muito, senhores, mas é meu único horário disponível. Estou de partida para Hong Kong.

Serviram café aos alemães. Lara tomou chá. Um dos alemães queixou-se do gosto do café.

— É uma marca especial fabricada para mim — explicou Lara. — O sabor é diferente, mas tenho certeza de que vai gostar. Tome outra xícara.

Ao final das negociações, Lara prevalecera em todos os pontos discutidos.

A VIDA ERA UMA sucessão de eventos felizes, exceto por um incidente perturbador. Lara tivera várias confrontações com Steve Murchison, em diversas propriedades, e sempre conseguira levar a melhor.

— Acho que devemos recuar — advertiu Keller.

— Ele que recue.

E uma manhã chegou de Bendel's um lindo pacote, embrulhado em papel cor-de-rosa. Kathy pôs em cima da mesa de Lara.

— É um bocado pesado — avisou ela. — Se for um chapéu, você está perdida.

Curiosa, Lara desembrulhou e abriu a tampa. A caixa estava cheia de terra. Um cartão impresso lá dentro dizia: *"Capela Funerária Frank E. Campbell"*.

TODOS OS PROJETOS de prédios corriam muito bem. Quando leu sobre um proposto *playground* no centro da cidade que se achava parado por causa da burocracia, Lara entrou em ação, mandou sua companhia construí-lo e doou à prefeitura. Ganhou uma tremenda publicidade. Uma manchete dizia: LARA CAMERON REPRESENTA O "EU FAÇO".

Ela se encontrava com Paul uma ou duas vezes por semana e falava com ele todos os dias.

Comprou uma casa em Southampton e vivia num mundo de fantasia, de joias, casacos de pele e limusines. Seus armários estavam repletos com as mais lindas roupas da alta-costura. *"Preciso de roupas para a escola, papai." "Não sou feito de dinheiro. Vá pedir alguma coisa ao Exército da Salvação."*

E Lara encomendava mais um vestido.

OS EMPREGADOS eram sua família. Preocupava-se com eles, era generosa. Eram tudo o que tinha. Lembrava seus aniversários de nascimento e casamento. Ajudava a matricular os filhos em boas escolas e instituiu fundos para bolsas de estudos. Quando tentavam lhe agradecer, Lara sentia-se embaraçada. Era difícil para ela expressar suas emoções. O pai escarnecia quando ela tentava. Lara erguera um muro protetor ao seu redor. *Ninguém jamais vai me magoar de novo*, jurou ela. *Absolutamente ninguém.*

LIVRO TERCEIRO

Capítulo 17

— Partirei para Londres pela manhã, Howard.

— Para quê?

— Lorde MacIntosh convidou-me a ir até lá para conhecer uma propriedade em que está interessado. Quer fazer uma sociedade.

Brian MacIntosh era um dos mais ricos incorporadores imobiliários da Inglaterra.

— A que horas iremos?

— Resolvi viajar sozinha.

— É?

— Quero que você fique de olho nas coisas aqui.

Keller acenou com a cabeça.

— Certo. Pode deixar comigo.

— Sei disso. Sempre posso contar com você.

A viagem para Londres transcorreu sem problemas. O 727 particular que ela comprara decolou pela manhã e pousou no terminal Magec, no aeroporto de Luton, nos arredores de Londres. Lara não tinha a menor ideia de que sua vida estava prestes a mudar.

Quando Lara chegou ao saguão do Claridges, Ronald Jones, o gerente, ali se encontrava para cumprimentá-la.

— É um prazer tê-la de volta, Srta. Cameron. Vou levá-la à sua suíte. E temos algumas mensagens à sua espera.

Havia mais de duas dúzias. A suíte era adorável. Havia flores de Brian MacIntosh e de Paul Martin, champanhe e *hors d'oeuvres* como oferta da casa. O telefone começou a tocar no instante em que Lara entrou. Eram ligações de todos os cantos dos Estados Unidos.

— O arquiteto quer fazer algumas alterações no projeto. Custará uma fortuna...

— Há um atraso na entrega de cimento...

— O First National Savings and Loan quer entrar em nossa próxima incorporação...

— O prefeito quer saber se você pode estar em Los Angeles para a inauguração. Gostaria de fazer uma cerimônia grande...

— Os vasos sanitários ainda não chegaram...

— O mau tempo está nos atrasando. O cronograma ficou prejudicado...

Cada problema exigia uma decisão e Lara sentia-se exausta quando finalmente terminou. Jantou sozinha no quarto e ficou sentada, olhando pela janela, para os Rolls-Royces e Bentleys que paravam na entrada da Brook Street. Um sentimento de exultação a envolveu. *A menina de Glace Bay percorreu um longo caminho, papai.*

NA MANHÃ SEGUINTE, Lara foi com Brian MacIntosh examinar a propriedade, à beira do rio. Era enorme — três quilômetros ao longo da margem, ocupados por prédios velhos, quase em ruínas, e galpões.

— O governo britânico nos dará diversos incentivos fiscais no projeto — explicou Brian MacIntosh —, porque vamos reabilitar toda esta parte da cidade.

— Eu gostaria de pensar um pouco a respeito — disse Lara. Ela já tomara sua decisão.

— Antes que eu me esqueça, tenho ingressos para um concerto esta noite — disse Brian MacIntosh. — Minha mulher tem uma reunião no clube. Gosta de música clássica?

Lara não tinha o menor interesse por música clássica.

— Gosto.

— Philip Adler vai tocar Rachmaninoff.

Ele olhou para Lara, como se esperasse que ela fizesse algum comentário. Lara nunca ouvira falar de Philip Adler.

— Parece maravilhoso — murmurou ela.

— Então está combinado. Jantaremos depois no Scotts. Irei buscá-la às sete.

Por que eu disse que gostava de música clássica?, especulou Lara. Seria uma noite chata. Teria preferido tomar um banho quente e ir dormir. *Ora, mais uma noite não vai me fazer mal. Voarei de volta a Nova York pela manhã.*

O Festival Hall estava lotado de aficionados da música. Os homens usavam smokings e as mulheres, elegantes vestidos longos. Era uma noite de gala e havia um clima de expectativa excitada.

Brian MacIntosh comprou dois programas e os dois sentaram. Ele entregou um programa a Lara, que mal olhou. A Orquestra Filarmônica de Londres... Philip Adler tocando o Concerto para Piano Nº 3, em Ré Menor, Opus 30, de Rachmaninoff.

Tenho de ligar para Howard e lembrá-lo da revisão dos custos para a obra na Quinta Avenida.

O maestro entrou em cena e a plateia aplaudiu. Lara não prestou atenção. *O empreiteiro em Boston está indo muito devagar. Precisa de um incentivo. Direi a Howard para lhe oferecer uma bonificação.*

Houve outra rodada de aplausos da plateia. Um homem sentava ao piano, no centro do palco. O maestro deu a marcação e a música começou.

Os dedos de Philip Adler correram pelas teclas.

Uma mulher sentada atrás de Lara, com um forte sotaque texano, murmurou:

— Ele não é fantástico? Eu bem que lhe disse, Agnes!

Lara tentou se concentrar outra vez. *O negócio de Londres é inaceitável, pois o lugar é errado*, pensou ela. *As pessoas não vão morar ali. O local, o local e o local.* Ela refletiu sobre outro projeto que lhe fora oferecido, perto de Columbus Circle. *Já esse pode dar certo.*

A mulher por trás de Lara disse, a voz um pouco alta:

— Sua expressão... ele é fabuloso! É um dos mais...

Lara tentou eliminar sua voz.

O custo de um prédio de escritórios ali seria de aproximadamente quatrocentos dólares pelo metro quadrado alugável. Se eu conseguir conter o custo de construção em cento e cinquenta milhões, o custo do terreno em cento e vinte e cinco milhões, os custos adicionais...

— Oh, Deus! — exclamou a mulher por trás de Lara.

Lara foi arrancada de seu devaneio.

— Ele é tão brilhante!

Houve um ressoar de tambores da orquestra, Philip Adler tocou quatro compassos sozinho e depois a orquestra passou a tocar mais e mais depressa. Os tambores tornaram a ressoar... A mulher não pôde se conter.

— Escute só isso! A música vai de *più vivo* a *più masso.* Já ouviu algo tão emocionante?

Lara rangeu os dentes.

O equilíbrio entre o custo e a receita deve funcionar, pensou ela. *O custo do metro quadrado alugável chegaria a trezentos e cinquenta milhões, os juros de dez por cento dariam trinta e cinco milhões, mais dez milhões para despesas de operação...*

O ritmo da música aumentava, reverberando pelo auditório. A música alcançou um súbito clímax e parou, a plateia de pé, aplaudindo. Havia gritos de "*bravo!*". O pianista se levantara e fazia reverências.

Lara nem sequer se deu ao trabalho de levantar os olhos para fitá-lo. *Os impostos ficariam em torno de seis, as concessões de aluguel gratuito em dois. O resultado seria de cinquenta e oito milhões.*

— Ele não é incrível? — disse Brian MacIntosh.

— É, sim.

Lara sentia-se aborrecida pela nova interrupção em seus pensamentos.

— Vamos aos bastidores. Philip é meu amigo.

— Eu não...

Ele pegou a mão de Lara, e se encaminharam para uma das saídas.

— Fico contente por ter a oportunidade de apresentá-la a ele — comentou Brian MacIntosh.

São seis horas da tarde em Nova York, pensou Lara. *Poderei telefonar para Howard e dizer a ele para iniciar as negociações.*

— Não acha que ele é uma experiência única em toda uma vida?

E uma única vez é suficiente para mim, pensou Lara.

— Claro.

Chegaram à entrada externa dos artistas. Uma enorme multidão aguardava ali. Brian MacIntosh bateu na porta. Um porteiro entreabriu-a.

— Pois não, senhor?

— Lorde MacIntosh, para falar com o Sr. Adler.

— Entre, por favor, senhor.

Ele puxou a porta o suficiente para permitir a passagem de Brian MacIntosh e Lara e depois tornou a fechá-la contra a multidão.

— O que todas essas pessoas querem? — indagou Lara.

Ele fitou-a, surpreso.

— Estão aqui para ver Philip.

Ela não entendeu por quê.

— Pode ir direto para a sala verde, Lorde MacIntosh — disse o porteiro.

— Obrigado.

Cinco minutos, pensou Lara, *e direi que preciso ir embora.*

A sala verde já se encontrava lotada, havia o maior barulho ali. As pessoas se agrupavam em torno de uma figura que Lara não podia ver. A multidão se entreabriu de repente, e por um instante ele se tornou claramente visível. Lara ficou congelada, sentiu que seu coração parava por um momento. A imagem vaga e um tanto indefinida, que permanecera no fundo de sua mente durante todos aqueles anos, subitamente surgia do nada. Lochinvar, a visão em suas fantasias, adquirira vida! O homem no centro da multidão era alto e louro, com feições delicadas e sensíveis. Usava fraque e gravata branca, e um sentimento de *déjà vu* invadiu Lara: *Ela estava parada à pia da cozinha, na pensão, e o belo jovem, de casaca e gravata branca, se aproximava por trás e sussurrava: "Posso ajudá-la?"*

Brian MacIntosh observava Lara, preocupado.

— Você está bem?

— Eu... eu... estou, sim.

Ela encontrava dificuldade para respirar. Philip Adler se aproximou, sorrindo, e era o mesmo sorriso afetuoso que Lara imaginara. Ele estendeu a mão.

— Brian, foi muita gentileza sua ter vindo!

— Eu não perderia por nada — disse MacIntosh. — Você foi simplesmente maravilhoso.

— Obrigado.

— Ah, Philip, eu gostaria de apresentá-lo a Lara Cameron.

Lara fitava-o nos olhos e as palavras saíram espontâneas:

— Quer enxugar?

— Como?

Lara ficou vermelha.

— Nada. Eu...

Ela ficou muda de repente. As pessoas tornaram a cercar Philip Adler, cumulando-o de louvores.

— Nunca tocou melhor...

— Acho que Rachmaninoff estava com você esta noite...

E os elogios continuaram. As mulheres na sala o tocavam e puxavam. Lara ficou parada, observando, mesmerizada. O sonho de sua infância se tornara realidade. Sua fantasia adquirira carne e osso.

— Vamos embora? — perguntou Brian MacIntosh a Lara.

Não. O que ela mais queria naquele momento era permanecer ali. Queria falar outra vez com a visão, tocá-lo, certificar-se de que era real.

— Vamos — murmurou ela, relutante.

Na manhã seguinte, Lara voltou a Nova York. Especulava se algum dia tornaria a ver Philip Adler.

ELA SE DESCOBRIU incapaz de tirá-lo dos pensamentos. Tentou dizer a si mesma que isso era ridículo, que apenas se empenhava em reviver um sonho da infância, mas foi tudo em vão. Continuou a ver o rosto dele, a ouvir sua voz. *Tenho de encontrá-lo de novo*, pensou Lara.

Paul Martin telefonou no início da manhã seguinte.

— Oi, meu bem. Senti muita saudade. Como foram as coisas em Londres?

— Tudo bem — respondeu ela, cautelosa.

Depois que terminou a conversa, Lara continuou sentada à sua mesa, pensando em Philip Adler.

— Estão à sua espera na sala de reuniões, Srta. Cameron.

— Já estou indo.

— PERDEMOS O NEGÓCIO em Queens — anunciou Keller.

— Por quê? Pensei que já tínhamos acertado tudo.

— E eu também, mas o conselho comunitário se recusa a apoiar a mudança do zoneamento.

Lara correu os olhos pelos integrantes de seu comitê executivo, reunidos na sala. Eram arquitetos, advogados, executivos de publicidade e engenheiros de construção.

— Não posso entender — disse ela. — Aqueles inquilinos têm uma renda média de nove mil dólares por ano e pagam menos de duzentos dólares por mês de aluguel. Vamos reabilitar os apartamentos para eles, sem qualquer aumento de aluguel, e vamos fornecer novos apartamentos para alguns dos outros moradores da área. Seria o Natal em julho, e mesmo assim eles recusam? Qual é o problema?

— Não é tanto o conselho, mas sim sua presidente, Edith Benson.

— Marque outra reunião com ela. Irei pessoalmente.

LARA LEVOU SEU supervisor de construção, Bill Whitman, à reunião.

— Para ser franca, fiquei espantada quando soube que seu conselho rejeitou nossa proposta — disse ela. — Vamos investir mais de cem milhões de dólares para melhorar a área, e ainda assim recusam...

Edith Benson interrompeu-a:

— Vamos ser honestas, Srta. Cameron. Não vai investir esse dinheiro para melhorar a área. Só entrará com o dinheiro para que a Cameron Enterprises possa ganhar ainda mais.

— Claro que esperamos ganhar dinheiro, mas só poderemos consegui-lo se ajudarmos vocês. Vamos melhorar as condições de vida na área e...

— Desculpe, mas não concordo. Neste momento, vivemos num lugar pequeno e sossegado. Se a deixarmos entrar, teremos uma área de densidade maior... mais tráfego, mais automóveis, mais poluição. Não queremos nada disso.

— Nem eu — declarou Lara. — Não tencionamos construir caixotes que...

— Caixotes?

— Esses prédios quadrados horríveis de três andares. Estamos interessados em projetos que não aumentarão o nível de ruído, nem reduzirão a claridade, ou mudarão o clima de tranquilidade. Não nos interessa a arquitetura de exibição. Já contratei Stanton Fielding, o maior arquiteto do país, e Andrew Burton, de Washington, para cuidar do paisagismo.

Edith Benson deu de ombros.

— Sinto muito, mas não adianta. E creio que não temos mais nada a conversar.

Ela começou a se levantar. *Não posso perder este negócio*, pensou Lara, desesperada. *Será que não podem perceber o que é bom para seu bairro? Tento fazer alguma coisa por eles e não querem me deixar.* E de repente ela teve uma ideia incrível.

— Espere um instante. Soube que os outros integrantes do conselho estão dispostos a concordar, mas você vem bloqueando o projeto.

— É isso mesmo.

Lara respirou fundo.

— Ainda temos algo a conversar. — Ela hesitou por um instante, parecendo um pouco nervosa agora. — É muito pessoal. Diz que não estou preocupada com a poluição nem com o que vai acontecer ao meio ambiente na área se fizermos o nosso projeto. Pois vou lhe revelar uma coisa que espero que mantenha em segredo. Tenho uma filha de dez anos, que amo demais, e ela vai morar no novo prédio com o pai. Ele tem a custódia.

Edith Benson mostrou-se espantada.

— Não sabia que tinha uma filha.

— Ninguém sabe. Nunca fui casada. É por isso que estou lhe pedindo para manter segredo. Se a notícia vazar, pode ser muito prejudicial para mim. Tenho certeza de que compreende.

— Claro que compreendo.

— Amo muito minha filha, e posso garantir que nunca faria coisa alguma que a prejudicasse. Tenciono fazer tudo o que for possível para tornar este projeto maravilhoso para todas as pessoas que vivem aqui. E minha filha será uma delas.

Houve um momento de silêncio compreensivo.

— Devo dizer que isso... isso torna tudo diferente, Srta. Cameron. Gostaria de algum tempo para pensar a respeito.

— Obrigada. Fico feliz com a sua compreensão.

Se eu tivesse uma filha, pensou Lara, *seria seguro para ela morar aqui.*

TRÊS SEMANAS DEPOIS, Lara obteve a aprovação da comissão de planejamento urbano para a execução do projeto.

— Ótimo! — disse Lara. — Agora, é melhor procurarmos Stanton Fielding e Andrew Burton para perguntar se não se interessam em trabalhar no projeto.

Howard Keller não podia acreditar na notícia.

— Já soube o que aconteceu. Conseguiu enganá-la. É incrível. Você não tem uma filha.

— Eles precisam do projeto e essa foi a única maneira que encontrei de fazê-la mudar de ideia.

Bill Whitman estava escutando.

— Haverá a maior confusão se algum dia eles descobrirem.

EM JANEIRO, foi concluído um novo edifício, na Rua 63-Leste. Era um prédio de apartamentos de 45 andares e Lara ficou com o dúplex na cobertura. Os cômodos eram enormes e havia terraços que se estendiam por um quarteirão inteiro. Ela contratou um decorador de renome para arrumar o apartamento. Ofereceu uma recepção para cem pessoas.

— Só carece de um homem — comentou uma das convidadas, insinuante.

E Lara pensou em Philip Adler, especulou onde ele estaria naquele momento e fazendo o quê.

LARA E HOWARD KELLER se encontravam no meio de uma discussão quando Bill Whitman entrou na sala.

— Oi, chefe. Tem um minuto?

Lara fitou-o.

— Não mais do que isso, Bill. Qual é o problema?

— Minha mulher.

— Se enfrenta dificuldades conjugais...

— Não é isso. Ela acha que devemos viajar em férias. Talvez passar algumas semanas em Paris.

Lara franziu o rosto.

— Paris? Estamos com uma dúzia de projetos em andamento.

— Sei disso, mas tenho trabalhado até tarde ultimamente e quase não vejo minha mulher. Sabe o que ela me disse hoje de manhã? "Se tivesse uma promoção e um bom aumento, Bill, não precisaria trabalhar tanto."

Ele sorriu. Lara se recostou em sua cadeira, estudando-o.

— Não tem um aumento previsto até o ano que vem.

Whitman deu de ombros.

— Quem sabe o que pode acontecer em um ano? Podemos ter problemas com aquele projeto em Queens, por exemplo. A velha Edith Benson pode ouvir alguma coisa para fazê-la mudar de ideia, não é mesmo?

Lara ficou imóvel.

— Entendo...

Bill Whitman levantou-se.

— Pense a respeito e depois me avise.

Lara forçou um sorriso.

— Claro.

Ela observou-o deixar a sala com uma expressão sombria.

— Mas que história é essa? — indagou Keller.

— É o que se chama de chantagem.

NO DIA SEGUINTE, Lara almoçou com Paul Martin.

— Tenho um problema, Paul. E não sei como resolvê-lo.

Ela relatou a conversa com Bill Whitman.

— Acha mesmo que ele seria capaz de procurar a velha? — perguntou Paul.

— Não sei. Mas se isso acontecer, posso ter muitos problemas com o departamento de habitação.

Paul Martin deu de ombros.

— Eu não me preocuparia com ele. Provavelmente está blefando.

Lara suspirou.

— Espero que sim.

— Gostaria de ir para Reno? — perguntou Paul.

— Eu adoraria, mas não posso me afastar do trabalho neste momento.

— Não estou pedindo para se afastar do trabalho, mas perguntando se não gostaria de comprar um hotel e um cassino ali.

Lara estudou-o.

— Fala sério?

— Recebi o aviso de que um dos hotéis vai perder sua licença. O lugar é uma mina de ouro. Quando a notícia se espalhar, todos vão querer comprá-lo. O hotel será leiloado, mas acho que posso dar um jeito para você ganhar.

Lara hesitou.

— Não sei... Estou bastante comprometida neste momento. Howard Keller diz que os bancos não me emprestarão mais dinheiro até que eu pague alguns dos empréstimos.

— Não precisa recorrer a um banco.

— Mas como...?

— Pode usar os títulos de alto risco, os *junk bonds*. Há as companhias de poupança e empréstimo. Você entra com cinco por cento do capital e uma companhia de poupança e empréstimo dá sessenta e cinco por cento em títulos de grande rentabilidade. Ficam faltando trinta por cento. Pode obter esse dinheiro de bancos estrangeiros que investem em cassinos. Teria opções... Suíça, Alemanha, Japão. Há meia dúzia de bancos que dariam os trinta por cento em notas promissórias.

Lara começava a se sentir excitada.

— Parece uma boa perspectiva. Tem certeza que pode me conseguir o hotel?

Paul sorriu.

— Será seu presente de Natal.

— Você é maravilhoso. Por que é tão bom para mim?

— Não tenho a menor ideia.

Mas ele conhecia a resposta. Estava obcecado por Lara. Ela fazia com que se sentisse jovem de novo, fazia com que tudo se tornasse emocionante para ele. *Não quero perdê-la nunca*, pensou Paul Martin.

KELLER ESPERAVA quando Lara voltou ao escritório.

— Onde você esteve? — indagou ele. — Havia uma reunião às duas horas que...

— Fale-me sobre os *junk bonds*, Howard. Como os títulos são cotados?

— No topo, temos o Triplo A. Seriam os títulos de uma companhia como a AT&T. Descendo pela escala, temos o Duplo A, A Simples, BAA, e lá no fundo o Duplo B... estes são os *junk bonds*. Um título convencional paga nove por cento. Um *junk bond* paga quatorze por cento. Por que pergunta?

Lara contou.

— Um *cassino*, Lara? Essa não! Paul Martin está por trás disso, não é?

— Não, Howard. Se levar adiante o projeto, *eu* estou por trás. Já tivemos uma resposta para a nossa oferta sobre a propriedade em Battery Park?

— Já, sim. Ela não vai nos vender.

— Mas a propriedade não está à venda?

— De certa forma.

— Pare de fazer rodeios.

— Pertence à viúva de um médico, Eleanor Royce. Todos os incorporadores da cidade apresentaram ofertas pela propriedade.

— E alguém ofereceu mais do que nós?

— Não foi isso. A velha não se interessa por dinheiro. Já tem demais.

— E por que então ela se interessa?

— Quer alguma espécie de monumento ao marido. Aparentemente, pensa que foi casada com um Albert Schweitzer. Quer manter acesa a chama do marido. Não deseja que a propriedade seja transformada em algo grosseiro ou comercial. Ouvi dizer que Steve Murchison vem tentando persuadi-la a vender.

— É mesmo?

Lara permaneceu em silêncio por um minuto inteiro, antes de indagar:

— Quem é o seu médico, Howard?

— Como?

— Quem é o seu médico?

— Seymour Bennett. É chefe de clínica no Midtown Hospital.

NA MANHÃ SEGUINTE, o advogado de Lara, Terry Hill, estava sentado no consultório do Dr. Seymour Bennett.

— A recepcionista disse que queria me falar com urgência, e que a conversa nada tem a ver com um problema médico.

— De certa forma, envolve um problema médico, Dr. Bennett — disse Terry Hill. — Represento um grupo de investimentos que deseja criar uma clínica sem fins lucrativos. Queremos atender aos desafortunados que não podem pagar cuidados médicos regulares.

— É uma esplêndida ideia. O que posso fazer para ajudá-lo?

Terry Hill explicou.

NO DIA SEGUINTE, o Dr. Bennett foi tomar chá na casa de Eleanor Royce.

— Pediram-me para procurá-la, Sra. Royce, em nome desse grupo. Querem construir uma boa clínica e dar o nome de seu falecido marido. Imaginam a clínica como um santuário para ele.

O rosto da Sra. Royce se iluminou.

— É mesmo?

Conversaram sobre os planos do grupo durante uma hora e ao final a Sra. Royce disse:

— George teria adorado. Diga a eles que o negócio está fechado.

A CONSTRUÇÃO COMEÇOU seis meses depois. Era um projeto gigantesco. Ao ser concluído, todo o quarteirão era ocupado por enormes prédios de apartamentos, um imenso centro comercial e um complexo de diversões. Num canto remoto da propriedade havia um pequeno prédio de alvenaria, de um só andar. Uma placa simples por cima da porta dizia: CLÍNICA MÉDICA GEORGE ROYCE.

Capítulo 18

LARA FICOU EM CASA no dia de Natal. Fora convidada para uma dúzia de festas, mas Paul Martin prometera que iria procurá-la.

— Tenho de passar o dia com Nina e as crianças — explicara ele —, mas quero dar uma passada para vê-la.

E Lara se perguntou o que Philip Adler estaria fazendo naquele dia de Natal.

Era o tipo de dia de cartão-postal de Currier & Ives. Nova York se encontrava coberta por um lindo manto de neve, prevalecia um estranho silêncio. Paul Martin chegou com uma sacola de compras cheia de presentes para Lara.

— Tive de passar no escritório para pegar os presentes — informou ele.

Para que sua esposa não saiba.

— Já me dá muita coisa, Paul. Não precisava trazer nada.

— Mas eu queria. Abra agora.

Lara sentiu-se comovida pela ansiedade dele para ver sua reação.

Os presentes eram selecionados e caros. Um colar de Cartier, echarpes de Hermes, livros da Rizzoli, um relógio de carrilhão antigo e um pequeno envelope branco. Lara abriu-o. Lia-se, em letras de forma grandes: "Cameron Reno Hotel & Casino". Ela olhou para Paul, surpresa.

— O hotel é meu?

Ele acenou com a cabeça, confiante.

— Será seu. A licitação começa na próxima semana. Tenho certeza de que você vai se divertir.

— Não sei como dirigir um cassino.

— Não se preocupe. Providenciarei alguns profissionais para cuidarem de tudo por você. E o hotel você mesma pode administrar.

— Não sei como agradecer, Paul. Tem feito coisas demais por mim.

Ele pegou as mãos de Lara.

— Não há nada neste mundo que eu não faria por você. Nunca se esqueça disso.

— Não esquecerei — prometeu Lara, solene.

Ele olhou para seu relógio.

— Tenho de voltar para casa agora. Eu gostaria...

Paul hesitou.

— Gostaria de quê?

— Não tem importância. Feliz Natal, Lara.

— Feliz Natal, Paul.

Ela foi até a janela, olhou para fora. O céu se convertera numa delicada cortina de flocos de neve caindo. Irrequieta, Lara deu alguns passos para ligar o rádio. Um locutor dizia:

— ... e agora, no seu programa de feriado, a Orquestra Sinfônica de Boston apresenta o Concerto para Piano Nº 5, em Mi Bemol, de Beethoven, com Philip Adler como solista.

Lara escutou com os olhos, vendo-o ao piano, bonito e elegante. Quando a música terminou, ela pensou: *Tenho de vê-lo outra vez.*

Bill Whitman era um dos melhores supervisores de construção no mercado. Galgara os degraus da profissão e era um dos profissionais mais solicitados. Trabalhava com afinco e ganhava um bom dinheiro, mas sentia-se insatisfeito. Durante anos observara os construtores ganhando vastas fortunas, enquanto ele recebia apenas um salário. *De certa forma*, pensava Whitman, *eles estão ganhando dinheiro à minha custa.* Mas tudo mudou no dia em que Lara Cameron foi ao conselho comunitário. Ela mentira para obter a aprovação do conselho e isso poderia destruí-la. *Se eu procurar o conselho e contar a verdade, sua licença será cassada.*

Mas Bill Whitman não tinha a menor intenção de denunciá-la. Imaginara um plano melhor. Pretendia usar o que acontecera como uma alavanca. A chefe lhe daria qualquer coisa que pedisse. Podia sentir, pela conversa em que pedira uma promoção e um aumento, que Lara Cameron cederia. Ela não tinha opção. *Começarei com pouca coisa*, pensou Bill Whitman, feliz, *e depois passarei a espremê-la para valer.*

Dois dias depois do Natal, foram iniciadas as obras no projeto da Eastside Plaza. Whitman correu os olhos pela vasta propriedade e pensou: *Esta obra vai dar dinheiro que não acaba mais. Só que desta vez eu também vou ganhar minha parte.*

Havia uma porção de equipamentos pesados no local. Guindastes escavavam a terra e transferiam toneladas para caminhões à espera. Um guindaste com uma imensa caçamba serrilhada parecia enguiçado. O braço comprido parou, suspenso em pleno ar. Whitman encaminhou-se para a cabine, sob a enorme caçamba de metal.

— Ei, Jesse — gritou ele —, qual é o problema aí em cima?

O homem na cabine murmurou alguma coisa que Whitman não conseguiu ouvir. Ele chegou mais perto.

— O quê?

Tudo aconteceu numa fração de segundo. Uma corrente se soltou e a caçamba de metal caiu em cima de Whitman, esmagando-o contra o solo. Os homens correram para o corpo, mas não havia mais nada que se pudesse fazer.

— A trava de segurança escapuliu — explicou o operador mais tarde. — Eu me sinto horrível. Gostava muito do Bill.

Ao receber a notícia, Lara telefonou imediatamente para Paul Martin.

— Já soube o que aconteceu com Bill Whitman?

— Já, sim. Deu na televisão.

— Paul, você não...?

Ele riu.

— Não precisa ter ideias malucas. Tem visto filmes demais. Lembre-se apenas de que, no final, os mocinhos sempre vencem.

E Lara se perguntou: *Sou uma mocinha?*

Havia mais de uma dúzia de licitantes pelo hotel em Reno.

— Quando apresento minha proposta? — perguntou Lara a Paul.

— Não apresente enquanto eu não lhe disser. Deixe que os outros saiam na frente.

A licitação era secreta, com as propostas lacradas, para serem abertas na sexta-feira seguinte. Na quarta-feira, Lara ainda não encaminhara sua oferta. Telefonou para Paul Martin.

— Aguente firme — disse ele. — Avisarei quando chegar o momento.

Eles se falavam pelo telefone várias vezes por dia.

Às cinco horas da tarde, uma hora antes do encerramento do prazo para a apresentação de propostas, Lara recebeu um telefonema.

— Agora! A oferta mais alta é de cento e vinte milhões. Quero que ofereça cinco milhões a mais.

Lara ficou aturdida.

— Mas, se eu fizer isso, perderei dinheiro no negócio.

— Confie em mim — disse Paul. — Depois que comprar o hotel e começar a reformá-lo, pode conseguir uma redução nas mudanças. Todas serão endossadas pelo engenheiro supervisor. Compensará os cinco milhões e ainda ganhará mais alguma coisa.

No dia seguinte, Lara foi informada de que sua oferta era a vencedora.

Agora, Lara e Keller seguiram para Reno.

O HOTEL SE CHAMAVA Reno Palace. Era grande e suntuoso, com 1.500 quartos e um cassino enorme e reluzente, que estava vazio. Lara e Howard Keller foram conduzidos pelas dependências do cassino por um homem chamado Tony Wilkie.

— As pessoas que dirigiam este cassino fizeram a maior burrada — comentou Wilkie.

— Que tipo de burrada? — indagou Keller.

— Parece que dois sujeitos andavam embolsando algum dinheiro da caixa...

— Um desvio — interrompeu Keller.

— Isso mesmo. Os donos, é claro, não sabiam de nada.

— Com toda certeza.

— Mas alguém os denunciou e a Comissão de Jogo virou a mesa. O que foi uma pena. Era uma operação lucrativa.

— Sei disso.

Keller já examinara os livros. Encerrada a excursão, quando ficou a sós com Howard, Lara disse:

— Paul tinha razão. Isto é uma mina de ouro. — Ela percebeu a expressão de Howard. — Qual é o problema?

Ele deu de ombros.

— Não sei. Apenas não gosto de me envolver numa coisa assim.

— E o que é "uma coisa assim", Howard? Isto é uma mina de ouro.

— Quem vai dirigir o cassino?

— Encontraremos as pessoas certas — respondeu Lara, evasiva.

— Onde? Entre os escoteiros? É preciso jogadores para dirigir uma operação como esta. Eu não conheço nenhum. Você conhece?

Lara permaneceu calada.

— Aposto que Paul Martin conhece.

— Deixe-o fora disso, Howard.

— Eu bem que gostaria, e gostaria também de deixá-la fora. Não creio que seja uma boa ideia.

— Também não achava que o projeto de Queens não era uma boa ideia? E tinha a mesma opinião sobre o shopping center na Houston Street. Mas ambos não estão dando dinheiro agora?

— Lara, eu nunca disse que não eram bons negócios. Apenas argumentei que estávamos avançando depressa demais. Você está engolindo tudo que aparece à vista, mas ainda não digeriu coisa alguma.

Lara passou a mão pelo rosto de Howard.

— Relaxe.

OS MEMBROS DA Comissão de Jogo receberam Lara com extrema cortesia.

— Não é com frequência que recebemos uma linda jovem aqui — declarou o presidente. — Anima o nosso dia.

Lara estava mesmo bonita. Usava um costume bege de lã de Donna Karan, com uma blusa de seda cor de creme e, para dar sorte, uma das echarpes que Paul lhe dera no Natal. Ela sorriu.

— Obrigada.

— O que podemos fazer para ajudá-la? — perguntou um dos comissários.

Todos sabiam muito bem o que podiam fazer por ela.

— Estou aqui porque gostaria de fazer alguma coisa por Reno — respondeu Lara, muito séria. — Gostaria de dar à cidade o maior e mais lindo hotel de Nevada. Quero acrescentar mais cinco andares ao Reno Palace e construir um grande centro de convenções, a fim de atrair turistas até aqui para jogar.

Os comissários trocaram olhares. O presidente disse:

— Creio que algo assim teria um efeito benéfico sobre a cidade. Nosso trabalho é cuidar para que uma operação assim seja mantida totalmente dentro dos limites legais.

— Não sou exatamente uma condenada fugitiva — murmurou Lara, sorrindo.

Todos riram de seu gracejo.

— Conhecemos os seus antecedentes, Srta. Cameron, e são admiráveis. Contudo, não tem qualquer experiência de dirigir um cassino.

— É verdade — admitiu Lara. — Por outro lado, tenho certeza de que será fácil encontrar empregados competentes e qualificados que receberão a aprovação desta comissão. E podem estar certos de que eu agradeceria toda e qualquer orientação que possam me oferecer.

Um dos membros da comissão interveio:

— No aspecto do financiamento, pode garantir...?

O presidente interrompeu-o:

— Toda essa parte já foi acertada, Tom. A Srta. Cameron apresentou a proposta financeira. Enviarei uma cópia a cada um mais tarde.

Lara ficou calada, esperando. O presidente acrescentou:

— Não posso lhe prometer coisa alguma neste momento, Srta. Cameron, mas creio que é seguro dizer que não vejo qualquer obstáculo para que lhe seja concedida uma licença.

Lara se mostrou radiante:

— Isso é maravilhoso! Eu gostaria de começar a trabalhar o mais depressa possível.

— Infelizmente, as coisas não são tão rápidas por aqui. Haverá um período de espera de um mês, antes que possamos lhe dar uma resposta definitiva.

A consternação de Lara foi evidente.

— Um mês?

— Isso mesmo. Precisamos efetuar algumas verificações.

— Eu compreendo. Mas tudo bem.

HAVIA UMA LOJA de música no complexo do hotel. Na vitrine, podia-se ver um enorme cartaz de Philip Adler, anunciando seu novo CD.

Lara não se interessava por música. Comprou o CD pela fotografia de Philip na caixa.

NA VOLTA PARA Nova York, ela perguntou:

— Howard, o que você sabe sobre Philip Adler?

— Apenas o que todo mundo sabe. Ele é provavelmente o maior pianista de concerto do mundo na atualidade. Toca com as melhores orquestras sinfônicas. Li em algum lugar que ele acaba de instituir uma fundação para conceder bolsas de estudos para músicos de minorias nas grandes cidades.

— Como se chama?

— Fundação Philip Adler, se não me engano.

— Eu gostaria de dar uma contribuição. Mande um cheque de dez mil dólares, em meu nome.

Keller se surpreendeu.

— Pensei que não se interessasse por música clássica.

— Estou começando a me interessar.

A MANCHETE dizia:

PROMOTOR DISTRITAL
INVESTIGA PAUL MARTIN — ADVOGADO TERIA
LIGAÇÕES COM A MÁFIA

Lara leu a matéria, aflita, e telefonou no mesmo instante para Paul.

— O que está acontecendo? — perguntou ela.

Paul riu.

— O promotor se lançou em outra expedição de pescaria. Há anos que tentam me vincular aos rapazes, mas nunca tiveram sorte. Toda vez que se aproxima uma eleição, tentam me usar como um bode expiatório. Não se preocupe com isso. Que tal jantarmos hoje?

— Grande ideia.

— Conheço um pequeno restaurante na Mulberry Street onde ninguém vai nos incomodar.

DURANTE O JANTAR, Paul Martin disse:

— Soube que a reunião com a Comissão de Jogo correu muito bem.

— Acho que sim. Eles pareciam amistosos, mas nunca fiz nada assim antes.

— Creio que não terá qualquer problema. Providenciarei bons rapazes para cuidarem do cassino. O homem que tinha a licença se tornou ganancioso demais. — Ele mudou de assunto. — Como vão todas as outras obras?

— Muito bem. Tenho três projetos em andamento, Paul.

— Não está fazendo coisas demais, Lara?

Ele até se parecia com Howard Keller.

— Não. Cada obra se mantém dentro do orçamento e segue de acordo com o cronograma.

— Ainda bem, querida. Eu não gostaria que nada saísse errado para você.

— E nada sairá. — Ela pôs a mão sobre a de Paul. — Você é minha rede de segurança.

— E sempre estarei disponível — murmurou Paul, apertando sua mão.

DUAS SEMANAS PASSARAM e Lara não teve notícias de Philip Adler. Chamou Keller.

— Mandou aquela contribuição de dez mil dólares para a Fundação Adler?

— Mandei, no mesmo dia em que me pediu.

— Estranho... Pensei que ele me telefonaria.

Keller deu de ombros.

— Provavelmente ele está excursionando por algum lugar.

— Deve ser isso. — Lara tentou ocultar seu desapontamento. — Vamos falar sobre o projeto no Queens.

— Vai exigir uma grande parte de nossos recursos financeiros — comentou Keller.

— Sei como nos proteger. Eu gostaria de fechar negócio com um cliente.

— Tem alguém em mente?

— A Mutual Security Insurance. O presidente é Horace Guttman. Ouvi dizer que eles estão procurando por uma nova sede. Gostaria que fosse nosso prédio.

— Vou verificar.

Lara já tinha notado que ele nunca tomava anotações.

— Você nunca deixa de me espantar, Howard. Lembra de tudo, não é?

Keller sorriu.

— Tenho uma memória fotográfica. Costumava usá-la para estatísticas de beisebol.

Tudo isso parece ter acontecido há muito tempo, pensou Howard. *O garoto do braço mágico, o astro da equipe juvenil dos Cubs de Chicago. Outra pessoa, outra época.*

— Às vezes é uma maldição — acrescentou ele. — Há umas poucas coisas em minha vida que eu gostaria de esquecer.

— Howard, mande o arquiteto aprontar as plantas para o prédio no Queens. Descubra quantos andares a Mutual Security vai precisar e quanta área em cada andar.

Dois dias depois, Keller voltou à sala de Lara.

— Infelizmente tenho más notícias.

— Qual é o problema?

— Andei bisbilhotando por aí. Você estava certa sobre a Mutual Security. Eles procuram mesmo uma nova sede, mas Guttman pensa em se transferir para um prédio na Union Square. Pertence a seu velho amigo, Steve Murchison.

Murchison de novo! Lara tinha certeza de que a caixa com terra fora enviada por ele. *Mas não permitirei que ele me blefe.*

— Guttman já firmou algum compromisso, Howard?

— Ainda não.

— Muito bem. Pode deixar que cuidarei de tudo.

Naquela tarde, Lara deu uma dúzia de telefonemas. Acertou no alvo na última ligação.

— Horace Guttman? Claro que o conheço, Lara. Qual é o seu interesse nele?

— Gostaria de conhecê-lo. Sou uma grande fã sua. Poderia fazer o favor de convidá-lo para jantar no próximo sábado, Barbara?

— Claro.

O JANTAR FOI SIMPLES, mas elegante. Havia quatorze pessoas na residência dos Roswell. Alice Guttman não se sentia bem naquela noite e por isso Horace Guttman foi ao jantar sozinho.

Lara sentou ao seu lado. Ele estava na casa dos sessenta anos, mas parecia muito mais velho. Tinha um rosto severo e enrugado, um queixo obstinado. Lara se apresentava encantadora, provocante. Usava um vestido Halston preto, com um enorme decote, joias simples mas deslumbrantes. Tomaram coquetéis antes de sentarem à mesa do jantar.

— Há muito tempo que eu queria conhecê-lo — declarou Lara. — Tenho ouvido uma porção de coisas a seu respeito.

— Também tenho ouvido falar de você, minha jovem. Causou a maior sensação nesta cidade.

— Espero estar dando minha contribuição — respondeu Lara, modesta. — É uma cidadezinha maravilhosa.

— De onde você é?

— Gary, Indiana.

— É mesmo? — Ele fitou-a com uma expressão de surpresa. — Foi lá que eu nasci. Então é uma *Hoosier*, hein?

Lara sorriu.

— Exatamente. Tenho as melhores recordações de Gary. Meu pai trabalhava no *Post-Tribune.* Cursei a escola secundária Roosevelt. Nos fins de semana, íamos ao Gleason Park para piqueniques e concertos ao ar livre, ou jogávamos boliche no Twelve and Twenty. Detestei sair de lá.

— Mas saiu-se muito bem, Srta. Cameron.

— Lara.

— Lara. O que anda fazendo agora?

— O projeto que mais me atrai neste momento é um prédio que vou construir em Queens. Terá trinta andares e dezoito mil metros quadrados de área útil.

— Muito interessante — comentou Guttman, pensativo.

— Acha mesmo? — indagou Lara, com um ar de inocência. — Por quê?

— Acontece que estamos procurando um prédio mais ou menos com esse tamanho para nossa nova sede.

— E já escolheu algum?

— Não exatamente, mas...

— Se quiser, posso lhe mostrar as plantas para o nosso novo prédio. Já ficaram prontas.

Ele estudou-a por um momento.

— Eu gostaria de vê-las.

— Posso levá-las a seu escritório na segunda-feira de manhã.

— Estarei à espera.

O resto da noite transcorreu muito bem.

Naquela noite, ao chegar em casa, Horace Guttman foi até o quarto da esposa.

— Como está se sentindo? — perguntou ele.

— Melhor, querido. Como foi o jantar?

Ele sentou na cama.

— Todos sentiram a sua falta, mas foi agradável. Já ouviu falar de Lara Cameron?

— Claro. Todo mundo já ouviu falar de Lara Cameron.

— É uma mulher e tanto. Um pouco estranha. Diz que nasceu em Gary, Indiana, como eu. Sabia de tudo sobre Gary... o Gleason Park, o Twelve and Twenty.

— E o que há de estranho nisso?

Guttman sorriu para a esposa.

— Ela vem da Nova Escócia.

NO INÍCIO DA MANHÃ de segunda-feira, Lara apareceu no escritório de Horace Guttman, levando as plantas do projeto de Queens. Foi introduzida em sua sala imediatamente.

— É um prazer tornar a vê-la, Lara.

Ela pôs as plantas em cima da mesa e sentou à sua frente.

— Antes de examinar as plantas, Horace, eu queria lhe confessar uma coisa.

Guttman recostou-se na cadeira.

— O quê?

— Aquela história que contei no jantar, sobre Gary, Indiana...

— O que tem ela?

— Nunca estive em Gary, Indiana. Apenas tentava impressioná-lo.

Ele riu.

— Agora conseguiu me confundir. Não tenho certeza se serei capaz de acompanhá-la, minha jovem. Vamos dar uma olhada nessas plantas.

Guttman terminou de examiná-las meia hora depois e comentou, pensativo:

— Sabe, eu já optara praticamente por outro local.

— É mesmo?

— Por que deveria mudar de ideia e me transferir para o seu prédio?

— Porque será mais feliz lá. Providenciarei para que tenha tudo de que precisar. — Ela sorriu. — Além do mais, vai custar à sua companhia dez por cento a menos.

— É mesmo? Não sabe qual é o meu preço para o outro prédio.

— Não importa. Aceitarei sua palavra.

— Você podia ter vindo mesmo de Gary, Indiana — comentou Guttman. — Muito bem, vamos fechar o negócio.

QUANDO VOLTOU AO escritório, Lara recebeu o recado de que Philip Adler telefonara.

Capítulo 19

O SALÃO DE BAILE do Waldorf-Astoria estava lotado com os frequentadores do Carnegie Hall. Lara circulou pela multidão, à procura de Philip. Recordou a conversa telefônica poucos dias antes.

— Srta. Cameron, aqui é Philip Adler.

Ela sentira a garganta subitamente ressequida.

— Lamento não ter podido agradecer antes pelo seu donativo à fundação. Acabei de voltar da Europa e só soube agora.

— O prazer foi meu. — Lara precisava dar um jeito para que ele continuasse a falar. — Ah... para dizer a verdade, estou interessada em saber mais sobre a fundação. Talvez pudéssemos nos encontrar para conversar a respeito.

Houvera uma pausa.

— Haverá um jantar de caridade no Waldorf na noite de sábado. Poderíamos nos encontrar lá. Está livre?

Lara consultara rapidamente sua agenda. Tinha um jantar marcado com um banqueiro do Texas naquela noite. Tomara uma decisão imediata.

— Estou, sim. Terei o maior prazer em comparecer.

— Maravilhoso. Haverá um ingresso na porta à sua espera.

Lara estava radiante ao desligar.

PHILIP ADLER NÃO se encontrava em nenhum lugar à vista. Lara foi andando pelo vasto salão, escutando as conversas ao seu redor.

— ... e então o tenor principal disse: "Dr. Klemperer, só me restam dois dós agudos. Quer ouvi-los agora ou esta noite na apresentação?"...

— ... reconheço que ele tem uma boa condução. Sua dinâmica e variações tonais são excelentes... mas o *tempi! Tempi!* Não dá para aguentar!...

— ... Você está louco! Stravinski é estruturado demais. Sua música poderia ter sido composta por um robô. Bartók, por outro lado, abre as comportas e somos inundados pelas emoções...

— ... não consigo suportá-la ao piano. Seu Chopin é um exercício de torturado *rubato*, texturas esquartejadas e paixão púrpura...

Era uma linguagem misteriosa, além da compreensão de Lara. E de repente ela avistou Philip cercado por um círculo de admiradores. Lara abriu caminho pela multidão. Uma jovem atraente estava dizendo:

— Quando tocou a Sonata em Si Bemol Menor, senti que Rachmaninoff sorria. O tom e o fraseado, os registros mais profundos... Maravilhoso!

Philip sorriu.

— Obrigado.

Uma matrona de meia-idade declarou:

— Sempre escuto sua gravação de *Hammerklavier*. Santo Deus! A vitalidade é irresistível! Acho que deve ser o único pianista que resta no mundo que realmente compreende essa sonata de Beethoven...

Philip avistou Lara e murmurou:

— Ah, com licença...

Ele se encaminhou para Lara, pegou sua mão. O contato deixou-a excitada.

— Fico contente que tenha podido vir, Srta. Cameron.

— Obrigada. — Ela olhou ao redor. — É uma multidão e tanto.

Philip acenou com a cabeça.

— Tem razão. Posso presumir que é uma amante da música clássica?

Lara pensou na música com que fora criada. *Annie Laurie, Comin' Through the Rye, The Hills of Home...*

— Claro que pode. Meu pai me criou com a música clássica.

— Quero lhe agradecer de novo por sua contribuição. Foi muita generosidade.

— Sua fundação parece muito interessante. Eu adoraria conhecer mais a respeito. Se...

— Philip, querido! Não há palavras! Magnífico!

Ele foi cercado outra vez. Lara conseguiu se fazer ouvir:

— Se estiver livre em alguma noite desta semana...

Philip sacudiu a cabeça.

— Lamento, mas viajo para Roma amanhã.

Lara experimentou um súbito sentimento de perda.

— Ah...

— Mas voltarei dentro de três semanas. Talvez pudéssemos então...

— Maravilhoso! — exclamou Lara.

— ... passar uma noite conversando sobre música.

Lara sorriu.

— Claro. Aguardarei ansiosa.

Eles foram interrompidos nesse momento por dois homens de meia-idade. Um deles usava um rabo de cavalo, o outro tinha um brinco na orelha.

— Philip! Você precisa resolver uma discussão para nós. Quando está tocando Liszt, o que considera mais importante: um piano com uma ação pesada, o que lhe proporciona um som colorido, ou uma ação leve em que pode obter uma manipulação colorida?

Lara não tinha a menor ideia do que eles falavam. Afastaram-se numa discussão sobre sonoridade neutra, sons longos e transparência. Ela observou a animação no rosto de Philip enquanto ele falava e pensou: *Este é o seu mundo. Tenho de encontrar uma maneira de ingressar nele.*

Na manhã seguinte, Lara apareceu na Escola de Música de Manhattan. Disse à mulher na recepção:

— Gostaria de falar com um dos professores de música, por favor.

— Alguém em particular?

— Não.

— Um momento, por favor.

A recepcionista desapareceu em outra sala. Poucos minutos depois, um homem pequeno, grisalho, aproximou-se de Lara.

— Bom-dia. Sou Leonard Meyers. Como posso ajudá-la?

— Estou interessada em música clássica.

— Ah, sim, veio se matricular aqui. Que instrumento toca?

— Não toco nenhum instrumento. Apenas quero aprender sobre música clássica.

— Receio que tenha vindo ao lugar errado. Esta não é uma escola para principiantes.

— Pagarei cinco mil dólares por duas semanas de seu tempo.

O professor Meyers piscou, aturdido.

— Desculpe, Srta... Não ouvi seu nome.

— Cameron... Lara Cameron.

— Deseja me pagar cinco mil dólares por uma *conversa* de duas semanas sobre música clássica?

Ele demonstrou alguma dificuldade para enunciar as palavras.

— Isso mesmo. Pode usar o dinheiro para uma bolsa de estudos, se assim desejar.

O professor Meyers baixou a voz.

— Não será necessário. Isso pode ficar só entre nós.

— Por mim, não tem problema.

— Quando... bem... gostaria de começar?

— Agora.

— Tenho uma aula no momento, mas se me der cinco minutos...

LARA E O PROFESSOR Meyers sentaram numa sala de aula, sozinhos.

— Vamos começar pelo início. Sabe alguma coisa sobre música clássica?

— Bem pouco.

— Muito bem. Há duas maneiras de se compreender a música, a intelectual e a emocional. Alguém disse que a música revela ao homem sua alma oculta. Todos os grandes compositores foram capazes de realizar isso.

Lara escutava atentamente.

— Conhece alguns compositores, Srta. Cameron?

Ela sorriu.

— Não muitos.

O professor franziu o rosto.

— Não consigo entender seu interesse por...

— Quero conhecer o suficiente para ter uma conversa inteligente com um músico profissional sobre a música clássica. Eu... me interesso particularmente por música de piano.

— Hum... — Meyers pensou por um momento. — Já sei como vamos começar. Eu lhe darei alguns CDs para ouvir.

Lara observou-o ir até uma prateleira e pegar alguns CDs.

— Começaremos por estes. Quero que escute com toda atenção o *allegro* no Concerto para Piano Nº 21 em Dó, Köchel 467, de Mozart, o *adagio* no Concerto para Piano Nº 1 de Brahms, o *moderato* no Concerto para Piano Nº 2 em Dó Menor, Opus

18, de Rachmaninoff, e finalmente o *romanze* no Concerto para Piano Nº 1 de Chopin.

— Certo.

— Se quiser ouvir essas músicas e voltar dentro de poucos dias...

— Voltarei amanhã.

NO DIA SEGUINTE, Lara chegou com meia dúzia de CDs de concertos e recitais de Philip Adler.

— Ah, esplêndido! — exclamou o professor Meyers. — O maestro Adler é o melhor. Está particularmente interessada por sua música?

— Isso mesmo.

— O *maestro* gravou muitas belas sonatas.

— Sonatas?

Ele suspirou.

— Não sabe o que é uma sonata?

— Infelizmente, não.

— Uma sonata é uma peça, geralmente em vários movimentos, que possui uma certa forma musical básica. E quando essa forma é usada numa peça para um instrumento solo, como um piano ou violino, a peça é chamada de sonata. Uma sinfonia é uma sonata para uma orquestra.

— Estou entendendo.

Não deve ser difícil falar sobre isso numa conversa.

— O piano era originalmente conhecido como *pianoforte*. É o termo italiano para "suave-alto"...

Eles passaram os dias seguintes conversando sobre gravações que Philip fizera — Beethoven, Liszt, Bartók, Mozart, Chopin.

Lara escutava, absorvia, lembrava.

— Ele gosta de Liszt. Fale-me a seu respeito.

— Franz Liszt foi um menino-prodígio. Todos o admiravam. Ele era brilhante. Era tratado como um favorito pela aristocracia, e acabou se queixando que se tornara igual a um malabarista ou um cachorro amestrado...

— Fale-me sobre Beethoven.

— Um homem difícil. Era uma pessoa tão infeliz que no meio do seu grande sucesso decidiu que não gostava da obra que realizara, e mudou-a para composições mais longas e mais emocionais, como a *Eroica* e a *Pathétique*...

— Chopin?

— Chopin foi criticado por compor música para piano, e por isso os críticos da época consideravam-no limitado...

Mais tarde:

— Liszt podia tocar Chopin melhor do que o próprio Chopin...

Em outro dia:

— Há uma diferença entre os pianistas franceses e os pianistas americanos. Os franceses gostam de clareza de estilo e elegância. Tradicionalmente, seu aprendizado técnico baseia-se no *jeu perlé*... uma perfeita regularidade da articulação, com o pulso firme...

A cada dia, eles tocavam uma das gravações de Philip e conversavam a respeito. Ao final das duas semanas, o professor Meyers disse:

— Devo confessar que estou impressionado, Srta. Cameron. É uma discípula das mais devotadas. Talvez devesse aprender um instrumento.

Lara riu.

— Não vamos exagerar. — Ela entregou-lhe um cheque. — Aqui está.

Mal podia esperar que Philip voltasse a Nova York.

Capítulo 20

O DIA COMEÇOU com boas notícias.

Terry Hill telefonou.

— Lara?

— O que é?

— Acabamos de receber um aviso da Comissão de Jogos. Concederam a licença.

— Mas isso é maravilhoso, Terry!

— Darei os detalhes quando nos encontrarmos, mas é o sinal verde. Ao que parece, você os impressionou demais.

— Tomarei as providências para começar tudo o mais depressa possível — disse Lara. — Obrigada.

Ela comunicou a Keller o que acontecera.

— Isso é ótimo. Bem que precisamos do fluxo de caixa. Vai resolver muitos problemas nossos...

Lara consultou sua agenda.

— Podemos voar até lá na terça-feira e começar logo o trabalho.

Kathy chamou-a pelo interfone.

— Há um certo Sr. Adler na linha dois. O que digo a ele?

Lara sentiu-se subitamente nervosa.

— Vou atender. — Ela pegou o telefone. — Philip?

— Olá. Estou de volta.

— Fico contente por isso.

Senti muita saudade.

— Sei que é em cima da hora, mas gostaria de saber se está livre para jantar hoje.

Ela marcara um jantar com Paul Martin.

— Estou, sim.

— Maravilhoso! Onde gostaria de jantar?

— Não faz diferença.

— La Côte Basque?

— Ótimo.

— Por que não nos encontramos lá? Às oito horas?

— Combinado.

— Até de noite.

Lara sorria ao desligar.

— Era *Philip* Adler? — indagou Keller.

— O próprio. Vou casar com ele.

Keller ficou aturdido.

— Fala sério?

— Claro.

Foi um choque. *Vou perdê-la*, pensou Keller. E depois: *A quem estou tentando enganar? Ela nunca poderia ser minha.*

— Lara... você mal o conhece!

Eu o conheci por toda a minha vida.

— Não quero que cometa um erro.

— Não vou cometer. Eu...

O telefone particular tocou. O que ela mandara instalar para falar com Paul Martin. Lara atendeu.

— Olá, Paul.

— Oi, Lara. A que horas gostaria de me encontrar para o jantar? Oito?

Ela experimentou um súbito sentimento de culpa.

— Paul... receio não poder me encontrar com você esta noite. Surgiu uma dificuldade. Eu já ia lhe telefonar.

— É mesmo? Mas está tudo bem?

— Está, sim. Algumas pessoas acabam de chegar de Roma... — Essa parte pelo menos era verdadeira. — ... e tenho de me reunir com elas.

— O azar é meu. Outra noite, então.

— Claro.

— Já soube que recebeu a licença para o hotel em Reno.

— É verdade.

— Vamos nos divertir com o lugar.

— Estou ansiosa por isto. Lamento pelo jantar. Falarei com você amanhã.

A linha ficou muda.

Lara repôs o fone, lentamente.

Keller a observava. Ela podia perceber a desaprovação em seu rosto.

— Alguma coisa o incomoda?

— Incomoda. Todo esse equipamento moderno.

— Do que está falando?

— Acho que tem telefones demais em sua sala. Ele é má notícia, Lara.

Ela se empertigou.

— O Sr. Má Notícia salvou nossas peles umas poucas vezes, Howard. Mais alguma coisa?

Keller balançou a cabeça.

— Não.

— Então vamos voltar ao trabalho.

PHILIP JÁ A ESPERAVA quando ela chegou ao La Côte Basque. Pessoas se viraram para contemplá-la quando Lara entrou no restaurante. Philip levantou-se para cumprimentá-la e ela sentiu seu coração parar por um instante.

— Espero não ter me atrasado muito.

— De jeito nenhum. — Ele a fitava com admiração, com uma atração evidente. — Está adorável.

Lara trocara de roupa meia dúzia de vezes. *Devo usar alguma coisa simples, elegante ou sensual?* Acabara se decidindo por um Dior simples.

— Obrigada.

Depois que sentaram, Philip disse:

— Eu me sinto como um idiota.

— Por quê?

— Nunca liguei o nome. Você é *aquela* Cameron.

Ela riu.

— Culpada.

— Essa não! Você é uma rede de hotéis, é prédios de apartamentos, é prédios de escritórios. Quando excursiono, vejo seu nome por todo o país.

— Ótimo. — Lara sorriu. — Vai lembrá-lo de mim.

Ele a estudava.

— Não creio que eu precise de alguma coisa para lembrar. Cansa-se de ouvir as pessoas lhe dizerem que é muito bonita?

Lara pretendia dizer "Sinto-me contente por você me achar bonita", mas as palavras que saíram foram outras:

— Você é casado?

Ela teve vontade de morder a língua. Philip sorriu.

— Não. O casamento é impossível para mim.

— Por quê?

Por um instante, Lara prendeu a respiração. *Certamente ele não é...*

— Porque passo a maior parte do ano em excursão. Uma noite estou em Budapeste, na noite seguinte em Londres, Paris ou Tóquio.

Ela experimentou um profundo sentimento de alívio.

— Ah... Fale-me de você, Philip.

— O que quer saber?

— Tudo.

Ele riu.

— Levaria pelo menos cinco minutos.

— Falo sério. Quero saber de tudo a seu respeito.

Philip respirou fundo.

— Meus pais eram vienenses, meu pai um regente e minha mãe uma professora de piano. Deixaram Viena para escapar de Hitler e foram se instalar em Boston, onde nasci.

— Sempre soube que queria ser um pianista?

— Sempre.

Ele tinha seis anos. Praticava piano e o pai entrou na sala, furioso.

— Não, não, não! Não sabe distinguir um acorde maior de um menor? — O dedo cabeludo bateu na pauta musical. — Isto é um acorde menor. Menor. Está me entendendo?

— Posso ir agora, pai, por favor? Meus amigos me esperam lá fora.

— Não. Ficará sentado aqui até tocar direito.

Ele tinha oito anos. Praticara por quatro horas naquela manhã e tivera uma briga terrível com os pais.

— Odeio o piano! — gritara ele. — Nunca mais quero tocar!

A mãe disse:

— Está certo. Agora, quero ouvir o andante *de novo.*

Ele tinha dez anos. O apartamento estava cheio de convidados, a maioria velhos amigos dos pais, de Viena. Todos eram músicos.

— Philip vai tocar alguma coisa para nós agora — anunciou a mãe.

— Adoraríamos ouvir o pequeno Philip tocar — disseram eles, num tom condescendente.

— *Toque Mozart, Philip.*

Philip contemplou os rostos entediados e sentou ao piano, irritado. Os convidados continuaram a conversar.

Ele começou a tocar, os dedos voando pelo teclado. As conversas cessaram de repente. Philip tocou uma sonata de Mozart e a música adquiriu vida. E naquele momento ele era Mozart, povoando a sala com a magia do mestre.

Quando os dedos de Philip tocaram os últimos acordes, reinava na sala um silêncio reverente. Os amigos dos pais correram para o piano, falando no maior excitamento, efusivos nos elogios. Ele escutou os aplausos e a adulação, e esse foi o momento de sua epifania, quando soube quem era e o que queria fazer com sua vida.

— Isso mesmo, eu sempre soube que queria ser um pianista — disse Philip a Lara.

— Onde estudou piano?

— Mamãe me ensinou até os quatorze anos, e depois me mandaram estudar no Instituto Curtis, em Filadélfia.

— E gostou de lá?

— Muito.

Ele tinha quatorze anos, sozinho na cidade, sem amigos. O Instituto de Música Curtis se localizava em quatro mansões da passagem do século, perto da Rittenhouse Square, em Filadélfia. Era o mais próximo equivalente americano do Conservatório de Viardo, Egorov e Toradze, de Moscou. Entre seus graduados se incluíam Samuel Barber, Leonard Bernstein, Gian Carlo Menotti, Peter Serkin e dezenas de outros músicos excepcionais.

— Não se sentia solitário lá?

— Não.

Ele se sentia desesperado. Nunca antes estivera longe de casa. Fizera audições no Instituto Curtis, e ao ser aceito compreendera abruptamente que se encontrava prestes a iniciar uma vida nova, que nunca mais voltaria para casa. Os mestres logo reconheceram o talento do rapaz. Seus professores de piano foram Isabelle Vengerova e Rudolf Serkin, e Philip estudou piano, teoria, harmonia, orquestração e flauta. Quando não se achava em aula, tocava música de câmara com os outros estudantes. O piano que fora obrigado a praticar desde os três anos de idade era agora o foco de sua vida. Para ele, tornara-se um instrumento mágico, do qual seus dedos podiam extrair romance, paixão e trovoada. Falava uma linguagem universal.

— Dei meu primeiro concerto aos dezoito anos, com a Sinfônica de Detroit.

— Ficou assustado?

Ele estava apavorado. Descobria que uma coisa era tocar diante de um grupo de amigos, outra era enfrentar um vasto auditório, lotado com pessoas que pagaram para ouvi-lo. Andava de um lado para outro nos bastidores, muito nervoso, quando o diretor de cena pegou-o pelo braço e disse:

— Entre agora. Chegou a sua vez.

Jamais esquecera a sensação que experimentara quando entrou no palco e a plateia começou a aplaudi-lo. Sentou ao piano e seu nervosismo desapareceu no mesmo instante. Depois disso, sua vida tornou-se uma maratona de concertos. Excursionou por toda a Europa e Ásia, e sua reputação crescia ainda mais ao final de cada excursão. William Ellerbee, um agente de artistas importantes, concordou em representá-lo. Em dois anos, havia uma demanda por Philip Adler no mundo inteiro.

Ele olhou para Lara e sorriu.

— Claro. Ainda me sinto assustado antes de um concerto.

— Como é excursionar por toda parte?

— Nunca é insípido. Uma ocasião eu fazia uma excursão com a Sinfônica de Filadélfia. Estávamos em Bruxelas, a caminho de um concerto em Londres. O aeroporto local foi fechado por causa do nevoeiro e por isso nos levaram de ônibus para o aeroporto Schiphol, em Amsterdã. O encarregado explicou que o avião fretado para nós era pequeno e que os músicos podiam levar seus instrumentos ou a bagagem. Como não podia deixar de ser, eles escolheram os instrumentos. Chegamos a Londres bem a tempo de iniciar o concerto. Tocamos de jeans, tênis e com a barba por fazer.

Lara riu.

— E aposto que a plateia adorou.

— É verdade. Em outra ocasião, fui dar um concerto em Indiana, o piano fora trancado numa sala e ninguém tinha a chave. Foi preciso arrombar a porta.

Lara riu de novo.

— No ano passado eu tinha programado um concerto de Beethoven em Roma. Um dos críticos musicais escreveu: "Adler teve um desempenho fraco, com o fraseado no *finale* se desviando por completo do objetivo. O andamento foi largo demais, em desacordo com a vitalidade da peça."

— Que coisa terrível! — murmurou Lara, consternada.

— E o pior de tudo é que nunca dei esse concerto. Perdi o avião.

Lara inclinou-se para a frente, ansiosa.

— Conte-me mais.

— Uma ocasião, em São Paulo, os pedais caíram do piano no meio de um concerto de Chopin.

— O que você fez?

— Acabei a sonata sem os pedais. Em outra ocasião, o piano deslizou pelo palco.

Quando Philip falava de seu trabalho, a voz vibrava de entusiasmo.

— Tenho muita sorte. É maravilhoso ser capaz de comover as pessoas, transportá-las para outro mundo. A música proporciona um sonho a cada um. Às vezes penso que a música é a única sanidade que restou num mundo insano. — Ele riu, contrafeito. — Não quis parecer pomposo.

— E não pareceu. Faz com que milhões de pessoas se sintam felizes. Adoro ouvi-lo tocar. — Lara respirou fundo. — Quando o ouço tocar *Voiles* de Debussy, eu me sinto numa praia solitária e vejo o mastro de um navio navegando a distância...

Ele sorriu.

— Eu também me sinto assim.

— E quando ouço seu Scarlatti, estou em Nápoles, posso ouvir os cavalos e carruagens, vejo as pessoas andando pelas ruas...

Ela podia perceber a satisfação no rosto de Philip enquanto a escutava. Desencavava todas as lembranças das sessões com o professor Meyers.

— Com Bartók, você me leva às aldeias da Europa Central, aos camponeses da Hungria. Pinta as imagens e me perco nelas.

— Está sendo muito lisonjeira — comentou Philip.

— Não estou, não. Cada palavra é a sério.

O jantar foi servido. Consistiu em um Chateaubriand com *pommes frites*, uma salada Waldorf, aspargos frescos e uma torta de fruta na sobremesa. Houve um vinho para cada prato. Durante o jantar, Philip disse:

— Lara, já falamos muito de mim. Agora, conte-me sobre você. Como é construir enormes edifícios por todo o país?

Ela ficou em silêncio por um momento.

— É difícil descrever. *Você* cria com as mãos. *Eu* crio com a mente. Não construo fisicamente um prédio, mas faço com que se torne possível. Tenho um sonho de tijolos, concreto e aço e o converto em realidade. Crio empregos para centenas de pessoas: arquitetos, pedreiros, desenhistas, carpinteiros, encanadores. Graças a mim, eles podem sustentar suas famílias. Dou às pessoas lindos ambientes em que podem viver, em que se sentem confortáveis. Construo lojas atraentes, em que as pessoas podem comprar as coisas de que precisam. Construo monumentos ao futuro. — Ela sorriu, contrafeita. — Não pretendia fazer um discurso.

— É extraordinária... e sabe disso, não é?

— Quero que você pense assim.

Foi uma noite encantada. Ao final, Lara sabia que, pela primeira vez na vida, estava apaixonada. Sentira muito medo de acabar desapontada, de que nenhum homem pudesse corresponder à imagem em sua fantasia. Mas ali se encontrava Lochinvar, em carne e osso, e ela se apaixonara.

Quando chegou em casa, sentia-se tão excitada que não foi capaz de ir logo dormir. Repassou a noite em sua mente, reconstituiu a conversa muitas e muitas vezes. Philip Adler era o homem mais fascinante que já conhecera. O telefone tocou. Lara sorriu e atendeu. Já ia murmurar "Philip...", quando Paul Martin disse:

— Só estou verificando se você chegou em casa sã e salva.

— Cheguei.

— Como foi a reunião?

— Muito bem.

— Ótimo. Vamos jantar amanhã de noite.

Lara hesitou.

— Combinado.

Será que vai haver algum problema?

Capítulo 21

NA MANHÃ SEGUINTE, uma dúzia de rosas vermelhas foi entregue no apartamento de Lara. *Portanto, ele também gostou da noite*, pensou ela, feliz. Abriu apressada o envelope que acompanhava as flores. O cartão dizia: "Querida, aguardo ansioso o nosso jantar esta noite. Paul."

Lara sentiu uma pontada de decepção. Esperou durante toda a manhã por um telefonema de Philip. Tinha uma agenda movimentada, mas não conseguiu se concentrar no trabalho. Às duas horas, Kathy avisou:

— As novas secretárias estão aqui para serem entrevistadas.

— Comece a mandá-las entrar.

Havia meia dúzia, todas altamente qualificadas. Gertrude Meeks foi a escolhida do dia. Tinha trinta e poucos anos, inteligente e informada, com um respeito óbvio por Lara. Seu currículo era esplêndido.

— Já trabalhou antes no ramo de incorporações imobiliárias.

— Isso mesmo. Mas nunca trabalhei antes para uma firma como esta. Para dizer a verdade, aceitaria este emprego até de graça!

Lara sorriu.

— Isso não será necessário. Tem boas referências. Muito bem, vamos fazer uma experiência.

— Muito obrigada!

Ela estava quase corando.

— Terá de assinar um formulário concordando em não dar nenhuma entrevista, nem jamais falar fora daqui sobre qualquer coisa que aconteça nesta empresa. Aceita isso?

— Claro!

— Kathy lhe mostrará sua mesa.

Houve uma reunião de publicidade, às onze horas, com Jerry Townsend.

— Como vai seu pai? — perguntou Lara.

— Está na Suíça. O médico diz que ele pode ter uma chance. — A voz de Jerry se tornou rouca. — Se tiver, será graças a você.

— Todo mundo merece uma chance, Jerry. Espero que ele se recupere.

— Obrigado. — Jerry limpou a garganta. — Ahn... não sei como agradecer...

Lara levantou-se.

— Estou atrasada para uma reunião.

E ela saiu da sala, deixando-o sozinho ali, a acompanhá-la com os olhos.

A reunião era com os arquitetos de um projeto em Nova Jersey.

— Fizeram um bom trabalho, mas eu gostaria que providenciassem algumas alterações — disse Lara. — Quero uma arcada elíptica, com saguões em três lados e paredes de mármore. Mudem o telhado para uma pirâmide de cobre, com um refletor que ficará aceso à noite. Isso acarreta algum problema?

— Não creio, Srta. Cameron.

O interfone tocou assim que a reunião terminou.

— Srta. Cameron, Raymond Duffy, um dos supervisores de obras, está na linha, querendo lhe falar. Diz que é urgente.

Lara atendeu.

— Olá, Raymond.

— Temos um problema, Srta. Cameron.

— Pode falar.

— Acabam de entregar uma carga de blocos de cimento. Não passaram pela inspeção. Apresentam rachaduras. Vou devolvê-los, mas queria avisá-la primeiro.

Lara pensou por um momento.

— Estão muito ruins?

— Estão, sim. O fato é que não atendem às nossas especificações e...

— Podem ser reparados?

— Acho que sim, mas sairia muito caro.

— Repare-os.

Houve um instante de silêncio no outro lado da linha.

— Certo. Você é quem manda.

Lara desligou. Havia apenas dois fornecedores de cimento na cidade e seria suicídio hostilizá-los.

Às cinco horas da tarde Philip ainda não telefonara. Lara ligou para sua fundação.

— Philip Adler, por favor.

— O Sr. Adler deixou a cidade, numa excursão. Posso ajudá-la?

Ele não avisara que deixaria a cidade.

— Não, obrigada.

Ficamos assim, pensou Lara. *Por enquanto.*

O DIA TERMINOU com uma visita de Steve Murchison. Era um homem enorme, parecia uma pilha de tijolos. Avançou furioso pela sala de Lara.

— O que posso fazer para ajudá-lo, Sr. Murchison? — indagou ela.

— Pode manter a porra do seu nariz fora dos meus negócios!

Lara fitou-o calmamente.

— Qual é o seu problema?

— Você! Não gosto de pessoas se metendo em meus negócios!

— Se está se referindo ao Sr. Guttman...

— É claro que estou!

— ... ele preferiu meu prédio ao seu.

— Você o enganou. Já vem me sacaneando há tempo demais. Avisei-a uma vez. Não vou avisar de novo. Não há espaço suficiente para nós dois nesta cidade. Não sei onde guarda seus bagos, mas trate de escondê-los, porque vou cortá-los se alguma vez me sacanear de novo.

E ele saiu, ainda mais furioso.

O JANTAR EM SEU apartamento com Paul foi tenso.

— Parece preocupada, meu bem — disse ele. — Algum problema?

Lara conseguiu exibir um sorriso.

— Não. Está tudo bem.

Por que Philip não me contou que ia viajar?

— Quando começa o trabalho no projeto de Reno?

— Howard e eu tornaremos a voar para lá na próxima semana. Devemos inaugurar dentro de nove meses.

— Poderia ter um filho em nove meses.

Lara ficou surpresa.

— Como?

Paul Martin pegou sua mão.

— Sabe que sou louco por você, Lara. Mudou toda a minha vida. Eu bem que gostaria que as coisas tivessem ocorrido de maneira diferente. Adoraria ter filhos com você.

Não havia nada que Lara pudesse dizer a isso.

— Tenho uma pequena surpresa para você. — Ele enfiou a mão no bolso, tirou uma caixa de joia. — Abra.

— Paul, você já me deu tanta coisa...

— Abra.

Dentro da caixa havia um magnífico colar de diamantes.

— É lindo!

Ele se levantou, e Lara sentiu suas mãos quando ele prendeu o colar em torno de seu pescoço. As mãos de Paul deslizaram, acariciando os seios, enquanto ele murmurava, a voz rouca:

— Vamos ver se ficou bonito...

Paul começou a levá-la para o quarto. A mente de Lara girava. Nunca estivera apaixonada por Paul, e sempre fora fácil ir para a cama com ele — o pagamento por tudo o que fizera para ajudá-la —, mas agora havia uma diferença. Ela estava apaixonada. *Sou uma tola*, pensou Lara. *Provavelmente nunca mais tornarei a ver Philip.*

Ela se despiu devagar, relutante e foram para a cama. Paul Martin estava em cima dela, dentro dela, sussurrando:

— Ah, meu bem, sou louco por você...

E Lara fitou-o, mas o rosto que viu ali era o de Philip.

TUDO CORRIA muito bem. As reformas no hotel em Reno progrediam com rapidez, o complexo do Cameron Towers seria concluído dentro do prazo e a reputação de Lara continuava a crescer. Ela telefonara várias vezes para Philip Adler, durante os últimos meses, mas ele sempre se achava ausente, em alguma excursão.

— O Sr. Adler está em Pequim...

— O Sr. Adler está em Paris...

— O Sr. Adler está em Sydney...

Ele que se dane, pensou Lara.

Ao longo dos seis meses seguintes, Lara conseguiu superar Steve Murchison em três propriedades que ele desejava comprar. Keller foi procurá-la, preocupado.

— A notícia que corre pela cidade é de que Murchison vem fazendo ameaças contra você. Talvez devêssemos nos manter um pouco afastados dele. É um inimigo perigoso, Lara.

— Eu também sou. Talvez ele devesse mudar de ramo.

— Não é brincadeira, Lara. Ele...

— Esqueça-o, Howard. Acabo de receber um aviso sobre uma propriedade em Los Angeles. Ainda não foi posta no mercado. Se agirmos depressa, creio que podemos consegui-la. Voaremos para lá pela manhã.

A propriedade era o terreno do velho Biltmore Hotel, um total de dois e meio hectares. Um corretor foi mostrá-la a Lara e Howard.

— Uma propriedade de primeira — disse ele. — Nada pode sair errado neste caso. Pode-se construir uma linda cidadezinha nesta área... prédios de apartamentos, shopping centers, cinemas e restaurantes...

— Não.

O corretor olhou para Lara, espantado.

— Como disse?

— Não estou interessada.

— Não? E por quê?

— Por causa do bairro. Não creio que as pessoas queiram se mudar para esta área. Los Angeles se desloca a oeste. As pessoas são como lemingues. Não dá para fazer com que invertam a direção.

— Mas...

— Posso lhe dizer em que estou interessada. Condomínios. Arrume-me um bom local.

Lara virou-se para Howard.

— Desculpe ter desperdiçado nosso tempo. Voaremos de volta esta tarde.

A caminho do hotel, Keller comprou um jornal.

— Vamos verificar o que o mercado está fazendo hoje.

Na seção de diversões, havia um anúncio grande: "ESTA NOITE NO HOLLYWOOD BOWL — PHILIP ADLER." O coração de Lara disparou.

— Vamos deixar para voltar amanhã — murmurou ela.

Keller estudou-a por um momento.

— Seu interesse é pela música ou pelo músico?

— Compre dois ingressos.

LARA NUNCA ESTIVERA antes no Hollywood Bowl. O maior anfiteatro natural do mundo é cercado pelas colinas de Hollywood e o terreno ao redor é um parque, aberto o ano inteiro aos visitantes. O anfiteatro propriamente dito tem lugar para dezoito mil pessoas sentadas. O Bowl estava lotado e Lara pôde sentir a expectativa ansiosa da multidão. Os músicos começaram a entrar no palco e foram recebidos com aplausos. André Previn apareceu e os aplausos se tornaram ainda mais entusiasmados. Houve uma agitação e mais aplausos na plateia no momento em que Philip Adler entrou no palco, elegante, de casaca e gravata branca. Lara apertou o braço de Keller e sussurrou:

— Ele não é lindo?

Keller não respondeu.

Philip sentou ao piano, e o programa começou. Sua magia se afirmou no mesmo instante, envolvendo a plateia. Havia um misticismo na noite. As estrelas brilhavam, iluminando as colinas escuras em torno do Bowl. Milhares de pessoas sentavam ali em silêncio, comovidas pela majestade da música. Quando os últimos acordes do concerto se desvaneceram, houve um verdadeiro rugido da multidão, todos se levantando, aplaudindo e aclamando. Philip ficou de pé, fazendo uma reverência depois de outra.

— Vamos aos bastidores — sugeriu Lara.

Keller virou-se para fitá-la. A voz de Lara tremia de excitamento.

A entrada dos bastidores ficava ao lado do poço da orquestra. Havia um guarda na porta, impedindo o acesso da multidão.

— A Srta. Cameron está aqui para falar com o Sr. Adler — disse Keller.

— Ele a espera? — indagou o guarda.

— Espera — respondeu Lara.

— Aguardem aqui, por favor. — O guarda voltou um momento depois. — Pode entrar, Srta. Cameron.

Lara e Keller foram para a sala verde. Philip se encontrava no meio de uma multidão, que lhe dava os parabéns.

— Querido, nunca ouvi Beethoven tocado de forma tão refinada. Você foi incrível...

Philip murmurava "Obrigado" a todo instante.

— ... obrigado... com uma música assim, é fácil encontrar inspiração...

— ... obrigado... André é um regente brilhante...

— ... obrigado... sempre gostei de tocar no Bowl...

Ele levantou os olhos, avistou Lara, tornou a exibir aquele sorriso.

— Com licença. — Philip abriu caminho pela multidão até Lara. — Não sabia que você estava na cidade.

— Chegamos hoje de manhã. Este é Howard Keller, meu sócio.

— Olá — disse Keller, bruscamente.

Philip virou-se para um homem baixo e atarracado ao seu lado.

— Este é meu agente, William Ellerbee.

Trocaram cumprimentos. Philip tornou a olhar para Lara.

— Há uma festa esta noite no Beverly Hilton. Gostaria...

— Adoraríamos ir — declarou Lara.

QUANDO LARA E KELLER chegaram, o International Ballroom do Beverly Hilton estava lotado de músicos e amantes da música, conversando sobre música.

— ... já notou que quanto mais perto se chega do Equador, mais demonstrativo e entusiasmado é o público...?

— ... quando Franz Liszt tocava, seu piano se transformava numa orquestra...

— ... discordo de você. O talento de De Groote não é para Liszt ou os estudos de Paganini, mas sim para Beethoven...

— ... é preciso dominar a paisagem emocional do concerto...

Músicos falando em sua língua, pensou Lara.

Como sempre, Philip se encontrava cercado por fãs que o adoravam. Lara sentiu um calor só de vê-lo. Quando a avistou, Philip recebeu-a com um sorriso largo.

— Você veio. Fico muito contente.

— Eu não perderia esta festa de jeito nenhum.

Howard Keller observou os dois conversando e pensou: *Talvez eu devesse aprender a tocar piano. Ou talvez devesse apenas despertar para a realidade.* Parecia que já se passara muito tempo desde que conhecera a jovem inteligente, ansiosa e ambiciosa. O tempo fora generoso para Lara e permanecera parado para ele.

Lara dizia:

— Tenho de voltar a Nova York amanhã, mas talvez possamos nos encontrar para o desjejum.

— Eu bem que gostaria, mas viajo para Tóquio ao amanhecer.

Lara sentiu uma pontada de decepção.

— Por quê?

Ele riu.

— É o que eu faço, Lara. Dou cento e cinquenta concertos por ano. Às vezes duzentos.

— Por quanto tempo ficará ausente desta vez?

— Oito semanas.

— Sentirei saudade — murmurou Lara.

E não faz ideia do quanto.

Capítulo 22

DURANTE AS SEMANAS subsequentes, Lara e Keller voaram para Atlanta, a fim de examinarem duas propriedades no Ainsley Park e uma em Dunwoody.

— Verifique os preços em Dunwoody — determinou Lara. — Podemos construir alguns condomínios ali.

De Atlanta, eles voaram para Nova Orleans. Passaram dois dias explorando o distrito central e um dia no lago Pontchartrain. Lara encontrou duas propriedades de que gostou.

Um dia depois de voltarem, Keller entrou na sala de Lara e anunciou:

— Tivemos azar no projeto de Atlanta.

— Como assim?

— Alguém chegou à nossa frente.

Lara ficou surpresa.

— Como é possível? As propriedades nem mesmo estavam no mercado.

— Sei disso. A notícia deve ter vazado.

Lara deu de ombros.

— Acho que não se pode vencer todas.

Naquela tarde, Keller apareceu com outra má notícia.

— Perdemos o negócio no lago Pontchartrain.

Na semana seguinte, eles voaram para Seattle e exploraram Mercer Island e Kirkland. Havia uma propriedade que interessou Lara. Ao voltarem a Nova York, ela disse a Keller:

— Vamos comprá-la. Acho que pode dar muito dinheiro.

— Certo.

Numa reunião no dia seguinte, Lara perguntou:

— Apresentou a oferta pela propriedade de Kirkland?

Keller sacudiu a cabeça.

— Alguém se antecipou a nós.

Lara pensou por um momento.

— Hum... Veja se consegue descobrir quem está sempre chegando à nossa frente, Howard.

Levou menos de vinte e quatro horas para se conhecer a resposta.

— Steve Murchison.

— Foi ele quem fez todos esses negócios?

— Foi, sim.

— Então alguém neste escritório tem a boca grande.

— É o que parece.

A expressão de Lara era sombria. Na manhã seguinte, ela contratou uma agência de detetives para encontrar o culpado. Não tiveram sucesso.

— Até onde pudemos determinar, Srta. Cameron, todos os seus empregados estão limpos. Não há microfones em nenhuma das salas e os telefones não foram grampeados.

Era um beco sem saída.

Talvez tenham sido apenas coincidências, pensou Lara. Só que ela não acreditava nessa possibilidade.

A TORRE RESIDENCIAL de 68 andares no Queens já estava na metade da construção e Lara convidara banqueiros para visitá-la e inspecionar o andamento das obras. Quanto maior o número de andares, mais cara se tornava a unidade. Os 68 andares de Lara eram na verdade apenas 57. Era um truque que ela aprendera com Paul Martin.

— Todo mundo faz isso — comentara Paul, rindo. — Basta apenas trocar os números dos andares.

— E como se faz isso?

— É muito simples. O primeiro banco de elevadores serve do térreo ao 24º andar. O segundo vai do 34º ao 68º. Todo mundo faz isso.

Por causa dos sindicatos, as obras tinham meia dúzia de fantasmas na folha de pagamento... pessoas que não existiam. Havia um Diretor de Práticas de Segurança, o Coordenador de Construção, o Supervisor de Materiais e outros com títulos pomposos. No começo, Lara questionara o sistema, mas Paul dissera:

— Não se preocupe com isso. É tudo parte do CFN... custo de fazer negócios.

HOWARD KELLER morava num pequeno apartamento na Washington Square. Lara o visitara ali uma noite, correra os olhos pelos aposentos mínimos e comentara:

— Isto é uma ratoeira. Precisa sair daqui.

Por insistência de Lara, ele se mudara para um condomínio longe do centro.

Uma noite, Lara e Keller trabalharam até tarde. Ao terminarem, ela disse:

— Você parece exausto. Por que não vai para casa e dorme um pouco, Howard?

— Boa ideia. — Keller bocejou. — Até amanhã.

— Não chegue muito cedo — recomendou Lara.

KELLER ENTROU em seu carro e seguiu para casa. Pensava numa transação que acabara de ser fechada e como Lara cuidara de tudo com a maior habilidade. Era maravilhoso trabalhar com ela. Maravilhoso e frustrante. De certa forma, no fundo de sua mente, ele continuava a esperar que um milagre acontecesse. *Eu estava cega por não ter percebido antes, Howard querido. Não me interesso por Paul Martin ou Philip Adler. É você que eu amava durante todo o tempo.*

Não havia a menor possibilidade.

CHEGANDO A SEU apartamento, Keller pegou a chave e enfiou na fechadura. Não se ajustava. Perplexo, ele tentou de novo. Subitamente, a porta foi aberta por dentro e um estranho se encontrava parado ali.

— Que droga pensa que está fazendo?

Keller fitou-o, aturdido.

— Eu moro aqui.

— Mora porra nenhuma!

— Mas eu... — A compreensão atingiu-o de repente e Keller balbuciou, o rosto vermelho: — Eu... desculpe... é que eu morava aqui... e...

A porta foi batida em sua cara. Keller continuou parado ali por mais um instante, desconcertado. *Como pude esquecer que me mudei? Venho trabalhando demais.*

LARA SE ACHAVA no meio de uma reunião quando seu telefone particular tocou.

— Tem andado muito ocupada ultimamente, meu bem. Estou com saudade.

— Tenho viajado muito, Paul.

Ela não foi capaz de dizer que também sentira saudade dele.

— Vamos almoçar hoje.

Lara pensou em tudo o que Paul fizera por ela.

— Eu adoraria.

A última coisa no mundo que ela queria fazer era magoá-lo.

Almoçaram no Mr. Chow's.

— Está com uma aparência deslumbrante — disse Paul. — O que quer que ande fazendo, combina com você. Como vai o hotel em Reno?

— Vai muito bem — respondeu Lara, com o maior entusiasmo.

Ela passou os quinze minutos seguintes descrevendo o progresso das obras e arrematou:

— Devemos estar prontos para a inauguração em dois meses.

Um homem e uma mulher deixavam o restaurante nesse momento. O homem estava de costas para Lara, mas parecia familiar. Quando ele se virou por um instante, Lara teve um vislumbre de seu rosto. Steve Murchison. A mulher também parecia familiar. Ela se inclinou para pegar a bolsa e Lara sentiu seu coração bater mais forte. *Gertrude Meeks, minha secretária.*

— Bingo — murmurou ela.

— Algum problema? — indagou Paul.

— Não. Está tudo bem.

Lara continuou a descrever o hotel.

Ao voltar do almoço, Lara chamou Keller.

— Lembra daquela propriedade em Phoenix que examinamos há alguns meses?

— Claro que lembro. Nós a recusamos. Você disse que não prestava.

— Mudei de ideia. — Lara apertou o botão do interfone. — Gertrude, pode vir até aqui, por favor?

— Pois não, Srta. Cameron.

Gertrude Meeks entrou na sala.

— Quero ditar um memorando — disse Lara. — À Baron Brothers, em Phoenix.

Gertrude começou a escrever.

— Prezados senhores, reconsiderei as possibilidades da propriedade de Scottsdale e decidi fechar o negócio o mais depressa possível. Creio que, com o passar do tempo, será o meu patrimônio mais valioso. — Keller a fitava, aturdido, enquanto ela continuava: — Entrarei em contato para discutir o preço nos próximos dias. Atenciosamente. Eu assinarei.

— Certo, Srta. Cameron. Isso é tudo?

— É, sim.

Keller observou Gertrude se retirar. Virou-se para Lara.

— O que está fazendo, Lara? Já analisamos aquela propriedade. Não vale nada. Se você...

— Acalme-se. Não vamos fechar o negócio.

— Então por que...?

— A menos que eu esteja completamente enganada, Steve Murchison fará o negócio. Vi Gertrude almoçando com ele hoje.

O espanto de Keller era total.

— Essa não!

— Quero que espere dois dias, depois ligue para a Baron e pergunte pela propriedade.

Dois dias depois, Keller entrou na sala de Lara, sorrindo.

— Murchison engoliu a isca... com anzol, linha e todo o resto. É agora o orgulhoso proprietário de vinte hectares de terra sem valor.

Lara chamou Gertrude Meeks.

— Pois não, Srta. Cameron?

— Você está despedida.

Gertrude ficou aturdida.

— Despedida? Mas por quê?

— Não gosto das companhias em que anda. Vá dizer isso a Steve Murchison.

O rosto de Gertrude perdeu a cor.

— Mas eu...

— Isso é tudo. Será escoltada até sair daqui.

À MEIA-NOITE, Lara ligou para Max, seu motorista.

— Leve o carro para a frente.

— Certo, Srta. Cameron.

O carro estava ali, à sua espera, quando ela saiu.

— Para onde deseja ir, Srta. Cameron?

— Dê uma volta por Manhattan. Quero ver o que tenho feito.

Ele se mostrou surpreso.

— Como?

— Quero dar uma olhada em meus prédios.

Circularam pela cidade e pararam diante do centro comercial, do conjunto residencial e do edifício de escritórios. Havia o Cameron Square, Cameron Plaza, Cameron Center e o esqueleto de Cameron Towers. Lara permaneceu sentada no carro, observando cada prédio, pensando nas pessoas que moravam e trabalhavam ali. Afetara suas vidas. *Tornei esta cidade melhor*, pensou ela. *Fiz tudo o que queria fazer. Então por que me sinto tão irrequieta? O que está faltando?* Mas ela sabia.

NA MANHÃ SEGUINTE, Lara telefonou para William Ellerbee, o agente de Philip.

— Bom-dia, Sr. Ellerbee.

— Bom-dia, Srta. Cameron. Em que posso ajudá-la?

— Gostaria de saber onde Philip Adler vai tocar esta semana.

— Philip está com uma programação intensa. Tocará amanhã de noite em Amsterdã, depois vai para Milão, Veneza e... quer saber o resto da...?

— Não, não. Já é suficiente. Eu estava apenas curiosa. Obrigada.

— De nada.

Lara entrou na sala de Keller.

— Howard, tenho de ir a Amsterdã.

Ele fitou-a, espantado.

— O que temos por lá?

— É apenas uma ideia — respondeu Lara, evasiva. — Contarei tudo a você se der certo. Mande aprontarem o jato, está bem?

— Já esqueceu que enviou Bert a Londres? Direi para estarem aqui amanhã e...

— Quero viajar hoje. — Havia um tom de urgência em sua voz que a pegou de surpresa. — Irei num voo comercial.

Lara retornou à sua sala e disse a Kathy:

— Providencie um lugar para mim no primeiro voo para Amsterdã pela KLM.

— Certo, Srta. Cameron.

— Vai demorar muito? — indagou Keller. — Temos algumas reuniões importantes que...

— Voltarei em um ou dois dias.

— Quer que eu vá com você?

— Obrigada, Howard, mas desta vez não precisa.

— Falei com um senador amigo meu em Washington. Ele acha que há uma possibilidade de aprovarem um projeto que removerá a maior parte dos incentivos fiscais para a construção. Se isso acontecer, acabará com as taxas de ganhos de capital e com a depreciação acelerada.

— O que seria uma estupidez — comentou Lara. — Prejudicaria toda a indústria de construção civil.

— Sei disso. Ele é contra o projeto.

— Muitas pessoas ficarão contra. Nunca será aprovado — previu Lara. — Em primeiro lugar...

O telefone particular tocou nesse momento. Lara olhou. Tocou de novo.

— Não vai atender? — indagou Keller.

Lara tinha a boca ressequida.

— Não.

Paul Martin escutou a campainha tocar uma dúzia de vezes antes de desligar. Continuou sentado por um longo tempo, pensando em Lara. Tinha a impressão de que ultimamente ela se tornara menos acessível, um pouco mais fria. *Poderia haver outro? Não*, pensou Paul. *Ela me pertence. E sempre me pertencerá.*

O voo pela KLM foi agradável. As poltronas de primeira classe no 747 eram amplas e confortáveis e as aeromoças atenciosas.

Lara sentia-se nervosa demais para comer ou beber qualquer coisa. *O que estou fazendo?*, perguntou-se. *Vou para Amsterdã sem ser convidada e é bem provável que ele esteja ocupado demais para sequer me ver. Correr atrás dele vai arruinar qualquer possibilidade que eu poderia ter. Mas agora já é tarde demais.*

Ela foi para o Grand Hotel, na Oudezijds Voorburgwal, 197, um dos mais bonitos hotéis de Amsterdã.

— Temos uma excelente suíte à sua espera, Srta. Cameron — informou o recepcionista.

— Obrigada. Soube que Philip Adler vai dar um recital esta noite. Sabe onde ele tocará?

— Claro, Srta. Cameron. No Concertgebouw.

— Poderia me providenciar um ingresso?

— Com todo prazer.

O telefone estava tocando quando Lara entrou na suíte. Era Howard Keller.

— Fez um bom voo?

— Fiz, sim, obrigada.

— Achei que gostaria de saber que falei com os dois bancos sobre o projeto na Sétima Avenida.

— E o que eles disseram?

A voz de Keller vibrava ao responder:

— Vão entrar no negócio.

Lara ficou exultante.

— Eu sabia! Este será um grande projeto. Quero que comece a montar uma equipe de arquitetos, empreiteiros... nosso pessoal... todo o resto.

— Certo. Falarei com você amanhã.

Ela desligou e pensou em Howard Keller. Ele era extraordinário. *Tenho muita sorte. Howard sempre me apoia em tudo. Preciso encontrar uma mulher maravilhosa para ele.*

PHILIP ADLER SEMPRE se sentia nervoso antes de se apresentar. Ensaiou com a orquestra pela manhã, comeu um almoço leve e, depois, para afastar os pensamentos do concerto, foi assistir a um filme inglês. Enquanto olhava para a tela, sua mente foi povoada pela música que tocaria naquela noite. Não percebeu que tamborilava com os dedos no braço da poltrona, até que a pessoa ao seu lado pediu:

— Será que se importaria de parar com esse som horrível?

— Desculpe — murmurou Philip, educadamente.

Ele se levantou e deixou o cinema, vagueou pelas ruas de Amsterdã. Visitou o Rijksmuseum, deu uma volta pelo Jardim Botânico da Universidade Livre e espiou as vitrines ao longo da P. C. Hooftstraat. Às quatro horas da tarde retornou ao hotel para tirar um cochilo. Não tinha ideia de que Lara Cameron se encontrava na suíte diretamente acima da dele.

Às sete horas da noite, Philip chegou à entrada dos artistas do Concertgebouw, o adorável teatro antigo no coração de Amsterdã. O saguão já se encontrava apinhado com os primeiros aficionados.

Nos bastidores, Philip se encontrava em seu camarim, trocando de roupa. O diretor do Concertgebouw entrou.

— Estamos lotados, Sr. Adler. E ainda tivemos de recusar muitas pessoas. Se lhe fosse possível permanecer por mais um ou dois dias, eu poderia... sei que sua agenda está totalmente ocupada... Falarei com o Sr. Ellerbee sobre seu retorno aqui no próximo ano e talvez...

Philip não escutava. Sua mente se concentrava no recital iminente. O diretor acabou dando de ombros, num gesto de desculpas, e se retirou. Philip tocou a música em sua mente várias vezes. Um funcionário bateu na porta do camarim.

— Estão à sua espera no palco, Sr. Adler.

— Obrigado.

Era o momento. Philip levantou-se. Estendeu as mãos. Tremiam um pouco. O nervosismo antes de um concerto nunca desaparecia. Acontecia com todos os grandes pianistas — Horowitz, Rubenstein, Serkin. Philip sentia o estômago embrulhado, o coração disparado. *Por que me submeto a essa agonia?*, perguntou a si mesmo. Mas conhecia a resposta. Deu uma última olhada no espelho, saiu do camarim, atravessou o longo corredor e começou a descer os trinta e três degraus que levavam ao palco. Um refletor o acompanhou enquanto se encaminhava para o piano. Os aplausos tornaram-se estrondosos. Ele sentou ao piano e, como num passe de mágica, o nervosismo sumiu por completo. Era como se outra pessoa tomasse o seu lugar, uma pessoa calma e equilibrada, no domínio absoluto da situação. Philip começou a tocar.

Lara, sentada na plateia, sentiu uma emoção intensa ao ver Philip entrar no palco. Havia nele uma presença mesmerizante. *Vou casar com ele*, pensou Lara. *Tenho certeza.* Ela recostou-se, deixou que a música a envolvesse.

O recital foi um triunfo e depois a sala de espera dos artistas ficou lotada. Philip há muito que aprendera a dividir a multidão naquela sala em dois grupos: os fãs e outros músicos. Os fãs sempre se mostravam entusiasmados. Se a apresentação fora um sucesso, os parabéns dos outros músicos eram cordiais. Se fora um fracasso, os parabéns eram *muito* cordiais.

Philip tinha muitos fãs ardorosos em Amsterdã, que lotavam a sala naquela noite em particular. Ele parou no meio da sala, sorrindo, dando autógrafos e sendo pacientemente cortês com uma centena de estranhos. Era invariável que alguém dissesse: "Lembra de mim?" Philip fingia que sim.

— Seu rosto me parece familiar...

Sempre se lembrava da história de Sir Thomas Beecham, que inventara um artifício para disfarçar sua péssima memória. Quando alguém perguntava "Lembra de mim?", o grande regente respondia:

— Claro que lembro! Como tem passado? Como vai seu pai? O que ele está fazendo?

O artifício sempre funcionara muito bem, até um concerto em Londres, quando uma jovem lhe dissera:

— Sua performance foi maravilhosa, maestro. Lembra de mim?

Beecham, galante, respondera:

— Claro que lembro, minha cara. Como vai seu pai? O que ele tem feito?

Ao que a jovem dissera:

— Meu pai está bem, obrigada. E ainda é o rei da Inglaterra.

Philip dava autógrafos e escutava as frases familiares:

— Você fez Brahms renascer para mim!

— Não tenho palavras para expressar como me senti comovida!

— Tenho todas as suas gravações!

— Poderia dar um autógrafo para minha mãe também? Ela é a sua maior fã.

Mas, de repente, alguma coisa fez com que levantasse os olhos. Lara se encontrava parada na porta, olhando. Os olhos de Philip se arregalaram de surpresa.

— Com licença.

Ele se encaminhou para Lara e pegou sua mão.

— Mas que surpresa maravilhosa! O que está fazendo em Amsterdã?

Cuidado, Lara.

— Tinha alguns negócios para cuidar aqui, soube que estava dando um recital e resolvi comparecer. — *Era uma resposta bastante inocente.* — Esteve extraordinário, Philip.

— Obrigado... eu... — Ele parou para dar outro autógrafo. — Se estiver livre para jantar...

— Estou, sim.

FORAM JANTAR NO restaurante Bali, na Leidsestraat. Ao entrarem, os outros clientes se levantaram e aplaudiram. *Nos Estados Unidos*, pensou Lara, *todo esse entusiasmo seria por mim.* Mas ela experimentou uma intensa satisfação só por se encontrar ao lado de Philip.

— É uma grande honra tê-lo conosco, Sr. Adler — disse o *maître*, enquanto os conduzia para a mesa.

— Obrigado.

Ao sentarem, Lara olhou ao redor, para as pessoas que observavam Philip com admiração.

— Eles o amam de verdade, não é?

Philip balançou a cabeça.

— É a música que eles amam. Sou apenas o mensageiro. Aprendi isso há muito tempo. Quando eu era jovem, e talvez um pouco arrogante, dei um concerto. Ao terminar meu solo, houve um tremendo aplauso. Fiz uma reverência para a plateia, com um sorriso presunçoso. Foi nesse instante que o regente virou-se para a plateia e suspendeu a batuta acima da cabeça, a fim de lembrar a todos que estavam na realidade aplaudindo Mozart. É uma lição que jamais esqueci.

— Nunca se cansa de tocar a mesma música muitas e muitas vezes, noite após noite?

— Não, porque não há dois recitais iguais. A música pode ser a mesma, mas o regente é diferente e a orquestra é diferente.

Pediram um jantar *rijsttafel*. Philip comentou:

— Tentamos fazer com que cada concerto seja perfeito, mas não existe nenhum concerto totalmente bem-sucedido, porque lidamos com a música, que é sempre melhor do que nós. Temos de repensar a música a cada vez, a fim de recriar o som do compositor.

— Nunca fica satisfeito?

— Nunca. Cada compositor possui seu som característico. Quer seja Debussy, Brahms, Haydn, Beethoven... nosso objetivo é captar esse som específico.

O jantar foi servido. O *rijsttafel* era um banquete indonésio, consistindo em vinte e um pratos, inclusive uma variedade de carnes, peixe, galinha, talharim e duas sobremesas.

— Como alguém consegue comer tudo isso? — indagou Lara, rindo.

— Os holandeses têm um apetite voraz.

Philip encontrava dificuldade para desviar os olhos de Lara. Descobriu-se ridiculamente satisfeito por ela estar ali. Já se envolvera com muitas mulheres bonitas, mas Lara era diferente de todas as outras que já conhecera. Era forte e ao mesmo tempo muito feminina, e totalmente alheia à sua beleza. Gostava de sua voz sensual, um tanto gutural. *Na verdade, gosto de tudo nela,* Philip admitiu para si mesmo.

— Para onde vai daqui? — perguntou Lara.

— Amanhã estarei em Milão. Depois, Veneza e Viena, Paris e Londres e, finalmente, Nova York.

— Parece tão romântico...

Ele riu.

— Não tenho certeza se romântico é a palavra que eu escolheria. Falamos de horários de aviões apertados, hotéis estranhos e comer em restaurantes todas as noites. Não me importo tanto, porque o ato de tocar é maravilhoso. É a síndrome de "diga giz" que eu detesto.

— O que é isso?

— Passar o tempo todo em exposição, sorrir para pessoas com as quais não se importa, levar sua vida num mundo de estranhos.

— Sei o que é isso — murmurou Lara, a voz pausada.

AO CONCLUÍREM o jantar, Philip disse:

— Sempre fico muito aceso depois de um concerto. Importa-se de dar uma volta comigo pelo canal?

— Eu adoraria.

Entraram num barco de turismo que navegava pelo Amstel. Não havia lua e a cidade faiscava com milhares de luzes. A viagem pelo canal foi um encantamento. Um alto-falante transmitia informações em quatro línguas:

— Passamos agora por casas seculares de mercadores, com seus frontões ricamente ornamentados. À frente podem-se ver antigas torres de igrejas. Há mil e duzentas pontes sobre os canais, todas à sombra de magníficas avenidas arborizadas com olmos...

Passaram pela Smalste Huis — a rua mais estreita de Amsterdã — que não ia além da largura de uma porta, pelo Westerkerk, com a coroa do Imperador Maximiliano de Hapsburgo, sob a ponte levadiça de madeira cruzando o Amstel, a Magere Brug — a ponte magra — e por dezenas de barcos-casas que serviam como lar a incontáveis famílias.

— É uma linda cidade — comentou Lara.

— Nunca esteve aqui antes?

— Nunca.

— E veio a negócios.

Lara respirou fundo.

— Não.

Ele ficou perplexo.

— Pensei que tinha dito...

— Vim a Amsterdã para vê-lo.

Philip experimentou um *frisson* de prazer.

— Eu... sinto-me lisonjeado.

— E tenho outra confissão a fazer. Disse que me interessava por música clássica. Não é verdade.

Um sorriso contraiu os cantos dos lábios de Philip.

— Sei disso.

Foi a vez de Lara se surpreender.

— Sabe?

— O professor Meyers é um velho amigo. Ligou para informar que estava lhe dando um curso intensivo sobre Philip Adler. Estava preocupado, pensando que você poderia ter estranhos projetos para mim.

Lara murmurou:

— Ele tinha razão. Está envolvido com alguém?

— A sério?

Lara sentiu-se subitamente embaraçada.

— Se não está interessado, irei embora e...

Philip pegou sua mão.

— Vamos saltar na próxima parada.

AO VOLTAREM AO HOTEL, havia uma dúzia de mensagens de Howard Keller à espera. Lara guardou-as na bolsa, sem ler. Naquele momento, nada mais em sua vida parecia importante.

— Seu quarto ou o meu? — perguntou Philip, jovial.

— O seu.

Havia uma urgência ardente em Lara.

Parecia-lhe que esperara durante toda a sua vida por aquele instante. Era o que sempre lhe faltara. Encontrara o estranho por quem estava apaixonada. Chegaram ao quarto de Philip e havia urgência em ambos. Philip tomou-a nos braços, beijou-a com suavidade e ternura, explorando. Lara murmurou "Oh, Deus!" e começaram a despir um ao outro.

O silêncio do quarto foi rompido por um repentino estrondo de trovoada lá fora. Lentamente, as nuvens cinzentas no céu abriram suas comportas e uma chuva fina passou a cair. Começou discreta e gentil, acariciando o ar quente com erotismo, lambendo os lados dos prédios, pingando sobre a relva, beijando todos os recantos escuros da noite. Era uma chuva quente, leviana e sensual, escorrendo devagar, muito devagar, até que o ritmo se acelerou e mudou para uma tempestade impetuosa, feroz e exigente, uma batida orgíaca num ritmo firme e selvagem, martelando com uma força cada vez maior, mais e mais depressa, até finalmente explodir numa sucessão de trovoadas. E de repente, tão depressa quanto se iniciara, a tempestade acabou.

Lara e Philip se encontravam nos braços um do outro, exaustos. Philip apertava Lara com firmeza, podia sentir as batidas de seu coração. Pensou numa frase que ouvira num filme. *A Terra se mexeu por você? Por Deus, é verdade!* E pensou também: *Se ela fosse música, seria a* Barcarolle *de Chopin ou a* Fantasia *de Schumann.*

Dava para sentir os suaves contornos do corpo de Lara comprimido contra o seu, e Philip começou a ficar excitado de novo.

— Philip...

A voz de Lara saiu meio rouca.

— O que é?

— Gostaria que eu o acompanhasse a Milão?

Ele se descobriu sorrindo.

— Oh, Deus, claro que sim!

— Que bom...

Lara recostou-se nele, seus cabelos foram descendo pelo corpo esguio e firme de Philip.

A chuva recomeçou.

QUANDO FINALMENTE voltou a seu quarto, Lara telefonou para Keller.

— Eu o acordei, Howard?

— Não. — A voz estava grogue de sono. — Sempre estou de pé às quatro horas da madrugada. O que aconteceu por aí?

Lara sentiu um ímpeto de contar tudo, mas se limitou a dizer:

— Nada. Viajarei amanhã para Milão.

— O quê? Não estamos fazendo nada em Milão!

Estamos, sim, pensou Lara, feliz.

— Já viu meus recados?

Ela esquecera de dar uma olhada. Murmurou, com um sentimento de culpa:

— Ainda não.

— Tenho ouvido rumores sobre o cassino.

— Qual é o problema?

— Houve algumas queixas contra a licitação.

— Não se preocupe com isso. Se houver algum problema, Paul Martin dará um jeito.

— Você é quem manda.

— Quero que envie o avião para Milão. Diga aos pilotos para me esperarem lá. Entrarei em contato com eles no aeroporto.

— Certo, mas...

— Volte a dormir.

Às QUATRO HORAS da madrugada, Paul Martin se achava completamente desperto. Deixara vários recados na secretária eletrônica do telefone particular de Lara no apartamento, mas nenhuma de suas chamadas fora respondida. No passado, ela sempre o avisava quando ia viajar. Algo estava acontecendo. O que ela andava fazendo? *Tome cuidado, minha querida*, sussurrou ele. *Tome muito cuidado.*

Capítulo 23

Em Milão, Lara e Philip Adler foram para o Antica Locanda Solferino, um hotelzinho encantador, com apenas doze quartos, e passaram a manhã fazendo um amor arrebatado. Depois, seguiram de carro para Cernobbia, almoçaram à beira do lago Como, no aprazível Villa d'Este.

O concerto daquela noite foi um triunfo e a sala dos artistas no La Scala ficou repleta de aficionados.

Lara postou-se num lado, observando os fãs de Philip cercarem-no, tocando-o, adorando-o, pedindo autógrafos, entregando pequenos presentes. Ela sentiu uma pontada de ciúme. Algumas mulheres eram jovens e lindas, e Lara teve a impressão de que todas eram óbvias em suas intenções. Uma americana, num elegante vestido Fendi, disse, insinuante:

— Se estiver livre amanhã, Sr. Adler, vou oferecer um pequeno jantar íntimo em minha casa... *muito* íntimo...

Lara teve vontade de estrangular a sacana. Philip sorriu.

— Ah... obrigado, mas não estarei livre.

Outra mulher tentou passar para Philip a chave de seu quarto de hotel. Ele balançou a cabeça.

Philip olhou para Lara e sorriu. As mulheres continuaram a assediá-lo.

— *Lei era magnifico, maestro.*

— *Molto gentile da parte tua* — respondeu Philip.

— *L'ho sentita suonare il anno scorso. Bravo!*

— *Grazie* — murmurou Philip, sorrindo.

Uma mulher agarrou seu braço.

— *Sarebbe possibile cenare insieme?*

Philip sacudiu a cabeça.

— *Ma non credo che sarai impossibile.*

Para Lara, aquilo pareceu se prolongar por toda uma eternidade. Ao final, Philip aproximou-se e sussurrou para ela:

— Vamos sair daqui.

— *Sì!* — exclamou Lara, sorrindo.

FORAM PARA O BIFFY, o restaurante do teatro. No momento em que entraram, todos os presentes, vestidos a rigor para o concerto, levantaram-se e se puseram a aplaudir. O *maître* conduziu Philip e Lara para uma mesa no centro da sala.

— É uma grande honra tê-lo conosco, Sr. Adler.

Chegou uma garrafa de champanhe, uma oferta da casa, e eles fizeram um brinde.

— A nós — disse Philip, efusivo.

— A nós.

Philip pediu duas das especialidades do restaurante, *osso buco* e *penne all'arrabbiata*. Conversaram durante todo o jantar e era como se sempre tivessem se conhecido.

Eram interrompidos a todo instante por pessoas que vinham à mesa para elogiar Philip e pedir autógrafos.

— É sempre assim? — perguntou Lara.

Philip deu de ombros.

— Acompanha o sucesso. A cada duas horas que se passa no palco, perde-se incontáveis mais dando autógrafos e concedendo entrevistas.

Como a sublinhar o que ele dizia, foi interrompido por outro pedido de autógrafo.

— Fez com que esta excursão se tornasse maravilhosa para mim. — Philip suspirou. — A má notícia é que tenho de partir para Veneza amanhã. Sentirei muito sua falta.

— Nunca estive em Veneza — murmurou Lara.

O JATO DE LARA OS aguardava no aeroporto de Linate. Ao chegarem, Philip olhou aturdido para o enorme avião.

— Esse avião é *seu*?

— É, sim. Vai nos levar a Veneza.

— E você vai me mimar, querida.

Lara sussurrou:

— É o que tenciono.

Pousaram no aeroporto Marco Polo, em Veneza, trinta e cinco minutos depois. Uma limusine esperava para transportá-los pelo curto trajeto até o cais. Seguiram de lancha para Giudecca, onde se situava o Hotel Cipriani.

— Reservei duas suítes para nós — disse Lara. — Achei que seria mais discreto assim.

Na lancha, a caminho do hotel, ela perguntou:

— Por quanto tempo ficará aqui?

— Apenas uma noite, infelizmente. Darei um recital em La Fenice e depois nós seguiremos para Veneza.

O "nós" proporcionou a Lara uma pequena emoção. Haviam conversado na noite anterior.

— Eu gostaria que me acompanhasse por tanto tempo quanto puder — dissera Philip. — Mas tem certeza de que isso não a afastará de algo mais importante?

— Não há *nada* mais importante.

— Não terá problemas se passar esta tarde sozinha? Ficarei ocupado com o ensaio.

— Não se preocupe comigo.

Depois de irem a suas suítes, Philip abraçou Lara.

— Tenho de ir ao teatro agora, mas há muita coisa para ver aqui. Aproveite Veneza. Tornaremos a nos ver ao final da tarde.

Trocaram um beijo. Deveria ser breve, mas se transformou num beijo longo e persistente.

— É melhor eu sair daqui enquanto posso — murmurou Philip — ou não conseguirei mais atravessar o saguão.

— Feliz ensaio — disse Lara, sorrindo.

E Philip se foi.

Ela telefonou para Howard Keller.

— Onde você se meteu? — indagou Keller. — Venho tentando localizá-la há uma porção de tempo.

— Estou em Veneza.

Houve uma pausa.

— Estamos comprando um canal?

— Vou sondar as possibilidades — respondeu Lara, rindo.

— Você deveria voltar, Lara. Há muita coisa acontecendo por aqui. O jovem Frank Rose trouxe o novo projeto. Eu gostei, mas preciso de sua aprovação para...

— Se você gostou, pode ir em frente.

— Não quer ver o projeto?

A surpresa era incontestável na voz de Keller.

— Não agora, Howard.

— Tudo bem. E, no caso das negociações da propriedade do West Side, preciso de sua aprovação para...

— Já tem minha aprovação.

— Lara... está se sentindo bem?

— Nunca me senti melhor em toda a minha vida.

— Quando voltará?

— Não sei. Permanecerei em contato. Adeus, Howard.

VENEZA ERA O TIPO de cidade mágica que Prospero poderia ter criado. Lara passou o resto da manhã e toda a tarde em exploração. Vagueou pela praça de San Marco, visitou o Palácio de Doge e o Campanário, passeou pela apinhada Riva degli Schiavoni e por toda parte pensava em Philip. Percorreu as pequenas ruas transversais sinuosas, cheias de joalherias, lojas de artigos de couro e restaurantes, comprou elegantes suéteres, echarpes e *lingerie* para as secretárias no escritório, carteiras e gravatas para Keller e alguns outros homens. Entrou numa joalheira e comprou para Philip um relógio Piaget, com uma corrente de ouro.

— Poderia fazer uma inscrição? "Para Philip, com amor, de Lara."

Só pronunciar o nome dele já a deixava com saudade. Quando Philip voltou ao hotel, tomaram um café no jardim do Cipriani.

Lara fitou Philip e pensou: *Este seria um lugar perfeito para uma lua de mel.*

— Tenho um presente para você.

Ela entregou a caixa com o relógio. Philip abriu-a e se mostrou aturdido.

— Mas deve ter custado uma fortuna! Não deveria ter feito isso, Lara.

— Não gosta?

— Claro que gosto. É lindo, mas...

— Não diga mais nada. Use-o e pense em mim.

— Não preciso de um relógio para pensar em você, mas obrigado.

— A que horas devemos partir para o teatro?

— Sete horas.

Lara olhou para o relógio novo de Philip e murmurou, com um ar de inocência:

— Isso nos dá duas horas.

O TEATRO ESTAVA lotado. A plateia era efusiva, aplaudindo e aclamando cada número.

Terminado o concerto, Lara foi se encontrar com Philip na sala dos artistas. Era Londres, Amsterdã e Milão outra vez, e as mulheres pareciam ainda mais oferecidas e ansiosas. Havia pelo menos meia dúzia de lindas mulheres na sala e Lara especulou com qual delas Philip teria passado a noite, se não fosse por sua presença.

Jantaram no famoso Harry's Bar e foram cumprimentados calorosamente pelo afável proprietário, Arrigo Cipriani.

— Mas que prazer tornar a vê-lo, *signore*! E a *signorina*! Por favor.

Ele levou-os a uma mesa no canto. Pediram *Bellinis*, a especialidade da casa. Philip disse a Lara:

— Recomendo começarmos com a *pasta e fagiole*. É a melhor do mundo.

Mais tarde, Philip não se lembrou do que comera ao jantar. Sentia-se mesmerizado por Lara. Sabia que estava se apaixonando por ela e isso o assustava. *Não posso assumir um compromisso*, pensou ele. *É impossível. Sou um nômade.* Detestava pensar no momento em que ela teria de deixá-lo e voltar a Nova York. Queria prolongar a noite por tanto tempo quanto fosse possível. Ao terminarem o jantar, ele indagou:

— Há um cassino no Lido. Você joga?

Lara riu.

— O que há de tão engraçado?

Lara pensou nas centenas de milhões de dólares que apostara em prédios.

— Nada. Eu adoraria ir até lá.

Pegaram uma lancha para a ilha Lido. Passaram a pé pelo Hotel Excelsior e encaminharam-se para o imenso prédio branco que alojava o cassino. Estava repleto de jogadores ansiosos.

— Sonhadores — comentou Philip.

Ele jogou na roleta, e meia hora depois ganhara dois mil dólares. Virou-se para Lara.

— Jamais ganhei antes. Você é o meu amuleto da sorte.

Jogaram até três horas da madrugada, e a esta altura já sentiam fome de novo.

Uma lancha levou-os de volta à praça de San Marco, e vaguearam pelas ruas transversais até encontrarem a Cantina do Mori.

— Este é um dos melhores *bacari* de Veneza — informou Philip.

— Acredito em você... mas o que é um *bacaro*?

— É um bar de vinho, onde servem *cicchetti*... pequenas porções de iguarias locais.

Portas de vidro de garrafa levavam a um espaço escuro e estreito, com panelas de cobre penduradas do teto e pratos brilhando numa bancada comprida.

Já amanhecia quando voltaram ao hotel. Despiram-se e Lara murmurou:

— Por falar em iguarias...

NO INÍCIO DA MANHÃ seguinte, Lara e Philip voaram para Viena.

— Ir a Viena é como entrar em outro século — explicou Philip. — Há uma lenda de que os pilotos de aviões comerciais anunciam: "Senhoras e senhores, estamos nos aproximando do aeroporto de Viena. Por favor, certifiquem-se de que os encostos das poltronas e as bandejas para comida se encontram em posição vertical, abstenham-se de fumar até chegarem ao terminal e atrasem seus relógios em cem anos."

Lara riu.

— Meus avós nasceram aqui. Costumavam me falar sobre os velhos tempos e isso sempre me deixou invejoso.

Seguiram pela Ringstrasse e Philip demonstrava o maior excitamento, como um menino ansioso para partilhar seus tesouros com ela.

— Viena é a cidade de Mozart, Haydn, Beethoven, Brahms. — Ele olhou para Lara e sorriu. — Ah, eu esqueci... você é uma especialista em música clássica.

Foram para o Hotel Imperial.

— Tenho de ir agora para o salão de concerto — disse Philip —, mas decidi que amanhã tiraremos o dia inteiro de folga. Quero lhe mostrar Viena.

— Eu adoraria, Philip.

Ele abraçou-a, murmurando, pesaroso:

— Eu gostaria que tivéssemos mais tempo agora.

— Eu também.

Ele beijou-a de leve na testa.

— Compensaremos esta noite.

Lara apertou-o.

— Promessas, promessas...

O CONCERTO FOI no Musikverein, com composições de Chopin, Schumann e Prokofiev. Foi outro triunfo para Philip.

A sala dos artistas ficou lotada de novo, só que desta vez a língua era o alemão.

— *Sie waren wunderbar, Herr Adler!*

Philip sorriu.

— *Das ist sehr nett von Ihnen. Danke.*

— *Ich bin ein grosser Anhänger von Ihner.*

Philip tornou a sorrir.

— *Sie sind sehr freundlich.*

Ele falava com as pessoas mas não conseguia desviar os olhos de Lara.

Depois do recital, Lara e Philip jantaram tarde no hotel. Foram cumprimentados pelo *maître.*

— Mas que honra! — exclamou ele. — Fui ao concerto esta noite. Esteve magnífico! Magnífico!

— É muito gentil — murmurou Philip, modesto.

O jantar foi delicioso, mas ambos sentiam-se muito excitados para comer direito. Quando o garçom perguntou:

— Desejam uma sobremesa?

Philip respondeu, olhando para Lara:

— Desejo.

O INSTINTO LHE dizia que havia algo errado. Ela nunca se ausentara por tanto tempo sem avisá-lo onde se encontrava. Será que o evitava deliberadamente? Se assim fosse, só poderia haver um motivo. *E isso eu não posso permitir*, pensou Paul Martin.

UM RAIO DE LUAR pálido entrava pela janela, projetando sombras suaves no teto. Lara e Philip se achavam na cama, nus, observando as sombras se moverem por cima de suas cabeças. A ondulação das cortinas fazia as sombras dançarem. Juntavam-se lentamente, se separavam, tornavam a se unir, até que os dois se entrelaçaram de novo, viraram um só, e o movimento da dança foi ficando mais e mais rápido, selvagem e desenfreado, mas logo cessou de repente e restou apenas a gentil ondulação das cortinas.

NO INÍCIO da manhã seguinte, Philip disse:

— Temos um dia inteiro e o início da noite aqui. Quero lhe mostrar uma porção de coisas.

Comeram o desjejum lá embaixo, no restaurante do hotel, saíram para passear pela Karntnerstrasse, onde os carros não eram permitidos. As lojas exibiam lindas roupas, joias e antiguidades.

Philip contratou um fiacre puxado por um cavalo e percorreram as ruas largas da cidade. Visitaram o Palácio Schönbrunn, foram ver a pitoresca coleção de carruagens imperiais. À tarde, compraram ingressos para a Escola de Equitação Espanhola e admiraram os garanhões Lipizzaner. Andaram na enorme roda-gigante em Prater e depois Philip disse:

— Agora, vamos pecar!

— Hum...

— Não é isso. — Philip riu. — Pensei em outra coisa.

E ele levou Lara ao Demel's, para seus incomparáveis doces e café.

LARA SENTIA-SE FASCINADA pela mistura de arquitetura em Viena: lindos prédios barrocos com centenas de anos contrastando com as construções neomodernas. Philip interessava-se pelos compositores.

— Sabia que Franz Schubert começou como um cantor aqui, Lara? Integrava o coral da Capela Imperial e foi afastado quando sua voz mudou, aos dezessete anos. Foi nessa ocasião que decidiu compor.

Jantaram sem pressa num pequeno bistrô e passaram por uma taverna em Grinzing. Depois, Philip indagou:

— Não gostaria de fazer um cruzeiro pelo Danúbio?

— Adoraria.

Era uma noite perfeita, com uma lua cheia brilhante e uma suave brisa de verão. As estrelas brilhavam. *Brilham para nós*, pensou Lara, *porque somos tão felizes.* Lara e Philip embarcaram nos dos barcos de cruzeiro e pelo sistema de alto-falantes saíam os suaves acordes do *Danúbio Azul*. A distância, avistaram uma estrela cadente.

— Depressa! — disse Philip. — Faça um desejo!

Lara fechou os olhos, manteve-se calada por um momento.

— Fez seu desejo?

— Fiz.

— O que pediu?

Ela fitou-o, muito séria.

— Não posso contar, ou não vai acontecer.

Farei com que se torne verdade, pensou Lara. Ele se recostou, sorriu para Lara.

— É perfeito, não acha?

— Pode ser sempre assim, Philip.

— Como?

— Poderíamos casar.

E ali estava, em aberto. Philip não pensara em outra coisa durante os últimos dias. Estava profundamente apaixonado por Lara, mas sabia que não podia assumir um compromisso com ela.

— É impossível, Lara.

— É mesmo? Por quê?

— Já expliquei, querida. Estou quase sempre fazendo excursões como esta. E você não poderia viajar comigo durante todo o tempo, não é mesmo?

— Não, mas...

— Aí está. Nunca daria certo. Amanhã, em Paris, eu lhe mostrarei...

— Não irei a Paris com você, Philip.

Ele pensou não ter ouvido direito.

— Como?

Lara respirou fundo.

— Nunca mais tornarei a vê-lo.

Era como um soco no estômago.

— Por quê? Eu amo você, Lara, e...

— E eu também amo você. Mas sou diferente. Não quero ser apenas outra de suas fãs, perseguindo-o por toda parte. Pode ficar com todas elas.

— Lara, não quero mais ninguém além de você. Mas será que não entende, querida, que nosso casamento nunca poderia dar certo? Temos vidas separadas, que são importantes para ambos. Eu ia querer que permanecêssemos juntos durante todo o tempo e não seria possível.

— Então é assim, hein? — murmurou Lara, muito tensa. — Nunca mais tornarei a vê-lo, Philip.

— Espere, por favor! Precisamos conversar a respeito. Vamos para o seu quarto e...

— Não, Philip. Eu o amo muito, mas não continuarei assim. Acabou.

— Não quero que acabe — insistiu Philip. — Mude de ideia.

— Não posso. Sinto muito. É tudo ou nada.

Mantiveram-se em silêncio pelo resto do percurso de volta ao hotel. Ao entrarem no saguão, Philip sugeriu:

— Por que não subo para o seu quarto? Poderíamos conversar...

— Não, meu querido. Não há mais nada para conversar.

Ele observou Lara embarcar no elevador e desaparecer.

O TELEFONE TOCOU no momento em que Lara alcançou sua suíte. Ela correu para atender.

— Philip...

— Sou eu, Howard. Venho tentando encontrá-la durante o dia inteiro.

Lara conseguiu disfarçar seu desapontamento.

— Algum problema?

— Não. Estou apenas verificando. Há muita coisa acontecendo por aqui. Quando acha que vai voltar?

— Amanhã — respondeu Lara. — Voltarei a Nova York amanhã.

Ela desligou, lentamente. Continuou sentada ali, olhando para o telefone, torcendo para que tocasse. Ainda permanecia silencioso duas horas depois. *Cometi um erro*, pensou Lara, desesperada. *Dei um ultimato e o perdi. Se ao menos eu esperasse um pouco... Se ao menos tivesse ido a Paris com ele... se... se...* Ela tentou visualizar sua vida sem Philip. Era angustiante demais sequer pensar a respeito. *Mas não podemos continuar assim*, refletiu Lara. *Quero que pertençamos um ao outro.* Amanhã teria de voltar a Nova York.

Lara deitou no sofá, vestida, com o telefone ao lado. Sentia-se esgotada. E sabia que seria impossível dormir.

Mas dormiu.

Philip, em seu quarto, andava de um lado para outro, como um animal enjaulado. Estava furioso com Lara, furioso consigo mesmo. Não podia suportar a perspectiva de nunca mais tornar a vê-la, de nunca mais tê-la em seus braços. *Malditas sejam todas as mulheres!*, pensou ele. Bem que os pais haviam-no advertido. *Sua vida é a música. Se quer ser o melhor, não há espaço para mais nada.* E, até conhecer Lara, ele acreditara nisso. Agora, no entanto, tudo mudara. *Droga! Era maravilhoso o que nós tínhamos. Por que ela precisava destruir?* Ele a amava, mas sabia que jamais poderia casar com ela.

LARA FOI DESPERTADA pela campainha do telefone. Sentou no sofá, ainda tonta de sono, e olhou para o relógio na parede. Eram cinco horas da manhã. Sonolenta, ela atendeu.

— Howard?

Era a voz de Philip:

— Não gostaria de casar em Paris?

Capítulo 24

O CASAMENTO DE Lara Cameron e Philip Adler foi notícia no mundo inteiro. Quando Howard Keller soube, saiu para a rua e tomou um porre, pela primeira vez na vida. Insistira em dizer a si mesmo que a paixão de Lara por Philip Adler era passageira. *Lara e eu formamos uma dupla. Pertencemos um ao outro. Ninguém poderá se interpor entre nós.* Ele ficou de porre durante dois dias. Ao recuperar a sobriedade, telefonou para Lara em Paris.

— Se é verdade, Lara, diga a Philip que eu afirmei que ele é o homem mais afortunado que já existiu.

— É verdade — assegurou Lara, jovial.

— Você parece feliz.

— Nunca me senti mais feliz em toda a minha vida!

— Eu... fico satisfeito por você, Lara. Quando voltará?

— Philip dará um concerto em Londres amanhã e depois iremos para Nova York.

— Falou com Paul Martin antes do casamento?

Lara hesitou.

— Não.

— E não acha que deve falar agora?

— Claro. — Ela estivera mais preocupada com isso do que desejava admitir para si própria. Não sabia como ele receberia a notícia de seu casamento. — Falarei com ele assim que voltar.

— Terei o maior prazer em revê-la. Estou com saudade.

— Também tenho saudade de você, Howard.

E era verdade. Gostava muito dele. Howard sempre fora um amigo bom e leal. *Não sei o que eu faria sem ele*, pensou Lara.

QUANDO O 727 taxiou para o terminal Butler, no aeroporto de La Guardia, em Nova York, toda a imprensa esperava, na maior ansiedade. Havia repórteres de jornais e câmeras de televisão. O administrador do aeroporto levou Lara e Philip para a sala de recepção.

— Posso tirá-los daqui sem que a imprensa os encontre — disse ele — ou...

Lara virou-se para Philip.

— Vamos enfrentar os jornalistas logo de uma vez, querido. Caso contrário, nunca nos deixarão em paz.

— Provavelmente você tem razão.

A entrevista coletiva prolongou-se por duas horas.

— Onde se conheceram?

— Sempre se interessou por música clássica, Sra. Adler?

— Há quanto tempo se conhecem?

— Vai deixar de fazer excursões, Sr. Adler?

Finalmente acabou.

Havia duas limusines à espera. A segunda era para a bagagem.

— Não estou acostumado a viajar nesse estilo — comentou Philip.

Lara riu.

— Vai se acostumar.

Quando entraram na limusine, Philip perguntou:

— Para onde vamos? Tenho um apartamento na Rua 57...

— Acho que ficaria mais confortável em meu apartamento, querido. Dê uma olhada e, se gostar, poderemos levar suas coisas para lá.

Chegaram ao Cameron Plaza. Philip contemplou o enorme edifício.

— Você é dona de tudo isso?

— Eu e alguns bancos.

— Estou impressionado.

Lara apertou-lhe o braço.

— Ótimo. Quero mesmo que fique.

O saguão fora ornamentado com flores. Meia dúzia de empregados esperava para cumprimentá-los.

— Sejam bem-vindos, Sra. Adler, Sr. Adler.

Philip olhou ao redor.

— Puxa! É tudo seu?

— *Nosso*, querido.

O elevador levou-os ao apartamento. Ocupava todo o 45º andar. A porta foi aberta pelo mordomo.

— Seja bem-vinda, Sra. Adler.

— Obrigada, Simms.

Lara apresentou Philip ao resto dos empregados e mostrou-lhe todo o apartamento dúplex. Havia uma enorme sala de estar decorada em branco, cheia de antiguidades, um terraço anexo, sala de jantar, quatro quartos principais, três quartos para criados, seis banheiros, uma cozinha, uma biblioteca e um escritório.

— Acha que pode se sentir confortável aqui, querido? — perguntou Lara.

Philip sorriu.

— É um pouco pequeno... mas darei um jeito.

No meio da sala de estar havia um lindo e novo piano Bechstein. Philip se aproximou, passou os dedos pelas teclas.

— É maravilhoso!

Lara foi para o seu lado.

— Seu presente de casamento.

— É mesmo?

Ele ficou comovido. Sentou ao piano, começou a tocar.

— Mandei afinar para você. — Lara escutou por um momento, enquanto a cascata de notas se espalhava pela sala. — Gosta?

— Adoro! Obrigado, Lara.

— Pode tocar aqui sempre que quiser.

Philip levantou-se e disse:

— É melhor eu telefonar para Ellerbee. Ele vem tentando me localizar.

— Há um telefone na biblioteca, querido.

Lara foi para seu escritório e ligou a secretária eletrônica. Havia meia dúzia de recados de Paul Martin. "Lara, onde você está? Sinto saudade, querida." ... "Lara, presumo que deixou o país, caso contrário teria notícias suas." ... "Estou preocupado com você, Lara. Ligue para mim..." Depois, o tom mudou: "Acabei de ser informado de seu casamento. É verdade? Vamos conversar." Philip entrou na sala.

— Quem é o misterioso interlocutor? — indagou ele.

Lara virou-se.

— Um... velho amigo.

Philip adiantou-se, abraçou-a.

— Alguém de quem eu deva ter ciúme?

Lara murmurou:

— Não precisa ter ciúme de ninguém no mundo. É o único homem que já amei.

E é verdade.

— E você é a única mulher que já amei.

NAQUELA TARDE, enquanto Philip sentava ao piano, Lara foi para seu escritório e ligou para Paul Martin. Ele atendeu quase no mesmo instante.

— Você voltou. — A voz dele era tensa.

— Voltei.

Ela estivera temendo aquela conversa.

— Não me importo de lhe dizer que a notícia foi um choque e tanto, Lara.

— Sinto muito, Paul... eu... aconteceu de repente.

— Deve ter sido.

— Foi, sim.

Ela tentou decifrar o ânimo de Paul.

— Pensei que tínhamos algo muito bom entre nós. Algo especial.

— E era mesmo, Paul, mas...

— É melhor conversarmos a respeito.

— Bom...

— Vamos almoçar amanhã. No Vitello's. Uma hora da tarde.

Era uma ordem. Lara hesitou. Seria tolice hostilizá-lo ainda mais.

— Combinado, Paul. Estarei lá.

A linha emudeceu. Lara continuou sentada ali, preocupada. Até que ponto Paul estava furioso, e o que poderia fazer?

Capítulo 25

NA MANHÃ SEGUINTE, quando Lara chegou ao Cameron Center, toda a equipe a aguardava para dar os parabéns.

— É uma notícia maravilhosa!

— Foi uma surpresa e tanto para todos nós!

— Tenho certeza de que será muito feliz.

E assim por diante.

Howard Keller esperava na sala de Lara. Deu-lhe um abraço apertado.

— Para uma mulher que não gosta de música clássica, você foi lá e conseguiu o que queria!

Lara sorriu.

— Não é que consegui mesmo?

— Terei de me acostumar a chamá-la de Sra. Adler.

O sorriso de Lara se desvaneceu.

— Não acha que, por razões comerciais, seria melhor eu continuar a usar o nome Cameron?

— Como quiser. Fico contente por vê-la de volta. O trabalho vem se acumulando por aqui.

Lara sentou na frente de Howard.

— Muito bem, conte-me o que tem acontecido.

— O hotel no West Side é um projeto que pode dar prejuízo. Temos um comprador do Texas interessado, mas fui até lá ontem. O estado é o pior possível. Precisa de uma reforma completa, que custaria cinco ou seis milhões de dólares.

— O comprador já o viu?

— Ainda não. Eu disse que mostraria amanhã.

— Mostre na próxima semana. Mande alguns pintores para lá. Faça com que pareça limpo. E providencie para que haja uma porção de pessoas no saguão quando ele chegar.

Keller sorriu.

— Certo. Frank Rose trouxe as novas plantas. Espera na minha sala.

— Darei uma olhada.

— Tem também a Midland Insurance Company, que ia se instalar no novo prédio.

— Qual é o problema?

— Eles ainda não assinaram o contrato. Parecem um pouco hesitantes.

Lara escreveu uma anotação.

— Conversarei com eles. O que mais?

— O empréstimo de setenta e cinco milhões do Gotham Bank para o novo projeto.

— O que houve?

— Eles estão recuando. Acham que você está se estendendo demais.

— Qual a taxa de juros que eles iam nos cobrar?

— Dezessete por cento.

— Marque uma reunião. Vamos oferecer juros de vinte por cento.

Keller se espantou.

— Vinte por cento? Ora, Lara, ninguém paga vinte por cento!

— Prefiro continuar viva a vinte por cento a morrer a dezessete por cento. Faça isso, Howard.

— Está certo.

A manhã passou depressa. Ao meio-dia e meia, Lara anunciou:

— Vou sair para almoçar com Paul Martin.

Howard parecia preocupado.

— Cuide para que você não seja o almoço.

— Como assim?

— Ele é siciliano, e os sicilianos não perdoam e não esquecem.

— Está sendo melodramático. Paul nunca faria qualquer coisa que me prejudicasse.

— Espero que tenha razão.

PAUL MARTIN já esperava no restaurante quando Lara chegou. Parecia magro e encovado, exibia olheiras, como se não viesse dormindo muito bem.

— Olá, Lara.

Ele não se levantou.

— Paul.

Ela sentou à sua frente.

— Deixei alguns recados estúpidos em sua secretária eletrônica. Sinto muito. Não tinha ideia...

Ele deu de ombros.

— Eu deveria ter avisado a você, Paul, mas tudo aconteceu muito depressa.

— Posso imaginar. — Ele estudava o rosto de Lara. — Você está ótima.

— Obrigada.

— Onde conheceu Adler?

— Em Londres.

— E se apaixonou por ele assim de repente?

Havia alguma amargura nas palavras.

— Paul, o que você e eu tivemos foi maravilhoso, mas não era suficiente para mim. Eu precisava de algo mais. Precisava de alguém que viesse para casa todas as noites.

Ele escutava, observando-a.

— Eu nunca faria coisa alguma para magoá-lo, Paul, mas isso... simplesmente aconteceu.

Mais silêncio.

— Compreenda, por favor.

— Muito bem. — Um sorriso gelado espalhou-se pelo rosto de Paul Martin. — Acho que não tenho opção, não é? O que está feito, está feito. Mas foi um choque ler a respeito pelos jornais, ver na televisão. Pensei que éramos mais íntimos.

— Tem toda razão, Paul. Eu deveria tê-lo avisado.

Ele estendeu a mão, acariciou o queixo de Lara.

— Eu era louco por você, Lara. E acho que ainda sou. Você era meu *miracolo*. Poderia lhe dar qualquer coisa no mundo que quisesse, menos o que ele podia oferecer... uma aliança de casamento. E a amo o suficiente para querer que seja feliz.

Lara sentiu uma onda de alívio percorrê-la.

— Obrigada, Paul.

— Quando vou conhecer seu marido?

— Daremos uma festa para nossos amigos na próxima semana. Quer ir?

— Estarei lá. Diga a ele que é melhor tratá-la bem ou terá de se ver comigo

Lara sorriu.

— Eu direi.

HOWARD KELLER esperava quando Lara retornou ao escritório.

— Como foi o almoço? — indagou ele, nervoso.

— Muito bem. Você estava enganado sobre Paul. Ele se comportou de uma forma maravilhosa.

— Ainda bem. Fico contente por ter me enganado. Marquei reuniões para você amanhã de manhã com...

— Cancele tudo. Ficarei em casa com meu marido amanhã. Passaremos os próximos dias em lua de mel.

— Sinto-me satisfeito por vê-la tão feliz.

— Howard, estou tão feliz que até me assusto. Tenho medo de acordar e descobrir que tudo não passa de um sonho. Nunca imaginei que uma pessoa pudesse ser tão feliz.

Ele sorriu.

— Tudo bem. Cuidarei sozinho das reuniões.

— Obrigada. — Ela beijou-o no rosto. — Philip e eu vamos dar uma festa na próxima semana. Contamos com a sua presença.

A FESTA FOI NO sábado seguinte, no apartamento. Havia um bufê suntuoso e mais de cem convidados. Lara chamara os homens e mulheres com quem trabalhava: banqueiros, empreiteiros, arquitetos, engenheiros, autoridades municipais, líderes sindicais. Philip chamara seus amigos músicos, amantes e patronos da música. A combinação foi desastrosa.

Não que os dois grupos não *tentassem* se misturar. O problema era o fato de que a maioria nada tinha em comum. Os empreiteiros se interessavam por construção e arquitetura e os músicos se interessavam por música e compositores.

Lara apresentou um funcionário da prefeitura a um grupo de músicos. Ele ficou parado ali, tentando acompanhar a conversa.

— Sabem o que Rossini sentia sobre a música de Wagner? Um dia ele encostou a bunda nas teclas do piano e disse: "É assim que Wagner soa para mim."

— Wagner mereceu. Quando houve um incêndio no teatro Ring, em Viena, durante uma apresentação dos *Contos de Hoffmann*, quatrocentas pessoas morreram queimadas. Ao tomar conhecimento, Wagner comentou: "É o que dá escutar uma opereta de Offenbach."

O comissário se afastou apressado.

Lara apresentou alguns amigos de Philip a um grupo de executivos do mercado imobiliário.

— O problema é que se precisa da assinatura de trinta e cinco por cento dos ocupantes antes de se fazer um condomínio — comentou um deles.

— Se quer minha opinião, é uma norma das mais estúpidas.

— Concordo. Estou trocando de hotel. Sabia que os hotéis de Manhattan passaram a cobrar em média duzentos dólares por noite para um quarto? No próximo ano...

Os músicos se afastaram.

As conversas pareciam se desenvolver em duas linguagens diferentes.

— O problema dos vienenses é que eles amam os compositores mortos...

— Há um novo hotel em construção, entre as ruas 47 e 48. O Chase Manhattan está financiando...

— Ele pode não ser o maior regente do mundo, mas sua técnica é *genau*...

— Lembro que muitos incorporadores comentaram que o desastre do mercado de ações em 1929 não foi tão ruim assim. Ensinaria as pessoas a investirem seu dinheiro em imóveis...

— Horowitz não quis tocar por anos porque achava que seus dedos eram de vidro...

— Já vi as plantas. Haverá uma base clássica subindo por três andares na Oitava Avenida e, lá dentro, uma arcada elíptica, com saguões em três lados...

— Einstein adorava piano. Costumava tocar com Rubenstein, só que tocava fora do ritmo. Ao final, Rubenstein não conseguiu mais suportar e berrou: "Albert, você não sabe contar?"...

— O Congresso devia estar de porre ao aprovar a lei de reforma fiscal. Vai mutilar toda a indústria da construção civil...

— Ao final da noite, quando deixou a festa, Brahms disse: "Se há alguém aqui que esqueci de insultar, peço desculpas."...

A Torre de Babel.

Paul Martin chegou sozinho e Lara se encaminhou apressada até a porta para saudá-lo.

— Fico contente que tenha podido vir, Paul.

— Eu não perderia de jeito nenhum. — Ele correu os olhos pela sala. — Quero conhecer Philip.

Lara conduziu-o a Philip, no meio de um grupo.

— Philip, este é um velho amigo meu, Paul Martin.

Philip estendeu a mão.

— Prazer em conhecê-lo.

Os dois trocaram um aperto de mão.

— É um homem de sorte, Sr. Adler. Lara é uma mulher extraordinária.

— É o que vivo dizendo a ele — murmurou Lara, sorrindo.

— Ela não precisa me dizer — garantiu Philip. — Sei muito bem como sou afortunado.

Paul o estudava.

— Sabe mesmo?

Lara pôde sentir a súbita tensão no ar e se apressou em dizer:

— Deixe-me servir-lhe um drinque, Paul.

— Não, obrigado. Já esqueceu? Eu não bebo.

Lara mordeu o lábio.

— Claro que lembro. Deixe-me apresentá-lo a algumas pessoas.

Ela escoltou-o através da sala, apresentando-o a alguns convidados. Um dos músicos dizia:

— Leon Fleisher dará um recital amanhã à noite. Eu não o perderia por nada neste mundo. — Ele virou-se para Paul Martin, parado ao lado de Howard Keller. — Já o ouviu tocar?

— Não.

— É excepcional. Ele toca apenas com a mão esquerda, é claro.

Paul Martin ficou perplexo.

— Por quê?

— Fleisher desenvolveu uma síndrome do túnel cárpico na mão direita há cerca de dez anos.

— Mas como ele pode dar um recital só com uma das mãos?

— Meia dúzia de compositores escreveu concertos para a mão esquerda. Há um de Demuth, Franz Schmidt, Korngold, e um lindo concerto de Ravel.

Alguns dos convidados estavam pedindo a Philip que tocasse.

— Muito bem. Em homenagem à minha esposa.

Ele sentou ao piano, começou a tocar um concerto para piano de Rachmaninoff. A sala ficou em silêncio. Todos pareciam fascinados pelos acordes adoráveis que povoavam o apartamento. Houve aplausos estrondosos quando Philip se levantou.

Os convidados começaram a se retirar uma hora depois. Depois de acompanharem o último até a porta, Philip comentou:

— Foi uma festa e tanto.

— Você detesta grandes festas, não é? — disse Lara.

Philip abraçou-a, sorrindo.

— Deu para perceber?

— Só daremos uma festa assim de dez em dez anos — prometeu Lara. — Philip, você também teve a impressão de que nossos convidados eram de dois planetas diferentes?

Ele encostou os lábios no rosto de Lara.

— Não importa. Temos o nosso próprio planeta. Vamos fazê-lo girar...

Capítulo 26

LARA DECIDIU trabalhar em casa nas manhãs.

— Quero ficar junto de você pelo máximo de tempo possível — disse ela a Philip.

Lara pediu a Kathy que enviasse algumas secretárias para serem entrevistadas no apartamento. Conversou com meia dúzia, antes de Marian Bell aparecer. Ela tinha vinte e poucos anos, loura, feições atraentes, uma personalidade exuberante.

— Sente-se — disse Lara.

— Obrigada.

Lara olhou para o currículo.

— Estudou no Wellesley College?

— Isso mesmo.

— E tirou o diploma. Por que quer um emprego como secretária?

— Acho que posso aprender muita coisa trabalhando aqui. Quer eu consiga, quer não o emprego, Srta. Cameron, quero que saiba que sou sua grande admiradora.

— É mesmo? Por quê?

— É o meu modelo. Realizou uma porção de coisas, e tudo por conta própria.

Lara estudou a moça.

— Este emprego implicaria longas horas de trabalho. Levanto cedo. Viria trabalhar em meu apartamento, a partir das seis horas da manhã.

— Não seria um problema. Não tenho medo de trabalhar.

Lara sorriu. Gostara da moça.

— Vamos fazer uma experiência de uma semana.

Ao final da semana, Lara sabia que encontrara uma joia preciosa. Marian era competente, inteligente e simpática. Pouco a pouco, uma rotina foi estabelecida. A menos que houvesse uma emergência, Lara passava as manhãs trabalhando no apartamento. Só ia para o escritório à tarde.

Todas as manhãs, Lara e Philip comiam o desjejum juntos. Depois, Philip sentava ao piano, de jeans e camiseta, praticava por duas ou três horas, enquanto Lara permanecia em seu escritório, ditando para Marian. De vez em quando, Philip tocava antigas canções escocesas para Lara, como *Annie Laurie* e *Comin' Through the Rye*. Ela sempre se comovia. Almoçavam juntos.

— Conte-me como era a sua vida em Glace Bay — pediu Philip.

— Levaria menos de cinco minutos — respondeu Lara, sorrindo.

— Falo sério. Quero realmente saber.

Ela falou sobre a pensão, mas não foi capaz de falar do pai. Contou a história de Charles Cohn, e Philip disse:

— Parece ser uma ótima pessoa. Eu gostaria de conhecê-lo um dia.

— Tenho certeza de que vai conhecer.

Lara relatou sua experiência com Sean MacAllister, e Philip disse:

— Mas que filho da puta! Eu gostaria de matá-lo! — Ele abraçou-a. — Ninguém jamais vai magoá-la de novo.

PHILIP TRABALHAVA num concerto. Ela o ouvia tocar três notas de cada vez, várias e várias vezes, e depois seguir adiante, praticando devagar, absorvendo o ritmo, até que as diferentes frases fluíssem numa só.

NO COMEÇO, LARA entrava na sala de estar quando Philip praticava e o interrompia:

— Querido, fomos convidados para o fim de semana em Long Island. Gostaria de ir?

Ou:

— Tenho ingressos para a nova peça de Neil Simon.

Ou:

— Howard Keller gostaria de nos levar para jantar fora no sábado.

Philip tentara ser paciente, mas acabou dizendo:

— Lara, por favor, não me interrompa quando eu estiver ao piano. Quebra a minha concentração.

— Desculpe. Mas não entendo por que você pratica todos os dias. Afinal, não dará nenhum concerto agora.

— Pratico todos os dias para poder dar um concerto. Quando constrói um prédio e um erro é cometido, minha querida, é possível corrigi-lo. Pode alterar as plantas, refazer o encanamento ou a fiação, ou qualquer outra coisa. Mas num concerto não há uma segunda chance. Você está ao vivo, na frente de uma plateia, e cada nota tem de ser perfeita.

— Desculpe, Philip. Compreendo agora.

Philip tomou-a nos braços.

— Há uma piada antiga sobre um homem em Nova York carregando uma caixa de violino. Estava perdido. Deteve um estranho e perguntou: "Como se chega ao Carnegie Hall?" "Pratique", respondeu o estranho. "Pratique."

Lara riu.

— Volte ao piano. Vou deixá-lo sossegado.

Ela sentou em seu escritório, escutando os tênues acordes de Philip, e pensou: *Sou afortunada. Milhares de mulheres me invejariam por estar sentada aqui, ouvindo Philip Adler tocar.*

Ela só gostaria que Philip não tivesse de praticar com tanta frequência.

AMBOS GOSTAVAM de jogar gamão e, à noite, depois do jantar, sentavam junto da lareira e disputavam partidas com um ímpeto zombeteiro. Lara dava a maior importância a esses momentos de intimidade.

O CASSINO DE RENO estava quase pronto para a inauguração. Seis meses antes, Lara tivera uma reunião com Jerry Townsend.

— Quero que leiam sobre a inauguração até em Timbuctu — dissera ela. — Levarei o *chef* do Maxim's de avião para a inauguração. Quero que contrate o maior talento disponível. Comece por Frank Sinatra e vá descendo. Quero que a lista de convidados inclua os principais nomes de Hollywood, Nova York e Washington. Quero as pessoas disputando para entrar nessa lista.

Agora, ao examinar a lista, Lara comentou:

— Fez um bom trabalho, Jerry. Quantas recusas recebemos?

— Duas dúzias. Não é tão mau assim, numa lista de seiscentos.

— Tem razão, não é nada mau.

KELLER TELEFONOU para Lara pela manhã.

— Boas notícias. Recebi uma ligação dos banqueiros suíços. Eles estão voando para uma reunião com você amanhã, a fim de discutir o empreendimento conjunto.

— Ótimo. Nove horas, na minha sala.

— Pode deixar que acertarei tudo.

Ao jantar, naquela noite, Philip disse:

— Farei uma gravação amanhã, Lara. Você nunca esteve em nenhuma, não é?

— Nunca.

— Gostaria de assistir?

Lara hesitou, pensando na reunião com os suíços, mas respondeu:

— Claro que sim.

Telefonou para Keller.

— Comece a reunião sem a minha presença. Chegarei o mais cedo que puder.

O estúdio ficava na Rua 34-Oeste, num enorme armazém, cheio de equipamentos eletrônicos. Havia cento e trinta músicos sentados no estúdio e uma cabine de controle envidraçada, onde trabalhavam os técnicos de som. Lara teve a impressão de que a gravação seguia muito devagar. Paravam a todo instante e logo recomeçavam. Durante um dos intervalos, ela telefonou para Keller.

— Onde você se meteu, Lara? Estou ganhando tempo, mas eles querem falar com você.

— Estarei aí dentro de uma ou duas horas. Mantenha-os falando.

Duas horas depois, a gravação ainda continuava.

Lara tornou a ligar para Keller.

— Desculpe, Howard, mas não posso sair agora. Diga a eles que voltem amanhã.

— O que é tão importante?

— Meu marido.

E Lara desligou.

Ao voltarem ao apartamento, Lara anunciou:

— Iremos a Reno na próxima semana.

— O que tem em Reno?

— A inauguração do hotel e cassino. Voaremos na quarta-feira.

A voz de Philip estava impregnada de aflição:

— Oh, droga!

— Qual é o problema?

— Desculpe, querida, mas não poderei ir.

Ela ficou espantada.

— Por quê?

— Pensei que tinha mencionado. Partirei para uma excursão na segunda-feira.

— Mas que história é essa?

— Ellerbee organizou uma excursão de seis semanas. Tocarei na Austrália e...

— *Austrália?*

— Isso mesmo. Depois Japão e Hong Kong.

— Não pode ir, Philip. Isto é... por que faz isso? Não precisa. Quero ficar com você.

— Pois então viaje comigo, Lara. Eu adoraria.

— Sabe que não posso. Não agora. Há muita coisa acontecendo por aqui. — Lara estava desconsolada. — Não quero que você me deixe.

— Eu também não quero. Mas avisei antes de casarmos, querida, que minha vida é assim.

— Eu sei, mas isso foi antes. Agora é diferente. Tudo mudou.

— Nada mudou — disse Philip, gentilmente —, exceto que agora sou louco por você e sentirei a maior saudade quando viajar.

Não havia mais nada que Lara pudesse dizer.

PHILIP PARTIU e Lara descobriu que nunca sentira tanta solidão. No meio de uma reunião, pensava subitamente em Philip e seu coração se derretia.

Queria que ele continuasse em sua carreira, mas também precisava de sua companhia. Pensava nos momentos maravilhosos que haviam passado juntos, nos braços de Philip a envolverem-na, em seu ardor e ternura. Nunca imaginara que pudesse amar tanto alguém. Philip telefonava todos os dias, mas de certa forma isso só aumentava a solidão.

— Onde você está, querido?

— Ainda em Tóquio.

— Como vai a excursão?

— Muito bem. Sinto a maior saudade.

— Eu também.

Lara não podia dizer a profundidade de sua saudade.

— Viajo para Hong Kong amanhã e depois...

— Eu gostaria que voltasse para casa.

Ela se arrependeu no instante mesmo em que falou.

— Sabe que não posso.

Houve um momento de silêncio.

— Sei que não pode.

Conversaram por meia hora. Ao desligar, Lara sentia-se mais solitária do que nunca. As diferenças de fusos horários eram angustiantes. Às vezes a terça-feira de Lara já era a quarta-feira de Philip, e ele ligava em plena madrugada.

— COMO ESTÁ PHILIP? — indagou Keller.

— Muito bem. Por que ele faz isso, Howard?

— Faz o quê?

— Essa excursão. Não precisa. Isto é, não é por necessidade de dinheiro.

— Tenho certeza de que não é por dinheiro, Lara. É o que ele faz.

As mesmas palavras que Philip usara. Ela podia compreender em termos intelectuais, mas não nos emocionais.

— Lara, você apenas casou com o homem... não o possui.

— Nem quero possuí-lo. Apenas esperava que eu fosse mais importante para ele do que... — Ela parou no meio da frase. — Não importa. Sei que estou bancando a tola.

Lara ligou para William Ellerbee e perguntou:

— Pode almoçar comigo hoje?

— Posso dar um jeito. Algum problema?

— Não, não. Apenas pensei que deveríamos conversar.

Encontraram-se em Le Cirque.

— Tem falado com Philip ultimamente? — indagou Ellerbee.

— Falo com ele todos os dias.

— A excursão tem sido o maior êxito.

— Eu sei.

— Para ser franco, nunca pensei que Philip viesse a casar. Ele é como um sacerdote... dedicado ao que faz.

— Sei disso... — Lara hesitou — ... mas não acha que ele viaja demais?

— Não estou entendendo.

— Philip tem um lar agora. Não há motivo para que saia correndo pelo mundo inteiro. — Ela percebeu a expressão de Ellerbee. — Não acho que ele devesse permanecer sempre em Nova York. Tenho certeza de que poderia arrumar concertos em Boston, Chicago, Los Angeles. Sabe... lugares para os quais ele não teria de viajar tanto.

Ellerbee perguntou, cauteloso:

— Já conversou sobre isso com Philip?

— Não. Queria falar com você primeiro. Seria possível, não é? Afinal, Philip não precisa mais do dinheiro.

— Sra. Adler, Philip ganha trinta e cinco mil dólares por apresentação. No ano passado, ele passou quarenta semanas em excursão.

— Eu compreendo, mas...

— Tem alguma ideia de quão poucos pianistas conseguem chegar ao topo, ou como tiveram de lutar para chegar lá? Há milhares de pianistas por aí, tocando até gastarem os dedos, mas há apenas quatro ou cinco superastros. Seu marido é um deles.

Não conhece muita coisa sobre o mundo dos concertos. A competição é feroz. Pode ir a um concerto e ver um solista no palco, vestindo casaca, com uma aparência próspera e fascinante, mas quando ele sai do palco mal tem condições de pagar o aluguel ou comer uma refeição decente. Philip levou muito tempo para se tornar um pianista de categoria internacional. Agora, pede-me que tire isso dele.

— Não, não é isso o que quero. Apenas estou sugerindo...

— Sua sugestão destruiria a carreira de Philip. E não é realmente isso o que deseja, não é?

— Claro que não. — Lara hesitou. — Soube que você tem uma comissão de quinze por cento sobre o que Philip recebe.

— É verdade.

— Eu não ia querer que fosse prejudicado se Philip desse menos concertos — disse Lara, com extremo cuidado. — Teria o maior prazer em compensar a diferença e...

— Sra. Adler, acho que deve conversar com Philip sobre isso. Vamos pedir?

Capítulo 27

A COLUNA DE LIZ SMITH dizia: "BORBOLETA DE FERRO PRESTES A TER SUAS ASAS CORTADAS... Quem é a linda magnata do mercado imobiliário que vai subir pela parede de seu deslumbrante apartamento de cobertura quando souber que um livro a seu respeito, escrito por uma ex-funcionária, será publicado pela Candlelight Press? A notícia é de que será quente, muito quente!"

Lara bateu com o jornal na mesa. Só podia ser Gertrude Meeks, a secretária que ela despedira! Lara chamou Jerry Townsend.

— Viu a coluna de Liz Smith esta manhã?

— Acabei de ler. Não há muita coisa que possamos fazer a respeito, chefe. Se quiser...

— Há muita coisa que podemos fazer. Todos os meus funcionários assinam uma declaração de que não escreverão coisa alguma a meu respeito, durante ou depois de trabalharem aqui. Gertrude Meeks não tem o direito de fazer isso. Vou processar a editora até levá-la à falência.

Jerry Townsend balançou a cabeça.

— Eu não faria isso.

— Por que não?

— Porque criaria muita publicidade desfavorável. Se deixar correr, torna-se uma pequena brisa que logo se extingue. Se tentar impedir, virará um furacão.

Lara não ficou impressionada.

— Descubra quem é o dono da editora.

Uma hora depois, Lara falava pelo telefone com Henry Seinfeld, o proprietário e editor da Candlelight Press.

— Aqui é Lara Cameron. Soube que tenciona publicar um livro a meu respeito.

— Já leu a coluna de Liz Smith, hein? Pois é verdade, Srta. Cameron.

— Quero avisá-lo que, se publicar o livro, vou processá-lo por invasão da privacidade.

A voz no outro lado da linha respondeu:

— Acho que talvez seja melhor consultar seu advogado. É uma figura pública, Srta. Cameron. Não tem direito a privacidade. E segundo o original de Gertrude Meeks, é uma personalidade bastante pitoresca.

— Gertrude Meeks assinou um documento proibindo-a de escrever qualquer coisa a meu respeito.

— É um problema seu e de Gertrude. Pode processá-la...

Mas a esta altura, é claro, o livro já teria saído.

— Não quero que seja publicado. Se eu puder compensá-lo pela não publicação...

— Espere um instante. Acho que começa a pisar em terreno perigoso. Sugiro que encerremos a conversa. Adeus.

Ele desligou. *Desgraçado!* Lara ficou pensando. Chamou Howard Keller.

— O que você sabe sobre a Candlelight Press?

Ele deu de ombros.

— É uma editora pequena. Publica livros de exploração de personalidades. Já lançou livros sobre Cher, Madonna...

— Obrigada. Isso é tudo.

Howard Keller tinha uma dor de cabeça. Parecia-lhe que vinha tendo muitas dores de cabeça ultimamente. Falta de sono. Vivia sob pressão e sentia que as coisas progrediam depressa demais. Precisava encontrar uma maneira de conter Lara. *Talvez seja uma dor de cabeça de fome.* Ele ligou para a secretária.

— Bess, peça um almoço para mim, está bem?

Houve silêncio.

— Bess?

— Está brincando, Sr. Keller?

— Brincando? Não. Por quê?

— Acaba de almoçar.

Keller sentiu um calafrio percorrer-lhe o corpo.

— Mas se ainda sente fome...

— Não, não.

Lembrava agora. Comera uma salada, um sanduíche de rosbife e... *Oh, Deus, o que está acontecendo comigo?*

— Foi brincadeira, Bess.

A quem estou tentando enganar?

A inauguração do Cameron Hotel & Casino, em Reno, foi um tremendo sucesso. As reservas foram totais e o cassino ficou apinhado de jogadores. Lara não poupara despesas para que as celebridades convidadas fossem muito bem-tratadas. Todos compareceram. *Só há uma pessoa faltando*, pensou Lara. Philip. Ele enviara um enorme buquê de flores, com um bilhete: "Você é a música na minha vida. Eu a adoro e sinto saudade. Beijos."

Paul Martin chegou. Aproximou-se de Lara.

— Meus parabéns. Você se superou.

— Graças a você, Paul. Não poderia ter feito nada sem a sua ajuda.

Ele olhou ao redor.

— Onde está Philip?

— Não pôde vir. Está no meio de uma excursão.

— Quer dizer que ele foi tocar piano em algum lugar? É uma grande noite para você, Lara. Ele deveria estar ao seu lado.

Lara sorriu.

— E ele queria muito estar.

O gerente do hotel aproximou-se.

— É uma noite e tanto, hein? Temos reservas para lotar o hotel pelos próximos três meses.

— Vamos manter assim, Donald.

Lara contratara um agente japonês e outro brasileiro para trazer grandes jogadores do exterior. Gastara um milhão de dólares em cada suíte de luxo, mas tudo isso seria compensado.

— Tem uma mina de ouro aqui, Srta. Cameron. — O gerente olhou ao redor. — Por falar nisso, onde está seu marido? Gostaria muito de conhecê-lo.

— Ele não pôde vir.

Foi tocar piano em algum lugar.

O espetáculo apresentado foi brilhante, mas Lara era a estrela da noite. Sammy Cahn escrevera uma letra especial para *My Kind of Town.* Dizia: "Meu tipo de garota, Lara é..." Ela levantou-se para fazer um discurso e houve aplausos entusiasmados. Todos queriam conhecê-la, tocá-la. A imprensa compareceu em peso e Lara concedeu entrevistas para emissoras de rádio e televisão, para jornais e revistas. Tudo corria bem até que os entrevistadores perguntavam: "Onde está seu marido?" E Lara descobriu-se cada vez mais transtornada. *Ele deveria estar aqui, ao meu lado. O concerto poderia esperar.* Mas ela sorria docemente e respondia:

— Philip ficou muito desapontado por não poder comparecer.

Terminado o espetáculo, os convidados começaram a dançar. Paul Martin foi até a mesa de Lara.

— Vamos dançar?

Lara levantou-se, adiantou-se para os braços dele.

— Qual é a sensação de possuir tudo isso? — perguntou Paul.

— Maravilhosa. Obrigada por sua ajuda.

— Para que servem os amigos? Notei que tem aqui alguns jogadores de peso. Tome cuidado com eles, Lara. Alguns perderão muito dinheiro e você precisa fazer com que se sintam vencedores. Ofereça-lhes um carro novo, garotas, ou qualquer outra coisa que os faça se sentirem importantes.

— Não esquecerei.

— É bom tê-la em meus braços de novo.

— Paul...

— Já sei. Lembra o que eu disse sobre seu marido cuidar bem de você?

— Lembro.

— Parece que ele não está fazendo um bom trabalho.

— Philip queria vir — protestou Lara, na defensiva.

E no momento em que falava, ela pensou: *Queria mesmo?*

Ele telefonou tarde da noite, e o som de sua voz fê-la se sentir duas vezes mais solitária.

— Lara, querida, pensei em você durante o dia inteiro. Como foi a inauguração?

— Correu tudo bem. Eu gostaria que você estivesse aqui, Philip.

— Eu também. Sinto a maior saudade.

Então por que não está aqui comigo?

— Também estou morrendo de saudade. Volte logo.

HOWARD KELLER entrou na sala de Lara, carregando um grosso envelope pardo.

— Não vai gostar disto — avisou ele.

— O que é?

Keller pôs o envelope na mesa de Lara.

— É uma cópia do original de Gertrude Meeks. Não me pergunte como a obtive. Ambos poderíamos parar na cadeia.

— Já leu?

Ele acenou com a cabeça.

— Já.

— E o que achou?

— É melhor você ler pessoalmente. Ela nem sequer trabalhava aqui quando alguns dos fatos ocorreram. Deve ter feito muita investigação.

— Obrigada, Howard.

Lara esperou até que ele se retirasse, depois apertou a tecla do interfone e disse:

— Não atendo ninguém.

Abriu o livro e começou a ler.

Era devastador, o retrato de uma mulher manipuladora e autoritária, que não hesitara diante de coisa alguma para chegar ao topo. Descrevia seus acessos de raiva e o comportamento arrogante com os empregados. Era mesquinho, repleto de incidentes desagradáveis. Só deixava de fora a independência e a coragem de Lara, seu talento, visão e generosidade. Ela continuou a ler:

"... Um dos truques da Borboleta de Ferro era marcar as reuniões no início da manhã, a fim de que as negociações fossem realizadas quando os outros ainda se encontravam cansados da viagem e Cameron estava com todo vigor."

"... Numa reunião com os japoneses, eles foram servidos de chá com Valium, enquanto Lara Cameron tomava café com Ritalin, um estimulante que acelera o processo de pensamento."

"... Numa reunião com banqueiros alemães, eles tomaram café com Valium, enquanto ela bebia chá com Ritalin."

"... Quando negociava a propriedade no Queens e o conselho comunitário rejeitou seu projeto, ela fez com que mudassem de ideia, inventando a história de que tinha uma filha pequena que iria morar num dos prédios..."

"... Quando os moradores se recusaram a deixar um prédio, o Dorchester Apartments, Lara Cameron encheu-o com desabrigados..."

Nada ficara de fora. Ao terminar de ler, Lara continuou sentada à sua mesa, imóvel, por um longo tempo. Depois, chamou Howard Keller.

— Quero que providencie uma verificação da Dun e Bradstreet sobre Henry Seinfeld. Ele é o dono da Candlelight Press.

— Certo.

Keller voltou quinze minutos depois.

— Seinfeld tem uma classificação D-C.

— O que isso significa?

— É a classificação mais baixa. Uma linha de crédito de quarta classe é mínima e ele ainda se encontra quatro pontos abaixo. Um vento mais forte pode derrubá-lo. Ele vive de um livro para outro. Um fracasso pode liquidá-lo.

— Obrigada, Howard.

Lara telefonou para Terry Hill, seu advogado.

— Gostaria de se tornar um editor de livros, Terry?

— Qual é sua ideia?

— Quero comprar a Candlelight Press em seu nome. Pertence a Henry Seinfeld.

— Não deve ser problema. Quanto quer pagar?

— Tente comprar por quinhentos mil. Se for necessário, suba até um milhão. Cuide para que a transação inclua todas as propriedades literárias da editora. E mantenha meu nome de fora.

A SEDE DA CANDLELIGHT Press era no centro, num velho prédio na Rua 34. Consistia em uma pequena sala para a secretária e uma sala um pouco maior para Henry Seinfeld. A secretária informou:

— Está aqui um Sr. Hill desejando lhe falar, Sr. Seinfeld.

— Mande-o entrar.

Terry Hill telefonara no início da manhã.

Ele entrou na sala miserável. Seinfeld sentava por trás de sua escrivaninha.

— O que deseja, Sr. Hill?

— Represento uma editora alemã que pode estar interessada em comprar sua empresa.

Seinfeld procurou ganhar tempo, acendendo um charuto.

— Minha empresa não está à venda.

— É uma pena. Estamos tentando entrar no mercado americano e gostamos de sua operação.

— Construí esta editora do nada. É como minha filha. Detestaria abrir mão dela.

— Compreendo como se sente. Estamos dispostos a lhe pagar quinhentos mil dólares.

Seinfeld quase engasgou com o charuto.

— Quinhentos mil? Ora, tenho um livro prestes a ser lançado que vai me valer sozinho um milhão de dólares. Não, senhor. Sua oferta é um insulto.

— Minha oferta é muito generosa. Não tem patrimônio e suas dívidas atrasadas somam mais de cem mil dólares. Subirei para seiscentos mil. É minha oferta final.

— Nunca me perdoarei por isso. Se puder chegar a setecentos mil...

Terry Hill levantou-se.

— Adeus, Sr. Seinfeld. Procurarei outra editora.

Ele se encaminhou para a porta.

— Espere um pouco — disse Seinfeld. — Não vamos nos precipitar. O fato é que minha mulher vem pressionando para eu me aposentar. Talvez esta seja uma ocasião.

Terry Hill foi até a mesa, tirou um contrato do bolso.

— Tenho aqui um cheque de seiscentos mil dólares. Basta assinar no X.

LARA CHAMOU Keller.

— Acabamos de comprar a Candlelight Press.

— Ainda bem. O que você quer fazer com ela?

— Em primeiro lugar, liquidar o livro de Gertrude Meeks. Providencie para que não seja publicado. Há muitas maneiras de ganhar tempo. Se ela nos processar para recuperar os direitos, poderemos imobilizá-la nos tribunais por muitos e muitos anos.

— Quer fechar a editora?

— Claro que não. Arrume alguém para dirigi-la. Vamos mantê-la pelos benefícios fiscais dos prejuízos.

AO VOLTAR À sua sala, Keller disse à secretária:

— Quero ditar uma carta. Jack Hellman, Hellman Realty. Prezado Jack, conversei sobre sua proposta com a Srta. Cameron, e achamos que não seria conveniente entrar em seu empreendimento neste momento. Contudo, queremos que saiba que estaremos interessados em futuras...

A secretária parou de escrever. Keller fitou-a.

— Já anotou tudo?

O espanto dela era óbvio.

— Sr. Keller...

— O que é?

— Ditou esta carta ontem.

Keller engoliu em seco.

— Como?

— Já foi até remetida.

Howard Keller tentou sorrir.

— Acho que estou estafado.

ÀS QUATRO HORAS daquela tarde, Keller foi examinado pelo Dr. Seymour Bennett.

— Você parece estar em excelente forma — declarou o Dr. Bennett. — Fisicamente, não tem qualquer problema.

— E esses lapsos de memória?

— Há quanto tempo não tira férias, Howard?

Keller fez um esforço para lembrar.

— Creio que já tem alguns anos. Temos andado muito ocupados.

O Dr. Bennett sorriu.

— Aí está seu problema. Tem uma estafa. É mais comum do que imagina. Vá para algum lugar em que possa relaxar, por uma ou duas semanas. Não pense nos negócios. Quando voltar, vai se sentir um homem novo.

Keller levantou-se, aliviado.

ELE FOI À sala de Lara.

— Pode me dispensar por uma semana?

— Seria tão fácil quanto dispensar meu braço direito. O que estava pensando?

— O médico acha que preciso tirar umas pequenas férias, Lara. Para dizer a verdade, venho tendo alguns problemas com a memória.

Lara o observava com um ar preocupado.

— Algo sério?

— Não muito. É apenas irritante. Pensei que poderia passar alguns dias no Havaí.

— Pegue o jato.

— Não, porque você pode precisar. Irei num voo comercial.

— Cobre tudo da companhia.

— Obrigado. Telefonarei todos...

— Nada disso. Quero que esqueça o escritório. Limite-se a cuidar de você mesmo. Não quero que nada lhe aconteça.

Espero que ele esteja mesmo bem, pensou Lara. *Ele tem de estar bem.*

PHILIP TELEFONOU no dia seguinte. Marian Bell avisou:

— O Sr. Adler está ligando de Taipei.

Lara correu para atender.

— Philip!

— Olá, querida. Houve uma greve na companhia telefônica aqui. Há horas que venho tentando falar com você. Como se sente?

Solitária.

— Muito bem. Como vai a excursão?

— A coisa de sempre. Sinto muita saudade de você.

Lara podia ouvir música e vozes ao fundo.

— Onde você está?

— Estão dando uma pequena festa em minha homenagem. Sabe como é.

Lara ouviu uma mulher rindo.

— Claro que sei.

— Estarei em casa na quarta-feira.

— Philip...

— O que é?

— Nada, querido. Volte correndo.

— Eu voltarei. Adeus.

Lara desligou. O que ele faria depois da festa? Quem seria a mulher? Ela experimentou um sentimento de ciúme tão forte que quase a sufocou. Nunca sentira ciúme de ninguém em toda a sua vida.

Tudo está perfeito, pensou Lara. *Não quero perder. Não posso perder.*

Ela ficou acordada naquela noite, pensando em Philip e no que ele estaria fazendo.

HOWARD KELLER se encontrava deitado na Kona Beach, na frente de um pequeno hotel, na maior ilha do Havaí. O tempo era ideal. Ele nadava no mar todos os dias. Pegara um bronzeado, jogava golfe, recebia massagens diárias. Estava agora completamente relaxado, nunca se sentira melhor. *O Dr. Bennett tinha razão*, pensou ele. *Estafa. Terei de reduzir um pouco o ritmo de trabalho quando voltar.* A verdade é que se assustara muito mais do que queria admitir com os episódios de perda de memória.

Finalmente chegou o momento de voltar a Nova York. Ele pegou um voo à meia-noite e chegou a Manhattan por volta das quatro horas da tarde. Foi direto para o escritório. Sua secretária o recebeu com um sorriso.

— Seja bem-vindo, Sr. Keller. Está com uma ótima aparência.

— Obrigado...

Howard Keller ficou parado ali e toda cor se esvaiu do seu rosto.

Não conseguia lembrar o nome da secretária.

Capítulo 28

PHILIP CHEGOU a Nova York na tarde de quarta-feira e Lara pegou a limusine para ir recebê-lo no aeroporto. Philip saiu do avião e no mesmo instante a imagem de Lochinvar aflorou na mente de Lara.

Ah, como ele é bonito! Ela correu para seus braços.

— Senti muita saudade — murmurou, apertando-o.

— E eu também, querida.

— Quanta saudade?

Ele entreabriu meio centímetro entre o polegar e o indicador.

— Isto tudo.

— Seu animal! — murmurou Lara, rindo. — Onde está sua bagagem?

— Vem por aí.

Estavam no apartamento uma hora depois. Marian Bell abriu a porta.

— É um prazer tê-lo de volta, Sr. Adler.

— Obrigado, Marian. — Ele olhou ao redor. — Tenho a sensação de que me ausentei por um ano.

— Dois anos — murmurou Lara.

Ela já ia acrescentar "Nunca mais me deixe assim", mas mordeu o lábio.

— Deseja mais alguma coisa, Sra. Adler? — perguntou Marian.

— Não, obrigada. Pode ir agora. Ditarei algumas cartas pela manhã. Não vou mais trabalhar hoje.

— Está bem. Até amanhã.

Marian se retirou.

— Uma doce menina — comentou Philip.

— Não é mesmo? — Lara adiantou-se para os braços do marido. — E agora me mostre o tamanho de sua saudade.

LARA NÃO FOI ao escritório pelos três dias subsequentes. Queria ficar com Philip, conversar com ele, tocá-lo, certificar-se de que era real. Pela manhã, depois do desjejum, Lara foi ditar para Marian, enquanto Philip praticava ao piano.

Durante o almoço do terceiro dia, Lara relatou a inauguração do cassino.

— Eu gostaria que você tivesse comparecido, querido. Foi fantástico.

— Lamento muito ter perdido.

Ele está tocando piano em algum lugar.

— Terá uma nova oportunidade no próximo mês. O prefeito vai me entregar as chaves da cidade.

Philip disse, consternado:

— Querida, receio que perderei essa cerimônia também.

Lara ficou gelada.

— Como assim?

— Ellerbee já acertou outra excursão. Viajo para a Alemanha dentro de três semanas.

— Mas não pode ir!

— Os contratos já foram assinados. Não há mais nada que eu possa fazer.

— Acaba de voltar. Como pode partir outra vez tão cedo?

— É uma excursão importante, querida.

— E nosso casamento não é importante?

— Lara...

— Não precisa ir — insistiu Lara, irritada. — Quero um marido, não alguém ocasional...

Marian Bell entrou na sala, trazendo algumas cartas.

— Oh, desculpem. Não tive a intenção de interromper. Trouxe estas cartas para serem assinadas.

— Obrigada — disse Lara, a voz tensa. — Eu a chamarei quando precisar.

— Pois não, Srta. Cameron.

Observaram Marian se retirar e Lara continuou:

— Sei que você precisa dar concertos, mas não com essa frequência. Afinal, não é nenhuma espécie de caixeiro-viajante.

— De jeito nenhum, não é mesmo?

A voz de Philip era fria.

— Por que não fica aqui para a cerimônia e só depois parte em sua excursão?

— Lara, sei que isso é importante para você, mas deve compreender que meus concertos também são importantes para mim. Tenho o maior orgulho de você e de tudo o que faz, mas quero que também se orgulhe de mim.

— E eu me orgulho. Perdoe-me, Philip, eu apenas...

Lara fazia um grande esforço para não chorar.

— Eu sei, querida. — Ele tomou-a nos braços. — Nós vamos superar tudo. Quando eu voltar, tiraremos umas longas férias juntos.

É impossível tirar férias, pensou Lara. *Há projetos demais em andamento.*

— Para onde vai desta vez, Philip?

— Alemanha, Noruega, Dinamarca e Inglaterra, depois voltarei a Nova York.

Lara respirou fundo.

— Entendo...

— Eu gostaria que pudesse me acompanhar, Lara. Eu me sinto muito solitário sem você.

Ela pensou na mulher rindo.

— É mesmo? — Lara desvencilhou-se do ânimo sombrio, conseguiu rir. — Podemos fazer uma coisa. Por que não pega o jato? Terá assim uma viagem mais confortável.

— Tem certeza de que não...?

— Absoluta. Darei um jeito de dispensar o avião até seu retorno.

— Não há ninguém no mundo como você — murmurou Philip.

Lara passou um dedo lentamente pelo rosto dele.

— Nunca se esqueça disso.

A EXCURSÃO DE PHILIP foi um tremendo sucesso. Em Berlim, as plateias deliraram e as críticas foram extasiadas.

Depois, a sala dos artistas ficava lotada de aficionados entusiasmados, mulheres na maioria.

— Viajei quinhentos quilômetros para ouvi-lo tocar...

— Tenho um pequeno castelo, não muito longe daqui, e gostaria...

— Preparei uma ceia à meia-noite só para nós dois...

Algumas eram ricas e lindas, e quase todas estavam dispostas a se entregar. Mas Philip era um homem apaixonado. Ligou para Lara depois do concerto na Dinamarca.

— Sinto muita saudade.

— Eu também sinto, Philip. Como foi o concerto?

— Ninguém saiu enquanto eu tocava.

Lara riu.

— É um bom sinal. Estou no meio de uma reunião agora, querido. Ligarei para seu hotel dentro de uma hora.

— Não irei direto para o hotel, Lara. O diretor do salão de concerto está me oferecendo um jantar e...

— É mesmo? E ele tem uma linda filha?

Lara se arrependeu no momento mesmo em que falou.

— Como?

— Nada. Tenho de desligar agora. Falarei com você mais tarde.

Ela virou-se para os homens na sala. Keller a observava.

— Está tudo bem?

— Claro que sim — respondeu Lara, jovial.

Mas ela descobriu que era difícil se concentrar na reunião. Visualizava Philip no jantar, com belas mulheres lhe entregando as chaves de seus quartos em hotéis. Sentia-se consumida pelo ciúme e se odiava por isso.

A CERIMÔNIA DO PREFEITO homenageando Lara foi um sucesso. A imprensa compareceu em peso.

— Podemos tirar uma foto sua e de seu marido juntos?

Lara foi obrigada a confessar:

— Ele queria muito estar aqui.

Paul Martin estava.

— Ele viajou de novo, hein?

— Philip gostaria muito de ter vindo, Paul.

— Porra nenhuma! É uma grande honra para você. Ele deveria se encontrar ao seu lado. Que tipo de marido ele é? Alguém deveria ter uma conversa com aquele homem!

NAQUELA NOITE, Lara deitou na cama sozinha, incapaz de dormir. Philip se achava a quinze mil quilômetros de distância.

A conversa com Paul Martin aflorou em sua mente. *Que tipo de marido ele é? Alguém deveria ter uma conversa com aquele homem!*

Ao voltar da Europa, Philip parecia feliz por estar em casa. Trouxe uma porção de presentes para Lara. Havia uma linda estatueta de porcelana da Dinamarca, adoráveis bonecas da Alemanha, blusas de seda e uma bolsa de ouro da Inglaterra. Dentro havia uma pulseira de diamantes.

— É linda! — murmurou Lara. — Obrigada, querido.

Na manhã seguinte, Lara disse a Marian Bell:

— Trabalharei em casa durante todo o dia de hoje.

Ela sentou em seu escritório, ditando para Marian, e podia ouvir os sons de Philip ao piano na sala de estar. *Nossa vida é perfeita assim*, pensou Lara. *Por que Philip quer estragá-la?*

William Ellerbee telefonou para Philip.

— Meus parabéns — disse ele. — Já soube que a excursão foi maravilhosa.

— É verdade. As plateias europeias são fantásticas.

— A direção do Carnegie Hall me procurou. Há uma vaga inesperada dentro de uma semana, a contar da próxima sexta-feira, no dia 17. Gostariam de contratá-lo para um concerto. Está interessado?

— Muito.

— Ótimo. Acertarei tudo. Por falar nisso, está pensando em reduzir seus concertos?

Philip ficou surpreso.

— Reduzir? Claro que não. Por quê?

— Tive uma conversa com Lara, e ela sugeriu que talvez você quisesse excursionar apenas pelos Estados Unidos. Seria bom você conversar com ela e...

— É o que farei. Obrigado.

Philip desligou, foi para o escritório de Lara. Ela ditava para Marian.

— Pode nos dar licença? — pediu Philip.

Marian sorriu.

— Claro.

Ela saiu da sala. Philip virou-se para Lara.

— Acabei de falar com William Ellerbee. Conversou com ele sobre a redução de minhas excursões pelo exterior?

— Talvez eu tenha comentado o assunto, Philip. Achei que seria melhor para nós dois...

— Por favor, não faça isso de novo. Sabe quanto eu a amo. Mas, além de nossa vida em comum, você tem uma carreira e eu tenho uma carreira. Vamos fazer uma regra. Eu não interfiro na sua e você não interfere na minha. É justo assim?

— Claro que é, querido. Desculpe, Philip. É que sinto muita saudade quando você viaja. — Ela foi para os braços do marido. — Perdoa?

— Está perdoado e esquecido.

Howard Keller foi ao apartamento, levando alguns contratos para Lara assinar.

— Como vão as coisas?

— Tudo bem — respondeu Lara.

— O menestrel errante está em casa?

— Está.

— Então a música é agora a sua vida, hein?

— O músico é a minha vida. Não faz ideia do quanto ele é maravilhoso, Howard.

— Quando voltará ao escritório? Precisamos de você.

— Dentro de poucos dias.

Ele acenou com a cabeça.

— Certo.

E começaram a examinar os documentos que Keller trouxera.

Terry Hill telefonou na manhã seguinte.

— Lara, acabo de receber um telefonema da Comissão de Jogos de Reno. Haverá uma audiência sobre a licença para seu cassino.

— Por quê?

— Houve algumas alegações de que a licitação foi fraudada. Querem que você vá até lá e testemunhe, no próximo dia 17.

— A situação é muito grave?

O advogado hesitou.

— Você tem conhecimento de alguma irregularidade na licitação?

— Claro que não.

— Então não há nada com que se preocupar. Voarei para Reno com você.

— O que acontece se eu não for?

— Será intimada. Ficará melhor se comparecer por sua livre e espontânea vontade.

— Está bem.

Lara ligou para o telefone particular de Paul Martin no escritório. Ele atendeu no mesmo instante.

— Lara?

— Sou eu mesma, Paul.

— Há muito tempo que eu não usava esta linha.

— Sei disso. Estou ligando por causa de Reno...

— Já soube.

— Há algum problema real?

Ele riu.

— Não. Os perdedores estão aborrecidos porque você os venceu.

— Tem certeza de que está tudo bem, Paul? — Ela hesitou. — Conversamos sobre as outras propostas.

— Acredite em mim, isso sempre acontece. De qualquer forma, eles não têm como provar. Não se preocupe.

— Certo.

Lara desligou e ficou olhando para o telefone, preocupada.

NO ALMOÇO, Philip anunciou:

— Ofereceram-me um concerto no Carnegie Hall e aceitei.

— Maravilhoso! — Lara sorriu. — Comprarei um vestido novo. Quando será?

— No dia 17.

O sorriso de Lara desapareceu.

— Oh...

— Qual é o problema?

— Infelizmente, não poderei comparecer, querido. Tenho de ir a Reno. Sinto muito.

Philip pôs as mãos sobre as dela.

— Nossas agendas parecem não combinar, não é? Mas tudo bem. Não se preocupe. Haverá muitos outros concertos.

LARA SE ENCONTRAVA em sua sala no Cameron Center. Howard Keller telefonara para o apartamento naquela manhã.

— Acho melhor você vir até aqui — dissera ele. — Temos alguns problemas.

— Estarei aí dentro de uma hora.

Começaram a reunião.

— Temos alguns negócios que saíram errados — informou Keller. — A seguradora que se instalaria no nosso prédio em Houston foi à falência. Era a única locatária.

— Encontraremos outra — assegurou Lara.

— Não será tão simples assim. A lei de reforma fiscal vem nos prejudicando. Mais do que isso, tem prejudicado todo mundo. O Congresso acabou com os abrigos fiscais das empresas e eliminou a maioria das deduções. Creio que nos encaminhamos para uma tremenda recessão. As companhias de poupança e empréstimo com que operamos enfrentam dificuldades. Drexel Burnham Lambert pode encerrar suas atividades. Os *junk bonds* vêm se transformando em armadilhas mortais. Temos problemas com meia dúzia de nossos prédios. Dois se encontram ainda pela metade. Sem financiamento, os custos vão nos sufocar.

Lara pensou por um momento.

— Podemos dar um jeito. Venda as propriedades que forem necessárias para manter em dia os pagamentos hipotecários.

— O lado melhor da situação é que temos um fluxo de caixa de Reno que nos proporciona quase cinquenta milhões por ano.

Lara não disse nada.

NA SEXTA-FEIRA, dia 17, ela viajou para Reno. Philip acompanhou-a até o aeroporto. Terry Hill já esperava no avião.

— Quando vai voltar? — perguntou Philip.

— Provavelmente amanhã. Não devo demorar.

— Sentirei a maior saudade.

— Eu também, querido.

Ele ficou parado ali, observando o avião decolar. *Sentirei muito sua falta*, pensou Philip. *Ela é a mulher mais fantástica do mundo.*

NA SEDE DA COMISSÃO de Jogos de Nevada, Lara confrontava os mesmos homens com que se reunira ao solicitar a licença para o cassino. Desta vez, no entanto, eles não se mostravam tão cordiais.

Lara prestou juramento e um funcionário anotou seu depoimento. O presidente da comissão disse:

— Srta. Cameron, houve algumas acusações perturbadoras envolvendo a concessão da licença a seu cassino.

— Que tipo de acusações? — perguntou Terry Hill.

— Falaremos sobre isso no momento oportuno. — O presidente voltou a se concentrar em Lara. — Pelo que sabemos, foi a sua primeira experiência em aquisição de um cassino.

— Isso mesmo. Foi o que declarei na primeira audiência.

— Como chegou ao lance que ofereceu? Isto é... como determinou aquela cifra precisa?

Terry Hill interveio:

— Eu gostaria de saber o motivo para a pergunta.

— Espere um momento, Sr. Hill. Permitirá que sua cliente responda à pergunta?

Terry olhou para Lara, acenou com a cabeça, e ela disse:

— Pedi a meu diretor financeiro que me desse uma estimativa do quanto poderíamos oferecer, calculamos um pequeno lucro que poderíamos acrescentar e essa foi minha proposta.

O presidente consultou um papel à sua frente.

— Sua proposta foi de cinco milhões a mais que a segunda.

— É mesmo?

— Não sabia disso na ocasião em que apresentou sua proposta?

— Claro que não.

— Srta. Cameron, conhece um homem chamado Paul Martin?

Terry Hill tornou a interferir:

— Não vejo qualquer relevância nessa linha de interrogatório.

— Já chegaremos a esse ponto. Antes, porém, eu gostaria que a Srta. Cameron respondesse à pergunta.

— Não tenho qualquer objeção — declarou Lara. — É verdade, conheço Paul Martin.

— Já fez negócios com ele?

Lara hesitou.

— Não. Somos apenas amigos.

— Srta. Cameron, sabia que Paul Martin é acusado de ter ligações com a Máfia, que...

— Protesto. É testemunho indireto e não pode constar dos autos.

— Muito bem, Sr. Hill. Retirarei isso. Srta. Cameron, quando foi a última vez que se encontrou ou falou com Paul Martin?

Lara hesitou de novo.

— Não me lembro exatamente. Para ser franca, quase não tenho visto o Sr. Martin desde que me casei. Podemos nos encontrar de vez em quando em festas, mas isso é tudo.

— Mas não tinha o hábito de falar com ele pelo telefone regularmente?

— Não depois de meu casamento.

— Alguma vez conversou com Paul Martin sobre o cassino?

Lara olhou para Terry Hill, que acenou com a cabeça.

— Conversei. Logo depois que ganhei a licitação, se bem me lembro, ele telefonou para me dar os parabéns. E logo depois que recebi a licença para operar o cassino.

— Mas não falou com ele em qualquer outra ocasião?

— Não.

— Devo lembrá-la que se encontra sob juramento, Srta. Cameron.

— Sei disso.

— Sabe qual é a pena para perjúrio?

— Sei.

Ele levantou um papel.

— Tenho aqui uma relação de quinze ligações telefônicas entre você e Paul Martin, efetuadas durante o período em que foram apresentadas as propostas lacradas para o cassino.

Capítulo 29

A MAIORIA DOS SOLISTAS é ofuscada pelo vasto auditório do Carnegie Hall, com lugares para 2.800 pessoas. Não há muitos músicos que sejam capazes de encher essa prestigiada sala de concerto, mas estava lotada na noite de sexta-feira. Philip Adler avançou pelo enorme palco sob os aplausos estrondosos da plateia. Sentou ao piano, fez uma pausa, começou a tocar. O programa consistia em sonatas de Beethoven. Ao longo dos anos, ele se disciplinara para se concentrar apenas na música. Naquela noite, porém, os pensamentos de Philip vaguearam para Lara e seus problemas, e por uma fração de segundo seus dedos se atrapalharam, um suor frio brotou por todo o corpo. Aconteceu tão depressa que a plateia nem percebeu.

Houve aplausos vigorosos ao final da primeira parte do concerto. No intervalo, Philip foi para seu camarim. O diretor da sala disse:

— Maravilhoso, Philip. Você os manteve fascinados. Deseja alguma coisa?

— Não, obrigado.

Philip fechou a porta do camarim. Gostaria que o concerto já tivesse terminado. Sentia-se profundamente perturbado pela situação com Lara. Amava-a muito, e sabia que ela também o amava, mas pareciam ter chegado a um impasse. Houvera muita tensão entre os dois antes da partida de Lara para Reno. *Preciso fazer alguma coisa*, pensou Philip. *Mas o quê? Como podemos chegar a um acordo?* Ele ainda pensava a respeito quando houve uma batida na porta, e a voz do diretor de cena avisou:

— Cinco minutos, Sr. Adler.

— Obrigado.

A segunda metade do programa consistia na sonata *Hammerklavier.* Era uma peça comovente, emocionada, e quando os últimos acordes espalharam-se pelo vasto auditório a plateia se levantou, em aclamações delirantes. Philip permaneceu no palco, fazendo reverências, mas sua mente se encontrava longe dali. *Tenho de voltar para casa e conversar com Lara.* E depois ele se lembrou que ela viajara. *Teremos de acertar tudo agora*, pensou Philip. *Não podemos mais continuar assim.*

Os aplausos continuaram. A plateia gritava "bravo" e "bis". Normalmente, Philip tocaria outra seleção, mas naquela noite sentia-se transtornado demais. Voltou a seu camarim, trocou de roupa. Podia ouvir o rumor distante de trovoadas. Os jornais previram chuva, mas isso não afastara a multidão. A sala dos artistas se achava repleta de pessoas à sua espera. Era sempre emocionante sentir e ouvir a aprovação dos aficionados, mas naquela noite Philip não tinha o menor ânimo para eles. Ficou no camarim até ter certeza de que a multidão já fora embora.

Já era quase meia-noite quando saiu. Atravessou os bastidores vazios, deixou o Carnegie Hall pela porta dos artistas. A limusine não estava ali. *Arrumarei um táxi*, decidiu Philip.

Foi andando sob uma chuva forte. Um vento frio soprava e a Rua 57 estava escura. Quando ele se encaminhava para a Sexta Avenida, um homem grandalhão, de capa, emergiu das sombras.

— Com licença — disse ele —, como posso chegar ao Carnegie Hall?

Philip lembrou da piada antiga que contara a Lara e sentiu-se tentado a dizer "pratique", mas apontou para o prédio por trás.

— É aquele ali.

No momento em que Philip tornou a se virar, o homem empurrou-o contra a parede. Tinha na mão um canivete de lâmina retrátil, com uma aparência letal.

— Entregue sua carteira.

O coração de Philip disparou. Ele olhou ao redor, à procura de ajuda. A rua varrida pela chuva estava deserta.

— Tudo bem — disse Philip. — Não precisa ficar nervoso. Pode levar minha carteira.

A lâmina se comprimia contra sua garganta.

— Escute, não há necessidade...

— Cale a boca! Apenas me dê a carteira!

Philip enfiou a mão no bolso e tirou a carteira. O homem pegou-a com a mão livre, meteu-a em seu bolso. Olhou para o relógio de Philip. Baixou a mão, arrancou-o do pulso. Ao pegar o relógio, segurou a mão esquerda de Philip, apertou com toda força e passou a lâmina afiada pelo pulso, cortando-o. Philip soltou um grito de dor. O sangue começou a correr. O homem fugiu.

Philip continuou parado ali, em choque, observando seu sangue se misturar com a chuva, pingando para a rua.

E desmaiou.

LIVRO QUARTO

Capítulo 30

LARA RECEBEU a notícia sobre Philip em Reno.

Marian Bell estava ao telefone, quase histérica.

— Ele ficou gravemente ferido? — indagou Lara.

— Ainda não temos detalhes. Levaram-no para o pronto-socorro do Roosevelt Hospital.

— Voltarei imediatamente.

QUANDO LARA CHEGOU ao hospital, seis horas depois, encontrou Howard Keller à sua espera. Ele parecia abalado.

— O que aconteceu, Howard?

— Ao que tudo indica, Philip foi assaltado ao deixar o Carnegie Hall. Encontraram-no caído na rua, inconsciente.

— O estado é grave?

— O pulso sofreu um corte profundo. Ele se encontra sob o efeito de sedativos, mas está consciente.

Foram para o quarto. Philip se achava estendido na cama, com tubos de soro pingando em seu braço.

— Philip... Philip...

Era a voz de Lara, chamando-o de uma longa distância. Ele abriu os olhos. Avistou Lara e Howard Keller. Parecia haver dois de cada um. Sentia a boca ressequida, uma tontura profunda.

— O que aconteceu? — sussurrou Philip.

— Você foi ferido — respondeu Lara. — Mas ficará bom.

Philip baixou os olhos, viu o pulso todo enfaixado. A memória voltou.

— Fui... é muito grave?

— Não sei, querido — respondeu Lara. — Tenho certeza de que ficará bom. O médico logo virá vê-lo.

Keller acrescentou, tranquilizador:

— Os médicos podem fazer qualquer coisa hoje em dia.

Philip resvalava de volta ao sono.

— Disse a ele que podia levar o que quisesse. Não deveria ter cortado meu pulso... não deveria ter cortado meu pulso...

DUAS HORAS DEPOIS, o Dr. Dennis Stanton entrou no quarto. Ao ver a expressão do médico, Philip compreendeu o que ele ia dizer. Respirou fundo, e murmurou:

— Pode falar.

O Dr. Stanton suspirou.

— Lamento, Sr. Adler, mas não tenho boas notícias.

— Qual é a gravidade?

— Os tendões flexores foram cortados e por isso não terá movimentos na mão. Além disso, haverá uma dormência permanente. Houve também danos aos nervos mediano e ulnário. — Ele mostrou em sua própria mão. — O nervo mediano afeta o polegar e os outros três dedos adjacentes. O nervo ulnário vai a todos os dedos.

Philip fechou os olhos, apertando com toda força, contra a onda de súbito desespero que o engolfava. Depois de um momento, ele disse:

— Está querendo dizer que eu... que nunca mais recuperarei o uso da mão esquerda?

— Isso mesmo. O fato é que teve muita sorte por continuar vivo. Quem quer que fez isso, cortou a artéria. É de admirar que não tenha sangrado até a morte. Precisamos dar sessenta pontos em seu pulso.

Philip balbuciou, desesperado:

— Não há nada que possa fazer?

— Há, sim. Podemos fazer um implante na mão esquerda, a fim de que tenha algum movimento, mas seria bastante limitado.

Seria melhor que ele tivesse me matado, pensou Philip, angustiado.

— À medida que a mão for curando, sentirá muita dor. Daremos medicamentos para controlar a dor, mas posso lhe adiantar que cessará por completo com o passar do tempo.

Mas não a dor real, pensou Philip. *Não a dor real.* Fora apanhado num pesadelo. E não havia como escapar.

UM DETETIVE FOI falar com Philip no hospital. Ficou de pé ao lado da cama. Era da velha guarda, sessenta e tantos anos, cansado, com olhos que já tinham visto tudo duas vezes.

— Sou o tenente Mancini. Lamento o que aconteceu, Sr. Adler. É uma pena que não tenham quebrado sua perna em vez disso. Isto é... se tinha de acontecer...

— Já entendi — disse Philip, bruscamente.

Howard Keller entrou no quarto.

— Pensei que Lara estivesse aqui. — Ele viu o estranho. — Oh, desculpe...

— Ela acaba de sair daqui — informou Philip. — Este é o tenente Mancini. Howard Keller.

Mancini o fitava atentamente.

— Você me parece familiar. Já nos encontramos antes?

— Não creio.

O rosto de Mancini se iluminou.

— Keller! Você jogava beisebol em Chicago!

— Isso mesmo. Mas como...?

— Fui olheiro do Cubs durante um verão. Ainda me lembro de seus lançamentos espetaculares. Poderia ter feito uma grande carreira.

— É possível. Agora, se me dá licença... — Ele olhou para Philip. — Esperarei por Lara lá fora.

Ele saiu do quarto. Mancini virou-se para Philip.

— Deu uma olhada no homem que o atacou?

— Caucasiano, do sexo masculino. Um homem grandalhão. Beirando um metro e noventa. Talvez cinquenta anos, ou por aí.

— Poderia identificá-lo se o visse outra vez?

— Claro.

Era um rosto que Philip jamais esqueceria.

— Sr. Adler, poderia lhe pedir que examinasse os álbuns de fotografias de criminosos, mas acho, para ser franco, que seria um desperdício de tempo. Afinal, não se trata exatamente de um crime de alta tecnologia. Há centenas de assaltantes por toda a cidade. A menos que sejam apanhados em flagrante, quase sempre escapam impunes. — O tenente tirou do bolso um caderninho de anotações. — O que ele roubou?

— A carteira e o relógio.

— Que tipo de relógio era?

— Um Piaget.

— Havia algo distintivo nele? Tinha uma inscrição, por exemplo?

Era o relógio que Lara lhe dera.

— Tinha, sim. Atrás, estava inscrito "A Philip, com amor, de Lara".

Mancini anotou.

— Sr. Adler... tenho de lhe fazer essa pergunta. Já tinha visto o homem antes?

Philip ficou surpreso.

— Visto antes? Não. Por quê?

— Apenas tive uma ideia... — Mancini guardou o caderninho de anotações. — Muito bem, veremos o que podemos fazer. É um homem de sorte, Sr. Adler.

— Acha mesmo?

A voz de Philip estava impregnada de amargura.

— Acho, sim. Temos milhares de assaltos por ano nesta cidade e não temos condições de gastar muito tempo com eles. Mas acontece que nosso capitão é seu admirador. Coleciona todos os seus discos. Fará tudo o que puder para descobrir o filho da puta que o atacou. Mandaremos uma descrição de seu relógio a todas as lojas de penhores do país.

— Se conseguirem prendê-lo, acha que ele poderia me devolver a mão? — indagou Philip, a amargura cada vez maior.

— Como?

— Nada.

— Receberá notícias nossas. Tenha um bom dia.

Lara e Keller esperavam pelo detetive no corredor.

— Queria falar comigo? — perguntou Lara.

— Queria, sim — respondeu o tenente Mancini. — Gostaria de lhe fazer algumas perguntas. Sra. Adler, sabe se seu marido tem inimigos?

Lara franziu o rosto.

— Inimigos? Não. Por quê?

— Ninguém que sentisse inveja dele? Talvez outro músico? Alguém que quisesse prejudicá-lo?

— Aonde está querendo chegar? Não foi um simples assalto?

— Para ser absolutamente franco, as circunstâncias não se ajustam a um assalto comum. Ele cortou o pulso de seu marido *depois* de tirar a carteira e o relógio.

— Não vejo que diferença...

— Foi um ato que não faz o menor sentido, a menos que tenha sido deliberado. Seu marido não ofereceu qualquer resistência. É verdade que um garoto dopado poderia fazer uma coisa dessas, mas... — Ele deu de ombros. — Manterei contato.

Eles ficaram observando o detetive se afastar.

— Santo Deus! — exclamou Keller. — Ele acha que foi de propósito!

Lara empalidecera. Keller fitou-a e murmurou:

— Essa não! Um dos capangas de Paul Martin! Mas por que ele faria isso?

Lara encontrou alguma dificuldade para falar.

— Ele... ele pode ter pensado que fazia isso por mim. Philip... tem viajado muito, e Paul vivia dizendo... que não era certo, que alguém deveria ter uma conversa com ele. Oh, Howard!

Ela comprimiu o rosto contra o ombro de Keller, lutando para conter as lágrimas.

— Mas que filho da puta! Eu a avisei para ficar longe daquele homem.

Lara respirou fundo.

— Philip vai ficar bom. Tem de ficar.

TRÊS DIAS DEPOIS, Philip deixou o hospital e Lara levou-o para casa. Ele parecia pálido e abalado. Marian Bell se encontrava na porta, esperando-os. Fora visitar Philip no hospital todos os dias, levando as mensagens para ele. Houvera manifestações de simpatia do mundo inteiro — cartões e cartas, telefonemas de admiradores transtornados. Os jornais haviam dado destaque à história, condenando a violência nas ruas de Nova York.

LARA ESTAVA na biblioteca quando o telefone tocou.

— É para você — avisou Marian Bell. — Um tal de Sr. Paul Martin.

— Eu... não posso falar com ele — balbuciou Lara.

E ela permaneceu parada ali, fazendo um esforço para evitar que o corpo tremesse.

Capítulo 31

A VIDA CONJUGAL mudou da noite para o dia. Lara comunicou a Keller:

— Trabalharei em casa daqui por diante. Philip precisa de mim.

— Claro. Eu compreendo.

Os telefonemas e cartões continuaram a chegar, e Marian Bell demonstrou ser uma bênção. Era discreta e nunca se intrometia.

— Não se preocupe com eles, Sra. Adler. Cuidarei de tudo, se quiser.

— Obrigada, Marian.

William Ellerbee telefonou várias vezes, mas Philip recusou-se a atendê-lo.

— Não quero falar com ninguém — disse ele a Lara.

O Dr. Stanton tinha razão quanto à dor. Era terrível. Philip tentou evitar os analgésicos, até que não conseguiu mais suportar. Lara sempre se mantinha ao seu lado.

— Vamos procurar os melhores médicos do mundo, querido. Deve haver *alguém* capaz de recuperar sua mão. Ouvi falar de um médico na Suíça...

Philip balançou a cabeça.

— Não adianta. — Ele olhou para a mão enfaixada. — Sou um aleijado.

— Não fale assim! — protestou Lara, veemente. — Há mil coisas que ainda pode fazer. Eu me culpo pelo que aconteceu. Se não fosse a Reno naquele dia, se o acompanhasse ao concerto, isso nunca teria ocorrido. Se...

Philip sorriu, amargurado.

— Queria que eu ficasse mais em casa. Agora, não tenho qualquer outro lugar para ir.

Lara comentou, com a voz rouca:

— Alguém disse: "Tome cuidado com o que deseja, porque pode obter." Queria que você ficasse em casa, mas não assim. Não suporto vê-lo tão desesperado.

— Não precisa se preocupar comigo. Apenas tenho de trabalhar algumas coisas em minha cabeça. Tudo aconteceu tão de repente que acho que ainda não entendi direito.

HOWARD KELLER foi ao apartamento, levando alguns contratos.

— Olá, Philip. Como se sente?

— Maravilhoso — respondeu Philip em tom ríspido. — Eu me sinto simplesmente maravilhoso.

— Foi uma pergunta estúpida. Desculpe.

— Não me leve a mal. Não ando conseguindo me controlar. — Philip bateu com a mão direita na cadeira. — Se ao menos o desgraçado tivesse cortado minha mão *direita*! Há uma dúzia de concertos para a mão esquerda que eu poderia tocar.

E Keller lembrou-se da conversa na festa. *"Meia dúzia de compositores fez concertos para a mão esquerda. Há um de Demuth, Franz Schmidt, Korngold e um lindo concerto de Ravel."*

E Paul Martin se achava ali, ouvira a conversa.

O Dr. Stanton foi ao apartamento para ver Philip. Com todo cuidado, ele removeu a atadura, expondo a cicatriz comprida e avermelhada.

— Consegue flexionar a mão?

Philip tentou.

Era impossível.

— Como está a dor?

— Muito forte, mas não quero mais tomar aqueles malditos analgésicos.

— Deixarei outra receita assim mesmo. Poderá tomá-los se precisar. E tenha certeza de que a dor vai cessar nas próximas semanas.

Ele se levantou para ir embora.

— Lamento muito. Acontece que sou um grande admirador seu.

— Compre meus discos — sugeriu Philip, bruscamente.

Marian Bell fez uma sugestão a Lara:

— Acha que poderia ajudar ao Sr. Adler se um fisioterapeuta viesse trabalhar em sua mão?

Lara pensou por um momento.

— Podemos tentar. Vamos ver o que acontece.

Quando Lara transmitiu a sugestão a Philip, ele sacudiu a cabeça.

— Não. De que adianta? O médico disse...

— Médicos podem se enganar — protestou Lara com firmeza. — Vamos tentar tudo.

No dia seguinte, um jovem terapeuta apareceu no apartamento. Lara conduziu-o a Philip.

— Este é o Sr. Rossman. Ele trabalha no Hospital Columbia. Vai tentar ajudá-lo, Philip.

— Boa sorte — murmurou Philip, amargo.

— Vamos dar uma olhada nessa mão, Sr. Adler.

Philip estendeu a mão. Rossman examinou-a com toda atenção.

— Parece que houve muita lesão muscular, mas veremos o que é possível fazer. Consegue mexer os dedos?

Philip tentou.

— Não há muito movimento, não é? Vamos tentar um exercício.

Foi extremamente doloroso. Trabalharam por meia hora e Rossman disse ao final:

— Voltarei amanhã.

— Nada disso — declarou Philip. — Não precisa se incomodar.

Lara entrou na sala.

— Não vai tentar, Philip?

— Já tentei. Será que não compreende? Minha mão está morta. Nada poderá ressuscitá-la.

— Philip...

Os olhos de Lara se encheram de lágrimas.

— Desculpe — disse Philip. — É que... Dê-me algum tempo.

NAQUELA NOITE, Lara foi despertada pelo som do piano. Saiu da cama, foi em silêncio até a porta da sala de estar. Philip sentara ao piano, de robe, a mão direita tocava baixinho. Olhou para Lara.

— Desculpe se a acordei.

Lara adiantou-se.

— Querido...

— Não é uma grande piada? Casou com um pianista de concerto, e acabou com um aleijado.

Ela enlaçou-o e apertou-o com força.

— Você não é um aleijado. Há muitas coisas que pode fazer.

— Pare de bancar a Poliana!

— Desculpe. Eu apenas queria...

— Sei disso. Perdoe-me, eu... — Philip ergueu a mão mutilada. — Não consigo me acostumar a isto.

— Volte para a cama.

— Não. Deite você. E não se preocupe comigo.

Ele passou a noite inteira acordado, pensando em seu futuro, e se perguntou, furioso: *Que futuro?*

LARA E PHILIP jantavam juntos todas as noites, depois liam ou assistiam à televisão e iam para a cama. Philip disse, contrafeito:

— Sei que não estou sendo grande coisa como marido, Lara. É que... não me sinto com ânimo para o sexo. E não tem nada a ver com você.

Lara sentou na cama e disse, com a voz trêmula:

— Não casei com você pelo seu corpo. Casei porque estava perdidamente apaixonada. E ainda estou. Se nunca mais fizermos amor, não tem problema para mim. Tudo o que quero é que você me abrace e me ame.

— Eu a amo, Lara.

OS CONVITES PARA jantares e eventos beneficentes chegavam constantemente, mas Philip recusava todos. Não queria sair do apartamento.

— Vá você — dizia a Lara. — É importante para o seu negócio.

— Nada é mais importante para mim do que você. Teremos um jantar saboroso e tranquilo em casa.

Lara providenciou para que a cozinheira fizesse todos os pratos prediletos de Philip. Ele não tinha apetite. Lara passou a marcar as reuniões no apartamento. Quando era necessário sair durante o dia, dizia a Marian:

— Terei de me ausentar por algumas horas. Fique de olho no Sr. Adler.

— Pode deixar.

Uma manhã, Lara anunciou:

— Querido, detesto deixá-lo sozinho aqui, mas preciso ir a Cleveland por um dia. Vai ficar bem?

— Claro. Não sou um inválido. Por favor, pode viajar quando precisar. Não se preocupe comigo.

MARIAN LEVOU algumas cartas que acabara de datilografar para Philip.

— Pode assinar, por favor, Sr. Adler?

— Pois não. Ainda bem que sou destro, não é? — Havia um tom de amargura em sua voz. Ele olhou para Marian e acrescentou: — Desculpe. Não tive a intenção de descarregar em você.

— Sei disso, Sr. Adler. Não acha que seria uma boa ideia sair e se encontrar com seus amigos?

— Todos os meus amigos estão trabalhando. São músicos e se ocupam em tocar em concertos. Como pode ser tão estúpida?

Philip saiu da sala, num acesso de raiva.

Marian continuou parada ali, observando-o.

Uma hora depois, Philip voltou à sala. Marian batia a máquina.

— Marian?

Ela levantou os olhos.

— Pois não, Sr. Adler?

— Perdoe-me, por favor. Estou fora de mim. Não queria ser grosseiro.

— Eu compreendo.

Philip sentou na sua frente.

— E o motivo para ficar fora de mim é que me sinto uma aberração. Tenho certeza de que todo mundo vai olhar fixamente para minha mão. E não quero a compaixão de ninguém.

Ela o fitava, sem dizer nada.

— Tem sido muito gentil, Marian, e fico grato por isso, sinceramente. Conhece o ditado "quanto maiores eles são, mais dura é a queda"? Pois eu fui grande, Marian... muito grande. Todos iam me ouvir tocar... reis e rainhas e...

Philip fez uma pausa.

— Pessoas do mundo inteiro ouviam minha música. Dei concertos na China e Rússia, Índia e Alemanha. — A voz se tornou embargada, as lágrimas escorriam pelas faces. — Já percebeu que choro muito ultimamente?

Ele lutava para se controlar. Marian murmurou:

— Por favor, não chore. Tudo vai acabar bem.

— Não vai, não! Nada acabará bem! Absolutamente nada! Não passo de um aleijado!

— Não diga isso. A Sra. Adler tem razão. Há uma centena de coisas que poderia fazer. E depois que passar a dor, começará a fazê-las.

Philip tirou um lenço do bolso e enxugou os olhos.

— Estou me tornando um bebê chorão.

— Se o ajuda, então chore.

Ele fitou-a e sorriu.

— Quantos anos você tem?

— Vinte e seis.

— Uma garota de vinte e seis anos muito sábia, hein?

— Não. Apenas sei o que está passando e daria qualquer coisa para que não tivesse acontecido. Mas aconteceu, e tenho certeza de que vai encontrar a melhor maneira de enfrentar a situação.

— Está desperdiçando seu tempo aqui, Marian. Deveria ser uma psicóloga.

— Gostaria que eu lhe preparasse um drinque?

— Não, obrigado. Está interessada numa partida de gamão?

— Adoraria, Sr. Adler.

— Se vai ser minha parceira no gamão, é melhor passar a me tratar por Philip.

— Philip.

Desse momento em diante, eles jogavam gamão todos os dias.

LARA RECEBEU um telefonema de Terry Hill.

— Infelizmente, Lara, tenho más notícias.

Lara preparou-se para o golpe.

— O que foi?

— A Comissão de Jogos de Nevada votou pela suspensão da licença do seu cassino, até que haja investigações adicionais. Talvez você tenha de enfrentar um processo criminal.

Foi um choque. Ela pensou nas palavras de Paul Martin: *Não se preocupe. Eles não podem provar nada.*

— Não há nada que possamos fazer, Terry?

— Não, pelo menos por enquanto. Aguente firme. Estou trabalhando no caso.

Quando Lara lhe transmitiu a informação, Keller disse:

— Essa não! Contávamos com o fluxo de caixa do cassino para pagar as hipotecas de três prédios. Vão restituir a licença?

— Não sei.

Keller pensou por um momento.

— Tudo bem. Venderemos o hotel de Chicago e usaremos o dinheiro para pagar a hipoteca da propriedade de Houston. O mercado imobiliário sofreu uma tremenda queda. Muitos bancos e companhias de poupança e empréstimo enfrentam dificuldades. Drexel Burnham Lambert fechou. É o fim da bonança.

— Haverá o retorno.

— Pois é melhor que aconteça *depressa*. Os bancos vêm me pressionando pelos nossos empréstimos.

— Não se preocupe — declarou Lara, confiante. — Se você deve um milhão de dólares a um banco, ele o possui. Se deve cem milhões de dólares, você possui o banco. Não podem se dar ao luxo de permitir que algo me aconteça.

No dia seguinte, apareceu um artigo na *Business Week*. Tinha o seguinte título: IMPÉRIO CAMERON ABALADO — LARA CAMERON ENFRENTA POSSÍVEL AÇÃO PENAL EM RENO. A BORBOLETA DE FERRO CONSEGUIRÁ SALVAR SEU IMPÉRIO?

Lara bateu com o punho na revista.

— Como eles se atrevem a publicar isto? Vou processá-los!

— Não acho uma boa ideia — protestou Keller.

O rosto franzido, Lara perguntou:

— Howard, quase todo o espaço no Cameron Towers já foi locado, não é?

— Setenta por cento, até agora, e continua subindo. A Southern Insurance ficou com vinte andares e o International Investment Banking com dez.

— Assim que ficar pronto, teremos dinheiro suficiente para resolver todos os nossos problemas. Falta muito para a conclusão das obras?

— Seis meses.

A voz de Lara vibrava de excitamento:

— Olhe só o que teremos então! O maior prédio do mundo! Será uma beleza!

Ela virou-se para o desenho emoldurado por trás de sua mesa. Mostrava um enorme monólito envolto por vidro, as facetas refletindo os prédios ao redor. Nos andares inferiores haveria um passeio e um átrio, com lojas de luxo ao redor. Por cima, ficariam as salas e o escritório de Lara.

— Teremos uma grande promoção de publicidade, Howard.

— Boa ideia.

Ele franziu o rosto.

— Qual é o problema?

— Nada. Apenas me lembrei de Steve Murchison. Ele queria muito aquela propriedade.

— Mas nós o vencemos, não é?

— É verdade, nós o vencemos — murmurou Keller.

Lara chamou Jerry Townsend.

— Jerry, quero fazer algo especial na inauguração do Cameron Towers. Alguma ideia?

— Tenho uma grande ideia. A inauguração será a 10 de setembro?

— Isso mesmo.

— Isso não a faz pensar em alguma coisa?

— Bom, é meu aniversário...

— Exatamente! — Um sorriso iluminou o rosto de Jerry Townsend. — Por que não damos uma grande festa de aniversário para comemorar a conclusão do prédio?

Lara pensou a respeito por um momento.

— Gostei. É uma ideia maravilhosa. Convidaremos todo mundo. Faremos tanto barulho que será ouvido no mundo inteiro. Jerry, quero que prepare uma lista de convidados. Duzentas pessoas. E quero que cuide disso pessoalmente.

Townsend sorriu.

— Deixe comigo. Eu lhe apresentarei a lista de convidados para aprovação.

Lara tornou a bater com o punho na revista.

— Vamos mostrar a eles!

— COM LICENÇA, Sra. Adler — disse Marian. — Tenho a secretária da Associação Nacional de Construtores na linha três. Ainda não respondeu ao convite para o jantar na sexta-feira.

— Diga que não poderei ir. Apresente minhas desculpas.

— Certo.

Marian deixou a sala. Philip disse:

— Não pode se transformar numa eremita por minha causa, Lara. É importante para você ir a essas coisas.

— Nada é mais importante para mim do que ficar aqui com você. Aquele homenzinho engraçado que nos casou em Paris disse "para o melhor ou para o pior". — Ela franziu o rosto. — Pelo menos eu acho que foi isso que ele falou. Não sei francês.

Philip sorriu.

— Quero que saiba o quanto a aprecio. Sinto que a estou fazendo passar por um inferno.

Lara chegou mais perto.

— É a palavra errada... a certa é paraíso.

PHILIP ESTAVA se vestindo. Lara ajudava-o com os botões da camisa. Philip contemplou-se no espelho.

— Pareço um hippie. Preciso cortar o cabelo.

— Quer que eu peça a Marian para marcar uma hora com seu barbeiro?

Ele balançou a cabeça.

— Não. Desculpe, Lara. Ainda não me sinto preparado para sair.

Na manhã seguinte, o barbeiro de Philip e uma manicure foram ao apartamento. Ele ficou surpreso.

— Mas o que é isso?

— Se Maomé não vai à montanha, a montanha vai a Maomé. Eles virão aqui todas as semanas.

— Você é uma maravilha, Lara.

— E você ainda não viu nada — murmurou Lara, sorrindo.

No dia seguinte, apareceu um alfaiate com amostras de tecidos para ternos e camisas.

— O que está acontecendo? — indagou Philip.

— É o único homem que eu conheço que tem seis fraques, quatro *smokings* e dois ternos. Acho que é hora de providenciar um guarda-roupa apropriado.

— Para quê? — protestou Philip. — Não vou a lugar nenhum.

Mas ele permitiu que fossem tiradas as medidas para os ternos e camisas.

Poucos dias depois, foi a vez de um sapateiro.

— Para que isso? — perguntou Philip.

— É tempo de você ter sapatos novos.

— Já lhe disse que não vou sair.

— Sei disso, querido. Mas quando quiser sair, terá os sapatos prontos.

Philip abraçou-a.

— Não mereço você...

— É o que estou sempre lhe dizendo.

ESTAVAM NUMA reunião no escritório. Howard Keller disse:

— Vamos perder o shopping center em Los Angeles. Os bancos decidiram cobrar os empréstimos.

— Não podem fazer isso.

— Estão fazendo. Passamos do limite da linha de crédito.

— Podemos pagar os empréstimos com uma hipoteca de um dos outros prédios.

Keller explicou, paciente:

— Lara, você já se hipotecou até o máximo. Tem um pagamento iminente de sessenta milhões de dólares pelo Cameron Towers.

— Sei disso, mas faltam apenas quatro meses para a conclusão das obras. Podemos rolar essa dívida. A construção não está dentro do prazo?

— Está.

Keller estudou-a, pensativo. Era uma pergunta que Lara não teria feito um ano antes. Ela sabia então qual a posição exata de tudo.

— Creio que seria melhor você passar mais algum tempo aqui no escritório, Lara. Há muitas coisas que estão ficando em suspenso, e decisões que só você pode tomar.

Lara acenou com a cabeça.

— Muito bem — concordou ela, relutante. — Virei amanhã de manhã.

— William Ellerbee está ao telefone — informou Marian.

— Diga-lhe que não posso atender.

Philip observou-a voltar ao telefone.

— Lamento, Sr. Ellerbee, mas o Sr. Adler não pode atender neste momento. Quer deixar recado? — Ela escutou por um instante. — Direi a ele. Obrigada.

Marian desligou, olhou para Philip.

— Ele está ansioso para almoçar com você.

— Provavelmente quer me falar sobre as comissões que não tem mais recebido.

— É possível — concordou Marian, suavemente. — Tenho certeza de que ele deve odiá-lo por ter sido assaltado.

— Desculpe — murmurou Philip. — Foi assim que pareceu?

— Foi.

— Como consegue me aturar?

Marian sorriu.

— Não é tão difícil assim.

No dia seguinte, William Ellerbee tornou a ligar. Philip não se encontrava na sala. Marian falou com ele por uns poucos minutos, depois saiu à procura de Philip.

— Era o Sr. Ellerbee.

— Na próxima vez, diga a ele que pare de telefonar.

— Talvez seja melhor você mesmo dizer pessoalmente. Almoçará com ele na quinta-feira, à uma hora da tarde.

— O quê?

— Ele sugeriu Le Cirque, mas achei que um restaurante menor poderia ser melhor. — Ela consultou o bloco em sua mão. — O Sr. Ellerbee vai encontrá-lo no Fu's, à uma hora. Providenciarei para que Max o leve.

Philip a fitava com uma expressão furiosa.

— Marcou um almoço para mim sem me consultar?

Marian respondeu calmamente:

— Se eu o consultasse, não marcaria. Pode me despedir, se quiser.

Ele continuou a fitá-la com raiva por um longo momento, depois se desmanchou num lento sorriso.

— Sabe de uma coisa? Há muito tempo que não como uma comida chinesa.

QUANDO LARA chegou do escritório, Philip disse:

— Vou sair para almoçar com Ellerbee na quinta-feira.

— Mas isso é maravilhoso, querido! Quando foi que decidiu?

— Foi Marian quem decidiu por mim. Ela achou que seria uma boa ideia eu sair de casa.

— É mesmo? — *Mas não quis sair quando eu sugeri.* — Ela foi muito atenciosa.

— Também acho. É uma mulher e tanto.

Tenho sido uma idiota, pensou Lara. *Não deveria ter juntado os dois desse jeito. E Philip se encontra vulnerável demais neste momento.*

Foi esse o momento em que Lara compreendeu que precisava se livrar de Marian.

No dia seguinte, quando Lara voltou para casa, Philip e Marian jogavam gamão.

O nosso jogo, pensou Lara.

— Como posso vencê-la se você não para de tirar duplos? — disse Philip, rindo.

Lara parou na porta, observando. Há muito tempo que não ouvia Philip rir. Marian levantou os olhos e avistou-a.

— Boa-noite, Sra. Adler.

Philip levantou-se de um pulo.

— Olá, querida. — Ele beijou-a. — Ela vai me arrancar até a calça.

Não se eu puder evitar, pensou Lara.

— Vai precisar de mim esta noite, Sra. Adler?

— Não, Marian. Pode ir. Eu a verei pela manhã.

— Obrigada. Boa-noite.

— Boa-noite, Marian.

Eles a observaram se retirar.

— Ela é uma boa companhia — comentou Philip.

Lara acariciou seu rosto.

— Fico contente, querido.

— Como foi no escritório?

— Tudo bem.

Ela não tinha a menor intenção de sobrecarregar Philip com seus problemas. Teria de voar para Reno e prestar um novo depoimento perante a Comissão de Jogos. Se fosse obrigada, encontraria uma maneira de sobreviver à suspensão do jogo no hotel, mas tudo seria muito mais fácil se conseguisse dissuadi-los.

— Lamento, Philip, mas terei de passar mais tempo no escritório. Howard não pode tomar todas as decisões sozinho.

— Não tem problema. Ficarei bem.

— Irei a Reno dentro de um ou dois dias — acrescentou Lara. — Por que não vai comigo?

Ele sacudiu a cabeça.

— Ainda não estou preparado. — Philip olhou para a mão esquerda entrevada. — Ainda não.

— Tudo bem, querido. Não deverei me ausentar por mais que dois ou três dias.

No início da manhã seguinte, quando Marian chegou para o trabalho, encontrou Lara à sua espera. Philip ainda dormia.

— Marian... sabe aquela pulseira de diamantes que o Sr. Adler me deu de presente de aniversário?

— Sei qual é, Sra. Adler. O que houve?

— Quando a viu pela última vez?

Ela pensou por um momento.

— Estava na penteadeira em seu quarto.

— Quer dizer que a viu ali?

— Vi, sim. Aconteceu alguma coisa?

— Infelizmente. A pulseira sumiu.

Marian se mostrou aturdida.

— Sumiu? Mas quem poderia...?

— Já interroguei todos os empregados. Ninguém sabe de nada.

— Devo chamar a polícia e...?

— Não será necessário. Não quero fazer qualquer coisa que possa constrangê-la.

— Não estou entendendo.

— Não? Para o seu próprio bem, acho que seria melhor se abafássemos o caso.

Marian a fitava em choque.

— Sabe que não peguei a pulseira, Sra. Adler.

— Não, não sei de nada. Terá de ir embora.

E Lara se odiou pelo que estava fazendo. *Mas ninguém, absolutamente ninguém, vai tirar Philip de mim.*

QUANDO PHILIP desceu para o desjejum, Lara comunicou:

— Estou contratando uma nova secretária para trabalhar aqui no apartamento.

Philip se surpreendeu.

— O que aconteceu com Marian?

— Ela foi embora. Recebeu... uma oferta de emprego melhor em San Francisco.

O espanto de Philip aumentou.

— Ah... É uma pena. Pensei que ela gostasse daqui.

— Tenho certeza de que gostava, mas não podemos prejudicá-la, não é?

Perdoe-me, pensou Lara.

— Claro que não. Eu gostaria de lhe desejar boa sorte. Ela ainda...?

— Já foi embora.

— Acho que terei de arrumar uma nova parceira para o gamão — comentou Philip.

— Assim que a situação se acalmar um pouco, estarei sempre aqui para jogar com você.

PHILIP E WILLIAM ELLERBEE sentaram a uma mesa no canto, no restaurante Fu's. Ellerbee disse:

— É um prazer tornar a vê-lo, Philip. Tenho telefonado, mas...

— Sei disso. Desculpe. Eu não tinha vontade de falar com ninguém, Bill.

— Espero que agarrem o filho da puta que fez isso com você.

— A polícia teve a gentileza de me explicar que os assaltantes não constituem uma de suas prioridades. Situam-se abaixo dos gatos perdidos. Nunca vão prendê-lo.

Ellerbee disse, hesitante:

— Soube que nunca mais vai poder tocar.

— É isso mesmo. — Philip levantou a mão entrevada. — Está morta.

Ellerbee inclinou-se para a frente, solene.

— Mas *você* não está, Philip. Ainda tem toda uma vida pela frente.

— Fazendo o quê?

— Ensinando.

Um sorriso amargo contraiu os lábios de Philip.

— Não acha uma ironia? Eu pensava em fazer isso um dia, quando parasse de dar concertos.

— Não acha que esse dia chegou? Tomei a liberdade de falar com o diretor da Escola de Música Eastman, em Rochester. Dariam qualquer coisa para tê-lo ensinando ali.

Philip franziu o rosto.

— Implicaria minha mudança para lá. O escritório de Lara é em Nova York. — Ele balançou a cabeça. — Eu não poderia fazer isso com ela. Não imagina como ela tem sido maravilhosa para mim, Bill.

— Não duvido.

— Ela renunciou praticamente aos seus negócios para cuidar de mim. É a mulher mais generosa e atenciosa que já conheci. Sou louco por ela.

— Pode pelo menos pensar sobre a proposta da Eastman, Philip?

— Diga-lhes que agradeço, mas a resposta é não.

— Se mudar de ideia, pode me avisar?

Philip acenou com a cabeça.

— Você será o primeiro a saber.

Lara já saíra para o escritório quando Philip voltou ao apartamento. Ele vagueou de um cômodo para outro, irrequieto. Pensou na conversa com Ellerbee. *Eu adoraria ensinar, mas não posso pedir a Lara que se mude para Rochester, e não posso ir para lá sem ela.*

Ele ouviu a porta da frente ser aberta.

— Lara?

Era Marian.

— Oh, desculpe, Philip. Não sabia que havia alguém aqui. Vim devolver minha chave.

— Pensei que já estivesse em San Francisco a esta altura.

Ela ficou perplexa.

— San Francisco? Por quê?

— Não é lá que arrumou um novo emprego?

— Não tenho nenhum novo emprego.

— Mas Lara disse...

Marian compreendeu tudo subitamente.

— Ah... Ela não contou por que me despediu?

— Despediu? Ela me disse que você resolveu ir embora... que recebera uma proposta melhor.

— Não é verdade.

— Acho melhor você sentar, Marian.

Sentaram de frente um para o outro.

— O que está acontecendo por aqui? — perguntou Philip.

Marian respirou fundo.

— Acho que sua esposa acredita que eu... que eu tinha ideias a seu respeito.

— O que isso significa?

— Ela me acusou de roubar a pulseira de diamantes que você lhe deu, como um pretexto para me despedir. Mas tenho certeza de que a escondeu em algum lugar.

— Não posso acreditar — protestou Philip. — Lara nunca faria uma coisa dessas.

— Faria qualquer coisa para não o perder.

Ele a estudava, aturdido.

— Eu... não sei o que dizer. Deixe-me falar com Lara e...

— Não, por favor. Talvez seja melhor se não a informar que estive aqui.

Marian levantou-se.

— O que fará agora?

— Não se preocupe. Arrumarei outro emprego.

— Marian, se houver alguma coisa que eu possa fazer...

— Não há nada.

— Tem certeza?

— Tenho, sim. Cuide-se, Philip.

E ela foi embora. Philip observou-a se retirar, perturbado. Não podia acreditar que Lara fosse capaz de tamanho embuste, e se perguntou por que ela não lhe contara nada. Talvez, pensou ele, Marian tivesse mesmo roubado a pulseira e Lara não quisera aborrecê-lo. Marian mentira.

Capítulo 32

A LOJA DE PENHORES era na South State Street, no coração do Loop. Quando Jesse Shaw passou pela porta, o velho por trás do balcão levantou os olhos.

— Bom-dia. O que deseja?

Shaw pôs um relógio de pulso no balcão.

— Quanto me dá por isto?

O velho estudou o relógio.

— Piaget. Um bom relógio.

— É verdade. Detesto me separar dele, mas entrei numa maré de azar. Pode compreender, não é?

O velho deu de ombros.

— Meu ofício é compreender. Não acreditaria nas histórias de azar que escuto.

— Virei resgatá-lo dentro de poucos dias. Começo num emprego novo na segunda-feira. Até lá, preciso de todo o dinheiro que puder obter.

O penhorista examinou o relógio mais atentamente. Atrás, havia uma inscrição que fora arranhada. Ele olhou para o freguês.

— Se me der licença por um minuto, vou até a oficina para dar uma olhada no mecanismo. Às vezes esses relógios são feitos em Bangcoc, e eles esquecem de pôr todas as coisas lá dentro.

Ele levou o relógio para a sala dos fundos. Ajeitou uma lupa no olho, estudou a inscrição arranhada. Conseguiu divisar algumas letras: "A Phi p c m a o de L ra." O velho abriu uma gaveta, tirou uma circular da polícia. Tinha uma descrição do relógio, e a inscrição atrás: "A Philip, com amor, de Lara." Ele estendeu a mão para o telefone quando o freguês berrou:

— Ei, estou com pressa! Quer o relógio ou não?

— Já estou indo! — O velho voltou à loja. — Posso lhe emprestar quinhentos dólares por este relógio.

— Só quinhentos? O relógio vale...

— É pegar ou largar.

— Está bem — resmungou Shaw, relutante. — Eu aceito.

— Terá de preencher este formulário.

— Certo.

Ele escreveu *John Jones, Hunt Street, 21.* Até onde sabia, não havia nenhuma Hunt Street em Chicago, muito menos algum John Jones. Embolsou o dinheiro.

— Obrigado. Voltarei dentro de poucos dias para resgatar o relógio.

— Tudo bem.

Assim que ele saiu, o penhorista pegou o telefone e fez uma ligação.

UM DETETIVE CHEGOU à loja de penhores vinte minutos depois.

— Por que não ligou enquanto ele estava aqui?

— Bem que tentei, mas ele estava com pressa e muito nervoso.

O detetive examinou o formulário que o homem preenchera.

— Isso não vai adiantar coisa alguma — comentou o penhorista. — O nome e o endereço devem ser falsos.

O detetive soltou um grunhido.

— Não brinca? Ele preencheu isto pessoalmente?

— Preencheu.

— Então vamos agarrá-lo.

Na chefatura de polícia, o computador levou menos de três minutos para identificar a impressão de polegar no formulário. *Jesse Shaw.*

O mordomo entrou na sala de estar.

— Com licença, Sr. Adler, mas há um cavalheiro ao telefone querendo lhe falar. Tenente Mancini. Devo...?

— Eu atendo. — Philip pegou o telefone. — Alô?

— Philip Adler?

— Sou eu.

— Aqui é o tenente Mancini. Fui procurá-lo no hospital.

— Eu me lembro.

— Queria informá-lo sobre o que está acontecendo. Tivemos um pouco de sorte. Lembra que eu falei que o capitão ia enviar uma circular com a descrição do relógio às lojas de penhores de todo o país?

— Lembro.

— Pois encontraram o relógio. Foi empenhado em Chicago. Estão agora procurando o homem que o empenhou. Disse que poderia identificar seu atacante, não é?

— E posso.

— Ótimo. Manteremos contato.

Jerry Townsend entrou na sala de Lara. Parecia muito animado.

— Já preparei a lista de convidados. E quanto mais penso na ideia, mais me agrada. Vamos celebrar seu quadragésimo aniversário no dia em que for inaugurado o edifício mais alto do mundo. — Ele entregou a lista a Lara. — Inclui o vice-presidente. Ele é um grande admirador seu.

Lara examinou a relação. Era um autêntico "Quem É Quem" de Washington, Hollywood, Nova York e Londres. Havia autoridades do governo, celebridades do cinema, astros e estrelas do *rock*... era mesmo notável.

— Gostei, Jerry. Vamos seguir em frente.

Townsend guardou a lista no bolso.

— Certo. Mandarei imprimir e distribuir os convites. Já falei com Carlos, pedi que reservasse o salão de baile principal e providenciasse seu cardápio predileto. Fizemos a previsão para duzentas pessoas. Sempre podemos acrescentar ou subtrair algumas, se for necessário. Por falar nisso, há mais alguma notícia sobre a situação em Reno?

Lara falara com Terry Hill naquela manhã. *"Um grande júri está estudando o caso, Lara. Há uma possibilidade de que decida por uma ação penal."*

"Mas como é possível? O fato de que tive algumas conversas ao telefone com Paul Martin não prova coisa alguma. Poderíamos ter conversado sobre a situação internacional, a úlcera dele, ou uma dezena de outras coisas."

"Não se irrite comigo, Lara. Estou do seu lado."

"Então faça alguma coisa. É meu advogado. Tire-me dessa situação."

— Não, Jerry. Mas tudo está correndo muito bem.

— Ótimo. Soube que você e Philip vão ao jantar do prefeito no sábado.

— É verdade.

Ela quisera recusar a princípio, mas Philip insistira.

— Precisa dessa gente, Lara. Não pode se dar ao luxo de ofendê-las. Quero que vá.

— Não sem você, querido.

Ele respirara fundo.

— Muito bem, irei com você. Acho que é tempo de parar de bancar o eremita.

NA NOITE DE sábado, Lara ajudou Philip a se vestir. Pôs os botões do peitilho e as abotoaduras na camisa, deu o laço na gravata. Ele ficou imóvel, em silêncio, remoendo sua incapacidade.

— É como Ken e Barbie, não acha?

— Como?

— Nada.

— Está pronto, querido. Será o homem mais bonito na festa.

— Obrigado.

— É melhor eu me vestir agora — acrescentou Lara. — O prefeito não gosta de esperar.

— Estarei na biblioteca — avisou Philip.

Trinta minutos depois, Lara entrou na biblioteca. Estava deslumbrante. Usava um lindo vestido branco de Oscar de la Renta e tinha no pulso a pulseira de diamantes que Philip lhe dera.

PHILIP TEVE dificuldade para dormir na noite do sábado. Olhou através da cama para Lara e se perguntou como ela fora capaz de acusar falsamente Marian de roubar a pulseira. Sabia que tinha de confrontá-la, mas queria primeiro falar com Marian.

No início da manhã de domingo, enquanto Lara ainda dormia, Philip vestiu-se sem fazer barulho e deixou o apartamento. Pegou um táxi até o apartamento de Marian. Tocou a campainha e esperou. Uma voz sonolenta indagou:

— Quem é?

— Sou eu, Philip. Preciso falar com você.

Marian abriu a porta.

— Aconteceu alguma coisa, Philip?

— Precisamos conversar.

— Entre.

Philip entrou no apartamento.

— Desculpe se a acordei, mas é muito importante.

— O que aconteceu?

Ele respirou fundo.

— Tinha razão sobre a pulseira. Lara usou-a ontem à noite. Eu lhe devo desculpas. Pensei que... talvez você... queria apenas lhe dizer que sinto muito.

— Claro que você teria de acreditar nela, Philip. É sua esposa.

— Confrontarei Lara com a história esta manhã, mas queria primeiro falar com você.

— Fico contente que tenha me procurado primeiro. Não quero que discuta o assunto com ela.

— Por que não? — indagou Philip. — E por que ela faria uma coisa dessas?

— Você não sabe mesmo, não é?

— Francamente, não. Não faz o menor sentido.

— Creio que a compreendo melhor do que você, Philip. Lara é loucamente apaixonada por você. Faria qualquer coisa para mantê-lo. É provável que você seja a única pessoa que ela amou de verdade em toda a sua vida. Precisa de você. E acho que você precisa dela. Ama-a muito, não é, Philip?

— Amo.

— Pois então vamos esquecer tudo isso. Se levantar o assunto com ela, não vai adiantar nada e só servirá para agravar a situação entre os dois. Posso arrumar outro emprego com a maior facilidade.

— Mas é injusto com você, Marian.

Ela sorriu, amargurada.

— A vida nem sempre é justa, não é mesmo? — *Se fosse justa, eu seria a Sra. Philip Adler.* — Não se preocupe comigo. Ficarei bem.

— Pelo menos deixe-me fazer alguma coisa por você. Quero lhe dar algum dinheiro para compensar...

— Obrigada, mas não.

Havia tanto que ela queria dizer, mas sabia que seria inútil. Ele era um homem apaixonado. Por isso, Marian limitou-se a murmurar:

— Volte para ela, Philip.

A OBRA FICAVA na Wabash Avenue, em Chicago, ao sul do Loop. Era um prédio de escritórios de vinte e cinco andares, ainda pela metade. Um carro da polícia sem identificação parou na esquina e dois detetives saltaram. Encaminharam-se para a obra, detiveram um operário.

— Onde está o capataz?

Ele apontou para um homem alto e corpulento, que dava um esporro em outro operário.

— É aquele ali.

Os detetives se aproximaram.

— É você quem está no comando aqui?

O homem virou-se, impaciente.

— Não apenas estou no comando, mas também muito ocupado. O que vocês querem?

— Tem aqui um operário chamado Jesse Shaw?

— Shaw? Claro. Está lá em cima.

O capataz apontou para um homem trabalhando sobre uma viga de aço, doze andares acima.

— Pode pedir a ele que desça, por favor?

— De jeito nenhum. Ele tem muito trabalho...

Um dos detetives mostrou seu emblema.

— Mande-o descer.

— Qual é o problema? Jesse se meteu em alguma encrenca?

— Não. Apenas queremos conversar com ele.

— Muito bem. — O capataz virou-se para um operário próximo. — Suba e peça a Jesse que desça.

— Certo.

Jesse Shaw aproximou-se dos detetives poucos minutos depois.

— Esses homens querem falar com você — informou o capataz, afastando-se em seguida.

Jesse sorriu.

— Obrigado. Eu bem que precisava de uma folga. Em que posso ajudá-los?

Um dos detetives tirou um relógio do bolso.

— Este relógio é seu?

O sorriso de Shaw desapareceu.

— Não.

— Tem certeza?

— Tenho. — Ele apontou para seu pulso. — Uso um Seiko.

— Mas empenhou este relógio.

Shaw hesitou.

— É verdade. O velho avarento só quis me dar quinhentos dólares. Vale no mínimo...

— Disse que o relógio não era seu.

— E não é.

— Onde o conseguiu?

— Encontrei.

— É mesmo? Onde?

— Na calçada perto do prédio em que moro. — Ele começou a se animar com a história. — Estava na grama, e avistei-o quando saltei de meu carro. O sol bateu na corrente e fez com que faiscasse. Foi só por isso que vi.

— Teve sorte de não ser um dia nublado.

— É verdade.

— Gosta de viajar, Sr. Shaw?

— Não.

— É uma pena, porque terá de fazer uma pequena viagem a Nova York. Vamos ajudá-lo a arrumar as malas.

Chegando ao apartamento de Shaw, os dois detetives começaram a revistá-lo.

— Ei, vamos com calma! — protestou Shaw. — Trouxeram um mandato de busca?

— Não precisamos. Estamos apenas ajudando-o a arrumar as malas.

Um dos homens abriu um armário de roupas. Havia uma caixa de sapatos numa prateleira. Ele pegou, abriu-a e exclamou:

— Essa não! Olhem só o que Papai Noel deixou!

LARA SE ENCONTRAVA em sua sala quando a voz de Kathy saiu pelo interfone:

— O Sr. Tilly está na linha quatro, Srta. Cameron.

Tilly era o gerente de projeto do Cameron Towers. Lara atendeu no mesmo instante.

— Alô?

— Tivemos um pequeno problema esta manhã, Srta. Cameron.

— O que foi?

— Um incêndio. Já foi apagado.

— O que aconteceu?

— Houve uma explosão na unidade de ar-condicionado. Um transformador estourou. Deu um curto-circuito. Parece que alguém o ligara da forma errada.

— E a situação é grave?

— Parece que vamos perder um dia ou dois. Precisamos limpar tudo e fazer as religações.

— Cuide disso o mais depressa possível. E me mantenha informada.

Ao cair da noite, Lara chegava em casa exausta e ansiosa.

— Estou preocupado com você — disse-lhe Philip. — Há alguma coisa que eu possa fazer para ajudar?

— Nada, querido. Mas obrigada. — Ela conseguiu exibir um sorriso. — Apenas alguns problemas no escritório.

Philip abraçou-a.

— Já lhe disse alguma vez que sou louco por você?

Ela fitou-o, tornou a sorrir.

— Diga de novo.

— Sou louco por você.

Lara apertou-o com força e pensou: *É isso o que quero. É disso que preciso.*

— Assim que meus probleminhas terminarem, querido, vamos viajar para algum lugar. Só nós dois.

— Combinado.

Algum dia, pensou Lara, *terei de contar a ele o que fiz com Marian. Sei que foi errado. Mas morreria se o perdesse.*

Tilly ligou de novo no dia seguinte.

— Cancelou a encomenda para o mármore do saguão?

— Por que faria isso? — indagou Lara, a voz pausada.

— Não sei. Mas alguém fez. O mármore deveria ser entregue hoje. Quando liguei, disseram que a encomenda fora cancelada há dois meses, por ordem sua.

Lara ficou furiosa.

— Entendo. Até que ponto isso vai nos atrasar?

— Ainda não determinei.

— Diga-lhes que providenciem o mármore em regime de urgência.

Keller entrou na sala de Lara.

— Os bancos se mostram cada vez mais nervosos, Lara. Não sei por quanto tempo mais poderei contê-los.

— Só até o Cameron Towers acabar. Já estamos quase lá, Howard. Faltam apenas três meses.

— Já disse isso a eles. — Keller suspirou. — Muito bem, voltarei a falar.

A voz de Kathy saiu pelo interfone:

— O Sr. Tilly na linha um.

Lara olhou para Keller.

— Não saia. — Ela atendeu. — O que é?

— Estamos com outro problema aqui, Srta. Cameron.

— Pode falar.

— Os elevadores não funcionam direito. Os programas estão fora de sincronia e os sinais, embaralhados. Você aperta o botão para descer e o elevador sobe. Aperta o décimo oitavo andar e o leva ao porão. Nunca vi nada assim antes.

— Acha que foi deliberado?

— É difícil dizer. Pode ter sido negligência.

— Quanto tempo levará para reparar tudo?

— Os técnicos estão vindo para cá.

— Volte a me falar.

Lara desligou.

— Está tudo bem? — indagou Keller.

Lara esquivou-se à pergunta.

— Howard, teve alguma notícia recente de Steve Murchison?

Ele fitou-a surpreso.

— Não. Por quê?

— Apenas queria saber.

O CONSÓRCIO DE bancos que financiava a Cameron Enterprises tinha bons motivos para se preocupar. Não era apenas a Cameron Enterprises que enfrentava dificuldades; a maioria de seus clientes empresariais também tinha problemas. O declínio nos *junk bonds* se tornara um tremendo desastre e constituíra um golpe terrível para as empresas que deles dependiam.

Havia seis banqueiros na sala com Howard Keller e o clima era sombrio.

— Estamos segurando pagamentos atrasados no valor de quase cem milhões de dólares — disse o porta-voz. — Não poderemos protelar por mais tempo a execução das dívidas da Cameron Enterprises.

— Parece que esqueceram duas coisas — protestou Keller. — Primeiro, esperamos que a licença do cassino em Reno seja renovada a qualquer momento. Esse fluxo de caixa será mais do que suficiente para cobrir qualquer déficit. Segundo, o Cameron Towers segue dentro do prazo. Ficará pronto em noventa dias. Já contamos com uma ocupação de setenta por cento, e podem ter certeza de que no dia em que for concluído haverá briga pelo espaço ali. O dinheiro de vocês não poderia estar mais seguro. Lembrem-se de que lidam com a magia de Lara Cameron.

Os banqueiros trocaram olhares. O porta-voz disse:

— Vamos discutir o assunto entre nós e voltaremos a procurá-lo.

— Ótimo. Falarei com a Srta. Cameron.

KELLER RELATOU a reunião a Lara.

— Acho que eles vão nos apoiar, Lara. Mas, enquanto aguardamos uma decisão, precisamos vender mais algum patrimônio para permanecer à tona.

— Faça isso.

Lara chegava cedo ao escritório pela manhã e só saía tarde da noite, lutando desesperadamente para salvar seu império. Quase não via Philip. Também não queria que ele soubesse a extensão de suas dificuldades. *Ele já tem problemas suficientes*, pensou Lara. *Não posso sobrecarregá-lo com mais.*

Tilly telefonou às seis horas da manhã de segunda-feira.

— Acho que é melhor dar um pulo até aqui, Srta. Cameron.

Lara sentiu uma pontada de apreensão.

— Qual é o problema?

— Prefiro que veja pessoalmente.

— Estou a caminho.

Lara ligou para Keller.

— Howard, há outro problema no Cameron Towers. Passarei por aí para pegá-lo.

Meia hora depois, os dois seguiam para a obra.

— Tilly disse qual era o problema? — indagou Keller.

— Não, mas não acredito mais que sejam meros acidentes. Estive pensando no que você disse. Steve Murchison queria muito a propriedade. E eu a tirei dele.

Chegando à obra, eles viram enormes engradados com vidro fumê espalhados pelo chão, e mais ainda sendo entregue por caminhões. Tilly encaminhou-se apressado para Lara e Keller.

— Fico contente que tenham vindo.

— Qual é o problema?

— Este não é o vidro que encomendamos. Tem a tonalidade e o corte errados. Não há a menor possibilidade de ajustá-lo nos lados do prédio.

Lara e Keller trocaram um olhar.

— Podemos fazer um novo corte aqui? — indagou Keller.

Tilly balançou a cabeça.

— Não há a menor possibilidade. Acabaríamos com uma montanha de silicato.

— De quem encomendamos o vidro? — perguntou Lara.

— Da Companhia de Painéis e Vidros de Nova Jersey.

— Falarei com eles — disse Lara. — Qual é o nosso último prazo?

Tilly fez os cálculos depressa.

— Se recebermos tudo em duas semanas, poderemos recuperar o atraso. Seria puxado, mas daríamos um jeito.

Lara virou-se para Keller.

— Vamos embora.

OTTO KARP ERA o gerente da empresa fabricante do vidro. Atendeu o telefone quase no mesmo instante.

— O que deseja, Srta. Cameron? Soube que tem um problema.

— Não! — respondeu Lara, em tom ríspido. — *Você* é que tem um problema. Enviou-nos o vidro errado. Se eu não receber a encomenda certa dentro de duas semanas, vou processá-lo até acabar com a sua empresa. Está nos atrasando um projeto de trezentos milhões de dólares.

— Não entendo. Pode esperar um momento, por favor?

A espera foi de quase cinco minutos. Ao voltar à linha, Karp disse:

— Lamento profundamente, Srta. Cameron. A encomenda foi escrita errada. O que aconteceu...

— Não quero saber o que aconteceu. Tudo o que quero é que apronte a encomenda certa e a envie para nós.

— Terei o maior prazer em fazer isso.

Lara experimentou uma onda de alívio.

— Quando pode entregar?

— Dentro de dois ou três meses.

— Dois ou três meses? Mas é impossível! Precisamos *agora*!

— Teríamos o maior prazer em atendê-la, mas infelizmente temos um atraso em nossas outras encomendas.

— Não está entendendo! — protestou Lara. — Trata-se de uma emergência e...

— Claro que compreendo, e farei o melhor que for possível. Terá a encomenda dentro de dois ou três meses. Lamento não podermos...

Lara bateu o telefone.

— Não acredito... — Ela olhou para Tilly. — Há outra companhia que possa nos fornecer?

Tilly coçou a testa.

— Não com tanta urgência. Se procurássemos outra, eles teriam de começar do nada e ainda poriam seus outros clientes na nossa frente.

Keller interveio:

— Lara, posso falar com você por um momento? — Ele levou-a para um lado. — Detesto sugerir isso, mas...

— Pode falar.

— ... seu amigo Paul Martin talvez tenha algumas ligações por lá. Ou pode conhecer alguém que conheça alguém.

Lara acenou com a cabeça.

— Boa ideia, Howard. Vou descobrir se é possível.

Duas horas depois, Lara estava sentada no escritório de Paul Martin.

— Não imagina como fiquei feliz por ter me procurado — disse o advogado. — Já faz muito tempo. Puxa, Lara, você está linda!

— Obrigada, Paul.

— Em que posso ajudá-la?

Lara ainda hesitou por um instante.

— Parece que sempre o procuro quando me meto numa encrenca.

— E sempre me dispus a ajudá-la, não é?

— É verdade. Você é um bom amigo. — Lara suspirou. — E neste momento preciso de um bom amigo.

— Qual é o problema? Outra greve?

— Não. É com o Cameron Towers.

Ele franziu o rosto.

— Soube que continua dentro do prazo.

— E está. Ou melhor, estava. Acho que Steve Murchison vem tentando sabotar o projeto. Quer se vingar de mim. De repente, tudo começou a sair errado no prédio. Até hoje, conseguimos contornar as dificuldades. Mas agora... Temos um grande problema. Que pode adiar a data de conclusão do projeto. Nossos dois maiores locatários cancelariam seus contratos. E não posso permitir que isso aconteça.

Ela respirou fundo, tentando controlar sua raiva.

— Há seis meses, encomendamos vidro fumê da Companhia de Painéis e Vidros de Nova Jersey. Recebemos a encomenda esta manhã. Não era o nosso vidro.

— Falou com eles?

— Falei, mas disseram que só poderiam entregar o vidro certo dentro de dois ou três meses. Preciso em quatro semanas. Até que chegue, não há nada para os operários fazerem. Teriam de parar de trabalhar. E, se o prédio não for concluído no prazo, perderei tudo o que tenho.

Paul Martin fitou-a nos olhos e murmurou:

— Não, Lara, não vai perder. Deixe-me ver o que posso fazer.

Lara sentiu um alívio intenso.

— Paul, eu... — Era difícil traduzir em palavras. — Obrigada.

Ele pegou a mão de Lara e sorriu.

— O dinossauro ainda não morreu. Devo ter alguma notícia para você amanhã.

Na manhã seguinte, o telefone particular tocou, pela primeira vez em meses. Ela atendeu, na maior ansiedade.

— Paul?

— Olá, Lara. Conversei com alguns amigos. Não será fácil, mas é possível. Prometeram uma entrega dentro de uma semana, a contar da próxima segunda-feira.

No dia marcado para a primeira remessa do vidro, Lara tornou a telefonar para Paul Martin.

— O vidro ainda não chegou, Paul

— Não? — Houve um momento de silêncio. — Vou verificar o que houve. Sabe, meu bem, a única coisa boa nesta história toda é que posso falar outra vez com você.

— Sei disso. Paul... se eu não receber o vidro a tempo...

— Vai receber. Não se preocupe.

Ao final da semana, ainda não havia qualquer sinal do vidro. Keller entrou na sala de Lara.

— Acabei de falar com Tilly. Nosso prazo fatal é sexta-feira. Se o vidro chegar até lá, tudo bem. Caso contrário, estaremos liquidados.

Na quinta-feira nada mudara.

Lara foi visitar o Cameron Towers. Não havia operários ali. O edifício se erguia imponente pelo céu, ofuscando tudo ao seu redor. Seria um lindo prédio. Seu monumento. *Não permitirei que fracasse*, pensou Lara, decidida.

Ela tornou a ligar para Paul Martin.

— Lamento, mas o Sr. Martin não está — disse a secretária. — Quer deixar recado?

— Por favor, peça a ele que me telefone.

Lara desligou, olhou para Keller.

— Tenho um pressentimento que gostaria de verificar. Descubra se o dono daquela fábrica de vidro é por acaso Steve Murchison.

Keller voltou à sala de Lara meia hora depois. Estava pálido.

— E então, descobriu quem é o dono da fábrica?

— Descobri. A matriz fica em Delaware. Pertence à Etna Enterprises.

— Etna Enterprises?

— Isso mesmo. Compraram a fábrica há um ano... e a Etna Enterprises é Paul Martin.

Capítulo 33

A PUBLICIDADE NEGATIVA sobre a Cameron Enterprises continuou. Os repórteres, antes tão ansiosos para elogiarem Lara, agora se viravam contra ela.

Jerry Townsend foi conversar com Howard Keller.

— Estou preocupado — disse ele.

— Qual é o problema?

— Tem lido os jornais?

— Claro. Andam bastante ativos.

— A festa de aniversário me preocupa, Howard. Enviei os convites. Desde que começou toda essa publicidade negativa, só tenho recebido recusas. Os filhos da puta têm medo de serem contaminados. Será um fracasso.

— O que sugere?

— Que cancelemos a festa. Inventaremos alguma desculpa.

— Acho que tem razão. Não quero que nada a embarace.

— Então está combinado. Cancelarei a festa. Você avisa a Lara?

— Aviso.

TERRY HILL telefonou.

— Acabo de receber a notícia de que você será intimada a testemunhar perante o grande júri, em Reno, depois de amanhã. Irei com você.

Transcrição do interrogatório de Jesse Shaw pelo tenente-detetive Sal Mancini.

M: Bom-dia, Sr. Shaw. Sou o tenente Mancini. Já sabe que um estenógrafo vai registrar nossa conversa?

S: Sei.

M: E renunciou a seu direito à presença de um advogado?

S: Não preciso de nenhum advogado. Afinal, tudo o que fiz foi encontrar um relógio, e por causa disso me arrastaram até aqui, como se eu fosse um animal.

M: Sr. Shaw, sabe quem é Philip Adler?

S: Não. Deveria saber?

M: Ninguém lhe pagou para atacá-lo?

S: Já falei... nunca ouvi falar dele.

M: A polícia de Chicago encontrou cinquenta mil dólares em dinheiro no seu apartamento. De onde saiu esse dinheiro?

S: (Sem resposta)

M: Sr. Shaw...?

S: Ganhei no jogo.

M: Onde?

S: Nas corridas de cavalos... apostas no futebol americano... essas coisas.

M: É um homem de sorte, hein?

S: Acho que sim.

M: No momento, tem um emprego em Chicago. Certo?

S: Certo.

M: Alguma vez trabalhou em Nova York?

S: Já trabalhei uma vez.

M: Tenho aqui um relatório da polícia que diz que você operava um guindaste numa obra em Queens que matou o capataz chamado Bill Whitman. Isso é correto?
S: É, sim. Foi um acidente.
M: Quanto tempo passou nesse emprego?
S: Não me lembro.
M: Deixe-me refrescar sua memória. Passou setenta e duas horas nesse emprego. Voou de Chicago no dia anterior ao acidente com o guindaste e pegou outro avião de volta a Chicago dois dias depois. Isso é correto?
S: Acho que sim.
M: Segundo os registros da American Airlines, tornou a voar de Chicago para Nova York dois dias antes de Philip Adler ser atacado e retornou a Chicago no dia seguinte. Qual foi o propósito dessa viagem tão curta?
S: Queria assistir a algumas peças de teatro.
M: Lembra os nomes das peças a que assistiu?
S: Não. Já passou muito tempo.
M: Por ocasião do acidente com o guindaste, para quem você trabalhava?
S: Cameron Enterprises.
M: E para quem trabalha agora, naquela obra em Chicago?
S: Cameron Enterprises.

HOWARD KELLER se encontrava reunido com Lara. Durante a última hora, discutiram o controle de danos, a fim de contrabalançar a publicidade negativa que a companhia vinha recebendo. Ao final da reunião, Lara perguntou:

— Mais alguma coisa?

Keller franziu o rosto. Alguém lhe pedira que avisasse alguma coisa a Lara, mas não podia se lembrar o que era. Ora, provavelmente não é importante.

Simms, o mordomo, avisou:

— O tenente Mancini chama-o ao telefone, Sr. Adler.

Philip foi atender.

— O que deseja, tenente?

— Tenho algumas notícias, Sr. Adler.

— O que é? Encontraram o homem?

— Eu preferia ir até aí para conversarmos pessoalmente. Posso ir?

— Claro.

— Estarei aí dentro de meia hora.

Philip desligou, especulando por que o detetive não queria falar pelo telefone.

Quando Mancini chegou, Simms conduziu-o à biblioteca.

— Boa-tarde, Sr. Adler.

— Boa-tarde. O que está acontecendo?

— Pegamos o homem que o atacou.

— Pegaram? Isso me surpreende. Pensei que tinha dito que era impossível capturar assaltantes.

— Ele não é um assaltante comum.

Philip franziu o rosto.

— Não estou entendendo.

— É um operário da construção civil. Trabalha em Chicago e Nova York. Tem ficha na polícia... agressão, assalto, arrombamento. Empenhou seu relógio, e obtivemos suas impressões digitais. — Mancini levantou o Piaget. — Este não é seu relógio?

Philip ficou olhando, atordoado, sem querer tocá-lo. A visão do relógio trazia de volta o momento horrível em que o homem agarrara seu pulso e o cortara. Relutante, ele acabou estendendo a mão e pegou o relógio. Olhou atrás, onde algumas das letras haviam sido raspadas.

— É o meu relógio.

O tenente Mancini pegou o relógio de volta.

— Vamos ficar com ele por enquanto, como prova. Gostaria que fosse à delegacia amanhã de manhã, a fim de identificar o homem.

O pensamento de ver o atacante de novo, frente a frente, incutiu em Philip uma súbita fúria.

— Estarei lá.

— O endereço é Police Plaza, 1, sala 212. Às dez horas?

— Combinado. — Philip tornou a franzir o rosto. — Por que disse que ele não é um assaltante comum?

O tenente Mancini hesitou.

— Ele foi pago para atacá-lo.

A perplexidade de Philip foi total.

— O quê?

— Não foi um acidente o que lhe aconteceu. Ele recebeu cinquenta mil dólares para cortar seu pulso.

— Não acredito. Quem pagaria cinquenta mil dólares a alguém para me deixar entrevado?

— Ele foi contratado por sua esposa.

Capítulo 34

"*E*LE FOI CONTRATADO por sua *esposa*!"

Philip sentia-se atordoado. *Lara?* Ela seria capaz de fazer uma coisa tão terrível? E que motivo teria?

"Não entendo por que você pratica todos os dias. Não vai dar nenhum concerto agora..."

"Você não precisa ir. Quero um marido. Não alguém que está sempre viajando... Afinal, não é um caixeiro-viajante."

"Ela me acusou de roubar a pulseira de diamantes que você lhe deu... Faria qualquer coisa para não o perder..."

E Ellerbee: *"Está pensando em reduzir os concertos?.. Tive uma conversa com Lara."*

Lara.

NA POLICE PLAZA 1, havia uma reunião com a presença do promotor distrital, o chefe de polícia e o tenente Mancini. O promotor disse:

— Não estamos lidando com uma mulher qualquer. Ela tem muito prestígio e influência. Dispõe de provas concretas, tenente?

— Falei com o pessoal na Cameron Enterprises. Jesse Shaw foi contratado a pedido de Lara Cameron. Perguntei se ela já tinha antes contratado algum operário pessoalmente. A resposta foi "não".

— E o que mais?

— Houve um rumor de que um capataz da obra chamado Bill Whitman andara se gabando para os companheiros que sabia algo contra Lara Cameron que o faria rico. Pouco depois disso, ele foi morto por um guindaste operado por Jesse Shaw. Shaw fora tirado de seu emprego em Chicago para ir a Nova York. Logo depois do acidente, ele voltou a Chicago. Não resta a menor dúvida de que foi proposital. Outra coisa: sua passagem de avião foi paga pela Cameron Enterprises.

— E o ataque a Adler?

— O mesmo *modus operandi.* Shaw veio de avião de Chicago dois dias antes do ataque e partiu no dia seguinte. Se não se mostrasse ganancioso, e decidisse ganhar um dinheirinho extra, empenhando o relógio, em vez de jogá-lo fora, nunca conseguiríamos apanhá-lo.

O chefe de polícia perguntou:

— E qual seria o motivo? Por que ela faria isso com o marido?

— Conversei com alguns criados. Lara Cameron era louca pelo marido. Só brigavam por causa de suas viagens em excursões de concertos. Ela queria que o marido ficasse em casa.

— E é o que acontece agora.

— Exatamente.

O promotor perguntou:

— O que ela diz? Nega tudo?

— Ainda não a confrontamos. Queríamos lhe falar primeiro, para saber se temos um caso sólido em sua opinião.

— Disse que Philip Adler pode identificar Shaw?

— Isso mesmo.

— Ótimo.

— Por que não manda um de seus homens interrogar Lara Cameron? Descubra o que ela tem a dizer.

LARA ESTAVA NUMA reunião com Howard Keller quando o interfone tocou.

— Há um tenente Mancini aqui, querendo lhe falar.

Lara franziu o rosto.

— Sobre o quê?

— Ele não disse.

— Mande-o entrar.

O tenente Mancini pisava em terreno delicado. Sem provas concretas, seria difícil arrancar qualquer coisa de Lara Cameron. *Mas tenho de tentar*, pensou ele. Não esperava encontrar Howard Keller na sala.

— Boa-tarde, tenente.

— Boa-tarde.

— Já conhece Howard Keller.

— Claro que conheço. O melhor lançador de Chicago.

— O que deseja? — perguntou Lara.

Essa era a parte mais difícil. *Primeiro, determine que ela conhecia Jesse Shaw e depois siga em frente.*

— Prendemos o homem que atacou seu marido.

— Prenderam? O que...?

Howard Keller interveio:

— Como o apanharam?

— Ele empenhou um relógio que a Srta. Cameron deu ao marido. — Mancini tornou a olhar para Lara. — O nome do homem é Jesse Shaw.

Não houve a menor alteração na expressão. *Ela é boa*, pensou Mancini. *Muito boa.*

— Conhece-o?

Lara franziu o rosto.

— Não. Deveria conhecer?

É o seu primeiro deslize, pensou Mancini. *Vou pegá-la.*

— Ele trabalhou na construção de um dos seus prédios em Chicago. E também trabalhou num projeto seu em Queens. Operava um guindaste que matou um homem. — Ele fingiu consultar seu caderninho de anotações. — Um tal de Bill Whitman. O inquérito judicial decidiu que fora um acidente.

Lara engoliu em seco.

— Sei...

Antes que ela pudesse continuar, Howard Keller tornou a interferir:

— Temos centenas de pessoas trabalhando para esta companhia, tenente. Não pode esperar que conheçamos todas.

— Não conhece Jesse Shaw?

— Não. E tenho certeza que a Srta. Cameron...

— Prefiro ouvir dela pessoalmente, se não se importa.

— Nunca ouvi falar desse homem — declarou Lara.

— Ele recebeu cinquenta mil dólares para atacar seu marido...

— Não... não posso acreditar!

Toda a coisa se esvaiu de repente do rosto de Lara. *Agora estou chegando perto*, pensou Mancini.

— Não sabe nada a respeito?

Lara o fitava fixamente, com os olhos ardendo em fúria.

— Está sugerindo...? Mas como ousa? Se alguém é responsável pelo que aconteceu a meu marido, quero saber quem foi!

— E seu marido também, Srta. Cameron.

— Já conversou com Philip sobre isso?

— Já, sim. Eu...

Um momento depois, Lara saía correndo do escritório.

QUANDO ELA CHEGOU ao apartamento, foi encontrar Philip no quarto, arrumando as malas, meio sem jeito, por causa da mão entrevada.

— Philip... o que está fazendo?

Ele virou-se para fitá-la, e foi como se a visse pela primeira vez.

— Vou embora.

— Por quê? Não acredita nessa... nessa história horrível, não é?

— Basta de mentiras, Lara.

— Mas não estou mentindo! Tem de me escutar! Nada tive a ver com o que lhe aconteceu. Não o magoaria por nada neste mundo. Eu o amo, Philip.

— A polícia diz que o homem trabalhava para você. Que recebeu cinquenta mil dólares para... para fazer o que fez.

Lara balançou a cabeça.

— Não sei de nada a respeito. Só sei que nada tive a ver com isso. Acredita em mim?

Ele continuou a fitá-la, sem dizer nada.

Lara permaneceu parada ali por um longo momento, depois virou-se e saiu do quarto, às cegas.

PHILIP PASSOU A NOITE sem dormir, num hotel no centro. Visões de Lara afloravam em sua mente. *"Estou interessada em conhecer mais sobre a fundação. Talvez pudéssemos nos encontrar e conversar..."*

"Você é casado?... Fale-me a seu respeito..."

"Quando escuto seu Scarlatti, estou em Nápoles..."

"Tenho um sonho de tijolos, concreto e aço, e faço com que se torne realidade..."

"Vim a Amsterdã para vê-lo..."

"Gostaria que eu o acompanhasse a Milão...?"

"Vai me estragar, Lara..." "É o que pretendo..."

E o afeto de Lara, a compaixão, o zelo. Será que me enganei tanto a seu respeito?

Quando Philip entrou na delegacia, o tenente Mancini o aguardava. Conduziu Philip a um pequeno auditório, com uma plataforma alta numa das extremidades.

— Tudo de que precisamos é que identifique o homem na fila.

A fim de poderem ligá-lo a Lara, pensou Philip.

Havia seis homens na fila, todos mais ou menos com a mesma constituição física e idade. Jesse Shaw se encontrava no meio. Quando Philip o viu, sua cabeça começou a latejar violentamente. Podia ouvir a voz: *Passe a carteira.* Podia sentir a dor terrível da faca cortando seu pulso. *Lara seria capaz de fazer isso comigo? "Você é o único homem que já amei."* O tenente Mancini disse:

— Dê uma boa olhada, Sr. Adler.

"Vou trabalhar em casa daqui por diante. Philip precisa de mim..."

— Sr. Adler...

"Vamos procurar os melhores médicos do mundo." Ela se mantivera ao seu lado em cada momento, acalentando-o, cuidando-o. *"Se Maomé não vai à montanha..."*

— Quer apontá-lo para mim?

"Casei porque era perdidamente apaixonada por você, e ainda sou. Se nunca fizermos amor de novo, tudo bem para mim. Quero apenas que você me abrace e me ame..." E ela falara sério.

E a cena final no apartamento. *"Nada tive a ver com o que lhe aconteceu. Não o magoaria por nada neste mundo..."*

— Sr. Adler...

A polícia deve ter cometido um erro, pensou Philip. *Acredito nela. Lara não seria capaz de uma coisa assim.* Mancini insistiu:

— Qual deles?

Philip virou-se para ele.

— Não sei.

— O quê?

— Não o vejo aqui.

— Disse-nos que deu uma boa olhada no atacante.

— É verdade.

— Então me diga qual deles é.

— Não posso — respondeu Philip. — Ele não está lá em cima.

A expressão do tenente Mancini era sombria.

— Tem certeza?

Philip levantou-se.

— Absoluta.

— Então acho que isso é tudo, Sr. Adler. Muito obrigado por sua cooperação.

Preciso encontrar Lara, pensou Philip. *Preciso encontrar Lara.*

ELA ESTAVA SENTADA à sua escrivaninha, olhando pela janela. Philip não acreditara nela. Era o que mais a magoava. E Paul Martin. *Claro que era Paul quem se encontrava por trás de tudo. Mas por que ele fez isso? "Lembra o que eu disse a respeito de seu marido cuidar bem de você? Parece que ele não está fazendo um bom trabalho. Alguém deveria ter uma conversa com ele."* Seria porque ele a amava? Ou seria um ato de vingança, porque a odiava?

Howard Keller entrou na sala, muito pálido, o rosto contraído.

— Acabo de largar o telefone. Perdemos o Cameron Towers, Lara. A Southern Insurance e a Mutual Overseas Investment cancelaram seus contratos, porque o prédio não ficará pronto no prazo. E não temos a menor possibilidade de atender aos pagamentos hipotecários. Quase conseguimos, não é? O maior edifício do mundo. Eu... lamento muito. Sei o quanto significava para você.

Lara virou-se para fitá-lo e Keller ficou chocado com sua aparência. Ela estava pálida, com olheiras profundas. Parecia atordoada, como se tivesse perdido toda a energia.

— Lara... ouviu o que eu disse? Perdemos o Cameron Towers.

Quando ela falou, a voz era anormalmente calma:

— Ouvi, sim. Não se preocupe, Howard. Tomaremos emprestado de outros prédios e pagaremos tudo.

Ela o assustava agora.

— Não há mais nada de que tomar emprestado, Lara. Terá de apresentar um pedido de falência e...

— Howard...

— O que é?

— Uma mulher pode amar um homem demais?

— Como?

A voz não tinha qualquer vibração.

— Philip me deixou.

O que explicava uma porção de coisas.

— Sinto muito, Lara.

Ela exibia um estranho sorriso.

— Não é engraçado? Estou perdendo tudo ao mesmo tempo. Primeiro Philip, agora meus prédios. Sabe o que é, Howard? É o Destino. Está contra mim. E não se pode lutar contra o Destino, não é?

Ele nunca a vira tão angustiada. Deixava-o desesperado.

— Lara...

— Ainda não acabaram comigo. Terei de voar a Reno esta tarde. Há uma audiência do grande júri. Se...

O interfone tocou.

— O tenente Mancini está aqui.

— Mande-o entrar.

Howard Keller fitou Lara com uma expressão inquisitiva.

— Mancini? O que ele quer?

Lara respirou fundo.

— Veio me prender, Howard.

— Prendê-la? Mas que história é essa?

A voz de Lara continuava calma.

— Acham que eu tramei o ataque a Philip.

— Mas isso é um absurdo! Não podem...

A porta foi aberta e o tenente Mancini entrou. Parou depois de alguns passos, olhando para Lara e Keller por um momento, depois tornou a avançar.

— Tenho aqui um mandado de prisão.

Howard Keller empalideceu ainda mais. E ele disse, a voz rouca:

— Não pode prendê-la. Ela não fez nada.

— Tem toda razão, Sr. Keller. Não vou prendê-la. O mandado de prisão é para você.

Capítulo 35

TANSCRIÇÃO DO INTERROGATÓRIO de Howard Keller pelo tenente-detetive Sal Mancini.

M: Seus direitos já foram lidos, Sr. Keller?
K: Já, sim.
M: E renunciou ao direito de contar com a presença de um advogado?
K: Não preciso de um advogado. Eu ia me apresentar de qualquer maneira. Não podia deixar que nada acontecesse com Lara.
M: Pagou a Jesse Shaw cinquenta mil dólares para atacar Philip Adler?
K: Paguei.
M: Por quê?
K: Ele a fazia infeliz. Ela suplicava que ele ficasse em casa, mas Adler insistia em viajar.
M: Por isso planejou para que ele ficasse entrevado.
K: Não foi bem assim. Nunca tive a intenção de que Jesse fosse tão longe. Ele exagerou.
M: Fale-me sobre Bill Whitman.

K: Era um filho da puta. Tentou fazer chantagem com Lara. Eu não podia permitir. Ele poderia arruiná-la.
M: Então mandou matá-lo?
K: Mandei, pelo bem de Lara.
M: Ela sabia o que você estava fazendo?
K: Claro que não. Lara nunca teria permitido. Mas eu estava ali para protegê-la, entende? Qualquer coisa que eu fazia, era por ela. Seria capaz de morrer por Lara.
M: Ou matar.
K: Posso fazer uma pergunta? Como descobriu que eu estava envolvido?
Fim do interrogatório.

NA CHEFATURA DE polícia, o capitão Bronson perguntou a Mancini:

— Como soube que era ele quem se encontrava por trás de tudo?

— Keller deixou um fio solto e desemaranhei o resto. Quase o perdi, é verdade. Nos antecedentes de Jesse Shaw, havia o registro de uma detenção aos dezessete anos, por roubar equipamento de beisebol do time juvenil dos Cubs de Chicago. Investiguei e descobri tudo. Eles haviam sido companheiros no time. Foi o deslize de Keller. Quando o interroguei, ele disse que nunca ouvira falar em Jesse Shaw. Liguei para um amigo que fora editor esportivo do *Sun Times* de Chicago. Ele se lembrava dos dois. Eram amigos. Calculei que fora Keller quem arrumara o emprego para Shaw na Cameron Enterprises. Lara Cameron contratou Jesse Shaw porque Howard Keller lhe pediu. É bem provável que nunca tenha sequer visto Shaw.

— Bom trabalho, Sal.

Mancini balançou a cabeça.

— Sabe de uma coisa? No final das contas, não faria a menor diferença. Se eu não o descobrisse e continuássemos atrás de Lara Cameron, Howard Keller teria se apresentado e confessado tudo.

Seu mundo desabava. Era inacreditável para Lara que Howard Keller, entre todas as pessoas, pudesse ser o responsável pelas coisas terríveis que haviam ocorrido. *Ele fez isso por mim*, pensou Lara. *Devo tentar ajudá-lo.* Kathy chamou-a pelo interfone.

— O carro chegou, Srta. Cameron. Está pronta?

— Estou.

Ela ia para Reno, a fim de depor perante o grande júri.

Philip telefonou para o escritório cinco minutos depois de Lara sair.

— Sinto muito, Sr. Adler. Perdeu-a por uns poucos minutos. Ela foi para Reno.

Ele sentiu uma pontada intensa de desapontamento. Estava desesperadamente ansioso para vê-la, pedir perdão.

— Quando falar com ela, diga-lhe que estou à sua espera.

— Certo.

Philip deu outro telefonema, conversou por cerca de dez minutos, em seguida ligou para William Ellerbee.

— Bill... ficarei em Nova York. Vou ensinar na Juilliard.

— O que eles podem fazer comigo? — perguntou Lara.

— Depende — respondeu Terry Hill. — Ouvirão seu depoimento. Podem decidir que é inocente e, neste caso, terá seu cassino de volta, ou podem recomendar que há evidências suficientes para que seja indiciada. Se for esse o veredicto, você será submetida a um julgamento criminal e poderá ir para a prisão.

Lara murmurou alguma coisa.

— O que disse?

— Disse que papai tinha razão. É o Destino.

A AUDIÊNCIA DO grande júri durou quatro horas. Lara foi interrogada sobre a aquisição do Cameron Palace Hotel & Casino. Quando deixaram a sala de audiência, Terry Hill apertou a mão de Lara, e disse:

— Você se saiu muito bem, Lara. Creio que os impressionou de modo favorável. Não têm provas concretas contra você, e por isso há uma boa possibilidade...

Ele parou de falar, aturdido. Lara virou-se. Paul Martin entrara na antessala. Vestia um antiquado terno trespassado, com colete, os cabelos brancos no mesmo penteado da ocasião em que Lara o conhecera.

— Essa não! Ele veio testemunhar! — Terry Hill tornou a se virar para Lara. — Até que ponto ele a odeia?

— Como assim?

— Se lhe oferecerem clemência para depor contra você, Lara, está perdida. Irá para a prisão.

Lara olhava através da sala para Paul Martin.

— Mas... neste caso ele também destruiria a si próprio.

— Por isso é que perguntei o quanto ele a odeia. Seria capaz de fazer uma coisa dessas a si mesmo só para destruí-la?

Lara balbuciou, atordoada:

— Não sei...

Paul Martin se aproximou.

— Olá, Lara. Soube que as coisas andam muito mal para o seu lado. — Os olhos de Paul nada revelavam. — Lamento muito.

Lara lembrou as palavras de Howard Keller. *"Ele é siciliano. Os sicilianos nunca perdoam e nunca esquecem."* Paul acalentara aquela sede de vingança e ela nem imaginara. Paul Martin começou a se afastar.

— Paul...

Ele parou.

— O que é?

— Preciso falar com você.

Ele hesitou por um instante.

— Está bem.

Paul acenou com a cabeça para uma sala vazia no corredor.

— Podemos conversar ali.

Terry Hill observou os dois se encaminharem para a sala. Daria qualquer coisa para ouvir a conversa.

Ela não sabia como começar.

— O que você quer, Lara?

Era muito mais difícil do que ela previra. Quando falou, a voz saiu rouca:

— Quero que me deixe ir embora.

Paul alteou as sobrancelhas.

— Como posso? Não a tenho.

Ele estava zombando. Lara tinha dificuldade para respirar.

— Não acha que já me puniu o suficiente?

Paul Martin manteve uma expressão indecifrável.

— O tempo que passamos juntos foi maravilhoso, Paul. Além de Philip, você significou mais para mim do que qualquer outra pessoa em minha vida. Devo-lhe mais do que jamais seria capaz de pagar. Nunca tive a intenção de magoá-lo. Deve acreditar nisso.

Era difícil continuar.

— Tem o poder de me destruir, Paul. É realmente isso o que quer? Mandar-me para a prisão vai fazê-lo feliz? — Lara lutava para conter as lágrimas. — Estou implorando, Paul. Devolva minha vida. Por favor, pare de me tratar como uma inimiga...

Paul Martin permaneceu imóvel, os olhos pretos nada deixando transparecer.

— Peço seu perdão. Sinto-me... cansada demais para continuar a lutar, Paul. Você venceu...

E ela não conseguiu falar mais nada. Houve uma batida na porta, um oficial de justiça abriu-a e disse:

— O grande júri o espera, Sr. Martin.

Ele não se mexeu, fitando Lara em silêncio por um longo tempo, depois virou-se e saiu da sala.

Acabou tudo, pensou Lara. *Não resta mais nada.* Terry Hill entrou na sala.

— Eu gostaria muito de saber como será o seu depoimento. Não resta mais nada a fazer agora, a não ser esperar.

E ELES ESPERARAM. Pareceu uma eternidade. Quando Paul Martin finalmente deixou a sala de audiência, dava a impressão de velho e cansado. *Ele se tornou um velho*, pensou Lara. *E me culpa por isso.* Paul a observava. Hesitou por um momento, depois se adiantou.

— Nunca poderei perdoá-la. Você me fez de tolo. Mas foi a melhor coisa que já me aconteceu na vida. Acho que lhe devo algo por isso. Não lhes contei nada, Lara.

Os olhos dela se encheram de lágrimas.

— Oh, Paul... não sei como...

— Considere que foi meu presente de aniversário. Feliz aniversário, meu bem.

Lara observou-o se afastar e de repente as palavras dele atingiram-na. *Era seu aniversário!* Tantos eventos haviam se acumulado que esquecera por completo. E a festa. Duzentos convidados a esperavam no Manhattan Cameron Plaza! Virou-se para Terry Hill.

— Tenho de voltar a Nova York esta noite. Há uma grande festa para mim. Vão me deixar viajar?

— Espere um instante.

Terry Hill entrou na sala de audiência. Voltou cinco minutos depois e disse:

— Pode ir para Nova York. O grande júri dará seu veredicto pela manhã, mas será apenas uma formalidade agora. Teria de voltar esta noite mesmo, depois da festa. Por falar nisso, seu amigo disse a verdade. Ele não contou nada.

MEIA HORA DEPOIS, Lara seguia para Nova York.

— Vai ficar bem? — perguntou Terry Hill.

— Claro que vou.

Haveria centenas de pessoas importantes na festa em sua homenagem naquela noite. Manteria a cabeça erguida. Era Lara Cameron...

ELA PAROU NO MEIO do salão deserto, olhou ao redor. *Eu criei isto. Criei monumentos que se projetaram para o céu, que mudaram a vida de milhares de pessoas, por toda a América. E, agora, tudo passará a pertencer a banqueiros.* Podia ouvir a voz do pai com absoluta nitidez: "*É o Destino. Sempre foi contra mim.*" Pensou em Glace Bay e na pequena pensão em que fora criada. Lembrou como ficara apavorada no primeiro dia de escola. "*Alguém sabe uma palavra que comece com 'F'?*" Lembrou os pensionistas. Bill Rogers... "*A primeira regra no mercado imobiliário é DOP. Nunca se esqueça disso.*" E Charles Cohn: "*Só como comida* kosher *e receio que não haja nenhuma em Glace Bay.*"

"*Se eu pudesse adquirir a propriedade... você me daria um arrendamento de cinco anos?*"

"*Não. Teria de ser um arrendamento de dez anos.*"

E Sean MacAllister... "*Eu precisaria de um motivo muito especial para lhe conceder esse empréstimo!... Já teve um amante?*"

E Howard Keller: "*Está fazendo tudo da maneira errada.*"

"*Gostaria de trabalhar para mim?*"

E, depois, os sucessos. Os triunfos maravilhosos, espetaculares. E Philip. Seu Lochinvar. O homem que adorava. E que fora a maior de todas as perdas.

Uma voz chamou-a:

— Lara...

Ela virou-se. Era Jerry Townsend.

— Carlos me disse que você estava aqui. — Ele se aproximou. — Lamento pela festa de aniversário.

— O que... o que aconteceu?

Ele se mostrou surpreso.

— Howard não lhe disse?

— Disse o quê?

— Houve tantos cancelamentos por causa da publicidade negativa que decidimos que seria melhor suspendê-la. Pedi a Howard que falasse com você.

Para dizer a verdade, venho enfrentando alguns problemas com a memória.

— Não importa — murmurou Lara, lançando um último olhar para o lindo salão. — Tive meus quinze minutos, não é?

— Como assim?

— Nada.

Ela se encaminhou para a porta.

— Lara, vamos subir para o escritório. Há algumas coisas que precisam ser resolvidas.

— Está bem.

É bem provável que eu nunca mais torne a entrar neste prédio, pensou Lara.

No elevador, subindo para o escritório, Jerry disse:

— Já soube sobre Keller. É difícil acreditar que ele seja o responsável pelo que aconteceu.

Lara sacudiu a cabeça.

— *Eu* fui a responsável, Jerry. E nunca me perdoarei por isso.

— Não foi culpa sua.

Ela foi envolvida por uma onda de solidão.

— Jerry, se você ainda não jantou...

— Desculpe, Lara, mas tenho muito o que fazer esta noite.

— Ah... tudo bem.

As portas do elevador se abriram e eles saíram.

— Os papéis que você tem de assinar estão na mesa da sala de reuniões — informou Jerry.

— Certo.

A porta se encontrava fechada. Lara abriu-a e, neste momento, quarenta vozes começaram a cantar:

— Parabéns pra você, parabéns pra você...

Lara ficou parada, aturdida. A sala se achava repleta das pessoas com quem trabalhara ao longo dos anos... arquitetos, engenheiros, todo o pessoal. Charles Cohn estava presente, assim como o professor Meyers. Horace Guttman, Kathy e o pai de Jerry Townsend. Mas a única pessoa que Lara viu foi Philip. Ele avançava em sua direção, com os braços estendidos, e ela descobriu de repente que mal conseguia respirar.

— Lara...

Era uma carícia.

Ela se lançou nos braços de Philip, lutando para reprimir as lágrimas, e pensou: *Estou em casa. Este é o lugar a que pertenço.* E veio uma sensação de paz, abençoada, curando tudo. Lara sentiu um calor envolvê-la, enquanto o abraçava. *Isso é tudo o que importa*, pensou.

As pessoas se agrupavam ao seu redor, todas pareciam falar ao mesmo tempo.

— Feliz aniversário, Lara.

— Você está maravilhosa.

— Teve uma surpresa?

Ela virou-se para Jerry Townsend.

— Jerry, como pôde...?

Ele sacudiu a cabeça.

— Philip é que acertou tudo.

— Oh, querido!

Garçons entraram com *hors d'oeuvres* e drinques. Charles Cohn declarou:

— Não importa o que aconteça, sinto-me orgulhoso de você, Lara. Disse que queria fazer uma diferença e conseguiu.

O pai de Jerry Townsend comentou:

— Devo minha vida a essa mulher.

— E eu também — acrescentou Kathy, sorrindo.

— Vamos fazer um brinde — disse Jerry Townsend. — À melhor chefe que já tive e jamais terei!

Charles Cohn levantou seu copo.

— A uma garotinha maravilhosa que se tornou uma mulher maravilhosa!

Os brindes continuaram e, por fim, chegou a vez de Philip. Havia muito o que dizer, mas ele resumiu tudo em cinco palavras:

— À mulher que eu amo.

As lágrimas transbordaram dos olhos de Lara. Teve dificuldade para falar.

— Eu... devo muito a vocês todos. E não tenho como retribuir. Apenas quero dizer... — Ela engasgou, incapaz de continuar. — ... obrigada.

Lara virou-se para Philip.

— Obrigada por isto, querido. É a melhor festa de aniversário que já tive. — E nesse instante ela se lembrou. — Tenho de voltar a Reno ainda esta noite!

Philip sorriu.

— Nunca estive em Reno...

Meia hora depois eles embarcaram na limusine, a caminho do aeroporto. Lara segurava a mão de Philip, e pensou: *Não perdi tudo, no final das contas. Passarei o resto de minha vida compensando para Philip. Nada mais importa. A única coisa importante é permanecer ao seu lado, cuidar dele. Não preciso de mais nada.*

— Lara...

Ela olhava pela janela.

— Pare, Max!

A limusine parou abruptamente, com um ranger dos pneus.

Philip estava perplexo. Havia ali um vasto terreno baldio coberto pelo mato. Lara o contemplava fixamente.

— Lara...

— Olhe só, Philip! Olhe!

Ele virou-se para olhar.

— O quê?

— Não percebe?

— Perceber o quê?

— Oh, é lindo! Um centro comercial ali, naquela esquina! No meio, faremos prédios de apartamentos de luxo. Há espaço suficiente para quatro prédios. Percebe agora, não é?

Ele olhava para Lara, fascinado.

Ela virou-se para Philip, a voz impregnada de excitamento:

— Meu plano...

Este livro foi composto na tipografia
Minion Pro Regular, em corpo 11/15, e impresso em
papel off-white no Sistema Digital Instant Duplex
da Divisão Gráfica da Distribuidora Record.